folio
junior

La jeunesse de James Bond

Charlie Higson

La jeunesse de James Bond
Opération SilverFin

Traduit de l'anglais
par Julien Ramel

GALLIMARD JEUNESSE

À *Franck et à mon oncle Max à moi.*

Je tiens à remercier Kate Jones pour avoir pensé à moi,
toute l'équipe de Ian Fleming Publications Ltd
pour m'avoir fait confiance, et surtout Ian Fleming,
sans qui rien de tout cela n'existerait.

Titre original : *SilverFin*
Édition originale publiée par Penguin Books Ltd
© Ian Fleming Publications Ltd, 2005, pour le texte
© Gallimard Jeunesse, 2006, pour la traduction française
© Gallimard Jeunesse, 2012, pour la présente édition

Sillage sanglant

Le gamin rampa discrètement jusqu'à la clôture et jeta un œil alentour. Le panneau habituel était toujours là.

PROPRIÉTÉ PRIVÉE.
DÉFENSE D'ENTRER.
LES CONTREVENANTS SERONT ABATTUS.

Accrochés juste à côté de la pancarte – pour être sûr que le message passe bien –, les cadavres de plusieurs animaux, crucifiés au grillage comme de vulgaires criminels, du fil de fer passé autour de leurs cous rompus.

Il les connaissait bien. Presque de vieux amis. Des lapins avec les yeux qui sortaient de la tête, des corbeaux loqueteux aux ailes fracturées, deux renards, quelques rats et même un chat sauvage et une martre. Depuis qu'il venait là, il avait eu le temps de voir leurs corps se décomposer lentement, jusqu'à ce que certains d'entre eux ne soient plus que chiffes molles de cuir et d'os jaunis. Pourtant, il y en avait deux nouveaux depuis hier : un écureuil et un renard de plus.

Donc, quelqu'un était venu.

Dans son épaisse veste de chasse marron et son pantalon de gros coton kaki, le môme était difficilement repérable, mais il savait qu'il devait se tenir sur ses gardes car, si les panneaux et l'immense clôture grillagée de presque cinq mètres de haut, où couraient ici et là de vieux fils de fer barbelés rouillés, suffisaient à décourager l'immense majorité des éventuels visiteurs, on avait aussi mis en place – au cas où – des rondes d'hommes en armes. Il les avait aperçus plus d'une fois, arpentant lentement le périmètre, deux par deux, le fusil de chasse lové dans le pli du coude. Même si cela faisait plusieurs jours qu'il n'en avait vu aucun rôder par ici – et que, en l'occurrence, il n'avait que les tristes dépouilles des animaux pour lui tenir compagnie –, il savait qu'ils n'étaient jamais bien loin.

La lumière du jour finissant laissait lentement place à la nuit. Les détails du paysage disparaissaient un à un dans la pénombre. De ce côté-ci de la clôture, au milieu de l'épaisse broussaille des ajoncs, des genévriers et des sorbiers, il était bien caché, mais bientôt... bientôt il allait passer sous le grillage et, de l'autre côté, il n'y avait plus aucune couverture. Seulement une herbe boueuse, parsemée de petits rochers, qui descendait doucement vers les eaux sombres du loch, des eaux où, enfin, il allait pouvoir jeter sa ligne pour la première fois.

Il avait mis près d'une heure pour venir jusque-là. Il

était sorti de l'école à quatre heures et n'avait rien avalé depuis le déjeuner. Et il savait qu'une fois passé la clôture, il n'aurait plus une minute à lui, aussi retira-t-il son sac à dos et en sortit-il des sandwiches au jambon et une pomme. Il mangea le tout rapidement, les yeux tournés vers la montagne qui dominait le loch. Elle semblait froide, aride et inhospitalière. Elle s'élevait là depuis des millions d'années et s'y trouverait encore d'ici quelques autres. Le môme se sentit soudain tout petit. Et seul. La longue plainte du vent dans les barbelés de la clôture le fit frissonner.

Avant le nouveau châtelain, il n'y avait pas de clôture. Les terres s'étendaient sur des kilomètres sans le moindre obstacle. Le loch était déjà réputé pour la prodigalité de ses eaux et l'ancien châtelain ne se souciait guère des quelques téméraires qui bravaient la longue côte du village pour venir y pêcher. Une ou deux truites en moins chaque année ? La belle affaire. Il y en avait toujours plus.

Tout cela avait bien changé depuis qu'un nouveau lord avait investi les lieux, cinq ans auparavant. Le domaine avait été clôturé et les gens du cru, maintenus à l'écart.

Mais pas ce soir.

Le gamin lança au milieu des fourrés qui se trouvaient derrière lui les restes de son en-cas : des miettes et un trognon de pomme. Puis il rampa jusqu'à la barrière et dégagea les plaques de tourbe qui dissimulaient le trou qu'il avait creusé.

La terre reposait sur un solide treillis de bois. Il n'eut

9

qu'un geste à faire pour l'enlever. Du gâteau comparé à ce qu'il avait enduré ces derniers jours, quand il avait dû creuser, avec les outils de jardin de sa mère, cet étroit goulet qui passait sous la clôture et serpentait dans les failles du sous-sol rocheux. Hier soir, il avait finalement achevé l'ouvrage. Mais trop tard pour tenter quoi que ce soit. Il était rentré à la maison en traînant les pieds.

Aujourd'hui, à l'école, il était trop excité pour se concentrer. Tout ce qu'il avait en tête, c'était : monter ici, plonger dans la galerie et descendre au loch pour prendre quelques beaux poissons au nez et à la barbe du nouveau propriétaire.

Il esquissa un sourire en repoussant le vieux bout de sac qui cachait l'autre entrée. Son matériel de pêche et son sac à dos, il pouvait facilement les tirer derrière lui dans la chatière, mais la canne à pêche de son père, même démontée, était encore trop longue. Il fit demi-tour et glissa délicatement les trois sections de la canne à travers le grillage.

Cinq minutes plus tard, sa besace de pêcheur en bandoulière, sa canne à la main, il filait d'un rocher à l'autre en direction de l'eau.

Avant de disparaître, son père lui avait maintes fois parlé des parties de pêche qu'il avait faites, en son temps, au loch Silverfin, son coin favori. Ces histoires avaient inspiré le garçon. Son père adorait la pêche, mais il avait été blessé par un éclat d'obus durant la Grande Guerre et les morceaux de shrapnel restés dans son corps avaient lentement ruiné sa santé. Vers la fin, il pouvait à peine marcher. Alors pêcher…

Le gosse était excité. C'était lui l'homme de la maison maintenant. Il imagina le visage radieux de sa mère devant la truite toute fraîche qu'il allait rapporter. Mais il y avait autre chose. La pêche était un défi. Et celui-ci était le plus motivant de tous.

Le loch Silverfin était long et étroit. De ce côté-ci, il se terminait en un éventail où les habitants n'avaient pas manqué de voir la queue d'un immense poisson. Il tenait son nom d'un saumon géant du folklore écossais: *It'Airgid*, ce qui, en gaélique, signifiait « aileron d'argent » ou encore Silverfin. Silverfin était un redoutable saumon, plus gros et plus fort que tous les autres saumons d'Écosse. Le géant Cachruadh avait tenté de l'attraper. Et après un épique combat de vingt jours, le poisson avait finalement avalé le géant, l'avait gardé dans ses entrailles durant une année entière avant de le recracher quelque part en Irlande.

La légende voulait que Silverfin vécût toujours dans les sombres profondeurs du loch. Le gamin n'y croyait guère, mais n'en espérait pas moins trouver là quelque fabuleux poisson.

L'endroit paraissait plus sauvage qu'il ne l'avait imaginé. De hauts rochers abrupts barraient presque entièrement la côte au pied de la montagne. Seules quelques touffes d'herbe sèche et rabougrie réussissaient à y pousser. À l'autre extrémité s'élevait la masse sombre du château, partiellement ensevelie par la brume qui recouvrait le lac. La bâtisse aux arêtes saillantes était édifiée sur un pic rocheux, cerné par les eaux, que les gens du coin associaient à l'œil du poisson mythique. Il était bien trop loin et il faisait bien trop sombre pour que quiconque l'aperçoive de là-bas.

Le souvenir des gardes en armes lui fit anxieusement tourner la tête à gauche et à droite. Il réalisa alors à quel point il avait peur. Ces types n'étaient pas du coin. Ils ne se mélangeaient pas. Ils vivaient là, sur ces hauteurs, dans d'atroces baraquements de béton de plain-pied que le propriétaire avait fait construire près de la grille, à côté de l'ancienne loge d'entrée. Il avait transformé son manoir en forteresse et ces gars servaient dans sa milice privée. Le gamin n'avait aucune envie d'en croiser un ce soir.

Il en était même à se demander s'il ne serait pas plus judicieux de rentrer à la maison quand, non loin de là, il découvrit le coin idéal. À la pointe de la queue du poisson, il y avait une entaille dans la berge, où se faufilait un ruisseau qui se jetait ensuite dans le loch. L'endroit était totalement protégé par les hautes falaises qui s'élevaient tout autour. Et puis, les truites allaient sûrement attendre là, que la nourriture leur « tombe dans le bec ».

Seul un énorme cube de granit, isolé, gisait à une dizaine de mètres devant lui, dans les eaux du loch. S'il pouvait l'atteindre et se cacher derrière, il pourrait sans peine lancer en direction du ruisseau sans se faire remarquer ni par les gardes ni par le poisson.

Il s'assit dans l'herbe pour mettre sa combinaison de pêche, tentant d'oublier le calvaire que ça avait été pour l'apporter jusqu'ici. Il l'enfila par-dessus ses vêtements, comme une paire d'immenses pantalons, attachés à des bottes. Elle remontait sur sa poitrine où elle tenait grâce à d'épaisses bretelles. Elle sentait l'humidité et le vieux caoutchouc.

Il attacha le moulinet à sa canne et passa rapidement le fil à travers les anneaux. Il choisit son leurre fétiche pour la pêche à la mouche, une nymphe argentée, et l'attacha à sa ligne.

Il fit quelques pas sur la rive, pour trouver le meilleur gué, puis avança prudemment dans l'eau en direction du gros rocher. Il lui fallut plusieurs minutes pour l'atteindre car chaque pas était précédé d'un long tâtonnement pour trouver un point stable où poser le pied. Le fond du loch était glissant et inégal. À un moment, il dut même élargir sa route pour éviter un trou qui avait l'air bien profond. Mais, dès qu'il approcha du rocher, le fond remonta. Et la confiance aussi.

Il se trouva un affleurement de forme plane d'où il avait un parfait point de vue vers le torrent. Il vérifia sa mouche puis, d'un vif mouvement du bras, il lança sa ligne en une longue boucle derrière lui avant de la rabattre d'une main experte en direction des eaux tant convoitées. Le leurre fendit les airs un court instant avant de se poser négligemment tout près de la rive opposée.

Jusqu'ici, tout s'était parfaitement déroulé. Mais ça s'arrêtait là. Pas une touche. Il avait beau lancer et lancer encore, aucun poisson ne semblait vouloir mordre à l'hameçon. Il changea de mouche, essaya plus près, plus loin. Rien.

Il faisait de plus en plus noir et bientôt il allait devoir

se résoudre à plier les gaules. En désespoir de cause, il décida d'essayer avec un asticot. Il en avait apporté une poignée, juste au cas où. Il sortit la boîte de sa poche, choisit un joli ver de terre bien dodu et bien appétissant et l'accrocha à l'hameçon où il se tortillait comme un diable. Quel poisson normalement constitué résisterait à ça ?

Il devait être encore plus attentif avec le ver. Il lança doucement, par en dessous. Il fit sa première touche si vite qu'elle le prit presque totalement au dépourvu. Le ver avait à peine eu le temps d'entrer dans l'eau qu'il avait senti une violente secousse. Il ferra, pour assurer sa prise, puis se prépara à la bataille.

Quel que fût ce qu'il avait au bout de sa ligne, c'était puissant. La bête se débattait furieusement, tirant violemment dans tous les sens. Il regarda sa canne s'arrondir et plonger en direction de l'eau. Il donna un peu de mou, pour fatiguer l'animal, puis commença à le ramener doucement vers lui à l'aide du moulinet. Là encore, le poisson zigzaguait dans l'eau, tentant désespérément de se libérer du piège où il était pris. Un large sourire illumina le visage du gamin. C'était une belle prise et elle n'allait pas abandonner la partie facilement. Peut-être même qu'il avait attrapé Silverfin en personne !

Le combat dura un moment. Il rembobinait autant de fil qu'il pouvait, priant pour que l'hameçon ne se détache pas et que la ligne ne cède pas… C'était une manœuvre délicate, il devait « sentir » le poisson et tenter de prédire ses folles embardées. Puis, enfin, il l'eut à proximité. Il pouvait voir quelque chose bouger dans l'eau, au bout de sa ligne. Il prit une profonde inspiration, hissa sa prise hors de l'eau… Et tous ses espoirs s'envolèrent.

Point de Silverfin au bout de sa ligne, mais une anguille. Au même moment, quelque chose heurta ses jambes, le faisant presque vaciller. Il regarda à ses pieds et en vit une seconde qui filait au loin dans l'eau sombre.

Il ne lui restait plus qu'à sortir l'animal hors de l'eau, à retirer l'hameçon. Il remonta l'anguille, tenta de l'attraper, mais elle se débattait, se tortillait violemment dans les airs, s'enroulant autour de la ligne et même autour de son bras. Elle était monstrueuse. Au moins soixante centimètres, couverte de vase, froide et visqueuse, d'un gris qui tirait vers le marron.

Les anguilles le dégoûtaient.

Il tenta de dégager son bras, mais elle était aussi incroyablement puissante que têtue et, tel un gros muscle tétanisé cherchant une prise au hasard, elle s'entortilla autour de son autre bras. Il jura, secoua la main, et perdit presque l'équilibre. Après un instant de panique, il reprit son calme. Il approcha lentement du rocher sur lequel il cogna la bête qui finit par tomber à terre où elle continua à se contorsionner et à se tordre follement dans tous les sens. Pour autant, la tête de l'animal n'exprimait pas la moindre émotion. Un masque mortuaire. Impassible et aplati, avec deux petits yeux noirs.

Il parvint finalement à immobiliser suffisamment sa tête pour retirer l'hameçon qui avait pénétré très profondément dans les chairs. C'était du boulot car il avait utilisé un hameçon de bonne taille, avec un gros barbillon à l'extrémité pour qu'il ne glisse pas, une fois planté dans la bouche du poisson.

– Allez…, grogna-t-il sous l'effort.

Et puis, sans trop savoir comment, car tout s'était passé très vite, le crochet était venu, l'anguille avait fait un vif soubresaut et, l'instant suivant, l'hameçon était planté dans sa main.

La douleur était atroce, comme une puissante décharge électrique courant le long de son bras. Il suffoqua puis serra les mâchoires pour ne pas crier. La nuit était calme et le moindre bruit venant d'ici serait audible à des kilomètres à la ronde à cause de l'écho, formé par les falaises et les rochers, qui ricocherait ensuite à la surface de l'eau.

L'anguille s'éloigna en ondulant et retourna à l'eau dans un « plouf » caractéristique. Le gamin était proche du malaise. Il vacilla. Pendant un long moment, il ne put se résoudre à regarder sa main puis finalement se força à baisser les yeux. L'hameçon était entré dans sa paume à la base du pouce avant de traverser la partie charnue pour émerger de l'autre côté. Il y avait une horrible entaille et un gros bout de peau qui pendait à l'endroit où le barbillon était sorti. Le sang qui coulait abondamment de la plaie gouttait dans l'eau glacée.

Il avait de la chance que la pointe ait traversé sans rester coincée à l'intérieur. Mais il savait aussi qu'il ne pouvait pas simplement tirer sur l'hameçon pour le libérer car il y avait le barbillon à un bout et l'anneau où l'on attache la ligne de l'autre côté.

Il n'y avait qu'une chose à faire.

Il posa sa canne à pêche contre le rocher et, de l'autre main, fouilla sa boîte de pêche à la recherche de son couteau.

Il prit une profonde inspiration, coinça la lame sur l'extrémité de l'hameçon, là où la ligne était attachée, puis appuya. Le fil céda. Alors, aussi vite qu'il pouvait pour ne pas avoir le temps d'y penser, il retira l'hameçon en tirant sur le barbillon. Un nouvel accès de douleur l'étreignit et il s'adossa au rocher pour ne pas flancher.

La pêche était finie pour aujourd'hui. Il éclata en sanglots. Autant d'efforts pour ça. Une maudite anguille et une main blessée. C'était trop injuste. Il finit tout de même par se ressaisir. L'heure n'était pas à l'apitoiement. La plaie saignait fortement. Il plongea sa main dans l'eau froide. En s'y mêlant, le sang devenait noir et huileux. Il attrapa ensuite dans la poche de sa chemise un mouchoir qu'il noua bien serré autour de son pouce. Il tremblait de tous ses membres. Il était pris de vertiges. Il réajusta maladroitement sa combinaison, empoigna son matériel et se dirigea vers la rive, avançant au milieu des traînées noires laissées par son sang.

C'est alors qu'il sentit un nouveau coup dans ses jambes. Puis un autre.

Des anguilles. Mais qu'est-ce qu'elles faisaient ? Les anguilles n'attaquent pas les hommes. Elles se nourrissent de charognes, de grenouilles et de petits poissons.

Il poursuivit sa route. Son imagination lui jouait sûrement des tours.

Non ça recommençait. Un choc encore plus net.

Il scruta l'eau du loch, dans la faible lumière nocturne,

il les vit… Des centaines d'anguilles. Une masse compacte, bouillonnante et ondoyante comme la chevelure de quelque Méduse des profondeurs. Partout autour de lui, des anguilles, de toutes tailles, depuis de petites lamelles noires jusqu'à d'énormes brutes deux fois plus longues que celle qu'il avait pêchée. Le loch grouillait d'anguilles, comme si l'eau était soudain devenue vivante. Elles ondoyaient, se tordaient et pivotaient encore et encore autour de lui. Bientôt elles déferlèrent contre ses jambes et le firent trébucher. Sa main blessée entra dans l'eau et il sentit des bouches affamées tirer par saccades le mouchoir plein de sang qu'il portait en bandage. Quelques secondes plus tard, il disparaissait dans les sombres profondeurs.

Il paniqua, tenta de courir vers le rivage, mais glissa et, tandis que ses pieds pédalaient à la recherche d'un point d'appui, il trébucha dans le trou qu'il avait évité à l'aller. Durant un instant, il coula à pic. Les anguilles glissaient sur son visage. L'une d'elles s'enroula même autour de son cou. Il l'arracha de sa main valide. Ses pieds touchèrent finalement le fond et, d'une vive poussée, il remonta vers la surface. S'étranglant à moitié, il avala une bouffée d'air, mais sa salopette était pleine d'eau… D'eau et d'anguilles. Il les sentait se débattre le long de ses jambes, tentant désespérément d'échapper au piège de caoutchouc.

Il savait que, s'il réussissait à remonter les pieds à la surface, il pourrait peut-être flotter mais, dans sa terreur, impossible de faire en sorte que son corps lui obéisse.

— Au secours, hurla-t-il. Aidez-moi !

Puis il coula à nouveau. Le nombre d'anguilles au centimètre carré semblait encore avoir augmenté. L'une d'elles vint fouiner près de sa bouche et referma ses mâchoires sur sa lèvre. Il la repoussa au loin, avec une force décuplée par la colère. Il obligea ses pieds à descendre, trouva un appui solide et se propulsa à nouveau vers la surface. Partout autour de lui, le loch bouillonnait d'anguilles hystériques.

– Au secours, au secours… S'il vous plaît, aidez-moi…

Sa bouche lui faisait mal et le sang coulait de la morsure infligée par l'anguille. Il rossa la surface de l'eau de toutes ses forces, mais rien ne semblait vouloir effrayer les poissons.

C'est alors qu'il aperçut, à l'extrémité de son champ de vision, un homme qui, au loin, courait sur la rive. Il agita les bras et se remit à crier. Il se moquait qu'il puisse s'agir d'un garde… Rien n'était pire que de rester coincé là avec ces bêtes affreuses.

L'homme approcha et plongea.

Non ! voulut hurler le gamin. Pas dans l'eau. Pas avec toutes ces anguilles. Mais il vit bientôt une tête émerger à la surface de l'eau. Ouf. Il était sauvé. On venait à son secours.

L'homme avançait vers lui. Les mouvements de sa nage étaient à la fois grossiers et puissants. Merci, mon Dieu. Il allait être secouru. Durant un instant, il oublia presque les anguilles, concentré qu'il était sur la rapide progression de son sauveur. Mais un nouveau choc lui fit perdre l'équilibre et, une fois encore, il se retrouva pris dans l'étreinte de centaines d'anneaux de chair froide.

Non. Il ne se laisserait pas avoir. Il battit furieusement des bras, donna de violents coups de pied et remonta. Hors d'haleine, la bave aux lèvres, inspirant de folles bouffées d'air, il tenta de reprendre son souffle.

Mais où était l'homme ? Il avait disparu.

Le môme lança un regard désespéré autour de lui. Est-ce que les anguilles l'avaient eu ?

Tout était calme. Le bouillonnement de l'eau avait cessé, comme si rien de tout cela ne s'était jamais produit...

C'est alors qu'il l'aperçut, sous l'eau : une énorme silhouette au milieu des poissons qui, soudain, dans une immense éclaboussure, émergea à la surface du loch. Le gamin hurla.

La dernière chose qu'il vit, avant de couler dans les sombres profondeurs lacustres, fut le visage de l'homme. Un visage qui n'avait rien d'humain... Un visage d'anguille. Une face cauchemardesque, sans menton, avec une peau grise et glabre, parfaitement imberbe, et d'épaisses lèvres molles qui s'étiraient presque jusqu'à l'endroit où les oreilles auraient dû se trouver. Le faciès était déformé, anormalement allongé vers l'avant si bien que le nez était hideusement aplati et les narines, évasées vers l'extérieur. Les yeux, globuleux et exorbités, étaient rejetés si loin sur les côtés qu'ils ressemblaient à tout sauf à ceux d'un homme.

Les épaisses lèvres à la pâleur spectrale s'ouvrirent et un chuintement humide se fit entendre.

L'instant d'après, les eaux sombres du loch se refermaient sur lui.

1. Eton

Le nouveau

L'odeur d'un couloir d'école, mélange de transpiration, d'haleines fétides et d'odeurs corporelles, devient nauséabonde à sept heures vingt du matin. Sans compter le vacarme que faisait cette masse désordonnée de jeunes adolescents. Mais le pire était sans conteste les effluves. Deux cents ans d'entretien méticuleux au phénol et à l'encaustique n'arrangeaient rien à l'affaire.

Il est de notoriété publique que les jeunes garçons ne prêtent pas attention aux mauvaises odeurs. Ils ont d'autres choses en tête. Tous sauf un, qui restait debout et immobile au milieu du chaos ambiant, se laissant bousculer par des hordes de gamins surexcités qui déferlaient en torrents furieux au bas de l'escalier. Il aurait aimé se trouver ailleurs, loin de cette foule, de cette promiscuité, de ce tumulte et de cette odeur auxquels il n'était pas habitué.

Il faisait partie des nouveaux. Plutôt grand pour son âge, il était aussi très mince. Ses yeux étaient d'un bleu-gris étonnamment pâle contrastant avec ses cheveux noir de jais que, comme d'habitude, il avait tenté en vain de discipliner. Une mèche rebelle tombait devant son œil droit, comme une virgule d'encre noire.

Une minute auparavant, le couloir était désert et le jeune homme s'était même demandé où ils étaient tous passés, mais, maintenant, il grouillait de monde et résonnait des hurlements des élèves qui, en flots incessants, envahissaient l'escalier et la salle du réfectoire.

– Vous ! aboya une voix toute proche qui lui fit tourner la tête.

Un homme était planté à côté de lui et, bien qu'il fût petit, plus petit même que bien des élèves de l'école, il possédait une assurance qui ne laissait guère de doute quant à son statut.

– Oui, monsieur ? répondit le jeune garçon.

– Comment vous appelez-vous ?

– Bond. James Bond.

– James Bond, *monsieur*.

– Oui, monsieur. Je vous prie de bien vouloir m'excuser, monsieur.

L'homme le dévisagea. Il était taillé dans une allumette, le teint très pâle, de petits yeux bleus très enfoncés, des cheveux gris et drus et une barbe rase, très noire, qui lui mangeait le visage. James se fit la remarque qu'il faisait presque penser au roi George.

– Savez-vous qui je suis, monsieur Bond ? demanda-t-il d'un ton glacial.

– J'ai bien peur que non, monsieur, je viens juste d'arriver.

– Je suis M. Codrose, votre recteur d'internat. Tout

le temps que durera votre séjour en ces lieux, je serai aussi votre père, votre curé et votre dieu. J'aurais dû vous voir hier soir, mais un imbécile de garçon s'est fait renverser en traversant Long Walk sans regarder. J'ai passé la moitié de la nuit à l'hôpital. J'imagine que vous avez vu l'intendante ?

– Oui, monsieur.

– Bien. Maintenant vous feriez mieux de vous mettre en route, ou vous allez être en retard pour l'étude du matin. Je vous reverrai ce soir, avant le souper.

– Entendu, monsieur, répondit James avant de tourner les talons.

– Une seconde !

Codrose fixa à nouveau James de ses yeux froids de hareng.

– Bienvenue à Eton, Bond.

James était arrivé la veille en gare de Windsor, à quelques encablures de l'école. Sur le quai, la première chose qu'il avait vue à travers les nuages de vapeur, c'étaient les hauts murs et les tours du château de Windsor. Il s'était demandé si le roi se trouvait quelque part à l'intérieur. Peut-être même qu'il était assis derrière une fenêtre et qu'il regardait le train ?

Il avait ensuite emboîté le pas à un groupe de jeunes garçons qui sortaient de la gare et se dirigeaient vers le centre de Windsor où ils avaient traversé un long pont enjambant les eaux grises de la Tamise, qui coupait la ville en deux. Le château se trouvait sur une rive, Eton sur l'autre. Il avait tout de suite été frappé par la taille de l'école. Elle occupait pratiquement la moitié de la ville, s'étendant de manière anarchique dans toutes les directions. Plus de mille jeunes garçons étudiaient là. Tous logeaient sur place dans différents bâtiments éparpillés au petit bonheur sur l'immense terrain occupé par l'institution.

Il avait demandé son chemin, mais cela ne l'avait pas empêché de se perdre et il s'était finalement retrouvé à errer, les yeux en l'air, le long d'une interminable promenade appelée Judy's Passage qui serpentait entre deux imposants fronts bâtis qui, en dépit de ses recherches, ne portaient pas la moindre indication.

Un jeune Indien un peu enrobé, portant un turban blanc, l'avait alors abordé.

– Se pourrait-il que tu sois le nouveau ? avait-il demandé.

– Ça se pourrait, répondit James.

– Tu es James Bond ?

– Exact.

Le garçon lui sourit et lui tendit la main.

– Pritpal Nandra. Justement je te cherchais.

Il conduisit James non loin de là, dans un bâtiment délabré.

– J'occupe la chambre qui se trouve à côté de la tienne, dit Pritpal. On va cantiner ensemble.

– Cantiner ?

– On préparera le thé ensemble, expliqua Pritpal. Et on tourne pour manger dans la chambre des uns et des autres. Toi, moi et un troisième larron. On se demandait à quoi tu ressemblerais.

– Tu penses que je fais l'affaire ?

– Ça se pourrait, répondit Pritpal avec un sourire.

James suivit Pritpal dans l'obscurité de la maison. Ils traversèrent une entrée, montèrent trois volées de marches d'un vieil escalier puis arrivèrent devant un long corridor courbe.

– Nous y voilà, déclara le jeune Indien en ouvrant une porte devenue épaisse par applications successives de peinture bleu foncé et qui grinçait affreusement.

James découvrit sa chambre. Elle était minuscule et mansardée. Dans un des angles, on pouvait à peine se tenir à genoux. Une grosse poutre noire barrait le plafond. James fut soulagé de voir que sa malle, une relique de sa vie d'avant, était arrivée sans encombre.

– Ta nouvelle maison, annonça Pritpal triomphalement. Encore un peu vide, n'est-ce pas ? Mais tu vas vite nous arranger ça. Tiens, voilà ton secrétaire.

– Mon quoi ?

– Ton secrétaire, répéta Pritpal en pointant un petit meuble hors d'âge qui consistait en un empilement de tiroirs surmonté d'une tablette qui elle-même supportait une petite bibliothèque.

L'objet portait les patronymes de sa lignée de propriétaires parmi lesquels un garçon particulièrement enthousiaste qui y avait gravé le sien au fer rouge.

James regarda autour de lui. En plus du secrétaire, il y avait une petite table, un lavabo, une chaise Windsor et un tapis aussi fin que passé devant un vieux poêle. Il fronça les sourcils. Quelque chose manquait.

– Et où est-ce que je dors ? demanda-t-il.

Pritpal éclata de rire.

– Ton lit est là, derrière, répondit-il en indiquant un rideau, accroché devant un mur, sous lequel pointait une forme rondouillarde. La femme de chambre te le dépliera juste avant la prière du soir. Tu as beaucoup à apprendre. Mais ça ira très vite. La première chose que tu dois faire c'est aménager ta chambre. Tu vas avoir besoin d'un canapé, d'un fauteuil, d'une boîte pour tes bottes, d'un nécessaire à chaussures, de quelques images de chez Blundell…

– Eh là, pas si vite, l'interrompit James en s'affalant sur la chaise.

– Désolé, mon vieux, mais il est important que tu te mettes rapidement à l'aise ici. Tu vas passer la moitié de ta vie dans cette chambre.

La moitié de sa vie ? James tenta d'intégrer cette notion. Tout ceci était tellement bizarre pour lui. Ces dernières années, il avait étudié à la maison, sous les auspices d'une de ses tantes. Se retrouver subitement plongé dans ce nouveau monde avec ses vieilles traditions, ses cohues et son jargon était particulièrement déstabilisant.

– Viens, dit Pritpal en tirant James de sa chaise. C'est pas le moment de se tortiller, tu as plein de choses à faire. Voyons avec qui tu vas tomber.

– Tomber ?

– Qui sera ton professeur. Suis-moi, pour ça il faut aller dans la cour d'honneur.

Pritpal conduisit James hors de Codrose puis à nouveau dans Judy's Passage jusqu'à Long Walk où il s'arrêta, hochant la tête devant un lampadaire planté au beau milieu de la promenade et lourdement ouvragé de motifs floraux en fer forgé.

– Je te présente le Buisson ardent, un des emblèmes d'Eton, ainsi qu'un appréciable point de rendez-vous. Tu t'y retrouves, mon vieux ?

Avant que James ait eu le temps de répondre, Pritpal le tira en travers du chemin et le fit passer sous une haute voûte pratiquée dans un long bâtiment de briques rouges.

– On arrive à Upper School, dit Pritpal pendant qu'ils passaient à l'ombre du portique qui donnait sur une vaste cour très animée. Le centre névralgique d'Eton. La statue au centre est celle du fondateur de l'école, le roi Henry VI. Derrière lui, la tour de Lupton. Son horloge va rythmer ta vie ! Maintenant, voyons ce que Fortune t'a réservé.

Ils avancèrent en jouant des coudes au milieu de la foule de garçons qui se pressaient devant les panneaux d'affichage, ce qui n'empêchait pas Pritpal de continuer à entretenir James au sujet des méandres des matières et des professeurs. James tenta bien de tout retenir, mais il avait du mal à suivre. Tout ce qu'il avait appris c'est que certains professeurs, les « *beaks*[1] », comme les appelait Pritpal, étaient bons, d'autres mauvais et d'autres encore des démons tout droit sortis des cercles les plus bas de l'enfer.

---

1. *Beak* : du français « bec ». Bouche cornée et saillante des oiseaux. Au XIXᵉ siècle, en argot, ce terme désigne ce qui symbolise l'autorité : juge, proviseur, censeur… Aujourd'hui encore, « *to be up before the beak* » signifie « passer devant le juge ». (*N.d.T.*)

Il apprit à cette occasion que son professeur principal, celui qui était chargé de l'essentiel de sa formation, était M. Merriot, ce qui apparemment était une bonne chose.

Après avoir longuement étudié les panneaux d'affichage, ils descendirent la rue principale pour aller acheter des livres de grammaire latine, non sans que Pritpal ait pris le temps d'expliquer à James qu'en tant que bizuts, ils devaient uniquement marcher sur le côté est de la route.

— Même si tu sors de chez Brown et que tu vas chez Spottiswoode, qui n'est distant que d'une dizaine de mètres, tu dois traverser la route puis la traverser à nouveau quand tu arrives devant chez Spottiswoode.

— Et pourquoi ça ? demanda James.

— On n'est pas là pour se demander pourquoi, répondit Pritpal.

— Mais c'est ridicule. Il doit bien y avoir une raison.

— Tu apprendras bien vite qu'il y a de nombreuses traditions à Eton, et que leur sens premier est depuis longtemps perdu. Personne ne sait pourquoi nous faisons la plupart des choses que nous faisons. On les fait, un point c'est tout.

James n'avait pas bien dormi. Il faisait un froid de canard dans sa chambre et la finesse du matelas ne parvenait pas à lui faire oublier les ressorts du sommier. En outre, il avait eu une nuit agitée. Il avait rêvé de ses parents et s'était réveillé au beau milieu de la nuit sans savoir où il était. Il était finalement parvenu à se rendormir, mais seulement pour être réveillé à nouveau, à sept heures moins le quart, par sa femme de chambre, Janet, une vieille femme au teint rougeaud et aux chevilles enflées. Elle avait bruyamment posé une cuvette d'eau chaude devant sa porte et lui avait crié de se lever, insensible au fait que, pour sa part, il lui semblait n'avoir fermé l'œil qu'un instant.

James s'était alors difficilement extrait de son lit, était allé chercher l'eau, l'avait versée dans le lavabo et s'était lavé les mains et le visage. Puis il avait pris une profonde inspiration et s'était armé de courage pour entreprendre la plus lourde tâche de la matinée : enfiler son uniforme pour la première fois

Il revêtit chaque pièce avec un dégoût croissant. D'abord le long pantalon noir dont le tissu grattait, puis la chemise blanche à haut col raide, le gilet, la cravate qui semblait avoir été coupée dans un morceau de carton, la veste à queue de pie frappée de l'emblème d'Eton et, le plus ridicule de tout, un grand haut-de-forme. Pour un gamin comme James, habitué à porter des vêtements simples et confortables, c'était un supplice. Il se sentait aussi grotesque et mal à l'aise que s'il s'était trouvé à un de ces redoutables bals avec tenue de soirée exigée. Ces vêtements n'étaient pas les siens et ils ajoutaient encore à l'irréel de la situation. En attachant les lacets de ses lourdes chaussures noires, il ne put retenir un juron. Il haïssait les lacets.

Une fois habillé, il s'était précipité au bas de l'escalier, s'attendant à trouver le hall noir de monde, mais il était parfaitement vide. Un silence de mort régnait dans le bâtiment. Il regarda nerveusement la pendule. Elle indiquait sept heures dix. On lui avait dit que les premiers cours commençaient à sept heures et demie, alors où étaient-ils tous passés ?

Il regarda dans le réfectoire. Vide. Peut-être qu'ils lui avaient fait une blague, histoire de charrier le nouveau. Et ça avait marché. Il avait été horrifié d'apprendre que son premier cours aurait lieu avant le petit déjeuner.

Il avait inspecté les abords de l'internat. Personne là non plus. Aussi était-il retourné à l'intérieur et avait attendu en regardant la pendule égrainer les minutes. Et quart... Vingt... Il était sur le point de remonter dans les étages pour chercher Pritpal quand un grondement sourd, semblable à celui d'une avalanche, avait secoué la bâtisse. Des hordes de garçons avaient alors dévalé l'escalier en courant. Ils fondaient sur lui, le dépassaient en le bousculant puis se ruaient dans le réfectoire où ils se fourraient tous un morceau de brioche rassis et un bout de chocolat dans la bouche avant la débandade générale hors du bâtiment.

Il en était là quand M. Codrose l'avait apostrophé. Tentant désespérément de recoiffer une mèche égarée qui avait décidé de tomber devant son visage, il se concentrait pour ne pas commettre d'impair face au recteur.

– Vous avez entendu ? lui demanda le petit homme à l'œil froid avant de passer une main dans sa barbe où elle râpa bruyamment. Mettez-vous en route ou bien vous allez être en retard pour l'étude du matin.

Puis il s'éloigna à grands pas et un groupe de garçons s'ouvrit en deux pour lui laisser le passage.

— Oui, monsieur. Merci, monsieur, ajouta James tandis que le recteur s'éloignait.

Le flot de garçons déferlait du bâtiment pour se couler dans l'allée. James suivit le mouvement, sans trop savoir où l'on attendait qu'il se rendît. Il se laissa juste porter par le courant. Mais, en même temps, il avait l'impression de rêver, comme emporté dans une partie dont il ignorait les règles. Il hâta le pas, priant pour être dans la bonne direction. Ce fut avec un grand soulagement qu'il repéra Pritpal quelques mètres devant lui. Il courut pour le rattraper.

— Tu viens de prendre ta première leçon de vie à Eton, James, dit le jeune Indien d'une voix haletante. Ne jamais se lever avant sept heures et quart.

James éclata de rire.

— Décidément, je ne m'y ferai jamais.

— Oh que si. Et plus vite que tu ne crois. Maintenant viens, je vais te montrer ta salle de classe.

— Merci.

— Et alors ? Avant tu étais où ? Un endroit beaucoup plus petit que celui-ci, j'imagine.

— En effet. Beaucoup plus petit…, répondit James avant d'expliquer que jusque-là il avait été éduqué chez lui par sa tante.

— Eh ! Ça semble pas mal…

— En tout cas à mille lieues de tout ceci.

Pritpal éclata de rire.

— Imagine ce que ça a été pour moi, débarquant directement d'Inde… Il fait si froid en Angleterre, le soleil est si pâle. Sans parler de la nourriture ! Mon Dieu !

Vous autres Anglais êtes vraiment des barbares. Fais gaffe !

— Quoi ?

Mais il était trop tard. En passant en trombe au coin d'une allée, James s'était cogné à deux anciens.

— Regarde où tu mets les pieds, minus, railla l'un d'eux, un adolescent costaud avec une grosse tête carrée, des cheveux hérissés sur le crâne et un espace entre les dents de devant.

— Je suis désolé.

— Ça suffit pas, dit le second qui devait avoir au moins deux ans de plus que James. Ça se fait pas d'attaquer les gens comme ça, au pas de charge.

— Laisse-le tranquille, Sedgepole, déclara Pritpal. Il a dit qu'il était désolé, on va être en retard à l'étude.

— Eh ben tu ferais bien de te grouiller, Nandra, répondit ironiquement Sedgepole. Tu ne veux pas avoir d'ennuis, n'est-ce pas ?

— Non, murmura simplement Pritpal avant de jeter un regard penaud à James et de détaler.

Dans sa fuite, il croisa un autre ancien qui tenta de lui mettre une tape sur la tête qu'il réussit néanmoins à éviter.

Le troisième adolescent rejoignit les deux premiers.

— Alors qu'est-ce qui se passe ici ? demanda-t-il sur un ton traînant et nonchalant.

— Ce n'est rien, répondit James. Juste un léger incident, je me suis cogné à quelqu'un.

— Ah ouais, t'as fait ça ? déclara le nouveau venu en bousculant James d'une pichenette sur la poitrine. Je ne crois pas t'avoir jamais vu.

C'était un grand et beau jeune homme d'environ quinze ans à la chevelure blonde qui parlait avec un accent américain.

– Mon nom est Bond, James Bond. C'est mon premier trimestre ici…

Les trois garçons éclatèrent de rire en se moquant de lui.

– Trimestre ? répéta l'Américain. Qu'est-ce que c'est qu'un trimestre ? Tu sais, toi, Sedgepole ?

– Je pense qu'il veut dire terme, répondit Sedgepole.

– Oui, j'avais oublié, ajouta James en parlant d'une voix contenue, les yeux ailleurs (il ne voulait pas d'une bagarre pour son premier jour). Vous dites « terme » ici, n'est-ce pas ?

– Eh ben, mon petit James Bond, je n'aime pas l'idée que tu puisses bousculer mes amis, déclara l'Américain.

– Je n'ai bousculé personne, répondit James. Je suis en retard…

– Et tu vas nous aussi nous mettre en retard, ajouta l'Américain. Ce qui aggraverait encore ton cas.

Pressé par la présence menaçante de ces trois grands, James prit peur, peur de ce qu'ils pourraient lui faire, peur de ce qui pourrait se passer s'il arrivait en retard, peur de l'inconnu.

– De fait, on ferait bien d'y aller, déclara Sedgepole.

Ce à quoi l'Américain répondit par un hochement de tête affirmatif avant d'ajouter :

– On n'a pas le temps de s'occuper de toi pour l'instant, Bond. Mais on se reverra plus tard.

Les deux premiers s'éloignèrent nonchalamment,

mais l'Américain resta en arrière et planta son regard dans celui de James avec un air de défi.

— Tu as un air qui ne me revient pas, Bond. Je me souviendrai de toi. Tu peux en être sûr.

Il se pencha plus près et James l'observa. Il était différent des jeunes Anglais. Il avait l'air plus costaud, comme s'il avait été gavé de vitamines, de steaks bien épais et de produits frais et abreuvé de jus d'orange et de lait entier. Il avait de larges épaules et un teint à la fois clair et hâlé. Sa puissante mâchoire carrée supportait un parfait alignement de brillantes dents bien blanches et ses yeux étaient si bleus qu'ils en paraissaient irréels. Il était presque trop parfait et faisait plus penser à l'illustration du pilote intrépide ornant la couverture d'un livre d'aventure qu'à un être humain. Mais, derrière tout cela, James décelait une sorte de folie qui l'effraya. Il baissa les yeux sur ses chaussures.

— Tu n'es plus à la maison maintenant, ajouta l'Américain en prenant une voix de bébé et en ricanant à l'adresse de James. Tu ne peux pas aller te réfugier dans les jupes de ta mère…

Une chaude bouffée de colère monta dans la poitrine de James. Il sentit sa gorge se serrer et des larmes de rage perler au coin de ses yeux.

— Hé, j'espère que tu n'es pas un pleurnichard. Bond, ajouta l'adolescent en riant.

Mais James n'offrirait à personne le plaisir de le voir pleurer. Il surmonta sa colère et finit par se ressaisir.

— Il faut que j'y aille, ajouta-t-il simplement avant de frôler l'Américain et de s'éloigner.

Il était pratiquement certain que l'ancien tenterait de l'arrêter, mais celui-ci se contenta de hurler à la cantonade :

– Hou, la femmelette, avec lui on fera de l'omelette...

James serra les dents. Si c'était ça son premier jour dans cette étrange école, à quoi allaient ressembler les suivants ?

Lord Hellebore

– Un « Jean-sec », c'est un gars qui joue au cricket, à ne pas confondre avec un « Jean-mouille », qui, lui, préfère l'aviron, déclara Pritpal sur un ton doctoral.

– Vraiment ? demanda James, incrédule.

– Ouais, ouais, vraiment.

– Et comment on appelle un type qui ne fait ni l'un ni l'autre ?

– Un Jean-foutre, répondit Tommy du tac au tac, déclenchant l'hilarité des deux compères avec qui il cantinait.

Tommy Chong était un type râblé et costaud, originaire de Hong Kong, qui aimait les joutes verbales et les jeux de cartes et qui possédait le répertoire de mots grossiers le plus étendu que James eût jamais entendu. Tous trois étaient blottis près du poêle, dans la chambre de James, leur plateau sur les genoux, tentant de profiter au maximum de la faible chaleur du feu. On ne leur donnait du charbon que tous les deux jours. Et ce soir, c'était un jour « avec » pour James. Les jours de grand froid, les petites chambres étaient littéralement glaciales et James pensait qu'il ne se ferait jamais au fait d'être gelé un jour sur deux. La situation n'était pas plus enviable dans les salles de classe. Aucune n'était chauffée et de nombreux garçons faisaient leurs devoirs avec des gants.

Pritpal et Tommy tentaient de faire entrer dans le crâne de James les expressions les plus saugrenues du jargon d'Eton pour qu'il soit prêt à temps pour le Test des couleurs, un examen que chaque nouveau devait passer pour qu'on soit sûr qu'il sache se débrouiller dans l'école.

– Mésopotamie? demanda Pritpal.

– Ça, je le sais, répondit James, enthousiaste. C'est le terrain où l'on joue au cricket?

– Cricket l'été, football l'hiver, nuança Pritpal.

Depuis le premier jour, James avait appris à connaître Pritpal. Fils de maharaja, c'était un vrai crack en mathématiques et en sciences qui affichait un profond désintérêt pour tout le reste, exception faite de la nourriture.

Il était confortablement assis sur un petit canapé en osier, et attaquait son assiette avec force concentration. Le canapé était une nouvelle acquisition. Au cours des quelques semaines que James avait déjà passées à l'école, il s'était arrangé pour faire de sa chambre un agréable chez-soi. Il avait accroché des images aux murs : une scène de bataille navale plutôt sanguinolente, un portrait du roi George et une toile représentant une île des mers du Sud. Il avait également acheté quelques meubles dont le plus utile était certainement le siège sur lequel Pritpal était présentement assis. Il s'agissait d'un long coffre avec assise capitonnée qui, dans son ventre, contenait un abominable bric-à-brac qui allait d'improbables vêtements à de tout aussi étranges équipements sportifs en passant par des biscuits et autres bonbons qu'à Eton on appelait des « beignes ».

– Et les Pops ? demanda Chong.

– Ce sont les anciens chargés de la discipline, n'est-ce pas ? répondit Bond.

– Absolument, ajouta Pritpal. Ou, en langage châtié, la Société.

James avait rapidement appris que l'essentiel de la discipline de l'école était assuré par les garçons eux-mêmes. Les « Pops », facilement reconnaissables à leurs gilets multicolores, se pavanaient un peu partout dans l'école et, avec des airs supérieurs, maintenaient l'ordre parmi les plus jeunes. Quant aux anciens en charge des internats, leur congrégation constituait la Bibliothèque et leurs pouvoirs étaient particulièrement étendus. Ils pouvaient même infliger des punitions corporelles s'ils estimaient que le comportement des plus jeunes l'imposait. Heureusement pour lui, James avait jusqu'ici réussi à éviter leurs foudres.

– Est-ce que tu connais tes bulletins ? demanda Tommy Chong.

– Je crois, répondit James en se concentrant sur les exécrables bouts de papier qui régentaient sa vie à Eton. Il y a les « bulletins d'entrée », qu'on doit faire signer si, pour une raison ou une autre, on n'est pas au dortoir après la fermeture des portes, les « bulletins de sortie », pour avoir l'autorisation de quitter l'école, et puis aussi les « bulletins blancs », si on a fait quelque chose de mal et les « bulletins jaunes », si on a fait quelque chose de très, très mal.

Ils mangeaient des œufs sur le plat avec des saucisses qu'ils avaient préparés sous l'œil attentif de la femme de chambre sur la petite cuisinière électrique commune qui se trouvait dans le corridor. Tout le monde achetait un supplément de nourriture, soit à l'épicerie de l'école, soit chez Jack ou chez Rowland, en ville. Les garçons n'avaient pas d'autre choix s'ils voulaient éviter de mourir de faim tellement les plats servis à Codrose étaient infâmes. La qualité de la nourriture variait d'un dortoir à un autre car elle dépendait du recteur. Et Codrose avait la réputation d'être le pire. Le déjeuner du jour avait consisté en un vieux morceau de viande caoutchouteux, accompagné de pommes de terre à l'eau et d'une portion d'ignobles flageolets grisâtres et baveux.

– Calx ? demanda Pritpal.

– Euh… Ah oui ! Ce sont les buts qu'on marque au jeu du mur.

– On ne dit pas des buts, mais des essais. Il y a les bons calx et les mauvais calx.

– Je ne suis pas sûr d'avoir bien saisi les règles du jeu du mur, avoua James. Ça peut me jouer des tours ?

– Te fais pas de bile, répondit Tommy Chong. Personne ne s'y retrouve.

Finalement, James s'était assez bien adapté. Même s'il avait peu de chances de jamais décrocher un prix d'excellence pour son travail scolaire, c'était un élève à la fois vif et perspicace. Et dès qu'il eut compris comment marchaient les cours et saisi les us et coutumes de l'école, il se débrouilla plutôt bien. En fait, même s'il avait démarré l'année un trimestre plus tard que les autres, il avait rattrapé le niveau assez facilement. Et si, comme la plupart des garçons, il n'était guère porté sur les études, il réalisa à l'occasion de ses premières semaines à Eton que sa tante avait dû faire du bon travail car, mis à part en latin, une matière qu'il détestait, il s'en sortait raisonnablement. Certains cours, comme le français, lui paraissaient même un peu trop faciles et, par là, ennuyeux. Il faut dire qu'il parlait la langue de Molière aussi couramment que celle de Shakespeare, ayant passé la majeure partie de son enfance en Suisse, la patrie de sa mère. Il était également très bon en allemand, mais cette matière n'était pas enseignée à l'école, aussi profitait-il de la présence de Freddie Meyer, un jeune juif allemand qui faisait partie de son cercle d'amis, pour entretenir son niveau.

Malgré tout, James ne se sentait toujours pas chez lui dans cette école. Il avait appris le jargon, il portait l'uniforme, mais il restait en marge de l'institution. Il avait pour habitude de se prendre en charge seul et la constante promiscuité avec cette foule d'adolescents lui pesait.

Et les règles.

Une suite infinie de règles et de traditions auxquelles il fallait se conformer.

James détestait les règles.

Il passait l'essentiel de ses journées à étudier seul dans sa chambre, ce qui lui convenait, mais, dès qu'il faisait un pas dehors, le poids des conventions s'abattait à nouveau sur lui, se chargeant de lui rappeler que des milliers de jeunes garçons avaient foulé ces allées avant lui et qu'en aucun cas il ne pouvait s'écarter de leurs empreintes.

– Bon. Tu me sembles au point, James, déclara finalement Pritpal. Je pense que tu vas pouvoir passer ton Test des couleurs sans trop d'encombre.

– Pas facile d'être au niveau, dit James tout en beurrant un morceau de pain. Dans ma famille, personne n'a fait Eton. Mon père est allé à l'école à Fettes, en Écosse.

– J'en ai entendu parler, dit Pritpal. Très dur.

– On dirait que tu n'aimes pas beaucoup parler de ta famille, ajouta Tommy. Je me plante ?

– Non, répondit James sur un ton tranchant.

– Nous cacherais-tu quelque secret ? demanda Pritpal avec un sourire énigmatique.

– Je parie que ce sont des criminels, embraya Tommy avec enthousiasme. Tes parents sont en prison quelque part et tu as trop honte pour en parler.

– Non, le coupa Pritpal. Ce sont des agents secrets qui travaillent pour le gouvernement et tu ne peux pas révéler leur identité.

– Non, dit Tommy. Je sais ! Ce sont des savants fous, ils ont construit une fusée et sont partis sur la Lune.

– Il n'y a aucun secret caché, dit James avec un

sourire amical. Je suis un garçon ordinaire, comme vous deux.

– Non, tu n'es pas un garçon ordinaire, répondit Pritpal. Avec toutes ces affreuses courses à pied que tu ne cesses de faire. Ce n'est pas décent de courir autant.

Et c'était vrai. En dépit de l'immense choix d'activités proposé à Eton – du rugby au football en passant par le squash et même la chasse à courre –, le sport que James préférait était la course à pied. Il n'aimait pas beaucoup les sports collectifs. La course à pied correspondait mieux à sa nature solitaire, même si cela avait pour conséquence de l'éloigner encore un peu plus des autres garçons.

– Courir ne sert à rien, dit Pritpal. Tu es un excellent sportif, tu devrais participer à plus de…

James s'apprêtait à répondre quand le bruit que tous les bizuts redoutaient le plus résonna dans la bâtisse : un long « Gaaaaaaa-rçons ! » venant des étages supérieurs, un appel au rassemblement général. Tous trois lâchèrent immédiatement ce qu'ils avaient en main, se ruèrent hors de la chambre et entamèrent un sprint dans le couloir, descendant une volée de marches, en montant une autre. James était de loin le plus rapide. Il dépassa même trois autres garçons en chemin. Mais Pritpal était le plus lent et, en tant que dernier arrivé, il lui incombait d'accomplir la corvée, quelle qu'elle soit.

– Approchez, bande de têtards, lança Longstaff, l'ancien qui avait fait l'appel. Ah, Nandra, ajouta-t-il en direction de Pritpal qui gravissait en soufflant les dernières marches. Encore toi. Je veux que tu portes un message pour moi. À David Clasnet, il est dans la Botte.

Pritpal prit le bout de papier plié en quatre et se mit à descendre l'escalier d'un pas lourd.

— Tu vois, dit James en se portant à sa hauteur. Ça peut être utile de pouvoir courir.

— Ce n'est pas juste, répondit Pritpal. Mon plat va être froid et je crève de faim.

— T'inquiète. Je vais le porter pour toi.

— Non, James...

— Pas de problème. Si on ne devait pas rentrer si tôt pour la fermeture des portes, j'irais courir toutes les nuits. En plus, j'ai pratiquement fini mon thé. Laisse-moi faire. Ça me fait plaisir.

James arracha la lettre des mains de Pritpal et descendit l'escalier quatre à quatre, puis il alla trouver Codrose, lui fit signer son bulletin d'entrée, et piqua une pointe dans la fraîcheur de l'air nocturne.

Judy's Passage était désert et ça lui faisait du bien de combattre par la course les effets anesthésiants du poêle à charbon et d'une nourriture bourrative.

Il croisa le Buisson ardent et passa sous l'arche qui menait à la cour d'honneur. En tant qu'élève de la Botte, David Clasnet avait le privilège de vivre au Collège, c'est-à-dire dans l'école d'origine, construite par Henry VI en 1443. La Botte réunissait l'élite des étudiants d'Eton. Ils avaient leurs propres règles et leurs propres traditions.

James n'était jamais allé au Collège auparavant et il ne savait pas exactement par où entrer. Il se tenait dans

la cour d'honneur, hésitant, jetant parfois un œil interrogateur à la missive qu'il avait en main pour voir si elle
ne portait pas d'indice, quand il entendit résonner des
voix. Il se retourna et vit un bel homme aux cheveux
gris qui portait le col blanc des prêtres. James avait
assisté à assez de ses sermons grandiloquents dans la
chapelle pour savoir qu'il s'agissait du doyen, le révérend docteur Alington, qu'entre eux les élèves appe-
laient parfois Jésus la Lèche. Plongé dans une conversation passionnée avec deux autres personnes, il avançait
à grands pas sur les pavés ronds. Comme ils venaient
dans sa direction, James eut un petit grognement de
dépit.

Un de ses interlocuteurs était un élève. L'Américain
avec qui James avait eu maille à partir le premier jour
et l'autre ne pouvait être que son père tant la ressemblance entre eux était frappante, le père étant simplement une version plus épaisse et plus aboutie du fils.
Il irradiait la santé et le dynamisme. Avec son teint
cuivré et son épaisse chevelure blonde, il était presque
incandescent. La seule vraie différence était que le père
portait une épaisse moustache.

Pendant que James l'observait du coin de l'œil, il pencha la tête en arrière et éclata bruyamment de rire
à quelque chose que le doyen venait de dire La cour
d'honneur résonna de son rire. Le révérend docteur
Alington, sûrement le personnage le plus influent de
l'école, le regardait avec des yeux enamourés, comme
un adolescent qui aurait rencontré le héros de son
enfance. Tout chez cet homme laissait entendre qu'il

était riche et puissant. Visiblement, c'était quelqu'un qui avait le sentiment d'avoir le monde à ses pieds, un véritable empereur romain. Même ses vêtements semblaient avoir été taillés pour le faire paraître plus imposant. Son costume de tweed était large aux épaules et cintré à la taille, ce qui lui faisait une carrure impressionnante ; quant à ses souliers, ils étaient si lustrés qu'on aurait pu se voir dedans. Dans le même temps, James avait le sentiment que ses habits n'étaient qu'une façade, qu'à tout moment il était capable de les arracher et de bondir hors de la cour d'honneur en hurlant comme Tarzan et en se frappant la poitrine.

James tenta de se cacher dans l'ombre, mais le doyen l'aperçut et l'appela.

– Que faites-vous ici ? lui demanda-t-il.

James lui montra la lettre et lui expliqua qu'il faisait une commission.

– Et quel est votre nom, jeune homme ?

– Bond, monsieur. James Bond.

– James Bond, explosa le géant américain. J'ai bien connu un Andrew Bond. Votre famille ?

– Certainement, monsieur. Mon père.

– Eh ben, si je m'attendais… Le monde est petit, n'est-ce pas ? Andrew et moi sommes de la même partie.

– La vente d'armes ? demanda James.

– Exact. Car, sans armes, nos armées ne pourraient pas se battre. Nous avons connu un boom sans précédent après la guerre. C'est le cas de le dire. De nombreux pays avaient besoin de nouveaux équipements,

47

vu que les anciens avaient... volé en éclats, dit-il en s'esclaffant.

Le doyen le regarda en hochant la tête, un petit sourire aux lèvres.

— Votre père est-il toujours chez Vickers ? demanda le colosse en lissant sa moustache.

— Non, monsieur. Il n'y est plus.

— C'est un homme bien. Bien sûr, nous étions concurrents, mais je l'ai toujours apprécié. Un homme, un vrai... Jeune homme, c'est un plaisir de faire votre connaissance. Lord Randolph Hellebore, dit-il en serrant la main de James. Peut-être connaissez-vous mon fils, George.

James lança un regard nerveux en direction du garçon et acquiesça du chef.

— En effet, nous nous sommes déjà rencontrés.

Le jeune garçon lui rendit son regard en plissant les yeux.

— Question, dit Hellebore en se penchant vers James. Avez-vous hérité des incroyables aptitudes de votre père ? Pouvez-vous comme lui courir, nager, vous battre avec des alligators ?

Sans attendre de réponse, il explosa de rire à la face de James. Le souffle écœurant de son haleine, qui exhalait une aigre odeur de soufre, le gifla, le faisant presque s'étouffer. Cela lui rappelait le jour où, au zoo de Londres, alors qu'il se tenait tout près de la cage, un lion avait rugi juste devant lui. Le souffle de la bête puait la viande et aussi quelque chose d'autre, quelque chose d'inhumain et d'effrayant. Sans les barreaux de la cage, ce relent aurait tout simplement été celui de la mort. Mais lord Hellebore n'avait pas seulement mauvaise haleine. Il était moite de sueur et tout son corps dégageait une déplaisante odeur animale, comme un gaz empoisonné. James aurait voulu se boucher le nez et partir en courant, mais Hellebore le tenait sous l'emprise de son regard. Ses pupilles faisaient comme deux profonds trous noirs cerclés d'un pâle anneau bleu. Il s'approcha encore un peu plus et James sentit sa chaleur. C'était comme s'il brûlait à l'intérieur, tel un volcan près d'entrer en éruption.

Il y eut un long moment dérangeant, lord Hellebore plantant toujours ses yeux dans ceux de James et ce dernier ne sachant que faire ou dire pour échapper à l'étreinte. À côté d'eux, le doyen se dandinait nerveusement d'un pied sur l'autre.

— Pratiquez-vous le « noble » art, monsieur Bond ? finit par demander Hellebore, exhibant dans un large sourire deux rangées de dents aussi brillantes qu'immaculées.

— Un peu, répondit James.

— Très bien. Montrez-moi de quoi vous êtes capable, dit-il en se mettant en garde.

Face à lui, James était encore moins certain de savoir ce qu'on attendait de sa part.

— Allez. Envoyez-moi un direct, lui ordonna Hellebore qui ressemblait de plus en plus aux cow-boys ou aux gangsters qui peuplent les films hollywoodiens.

Sans conviction, James lui envoya un direct que Hellebore bloqua facilement d'une main large comme un battoir.

— C'est un direct, ça ? beugla-t-il avant d'ajouter à

l'adresse du révérend docteur Alington : On dit que votre école est remplie de femmelettes et de minets qui n'ont rien dans le ventre, qu'on ne fait pas assez de sport ici. Eh bien, croyez-moi, j'ai bien l'intention de faire changer tout ça. Allez, Bond, faites voir ce que vous avez dans les bras.

James donna un nouveau coup, cette fois en y mettant tout son poids. C'est à cet instant que George apostropha son père d'un simple « P'pa » embarrassé, comme s'il tentait de le faire revenir à la raison. Hellebore tourna la tête vers son fils juste avant que le poing de James n'entre en contact avec sa mâchoire.

Il ne lui avait certainement pas fait trop de mal et, des deux, c'est James qui était sûrement le plus à plaindre. Il avait l'impression d'avoir cogné un mur de briques. Un éclair de douleur avait parcouru tout son bras. Pourtant, quand il tourna à nouveau la tête vers lui, James vit briller un éclair de furie dans le regard que lui jeta Hellebore. James fit un pas en arrière. L'accès de colère passa rapidement, Hellebore le dissimulant derrière un large sourire. Ce qui n'empêcha pas James d'avoir un instant entrevu, derrière la façade lisse et polie, un aspect effrayant du personnage.

– Eh ! Je n'étais pas en garde là, dit Hellebore en passant une main sur sa mâchoire. Vous avez du punch, monsieur Bond. Il faudra que je fasse attention à vous. Vous pourriez faire du dégât.

– Venez, Randolph, dit nerveusement le doyen. Nous ne voudrions pas arriver en retard au souper. Quant à ce garçon, il doit vite retourner à son dortoir.

– Bien sûr, répondit lord Hellebore en se réajustant avant de tourner les talons et de prendre instantanément congé de James.

D'un geste du bras, le révérend docteur Alington l'invita à le suivre. George leur emboîta le pas, mais pas sans avoir jeté un dernier regard assassin en direction de James.

Dans quels draps s'était-il fourré ? James prit conscience que son pouls battait la chamade. Il prit quelques profondes inspirations pour se calmer avant de pénétrer dans le bâtiment.

David Clasnet accueillit la lettre que James lui tendait avec un large sourire.

– Je t'ai vu par la fenêtre… Belle droite. Je dois avouer que le spectacle m'a bien amusé.

– Malheureusement, je ne peux pas en dire autant, répondit James. Cela risque de m'attirer de gros ennuis.

Croaker

– Prêt à en prendre pour votre grade, Bond ?

– Prêt, m'sieur !

– Bien. Tant mieux parce que je vais vous en faire baver aujourd'hui.

– Rien de nouveau là-dedans, m'sieur. Vous nous en faites baver à chaque fois.

– Vous savez, Bond, vous ne devriez pas répondre à vos professeurs. Si j'étais un maître plus sévère, je vous ferais courir dix tours pour vous apprendre à être insolent.

– Désolé, m'sieur.

– D'ailleurs, je crois que je vais vous faire courir. Allez, quatre fois le tour du Hollandais. C'est parti.

James soupira puis démarra. Non que l'exercice lui pesât – il n'était jamais aussi content que lorsqu'il courait, qu'il sentait ses muscles travailler et ses poumons se décrasser – mais parce qu'il lui semblait que c'était là une réaction attendue par son professeur. Il avait l'impression que la course à pied lui lavait le cerveau et aussi qu'elle l'aidait à éliminer l'immonde pitance, atrocement bourrative, dont Codrose gratifiait jour après jour ses pensionnaires.

Quand il courait, il se sentait vraiment vivant.

Il avait toujours préféré courir pour aller d'un point à un autre plutôt que marcher, mais c'est seulement en arrivant à Eton qu'il avait réalisé à quel point il était rapide. Et M. Merriot avait immédiatement repéré son potentiel.

M. Merriot était son directeur d'études. Il supervisait l'éducation de James à Eton et était aussi chargé des cours d'athlétisme.

Il était grand et fin, avec des yeux gris, une tignasse en bataille et un grand nez crochu qui émergeait de son visage comme un aileron. Comme tous les professeurs, il portait une toge noire, mais la sienne était trop petite pour lui et couvrait tout juste sa taille. Il avait constamment une pipe plantée au coin du bec, aussi souvent éteinte qu'allumée.

James aimait bien Merriot. Il était gentil et attentionné et ne ratait jamais une occasion de répéter qu'il était là pour les enfants et non le contraire comme de nombreux enseignants de l'école semblaient le penser. Pédagogue enthousiaste, il se laissait volontiers emporter par les sujets qui le passionnaient, quitte à oublier un instant le programme officiel. Pour clôturer le tout, c'était un fanatique d'athlétisme.

Il répétait souvent aux garçons qu'il avait porté les couleurs de la Royal Navy sur la piste et même qu'il avait été sélectionné en équipe d'Angleterre pour les Jeux olympiques de 1924 où il avait remporté une médaille de bronze sur quinze cents mètres. Mais une chute de cheval avait mis fin à sa carrière d'athlète et il s'était alors tourné vers l'enseignement. Son enthousiasme et son dévouement avaient fait du sport une discipline de plus en plus populaire au sein de l'école. Mais il y avait du chemin à faire. Eton ne possédait pas de réelle piste et, mis à part le steeple-chase annuel, toutes les courses se couraient sur route. Pour les entraînements, les garçons devaient se contenter d'un champ qui, sans trop qu'on sache pourquoi, s'appelait la Ferme du Hollandais.

Aujourd'hui, le ciel était sombre et gris. Un brouillard jaunâtre planait au-dessus du sol, rendant toute chose d'une couleur égale. Le temps avait beau être lugubre, l'exercice physique mettait du baume au cœur de James qui, en courant, laissait son esprit vagabonder à sa guise.

Quand il eut terminé ses tours, il s'arrêta et reprit bruyamment sa respiration, les mains sur les cuisses.

– Il faut qu'on améliore votre résistance, dit Merriot en levant les yeux de son chronomètre. Je vous vois bien en coureur de fond, Bond.

– Vraiment, m'sieur ?

– Absolument. Le sprint est un truc de m'as-tu-vu – une espèce qui pullule de nos jours – mais les vraies qualités d'un coureur se révèlent sur longue distance. Vous êtes grand, ça aide, et, même si vous n'êtes encore qu'une humble bleusaille, je pense que, si vous augmentez votre endurance, peu de garçons de cette école seront capables de vous battre sur une course de fond.

James, ne sachant que répondre, resta silencieux.

– Maintenant, je vais vous confier un petit secret, Bond, dit Merriot en rallumant sa pipe. Mais vous devez me promettre de garder pour vous ce que je vais vous dire.

– Bien sûr, m'sieur.

– *Bien sûr, m'sieur!* répéta Merriot dont c'était l'habitude de reprendre ainsi ce qu'on venait de lui dire. Un événement important va avoir lieu à la fin du trimestre. La course en fera partie. Donc il va falloir que vous vous entraîniez encore plus dur.

– Quel genre d'événement, m'sieur?

– Un des parents d'élèves, et des bienfaiteurs d'Eton, va inaugurer un nouveau trophée, strictement réservé aux collégiens. Vous avez toutes vos chances.

– Quel genre de trophée, m'sieur?

– Un truc bizarre. Une sorte d'épreuve complète qui nécessitera de la force, de la vitesse, du courage, de l'endurance et de l'adresse au tir.

James ne voyait absolument pas quelle activité sportive pouvait faire appel à autant de qualités différentes, mais Merriot poursuivit:

– Ce sera un triathlon. Il faudra concourir dans trois disciplines en une seule journée: la course à pied, la nage et le tir.

– La nage, m'sieur? Mais on n'est pas en été.

– Je sais, Bond. Il faut être fou pour se lancer là-dedans. Est-ce que vous êtes fou?

James haussa les épaules.

– Je veux bien tenter le coup.

– Tenter le coup, qu'il dit. Bon garçon. Alors même que la coupe Hellebore va peut-être lui revenir.

– Hellebore ? s'étrangla James.

– Oui. Du nom de ce jeune Américain, vous savez, George Hellebore ?

– Mmh, je vois qui c'est, répondit James, bien décidé à ne pas en dire davantage.

Depuis l'incident de la cour d'honneur, Hellebore avait tout fait pour lui rendre la vie difficile. De son côté, James avait fait de son mieux pour l'éviter, mais n'y était pas toujours parvenu. Une fois, Hellebore et ses sbires l'avaient même poursuivi sur la pelouse du Collège. James ne savait pas trop ce qu'ils comptaient lui faire si, d'aventure, ils lui mettaient la main dessus, mais il ne les avait pas attendus pour savoir.

– Tout ça, c'est une idée de son père, lord Randolph Hellebore, ajouta Merriot. Un homme immensément riche… et très généreux. Il a fait des dons importants à des instituts de recherche médicale et scientifique afin de trouver des traitements contre des maladies qui ravagent l'humanité. Pour autant, je ne suis pas certain d'avoir une bonne opinion de lui. Il a fait son argent pendant la guerre… En vendant des armes. Je suppose que c'est ce qui a motivé son choix d'une épreuve de tir. Les armes font partie de la famille, en quelque sorte.

James se mordit la lèvre. Il ne voulait pas que M. Merriot apprenne que son propre père avait travaillé pour un fabricant d'armes. Il se souvint de sa conversation avec lord Hellebore dans la cour d'honneur. Il était certainement venu à Eton pour régler les détails de son trophée avec le doyen. Cela aurait expliqué son laïus à propos du sport et de la forme physique.

— La guerre a fait trop de victimes parmi les élèves et les enseignants de cette école, dit M. Merriot, en regardant dans le lointain. Eton ne sera plus jamais comme avant. L'Angleterre non plus d'ailleurs. Croyez-vous qu'ils auraient engagé un bon à rien comme moi pour vous éduquer s'ils avaient eu le choix ? Mais ces hommes sont morts et enterrés. Ils gisent dans la boue de la Somme ou d'Ypres, avec, à côté d'eux, des garçons de dix-huit ou dix-neuf ans. Quel gâchis ! Des jeunes gens qui auraient pu devenir de grands sportifs, de grands hommes politiques, des chercheurs, des écrivains, des artistes, des musiciens… Disparus à jamais.

Il alluma sa pipe et souffla un énorme nuage de fumée.

— Mais assez avec ça, dit-il en tapant dans ses mains. On a un entraînement à finir. Et que ça saute !

Le lendemain, Pritpal fit faire à James le tour des plans d'eau susceptibles d'accueillir des nageurs. Ils commencèrent par « Athènes », un endroit de la Tamise, derrière le champ de courses de Windsor, avec un cube de béton en guise de sautoir.

— On appelle ce plongeoir l'Acropolis, déclara Pritpal. Un bien grand nom pour un vulgaire morceau de béton, tu ne crois pas ?

James jeta un œil dubitatif aux eaux troubles, couleur de thé froid. Il avait été horrifié d'apprendre qu'Eton ne possédait pas de piscine et que toutes les épreuves de natation se déroulaient dans la rivière.

— Qu'est-ce que ton M. Merriot t'a dit déjà ? ironisa Pritpal en voyant l'air de dégoût sur le visage de James. Qu'il faudrait de la force et du courage pour réussir ? Je crois que tu peux ajouter à ça une peau de rhinocéros.

Ils se rendirent ensuite au bord d'un petit bras mort appelé le Carré cantonal qui avait été agrandi et aménagé avec des plongeoirs et des marches pour sortir de l'eau. Juste en dessous du Carré cantonal : le Réservoir du coucou, là où les baigneurs les moins expérimentés, qu'on appelait les pataugeurs, pouvaient s'amuser sous l'œil attentif d'un maître nageur.

— Il y a aussi le barrage Romney, dit Pritpal tandis qu'ils remontaient le long de la rive. Mais c'est réservé aux nageurs expérimentés.

— Peut-être que je devrais abandonner, répondit James en frissonnant. On ne peut pas dire que l'eau fasse vraiment envie par ici.

— Oh, durant l'été, je suis certain que c'est très rafraîchissant. Mais tu ne m'y ferais pas tremper le petit doigt à n'importe quel autre moment de l'année. Ce trophée Hellebore a toutes les chances de provoquer la mort de nombreux garçons.

— En plus, c'est un étrange mélange, ajouta James en jetant une pierre dans l'eau. De la nage, de la course et du tir.

— Rien d'étonnant là-dedans, répondit Pritpal. En fait, c'est même très logique.

— Comment ça ? demanda James, perplexe.

– Ce sont les trois disciplines où George Hellebore est le meilleur.

James éclata de rire.

– Ah bon ? Je savais qu'il était bon nageur et Merriot m'a dit qu'il courait vite, mais le tir ?

– Visiblement, il pratique très souvent dans la propriété de son père, en Écosse.

– En Écosse ? Mais ils sont américains, non ?

– Oui, oui. Mais ils possèdent aussi une maison en Écosse, répondit Pritpal avant de pointer vers le ciel un fusil imaginaire. Bang, bang ! Aucun oiseau n'est en sécurité quand George Hellebore est dans le coin. Et toi ? Tu as déjà tiré ?

– Une fois. Pendant des vacances en Italie.

– Moi, j'ai tiré un tigre.

– Vraiment ? demanda James, impressionné.

– Oui, vraiment. Une vieille bête malade et pitoyable, à l'article de la mort. Je n'en suis pas certain, mais il se pourrait bien qu'ils lui aient attaché une patte à un piquet. Nous sommes allés dans la jungle à dos d'éléphants. Mon père disait que tuer un tigre ferait de moi un homme.

– Ça a marché ?

– Pas exactement. Ça m'a juste convaincu que je ne voulais pas tuer un autre être vivant de toute ma vie.

Un peu plus loin, ils croisèrent la silhouette courbée d'un vieil homme apparemment en train de pêcher. C'était Croaker, le plus ancien et le plus emblématique des hommes chargés de la garde et de l'entretien des bateaux de l'école. À cette période de l'année, Croaker et les siens n'étaient guère occupés, c'est pourquoi il passait son après-midi là, avec sa canne à pêche.

Croaker était vieux. Et il l'avait toujours été. Certains garçons racontaient qu'il l'était déjà quand leurs pères étaient à l'école. Il était petit, aussi large que haut, avec une énorme moustache, de petits yeux rouges, un gros nez en forme d'ampoule et une casquette avachie, vissée en permanence sur son crâne chauve.

Les deux garçons s'approchèrent tranquillement de lui.

— Vous pêchez quoi, Croaker ? demanda Pritpal.

— Vous verrez bien, gloussa le vieil homme. Vous verrez bien.

En effet, quelques instants plus tard, alors qu'il remontait sa prise, ils virent. Au bout de la ligne, il y avait une boucle de laine et, accrochées à l'appât, les dents empêtrées dans la fibre, plusieurs anguilles noires.

James grimaça sans pour autant détacher ses yeux du spectacle fascinant de ces bêtes qui se contorsionnaient et s'enroulaient les unes aux autres.

— Elles ne peuvent pas échapper à la pelote de laine, dit Croaker. Encore moins y résister car j'ai mis une poignée de vers au milieu. On appelle ça pêcher à la vermée. Ça, pour être voraces...

— Et c'est à moi que vous dites ça, s'étrangla James. Non seulement je vais devoir nager dans une eau sale et glacée, mais en plus pleine d'anguilles ?

— Oh, les anguilles sont inoffensives, répondit Croaker en retirant les poissons qui continuaient à se tortiller dans tous les sens à leur bout de laine avant de les jeter dans un seau. Le monde se divise en deux. Ceux qui savent ce qui est bon et ceux qui l'ignorent.

– Vous allez vraiment les manger ? demanda Pritpal, incrédule.

– Pour sûr. Au court-bouillon. Délicieux. Une chair très tendre. Venez, je vais vous montrer.

Croaker empoigna son seau et les conduisit jusqu'à sa remise. Là, il se munit de quelques ustensiles qu'il retira de l'intérieur de la baraque et choisit la plus grosse anguille du lot. Puis, sans autre forme de procès, il la cloua sur la porte de son cabanon en lui plantant une pointe dans la tête.

– Et voilà, déclara-t-il satisfait, avant de découper soigneusement la tête de l'animal.

Ensuite, à l'aide d'une tenaille, il décolla la peau et l'arracha d'une vive traction vers le bas, révélant ainsi la chair bleutée de l'animal.

– Parfait, dit-il en passant doucement la main sur la chair à vif. Absolument parfait.

Pritpal et James étaient trop stupéfaits pour être réellement dégoûtés, ce qui ne les empêcha pas de décliner avec force l'invitation à dîner de Croaker.

– Alors ? demanda Pritpal une fois qu'ils furent partis. Tu veux toujours participer à ce trophée ?

Avant de répondre, James avala sa salive. Personne ne l'accuserait jamais d'être un lâche.

– Et pourquoi pas ? Demain je commence l'entraînement dans la rivière.

Le Carré cantonal

James frissonnait. Il avait l'impression que son corps était à vif, qu'on lui avait arraché la peau, exactement comme l'anguille de Croaker. Il se frictionna les bras pour tenter de retrouver des sensations normales. Mais il avait une telle chair de poule qu'il avait l'impression de frotter sa main sur une râpe.

S'il faisait si froid sur le bord, qu'est-ce que ça allait être une fois dans l'eau ?

Il n'y avait qu'une façon de le savoir.

Debout sur son petit plongeoir du Carré cantonal, il lui restait une demi-heure avant le début des cours de l'après-midi. Il scruta l'eau. Elle ressemblait à la moins ragoûtante des soupes de Codrose. Une soupe froide, quasi congelée.

– Allez, dit-il à haute voix pour se donner du courage. Ne cherche pas à comprendre, fonce.

Il ramena ses bras vers l'arrière, respira profondément, et se jeta en avant. Le contact de l'eau fut un choc aussi violent qu'un coup de batte de cricket. Assommé par le froid, il demeura un instant immobile, incapable de faire le moindre mouvement, puis il revint à la vie, remonta à la surface d'un battement de bras et reprit son souffle en haletant. Tous ses membres étaient douloureux, chaque battement de son cœur explosait dans son crâne, qui semblait près d'éclater, sa nuque était aussi raide que si elle avait été en bois. Soit il sortait immédiatement de l'eau, soit il nageait. Il traversa le Carré en agitant furieusement tous ses membres et en faisant de sérieux efforts sur lui-même pour combattre son ardent désir de courir se réfugier dans sa chambre. Arrivé de l'autre côté, il hésita un instant puis se força à faire demi-tour et à nager jusqu'à son point de départ.

Un soleil blafard tentait péniblement de percer l'épaisse couche de nuages. Au moins le temps était-il plus clément qu'hier, mais on était tout de même loin des conditions de baignade idéales. Quoi qu'il en soit, s'il voulait avoir quelque chance de remporter le trophée qui se déroulerait dans trois semaines, il devait s'y habituer.

Au bout de trois longueurs, il eut le sentiment que son corps finissait par s'adapter à la température et, bien qu'on fût loin de pouvoir parler de plaisir, il réalisa qu'il allait certainement sortir vivant de cette épreuve.

Il fit encore quelques longueurs puis, quand il se sentit à la limite de ce qu'il pouvait endurer, il rejoignit l'endroit où il avait laissé ses vêtements. Il se prépara à sortir, mais, juste au moment où il prenait appui sur la rive, une chaussure se posa sur son visage et quelqu'un le repoussa.

Il leva les yeux. C'était George Hellebore.

— Mais qu'est-ce que je vois ? Ce serait pas mon vieux pote Jimmy Bond ? railla Hellebore.

— Salut, Hellebore, dit James en tentant une fois encore de remonter sur la berge.

— Où crois-tu aller comme ça ? demanda Hellebore. T'es pressé ?

Et il le repoussa dans l'eau glacée.

— Il faut que je me change.

— Sacré Bond. Toujours sur le départ. Toujours besoin d'aller quelque part en quatrième vitesse.

— J'ai froid. Je veux sortir.

— Ça, je veux bien te croire. Mais c'est moi qui surveille les plans d'eau aujourd'hui, dit Hellebore en s'agenouillant devant James et en lui lançant un sourire sinistre. Si tu veux sortir, tu dois d'abord passer un petit test.

James dévisagea George. Ses yeux bleu de Chine brillaient d'une lueur malsaine et un inquiétant sourire narquois tordait sa bouche.

— Tu n'as rien à faire là, Hellebore, dit James en prenant appui sur le bord. Ce n'est pas toi qui commandes ici.

— Si je te dis que c'est moi, c'est que c'est moi.

Il ne servait à rien de discuter. Hellebore était accompagné de son habituelle escouade de copains : Wallace, avec sa grosse tête carrée et son sourire édenté, Sedgepole, avec sa petite tête de fouine et ses oreilles décollées, et Pruitt qui, lui, était plutôt beau gosse et élégant. Tous regardaient James d'un œil mauvais, le mettant au défi de faire le moindre faux pas.

– Qu'est-ce que tu veux ? demanda James en faisant tout son possible pour ne pas claquer des dents.

– Tu imagines que tu es un bon nageur, hein, Bond ?

James se contenta de répondre en haussant les épaules.

– Eh bien, je n'ai jamais vu dans ce pays un seul nageur m'arriver à la cheville. Vois-tu, je suis quasiment né dans l'eau.

– Oui, répondit James en donnant des coups de pied dans l'eau pour tenter de se réchauffer. J'ai entendu dire que tu n'étais pas mauvais.

– Pas mauvais ? répéta Hellebore en ouvrant de grands yeux, feignant l'étonnement. Tu veux dire que je suis le meilleur, Bond. Tu veux faire une course ?

– Pas maintenant, Hellebore.

– Pourtant, c'est le test que tu dois passer, mon vieux Bond. Il faut que tu gagnes une course à la nage.

– Je ne veux pas faire la course avec toi...

– Qui a parlé de te mesurer à moi ? Tu ne pourrais pas me battre, même si j'avais les pieds liés. Non, tu ne vas pas faire une course contre moi...

Hellebore siffla et un garçon en short de bain sortit à contrecœur des buissons où il s'était réfugié. C'était Leo Butcher, un garçon rondouillard et débonnaire qui jouait dans la fanfare de l'école. Bond l'avait vu gonfler les joues lors d'un récent concert donné par l'atelier musique dans la grande salle de l'école.

– Salut, Bond, dit-il d'un air penaud.

Il paraissait évident qu'il n'avait pas plus envie de se trouver là que James.

– Salut, Butcher, répondit James.

– Le coup va se jouer entre vous deux, dit Hellebore.

Bond fronça les sourcils. Butcher n'avait pas l'air d'un excellent nageur. Où était le piège ?

– Qu'est-ce que t'en dis, Bond ? demanda Hellebore en donnant une violente claque dans le dos de Butcher qui grimaça sous l'assaut. Une course contre ce gros lard, ici présent. Le perdant devra me donner… – Hellebore marqua une pause pour faire monter le suspens. – Disons… son chapeau.

Bond jeta un œil à Butcher, qui regardait obstinément ses pieds.

– Ça devrait être amusant, ajouta Hellebore. Mais, je te préviens, Bond, Butcher est sacrément bon. C'est le meilleur même.

Les autres s'esclaffèrent.

– Si ça ne te fait rien, j'aimerais autant pas, dit James en prenant un ton conciliant.

Mais Hellebore le saisit brutalement par les cheveux et lui enfonça la tête sous l'eau. Pris par surprise, James avala une bonne tasse d'eau saumâtre. Il émergea en toussant et en refrénant un haut-le-cœur.

– Tu vas faire la course contre Butcher, Bond, sinon, mes potes et moi on va jouer au foot avec ton crâne. Tu piges ?

Hellebore l'agrippa et le tira sur la berge.

– Alors qu'est-ce que tu préfères ?

66

James se releva. Les mains de George avaient laissé deux marques rouges sur ses bras.

– Entendu, dit James calmement.

Hellebore claqua des mains.

– Ça, c'est un mec bien ! Que le meilleur gagne !

James et Butcher s'alignèrent côte à côte au bord de l'eau. Butcher tremblait comme une feuille. Ses genoux s'entrechoquaient. James se demanda quelle carotte Hellebore lui avait tendue pour qu'il accepte de coopérer à cette stupide mise en scène.

– Vous êtes prêts ? hurla Hellebore. Deux longueurs. Le perdant perd aussi son chapeau.

James essayait en vain de comprendre où Hellebore voulait en venir. À la nage, il avait toutes ses chances contre Butcher. Où était donc la ruse que l'Américain blondinet n'avait pas manqué d'élaborer ?

– À vos marques. Prêts…

Soudain Hellebore s'arrêta.

Butcher avait glissé et était tombé dans la rivière. Les sbires de Hellebore étaient pliés en deux.

– Ah ! J'oubliais un petit détail, dit Hellebore pendant que Butcher se hissait péniblement hors de l'eau.

James le regarda sans surprise. Il était sur le point d'abattre son joker.

– Vous devez rester sous l'eau.

– Quoi ?

– Tu m'as bien entendu. C'est une course sous l'eau. Le premier qui remonte pour respirer a perdu. Si vous ne réussissez pas à faire l'aller-retour, c'est celui qui aura été le plus loin qui aura gagné.

James jeta un œil à Butcher, qui évita son regard. Il était au courant.

Oh, après tout ce n'était pas la fin du monde. James avait encore une chance. Butcher ne devait pas être si bon que ça et James avait confiance dans sa capacité à retenir sa respiration.

– Prêts… Partez ! hurla Hellebore.

Et ils plongèrent.

Cette fois, James était préparé au froid, mais c'était encore moins supportable en gardant la tête sous l'eau. Il ne voyait qu'à cinquante centimètres devant lui. Une vraie purée de pois. De nombreux débris et autres déchets non identifiés flottaient près de lui, le frôlant dans l'obscurité. Un instant, il crut apercevoir une forme blanchâtre, qui aurait pu être Butcher, loin devant lui. Mais elle avait disparu avant qu'il ait pu s'en assurer. Des algues visqueuses caressaient son ventre et l'idée des anguilles, tapies dans la vase au fond de l'eau, le fit frissonner.

Il n'avait aucune idée de la distance qu'il avait parcourue. Mais il savait qu'il lui serait difficile d'atteindre l'autre rive, sans parler du retour.

Il se sentait atrocement mal, comme si une cage de métal lui comprimait le crâne. Tout ce qu'il voulait c'était remonter à la surface, sortir la tête de l'eau et retrouver l'air, la chaleur et la lumière. Il résista néanmoins à la tentation et nagea plus fort, se lançant dans une brasse puissante et académique, partant du principe que plus il irait vite moins long serait le calvaire. Effectivement, plus il forçait, plus il consommait d'oxygène.

Rapidement, une sensation de brûlure étreignit ses poumons. Il poussa encore. Les palpitations dans son crâne se faisaient de plus en plus violentes. Encore quelques brasses et il dut se résoudre à souffler un peu d'air, puis un peu plus et ainsi de suite jusqu'à ce que ses poumons soient totalement vides et que la douleur devienne insupportable. Il luttait désespérément. Encore une brasse. Une autre. Et. Non. C'était trop. Tout son corps réclamait de l'oxygène. Il ne pouvait plus lutter. Il émergea et avala d'énormes bouffées d'air, puis il reprit lentement son souffle avec force toux et raclements de gorge. Il avait beaucoup dérivé. Il était loin de la berge. Mais où était Butcher ? Il devait encore se trouver quelque part là-dessous. Était-il en difficulté ? S'était-il pris dans les algues ?

Non, il vit bientôt ses pieds qui émergeaient près de la rive. Il avait atteint le bord et ne remontait toujours pas. James le vit poursuivre obstinément sa route en sens inverse. Bond en oubliait la course, le froid et les quolibets que les anciens lui lançaient depuis la berge. Il était émerveillé par la capacité de Butcher à retenir sa respiration. C'est seulement lorsqu'il se retrouva à deux mètres de son point de départ qu'il remonta à la surface et inspira, sans pour autant paraître à bout de souffle, comme s'il pouvait continuer encore un peu.

– Bien joué, Butcher ! hurla Hellebore. Une vraie tortue !

James nagea jusqu'à eux. Il avait hâte de se retrouver au chaud et au sec. Pourtant, quand il fut à portée des anciens, Hellebore l'attrapa à nouveau par les cheveux et le fit soudainement replonger. Il n'avait pas eu le temps de reprendre sa respiration. Il se débattit mais, en dépit de ses efforts, ne parvint ni à échapper à la prise de Hellebore ni à remonter. Une énorme bulle, contenant sa dernière réserve d'air, s'échappa de sa bouche et il avala une pleine rasade d'eau boueuse. Ne pas s'affoler, cela ne ferait qu'empirer les choses. L'Américain n'allait tout de même pas le noyer…

Il était à bout. Quelques secondes supplémentaires et il se mettrait à respirer dans l'eau… Il ne pouvait pas remonter. Le bras de George était trop fort… Mais peut-être pouvait-il tenter autre chose… Une manœuvre radicale qui constituait sa seule porte de sortie.

D'un vif mouvement des bras, il attrapa le poignet de George et tira violemment. Pris par surprise, celui-ci vacilla et tomba à l'eau dans un grand « plouf ». Libéré, James remonta précipitamment sur la berge où il vomit un mélange de mucus et d'eau croupie.

Hellebore était furieux. Il hurlait. Sedgepole et Pruitt immobilisèrent James. Il savait qu'il était dans un sale pétrin. Mais tout était préférable à la noyade. Entravé par ses vêtements mouillés, Hellebore sortit maladroitement de l'eau. Il avait les yeux rouges de colère, les lèvres bleuies par le froid plissées dans un rictus rageur. Il montrait les dents. Au sens propre. Toute trace du jeune garçon distingué avait disparu, laissant place à l'image de la bête enragée.

— T'aurais pas dû faire ça, Bond, grogna-t-il entre ses dents.

Mais, avant qu'il ait pu faire quoi que ce soit, Croaker apparut.

– Eh là, vous autres ! cria-t-il. Vous ne devriez pas être dans l'eau.

C'est alors qu'il remarqua Hellebore et qu'il s'exclama :

– Mais qu'est-ce qui se passe ici, grands dieux ? Pourquoi tes vêtements sont-ils trempés ?

Hellebore, le visage soudain impassible, se tourna vers Croaker. Comme dans toutes les écoles du monde, il y avait un code à Eton. On ne cafardait pas. On n'allait pas se plaindre au surveillant en pleurnichant. En cas de problème avec un autre élève, le différend se réglait entre soi. Et, même si Croaker n'était pas un *beak* à proprement parler, il était investi d'une autorité et pouvait facilement rendre compte à qui de droit.

Hellebore allait-il se conformer au code ?

– Ce qui se passe ici ? Euh…

– C'est ma faute, Croaker, le coupa Bond. Je me suis trouvé en difficulté : une crampe à la jambe. Hellebore est venu à mon secours et il m'a sorti de là.

– C'est vrai ça ? demanda Croaker en jetant un regard inquisiteur aux deux garçons. Eh bien, vous feriez mieux de vous sécher avant qu'un *beak* vous mette la main dessus.

Hellebore et sa bande se défilèrent tandis que James et Leo Butcher se séchaient du mieux qu'ils pouvaient avant de renfiler leurs vêtements.

– Désolé, Bond, déclara Leo en se frottant les cheveux avec une serviette aux allures de mouchoir. Ce n'était pas une lutte équitable.

– T'en fais pas pour ça, le rassura James. Mais comment est-ce que t'as fait ? Comment peux-tu retenir ta respiration aussi longtemps ?

– Je joue de la trompette et aussi du tuba, répondit simplement Butcher, comme si cela constituait une explication suffisante.

Devant l'air déconcerté de James, il poursuivit :

– Je dois contrôler ma respiration quand je joue. J'ai besoin de pouvoir gonfler mes poumons à plein, alors je fais des exercices spéciaux pour ça.

James était aussi impressionné que désireux d'en savoir plus.

– Mon père est musicien, continua Butcher. Il m'entraîne depuis que je suis tout petit. Hellebore a découvert mes capacités d'apnée le jour où, pour jouer, il a essayé de m'étouffer.

– Ce qu'il est joueur ce garçon, ironisa James en se débattant avec sa chemise qui collait à son torse humide.

Butcher lui répondit par un sourire.

Pendant qu'ils longeaient la berge en direction de l'école, James continua de questionner Butcher.

– Il faut que tu m'apprennes ton truc pour contrôler la respiration. C'est incroyable !

– Ce n'est pas un truc, répondit le trompettiste.

– Non, je sais bien, mais je pense que ça pourrait vraiment m'aider à mieux courir.

Leur conversation s'arrêta là car, avant que Butcher ait eu le temps d'ajouter quoi que ce soit, Wallace et Pruitt bondirent sur eux et arrachèrent au vol le chapeau de James.

– Ton gage ! hurlèrent-ils avant de lancer l'objet dans la Tamise.

Tournant sur lui-même, le chapeau s'éloigna, emporté par le courant. Les deux assaillants détalèrent en riant.

– Tu vas avoir des ennuis pour ça, déclara calmement Butcher.

– Je sais, répondit James. Mais ça aurait pu être pire.

Dès que l'occasion se présenta, James suggéra à M. Merriot l'idée de faire des exercices de respiration à la fin de ses entraînements.

– Ce qui est sûr, c'est que ça ne pourrait pas vous faire de mal, répondit Merriot en tentant d'allumer sa pipe. Augmenter votre capacité pulmonaire : bonne idée. Savez-vous ce qui se passe quand vous respirez, Bond ?

– Eh bien, je sais que les poumons filtrent l'oxygène de l'air et l'envoient au système sanguin qui lui-même l'apporte aux muscles.

– En gros, c'est ça. Sans oublier le circuit inverse, c'est-à-dire que nos poumons évacuent le dioxyde de carbone présent dans notre sang. Donc, si vous respirez trop, vous emmagasinez trop d'oxygène dans votre sang ce qui provoque des vertiges, voire l'évanouissement. À l'inverse, si vous manquez d'oxygène, vos muscles deviennent apathiques. En tant qu'athlète, vous devez apprendre à régler votre souffle pour réguler la quantité d'oxygène qui circule dans votre corps. Sinon, vous allez souffrir. Je vous vois sur la piste demain ?

– Oui, m'sieur… Au fait, m'sieur !

— Oui ?

— Certains élèves, m'sieur… Eh ben, ils disent que le triathlon du trophée Hellebore est un peu une arnaque…

— Comment ça, une arnaque ?

— Ils estiment qu'il est organisé seulement pour que George Hellebore le gagne.

Merriot éclata de rire.

— Ah bon ? C'est ça qui se dit dans les couloirs ?

— En tout cas c'est ce que disent certains.

— Et, bien entendu, vous n'en faites pas partie, n'est-ce pas, Bond ? demanda Merriot en lui lançant un regard amusé et en plongeant ses grosses mains dans les poches de son pantalon.

— Il est si bon que ça, m'sieur ?

— Oh, c'est un bon coureur. Peut-être pas les jambes pour s'aligner sur une vraie course de fond mais, comme le cross dans le parc se déroulera sur un peu moins de huit kilomètres, il a ses chances. Et puis j'ai entendu dire qu'il était intouchable dans l'eau. Quant à ses qualités au tir, je n'en ai pas la moindre idée. Mais, pour répondre à votre question, je dirais que, s'il existe un favori pour ce trophée, c'est bien le jeune George Hellebore.

— Ça ne paraît pas très égalitaire, m'sieur.

— Écoutez-le, rétorqua Merriot en riant. Voilà qu'il parle comme un communiste. Mais qui donc vous a laissé entendre que le monde était égalitaire ? C'est le privilège des riches que de dicter les règles. Et notre bon lord Hellebore est un des parents d'élèves les plus riches de l'école.

– Mais quand bien même…

– Il fait un don substantiel à l'école en échange de ce trophée à son nom, l'interrompit Merriot. Il va mettre une belle somme à la disposition du département des Sciences. Si mes souvenirs sont exacts, on appelle ça « envoyer l'ascenseur dans l'espoir d'un renvoi ». Et vous ne me verrez jamais me plaindre de ça. Je trouve même que ce trophée est une sacrée bonne idée. Ça fait une éternité que je tanne le doyen pour qu'on accorde un peu de reconnaissance à autre chose qu'au cricket et à l'aviron. Et même si je ne suis pas convaincu de l'intérêt de l'épreuve de tir car je considère que ce genre d'activité devrait être réservé à l'armée, je tire mon chapeau à lord Hellebore. J'imagine qu'il veut par là qu'on le considère comme l'un des nôtres, mais, évidemment, il ne sera toujours qu'un Américain.

– Qu'est-ce que vous voulez dire, m'sieur ?

– Que les Américains sont un peuple attachant, amical, courageux, joyeux et plein d'entrain… Mais ils mettent le fait de gagner au-dessus de tout. Et, ma foi, le plus souvent, ils y parviennent.

– Alors vous pensez que George va remporter le trophée ?

– Comme je vous l'ai dit, il a de bonnes chances, dit Merriot en s'engageant dans le chemin. Mais ne nous focalisons pas trop sur qui va gagner ce trophée. D'accord ?

– Euh…

– Ne soyez pas défaitiste, James. Tout ce qui nous intéresse, c'est le cross-country.

– J'espère que je m'en sortirai bien, m'sieur.

– Vous en sortir, Bond ? Mais pas du tout.

James le regarda, légèrement désappointé.

– Vous allez faire mieux que ça, mon garçon, ajouta M. Merriot avec un sourire. Cette course, vous allez la gagner.

Faux départ

– Je viens d'un pays où l'on ne joue pas au cricket et, pour tout vous dire, je ne vois vraiment pas comment on peut s'intéresser à ce sport, déclara lord Hellebore d'un ton grandiloquent avant de marquer une pause et de lever une main dans les airs à la manière d'un piètre acteur de boulevard. La vérité est que – et j'espère qu'aucun « Jean-sec » parmi vous ne m'en tiendra rigueur – ce jeu n'est ni assez rapide ni assez viril pour nous convenir, à nous autres Américains.

Il eut un large sourire, découvrant ses belles dents blanches, et scruta la foule des garçons qui se trouvaient devant lui.

Tommy Chong, qui était à côté de James, lui donna un coup de coude et lui murmura à l'oreille :

– George Hellebore n'a pas joué au cricket depuis qu'il s'est pris une balle en pleine tronche, lors de son premier match.

James se retint pour ne pas rire. Ils étaient tous massés près du champ de tir, un endroit appelé la Citerne, attendant que la compétition commence, mais, au dernier moment, lord Hellebore était monté sur un muret et avait insisté pour faire un discours.

Il tonnait, arrosant de salive les premiers rangs.

– Selon moi, le sport sert à faire de vous des hommes forts et sains. On dit que la bataille de Waterloo s'est d'abord gagnée sur les terrains de sport d'Eton. Nul doute que d'autres batailles et d'autres guerres se profilent à l'horizon. C'est pourquoi nous devons nous y préparer !

Il écarquilla ses grands yeux bleu pâle et parcourut la foule.

– Le monde ne vous fera pas de cadeau, croyez-moi. Vous comprendrez quand vous sortirez d'ici. Et si vous n'êtes pas prêts à vous battre, vous mourrez. Oui vous mourrez. Croyez-moi, j'en ai vu durant la Grande Guerre, des hommes avec les tripes à l'air, la peau verdie par la pourriture…

James et Tommy se regardèrent et ils n'eurent pas besoin de se parler pour voir que tous deux pensaient la même chose : « Mais qu'est-ce qu'il nous fait ? » En effet, ce discours paraissait pour le moins déplacé en ouverture d'un événement sportif, qui plus est dans une école. Mais il n'avait pas terminé…

– J'ai vu des hommes aveugles, éructa-t-il. D'autres sans bras ou sans jambes. J'ai utilisé des cadavres pour faire des remblais, sans même y penser ! Oh, bien sûr, certains en ont perdu la tête… Mais pas moi.

– Ça, ça reste à prouver, murmura James à l'oreille de Tommy qui ne put s'empêcher de pouffer de rire.

Hellebore regarda dans leur direction et reprit de plus belle.

– Ça m'a ouvert les yeux. Ça m'a appris à voir le monde tel qu'il est. Et j'ai compris à cette occasion que, dans la vie, on avance seul et que, si on ne fait pas ce qu'il faut pour être sur le haut du tas, alors on peut s'attendre à se retrouver enterré sous les excréments de ceux qui se trouvent au-dessus !

Abasourdie, la foule lui répondit d'abord par un long silence puis par quelques timides applaudissements épars. Alors Hellebore hurla d'une voix théâtrale :

– Que les jeux commencent !

Le temps avait changé ces derniers jours. Le soleil brillait gaiement dans le ciel et l'air était sensiblement plus doux. On était samedi, à quelques jours de la fin du trimestre, et une joyeuse atmosphère de carnaval régnait dans l'école. Personne ne s'attendait à ce que lord Hellebore donnât un tour aussi sérieux à l'événement.

Profitant du soleil et discutant avec les autres, James attendait de s'aligner sur le pas de tir. Pritpal et Tommy étaient venus en spectateurs. Aucun ami de James ne participait à la compétition et la quasi-totalité des participants était plus âgée que lui.

Au bout d'un moment, le capitaine Johns, responsable de la section tir, appela le nom de James et celui-ci alla chercher sa carabine, une Browning 22 long rifle.

Après des débuts tendus, il prit un certain plaisir à

l'exercice. Il aimait le recul de l'arme contre son épaule au moment où il appuyait sur la détente, la sèche détonation qui déchirait l'air et la douce odeur de cordite brûlée qui s'échappait de l'arme après chaque coup; tout comme il appréciait l'anxieuse attente du résultat, son exaltation quand il touchait la cible et sa déception quand il en était loin.

— Pas mal, Bond. Pas mal du tout, déclara le capitaine Johns en lui tendant son carton à l'issue de sa session. Un score tout à fait honorable.

James étudia l'emplacement des trous dans la petite cible de papier noir et blanc. Il ne s'attendait pas à faire aussi bien.

— Vous êtes une fine gâchette, Bond, ajouta le capitaine Johns.

— La chance du débutant, répondit modestement James.

— Quoi qu'il en soit, vivement que je vous aie sous mes ordres pour votre formation militaire.

Une rumeur monta du pas de tir. James se retourna et vit que George Hellebore se préparait à entrer en lice. Il était allongé par terre, la carabine solidement coincée dans le creux de l'épaule, une joue appuyée sur la crosse et l'œil rivé à la mire. Des cris d'encouragement fusèrent, venant sans aucun doute de son habituelle bande de copains, obligeant le capitaine Johns à s'approcher et à appeler au calme.

James observa le jeune Américain, allongé sur le sol comme un soldat professionnel, avec ses bras puissants et ses cheveux impeccables. Il était impressionné par le relâchement et la confiance avec lesquels il tenait son arme, impressionné et aussi un peu épouvanté. Il se demandait combien d'innocentes créatures avaient trouvé la mort en croisant la route de George.

James se retira. Depuis l'incident du Carré cantonal, il s'était arrangé pour rester hors de portée de Hellebore et il ne voulait pas qu'en se retournant, celui-ci puisse le voir ici.

Juste après que la détonation eut déchiré l'air, Hellebore tira la culasse d'un geste sûr, éjectant la douille du magasin puis, avec la même assurance, glissa une balle neuve dans la chambre et repoussa la culasse. Le tout n'avait pris que quelques secondes. Il se concentra un instant, fixant sa mire, et une nouvelle puissante détonation retentit. Huit coups plus tard, il en avait terminé. Il avait passé l'épreuve avec une aisance déconcertante. James était impressionné.

Le capitaine Johns rapporta la cible de Hellebore. Ses supporters se pressèrent autour de lui avant de l'acclamer et de lui taper dans le dos. Visiblement, il avait été à la hauteur de leurs attentes. Enfin, le héros quitta le pas de tir d'une démarche nonchalante, accompagné de sa cour de lèche-bottes qui le félicitaient bruyamment en essayant de faire retomber sur eux quelques poussières de sa gloire.

Malgré ses efforts, James ne put les éviter. Au moment où ils se croisèrent, Hellebore lui jeta le regard méprisant de celui qui retire une cochonnerie de sa semelle, puis alla à la rencontre de son père. Le colosse rayonnait. Il prit son fils par les épaules et le secoua joyeusement. Lord Hellebore était membre du jury qui supervisait l'événement. Et il semblait y prendre grand plaisir. La seule personne qui paraissait encore plus heureuse que lui était George.

— Je doute que nous ayons un meilleur tir aujourd'hui, déclara le capitaine Johns en se saisissant d'un tas de cibles vierges, posées sur une table à côté de James. Hellebore est la plus fine gâchette de l'école. D'ailleurs…

Le capitaine s'arrêta pour consulter la feuille des scores.

— Il n'y a plus qu'un concurrent à passer : Andrew Carlton. Du menu fretin. Je ne l'ai pas vu sur le pas de tir depuis des lustres.

Carlton était un garçon blond et flegmatique du même âge que Hellebore. C'était le champion des Jeanmouille, le héros des équipages d'aviron. Il passait son temps sur l'eau, à ramer. Il était robuste et athlétique et aurait très bien pu faire un athlète complet, s'il n'avait décidé de se concentrer sur un seul sport. En son temps, son père avait été capitaine de l'équipe d'aviron d'Eton et il avait continué à Cambridge où il avait remporté de nombreuses victoires. De ce fait, son fils était condamné à briller sur les plans d'eau.

— Bonne chance, Carlton, lui lança James quand il passa près de lui.

— Merci, lui répondit Andrew avec un large sourire. Je vais en avoir besoin. Jusqu'à la dernière minute, je ne voulais pas participer à ce trophée et puis finalement j'ai pensé que ça pourrait être marrant… Au fait, j'ai vu ton tir. Pas mal pour un bizut.

Carlton prit sa carabine et se mit en position. Il s'avéra rapidement qu'il avait de très bons yeux et une main très sûre et, après un ou deux tirs, l'excellent rameur fit la preuve qu'il se doublait d'un très bon tireur.

Un lourd silence s'abattit sur la petite foule de spectateurs. Évidemment, quelqu'un avait averti George Hellebore qui, se frayant un passage avec force poussées et coups d'épaule, revint se placer au premier rang où il assista à la scène, le visage fermé.

Carlton tira sa dernière cartouche. Le capitaine Johns se précipita pour récupérer la cible. Il l'étudia un long moment puis appela deux autres juges à la rescousse pour l'aider à prendre une décision. Après quelques instants de palabres, ils opinèrent tous du bonnet et le capitaine Johns se prépara à annoncer les résultats.

James ne faisait pas partie des cinq meilleurs, mais il terminait tout de même à une honorable septième place : un bon résultat pour quelqu'un qui n'avait pas touché une carabine depuis au moins trois ans. La surprise du jour était que Hellebore et Carlton ayant fait jeu égal, ils étaient déclarés vainqueurs *ex aequo*.

Pendant la proclamation des résultats, James jeta un coup d'œil à lord Hellebore. Il était impassible. Ce qui n'était pas le cas de son fils.

– Bah ! Je t'aurai à la natation ! lança-t-il à Carlton en feignant un air détaché.

Mais James le connaissait assez pour savoir qu'il bouillait et qu'il aurait donné n'importe quoi pour être certain de battre Carlton à plate couture dans les épreuves suivantes.

Sous l'œil attentif de James, lord Hellebore fit un signe à George et l'attira dans un coin tranquille, à l'écart de la foule. Gardant ses distances, James n'en perdit pas une miette. Randolph parlait avec virulence à son fils qui acquiesçait par d'incessants hochements de tête. À la fin de son monologue, Randolph attrapa le menton de son garçon, lui releva vivement la tête et, proche à le toucher, s'adressa à lui avec une telle véhémence que George en parut effrayé.

James se rappela le jour où il avait lui aussi respiré l'haleine de Randolph. Il se souvint de la chaleur et de l'odeur. Il eut presque pitié de George. Puis il se passa quelque chose d'étrange. Randolph sortit un petit flacon de verre de sa poche, jeta un regard alentour pour vérifier que personne ne les observait et versa quelques pilules dans sa main.

George protesta et tenta même de s'en aller, mais son père le rattrapa par l'épaule, le secoua violemment et, d'autorité, posa les pilules dans la main de son fils. Vaincu, celui-ci les avala puis retourna auprès de ses amis.

James n'eut pas le temps de s'appesantir sur la question car la petite troupe quittait déjà la Citerne en direction de la rivière où allait se dérouler la deuxième épreuve : la natation.

En chemin, James se retrouva à côté de Carlton. Il le félicita.

– Du beau boulot !

Carlton lui répondit par un sourire avant d'expliquer :

– J'ai fait un camp cet été, organisé par l'armée. Et on a fait un peu de tir. Mais franchement, je ne pensais pas faire aussi bien.

– M'est avis que tu as sérieusement ébranlé Hellebore.

– Peut-être... Mais c'est un très bon nageur. Il va se
refaire...

Plus tard, alors qu'ils se changeaient dans la cabine
de bain, James observa à nouveau Carlton. Torse nu,
il était encore plus impressionnant. Tous les rameurs
étaient de bons nageurs, d'ailleurs il était interdit de
naviguer sur la rivière sans passer un examen de natation, pour autant, personne ne savait ce que valait vraiment Carlton dans cette discipline.

Plusieurs radeaux étaient ancrés dans la rivière, à
un endroit où l'eau était calme, afin de constituer une
plate-forme stable d'où l'on pourrait donner le départ
des courses. Les nageurs devaient plonger, descendre le
courant, passer une bouée accrochée en aval, puis revenir à leur point de départ en nageant à contre-courant.
L'épreuve était difficile. Quelques participants jetèrent
l'éponge avant même le départ.

James ne mesura la difficulté de l'épreuve que lorsqu'il participa à sa première course. L'eau était certes
un peu plus chaude qu'elle ne l'avait été, mais le froid
coupait néanmoins le souffle quand on y plongeait. Descendre le courant jusqu'à la bouée était aisé, en revanche
le retour était mortel. À certains moments, on avait
l'impression de ne pas avancer du tout et, quand les
participants atteignirent enfin les radeaux, ils étaient
tous épuisés et à bout de souffle.

Carlton était dans le premier groupe et l'emporta
de deux bonnes longueurs. Mais, dans le deuxième,

Hellebore gagna avec au moins deux fois plus d'avance, demeurant ainsi le principal favori. James s'en tira plutôt bien au début, finissant troisième de son groupe, mais, au second tour, il ne put rivaliser avec les plus anciens et termina quatrième.

La finale réunissait huit garçons parmi lesquels quatre favoris : Hellebore, Carlton, Gellward et Forster. Gellward était un type râblé à la carrure imposante ; quant à Forster, il était tout simplement le plus âgé de tous les participants, le plus âgé et aussi le plus costaud. Il était massif et braillard, avec une peau d'une blancheur fantomatique et des cheveux noirs en désordre. Son humeur oscillait entre la jovialité la plus totale et la furie la plus dévastatrice, sans rien entre les deux.

Les finalistes s'alignèrent au bord du radeau, Croaker à côté d'eux, son sifflet de starter à la main. De nombreux gamins des rues, rivalisant de cris d'encouragement et de blagues bruyantes, avaient pris place sur la rive pour assister à la course. Les appels au calme de Croaker restèrent sans effet. Plus la journée avançait, plus l'excitation montait dans les rangs des spectateurs.

James, la chemise collée à son dos mouillé et les cheveux encore trempés, se joignit à Pritpal, Tommy, Leo Butcher et Freddie Meyer, assis sur un banc.

— Pas de chance, lui lança Pritpal quand il arriva.

— C'est rien, répondit James. Je savais que je n'avais aucune chance de remporter cette coupe. Pour moi, tout ce qui compte, c'est le cross-country.

Ils furent interrompus par un retentissant « à vos marques », rapidement suivi du rituel « prêts ». Mais, avant que Croaker ait eu le temps de crier « partez », un farceur dans le public poussa un puissant sifflement et trois concurrents se jetèrent à l'eau. Les rires et les sarcasmes fusèrent parmi les spectateurs tandis que la plupart des surveillants jetaient des regards noirs autour d'eux. D'autres, dont M. Merriot, tentaient au contraire de dissimuler leurs sourires.

Lord Hellebore, pour sa part, était furieux.

– Ça suffit, rugit-il à la cantonade. Vous feriez bien de prendre ça un peu plus au sérieux.

George faisait partie des trois garçons qui sortaient péniblement de l'eau. Il secouait la tête en riant. Pour autant, même s'il s'agissait d'une blague, cela comptait néanmoins comme un faux départ et une tension palpable s'était emparée des nageurs. James compara Carlton et Hellebore. Le premier, debout, l'air détendu, affichait la même désinvolture que lors de l'épreuve de tir. Il était là pour s'amuser, pas pour gagner. À côté, Hellebore paraissait atrocement tendu. Il s'était vite arrêté de rire et s'était accroupi dans une improbable position de départ, tous muscles bandés, et lançait un regard mauvais à la rivière couleur d'ardoise. L'incident lui avait fait perdre tout son sang-froid et toute son assurance. Il semblait au contraire pris d'une frousse terrible et serrait les dents. James se demanda ce que pouvaient bien contenir les pilules qu'il avait avalées.

Croaker reprit sa procédure de départ : « À vos marques… prêts… »

Un soupir d'épouvante parcourut la foule. Hellebore venait de faire un nouveau faux départ. Il voulait tellement se retrouver en tête de la course qu'il avait démarré avant le signal, et cette fois sans intervention du public. Bientôt, les railleries reprirent de plus belle, mais Hellebore sortit de l'eau avec un regard si noir qu'elles cessèrent bien vite. James jeta un œil à Randolph, qui se trouvait sur le radeau en compagnie des autres membres du jury. Sa colère semblait s'être légèrement dissipée. Il était assis, les lèvres hermétiquement closes et l'air sombre.

— Approchez, jeunes gens, demanda M. Merriot. Je vous en prie, concentrez-vous un peu. Hellebore ! Un autre faux départ et vous êtes disqualifié.

Hellebore le fusilla du regard. Il détestait qu'on le rappelle à l'ordre.

Maintenant, tout le monde ressentait la tension. Le pouls de James s'accéléra. La pression pesant sur les épaules de Hellebore devait être terrible.

— À vos marques… prêts…

James ne pouvait en croire ses yeux. Gellward avait plongé avant le signal du départ et, dans sa panique, Hellebore l'avait suivi. Quand il refit surface, il battit l'eau d'un poing rageur et étouffa un juron. Malgré tout ce qui s'était passé, James était désolé pour lui. Sa rage de vaincre lui avait coûté la course.

Randolph avait détourné le regard. Quand il avait relevé les yeux, Croaker arrivait devant les juges en se dandinant. Il avait alors bondi de son siège et ils avaient eu un tête-à-tête enflammé. M. Merriot avait tenté de reprendre les choses en main, mais le lord, furieux, ne l'entendait pas de cette oreille. À la fin, il frappa du poing sur la table, mettant ainsi un terme à la discussion. M. Merriot se leva pour faire une annonce. Il dut forcer la voix pour couvrir le brouhaha de la foule et le bruit de la rivière.

– Il a été décidé par les juges que, même si, techniquement parlant, Hellebore s'étant rendu coupable de trois faux départs, il devrait être exclu de la course, il convenait de le réintégrer à l'épreuve vu que le premier faux départ n'a pas été du fait du nageur, mais de celui d'un garçon dont l'identité n'est pas encore connue. Hellebore écope néanmoins d'une pénalité de dix secondes. Au premier signal, les nageurs s'élanceront. Hellebore démarrera au second.

Un grondement monta de la foule. Il y avait les pour et les contre. Un murmure parcourut les spectateurs jusqu'à ce que M. Merriot appelle à nouveau au calme et que Croaker se prépare à donner le départ de l'épreuve, en espérant que, cette fois, ce serait le bon.

Au bout du compte, les garçons avaient si peur de faire un nouveau faux départ que tous se retinrent et qu'ils démarrèrent légèrement après le coup de sifflet. Hellebore attendit également que le signal s'éteignît pour se jeter à l'eau et se ruer à la poursuite des autres.

Il était vraiment bon nageur. Son crawl puissant lui permit de revenir rapidement sur la queue du peloton et, au moment de passer la bouée de mi-parcours, il avait pratiquement rattrapé les premiers. Toutes les conditions semblaient réunies pour qu'on assiste à une arrivée très disputée. Il ne faisait aucun doute que, sans son handicap, il aurait facilement remporté l'épreuve.

Mais maintenant ça allait se jouer entre lui, Carlton et l'armoire à glace aux cheveux frisés nommée Forster. Tous trois luttaient de toutes leurs forces contre le puissant courant de la Tamise.

« Vas-y, Hellebore ! » « Allez, Carlton ! » « Forster, Forster ! » Les hurlements de la foule étaient assourdissants. James y joignit sa propre voix, en faveur de Carlton. Mais celui-ci commençait à fatiguer alors que Hellebore, lui, revenait lentement mais sûrement sur la tête de la course. Il se trouvait maintenant à la hauteur de Carlton, à une longueur de Forster. Celui-ci dut le sentir car, dans un dernier coup de reins, il accéléra et réussit à toucher le radeau une fraction de seconde avant les autres.

Aucun doute, Forster avait gagné. Mais qui était deuxième ? Un silence anxieux s'empara des spectateurs.

Un des juges, M. Warburton, s'était accroupi au bord des radeaux pour assister à l'arrivée. Il se releva, rajusta son pantalon et marcha nerveusement jusqu'à la rangée des membres du jury, parmi lesquels lord Hellebore qui, stoïque, attendait, aussi immobile qu'une statue de bronze.

M. Warburton dit quelques mots que lord Hellebore accueillit avec de grands yeux. Puis il se leva.

– À la première place, ronchonna-t-il, Lawrence Forster. À la deuxième… – Il marqua une pause et jeta un œil aux concurrents qui attendaient. – Andrew Carlton…

Le reste de ses mots se perdit dans le tumulte. Personne

n'aurait imaginé que la course se déroulerait ainsi, ni qu'elle consacrerait un nouveau héros de l'école : Andrew Carlton.

À l'heure du déjeuner, au Codrose, les discussions allaient bon train, chacun voulant revenir sur les événements du matin : la surprenante performance de Carlton au tir, les faux départs de Hellebore, la victoire de Forster en natation. Et puis il y avait les pronostics enflammés à propos de ce qui pourrait se passer dans le cross-country.

Pritpal avait suivi l'évolution de la feuille de scores. À chaque épreuve avaient succédé de savantes discussions parmi les garçons pour analyser la situation et déterminer qui avait le plus de chance de remporter le trophée. Toutefois, afin d'éviter que deux concurrents puissent terminer avec le même nombre de points, une comptabilité d'une complexité diabolique, dont seul Pritpal semblait avoir saisi les subtilités, avait été instituée.

– Comme nous le savons tous, dit-il en poussant son assiette sur le côté, même si Forster a gagné l'épreuve de natation, il est toujours entre Hellebore et Carlton. Mais c'est très serré. La contre-performance de Hellebore dans l'épreuve de natation risque de lui coûter très cher.

– Alors le premier des trois au cross gagne le trophée ? demanda Tommy.

– Pas exactement, répondit Pritpal. Si Carlton bat Hellebore au cross, c'est fini, il a gagné. En revanche, pour Hellebore, c'est un peu plus compliqué.

– Explique, demanda James.

— Imaginons que Carlton finisse dans les trois premiers, alors Hellebore doit impérativement arriver premier pour remporter la coupe.

— En d'autres termes, si Hellebore ne gagne pas le cross, il perd toutes ses chances de victoire finale.

— Exactement. Mais je pense qu'il peut battre Carlton. Donc il n'y a plus que toi, James, pour l'empêcher de gagner. Tu crois que tu peux le faire ?

— J'en sais rien, répondit James avant de porter une pleine fourchette de nourriture à sa bouche.

Il tenta de faire le point sur la situation tout en mastiquant l'insipide bouillie spongieuse. Il essayait d'ingurgiter autant de nourriture que possible afin de disposer de l'énergie nécessaire à la course. Mais le menu était aussi infect que d'habitude : une tourte au poulet contenant de filandreux morceaux de volaille dans une pâte grise et caoutchouteuse, accompagnée de pois aussi durs que des plombs de chasse et de patates à l'eau.

Hellebore ne lui inspirait plus la moindre pitié. En effet, à l'issue de l'épreuve de natation, entouré de sa bande habituelle, il s'était comporté avec l'arrogance dont il était coutumier, critiquant l'école, se plaignant haut et fort, menaçant les gens et, d'une manière générale, agissant comme une petite brute prétentieuse et pourrie gâtée. James imagina qu'il tenait peut-être là le moyen de régler une fois pour toutes leur contentieux.

— J'ignore encore si je peux le battre, déclara James à l'issue de sa réflexion. En tous les cas, je vais essayer… On a des comptes à régler tous les deux.

La course

La quarantaine de garçons inscrits étaient vaguement massés près de la ligne de départ du cross-country. L'après-midi était clémente. James espérait que la pesante nourriture qu'il avait dans l'estomac ne le ramollirait pas. Il sautillait sur place pour accélérer sa circulation sanguine et réchauffer ses muscles. Il avait hâte de prendre le départ. Un instant, il comprit ce que George Hellebore avait pu ressentir sur le sautoir de natation ; une même tension l'empêchait de garder son calme.

Hellebore. Dans quel état se trouvait-il maintenant ? Lui qui comptait certainement remporter la compétition de tir et celle de natation pour n'avoir qu'à finir placé lors du cross. Mais, vu la tournure des événements, il n'avait d'autre choix que de gagner.

James ne supportait plus l'attente. Il décida d'aller faire des étirements, un peu à l'écart du reste de la troupe. Dans sa précipitation, il entra quasiment en collision avec lord Hellebore.

– Pas si vite, jeune homme, plaisanta le géant américain. Impatient d'en découdre, hein ?

– Excusez-moi, monsieur, je ne vous avais pas vu.

James s'arrêta et dévisagea l'homme au teint hâlé, à la peau brillante et aux grosses moustaches. Une fois de plus, il fit l'expérience de l'étrange odeur animale et de l'inhabituelle chaleur qui émanaient de lui.

Lord Hellebore le regarda à la manière d'un serpent fixant sa proie, prêt à frapper.

– On se connaît, n'est-ce pas ?

– Je suis James Bond... Le fils d'Andrew Bond.

– Ah oui, rétorqua Randolph avec un grand sourire qui céda presque immédiatement la place à un air sombre, quand l'incident lui revint en mémoire. C'est vous qui m'avez frappé.

– Oui...

Sans crier gare, Randolph envoya un puissant direct au visage de James, arrêtant son geste au dernier moment, un sourire vicieux aux coins des lèvres. Une fois encore, James put déceler un éclair de folie dans ses yeux, une folie que son fils n'avait pas encore appris à contrôler ou à dissimuler. Chez le père, elle était bien cachée, mais James la vit briller sous l'épaisse carapace d'urbanité et il se demanda ce qu'il faudrait pour la libérer, pour que le brasier qui semblait le consumer se déchaîne.

– Allez prendre place, jeune homme. La course va démarrer.

Reconnaissant, James alla vite se placer au milieu du paquet de coureurs, où il retrouva Carlton.

– Tu connais la nouvelle ? lui demanda ce dernier.

– Non. Quelle nouvelle ? demanda James en soufflant à pleins poumons pour débarrasser ses narines du fétide parfum animal de lord Hellebore.

– Pendant le déjeuner, il y a eu des changements parmi les commissaires.

Les commissaires de course étaient des garçons qui, éparpillés sur le parcours, étaient chargés de contrôler le bon déroulement de l'épreuve, de faire en sorte que les coureurs ne s'égarent pas, ne prennent pas de raccourcis.

– Quel genre de changements ? demanda James.

– Une bonne partie d'entre eux ont été remplacés par des amis de Hellebore.

– Quoi ? s'étrangla James qui, durant un instant, en oublia presque la course. Combien ?

– Un bon nombre. Il y a Sedgepole, Wallace, Pruitt…

– Je n'aime pas ça. Pour autant, je ne peux pas imaginer que Hellebore ait l'intention de tricher…

– À ta place, je n'en serais pas si sûr, rétorqua Carlton. Il a une peur bleue de son père. Imagine ce qui se passerait s'il perdait…

James se retourna et jeta un œil à la silhouette massive de lord Randolph Hellebore, se rappelant la folie qu'il avait vue briller au fond de ses yeux. Soudain, il songea à son propre père, homme calme, sérieux et posé. Quand il était plus jeune, James en avait peur, parfois, mais rien de comparable avec la terreur que pouvait inspirer un père tel que Randolph.

M. Merriot déambulait au milieu des garçons,

distillant mots d'encouragement et bons vœux. Arrivé à la hauteur de James, il déclara :

– Alors, Bond. Prêt ?

– Comme jamais, m'sieur.

– Bien, répondit l'enseignant avec un sourire. Bonne chance, Bond. Donnez tout ce que vous avez, mais n'oubliez pas de bien régler votre allure. La course va être longue.

– Je sais, monsieur.

– Bon…

Merriot poursuivit son chemin, s'entretenant avec d'autres garçons.

C'était la première fois qu'on courait un cross-country ici, dans le grand parc de Windsor, et un grand nombre de spectateurs étaient venus assister à l'événement. Une foule bruyante était alignée au début du parcours pour encourager les coureurs. Mais James savait qu'un peu plus loin les coureurs seraient hors de vue. La boucle faisait sept kilomètres et demi, commençant et finissant ici, dans un parc dégagé. L'essentiel de la course allait donc se dérouler dans une série de petites collines boisées.

C'est lord Hellebore qui devait donner le départ. Il ne résista pas à la tentation de se lancer dans un nouveau speech.

– Le sport est ce qui, d'un garçon, fait un homme, ce qui le prépare à affronter la vie. Aujourd'hui, vous allez courir, courir aussi vite que possible. À certains moments, vous allez peut-être vous dire que vos jambes ne peuvent plus vous porter un pas de plus ; c'est là qu'en votre for intérieur vous devrez trouver les ressources mentales qui font la différence entre ceux qui gagnent et ceux qui perdent. Même si, au bout du compte, il ne peut y avoir qu'un vainqueur.

James ne savait pas si quelqu'un d'autre l'avait remarqué mais, pendant qu'il disait cela, lord Hellebore regarda fugitivement son fils, dont la bouche se plissait en un sourire sournois.

— En position, s'il vous plaît, beugla lord Hellebore.

Un silence s'abattit sur le peloton de coureurs.

— À vos marques... Prêts...

« Bang ! »

Hellebore appuya sur la détente de son pistolet de starter et la meute de garçons démarra, jouant des coudes pour se positionner dans le peloton, laissant derrière eux les hurlements et les sifflets des spectateurs.

James restait en arrière, là où il y avait plus de place. La course serait longue, il le savait pour s'être beaucoup entraîné sur cette distance. Dans un premier temps, il fallait s'économiser. Quoi qu'il en soit, s'entraîner pour une course était une chose, la courir effectivement en était une autre. Une longue liste de paramètres nouveaux entrait dans l'équation : les nerfs, la pression, l'excitation, les autres coureurs, la météo, la nature du sol... James aurait préféré un temps plus frais, mais la température était la même pour tout le monde, donc personne n'en tirerait avantage. Il avait beaucoup plu ces dernières semaines. Le terrain était lourd, ce qui pouvait causer des difficultés, mais au moins cela procurait-il une agréable sensation sous le pied.

Après quelques minutes de course, la situation

commençait déjà à se décanter. Les moins rapides étaient relégués à l'arrière alors que les plus véloces s'étaient rassemblés en tête. James força l'allure, dépassant les retardataires jusqu'à se retrouver bien calé en queue du petit groupe d'échappés dans lequel il identifia Carlton et Hellebore, à la lutte pour la première place, et derrière eux Gellward, Forster ainsi que quelques autres grands, dont certains commençaient visiblement à fatiguer. Ils soufflaient bruyamment.

James fit le point sur sa condition, presque comme un observateur extérieur. Il fut heureux de constater qu'il se sentait bien, avançant sans peine et surtout sans entamer ses réserves, encore élevées. Jusque-là tout se déroulait comme prévu.

Alors qu'ils attaquaient l'ascension de la première difficulté majeure de la journée, deux ou trois coureurs du peloton de tête ralentirent et furent décrochés. Cela encouragea James. Il planta la pointe de ses chaussures dans le sol spongieux et fonça en haut de la côte, presque comme s'il la survolait. Dans la descente, sur l'autre versant, les écarts s'étaient accentués. Le peloton de tête était très étiré. James régla sa foulée, essayant de la faire aussi régulière et soutenue que possible, sans pour autant taquiner ses limites. Durant les semaines qui avaient suivi la course sous l'eau contre Butcher, il avait quotidiennement travaillé sa respiration avec le trompettiste rondouillard.

Il se représenta ses poumons se gonflant et se contractant sur un tempo régulier, telle une mécanique bien huilée se remplissant lentement d'air puis expulsant un long souffle de gaz brûlés. Les premiers signes de fatigue commençaient à se faire sentir. Sa trachée sonnait de plus en plus rauque et, dans sa cage thoracique, son cœur cognait comme un maréchal-ferrant zélé dans sa forge, forçant le sang jusqu'aux muscles douloureux de ses jambes. Mais, parfois, il y a du plaisir dans la souffrance : celui de lutter seul autant contre soi-même que contre les autres.

Ils arrivèrent à la deuxième colline, qu'ils passèrent sans encombre, puis à la troisième, la plus importante de toutes, la butte Parson, une sévère montée, sur une piste qui serpentait au milieu des arbres et dont la raideur augmentait à mesure qu'elle approchait du sommet. James dut réduire l'amplitude de ses foulées. Pour la première fois, il sentit son corps réellement peiner, pas de quoi s'alarmer pour autant. Il s'en tirait toujours mieux que Gellward, le petit trapu que James avait choisi comme lièvre et sur qui il avait calé sa foulée. Au beau milieu de l'ascension, il s'était arrêté net. Puis cassé en deux, les mains sur les cuisses, il avait essayé de reprendre son souffle en haletant comme une bête à l'agonie. James le dépassa, forçant même l'allure pour vite emboîter le pas au coureur qui le précédait.

Il y avait un léger plat au sommet du mamelon, qui commandait la bascule dans une descente bien raide. Deux commissaires de course s'y étaient positionnés pour compter les coureurs : Sedgepole et Pruitt. Concentré sur sa course, James y prêta à peine attention.

Le sommet de Parson marquait la mi-parcours, ainsi que le début des difficultés. En effet, à partir de là, la piste était faite d'un mélange de terre battue et de galets, plus quelques pierres, que les pieds des coureurs de tête retournaient dans d'improbables positions. James devait se montrer très prudent s'il ne voulait pas se tordre la cheville. Il courait donc les yeux baissés, attentif à chacune de ses foulées. Il perdit le contact avec les autres coureurs. Pourtant, dans la folle dégringolade de la butte, il vit un de ses adversaires chuter et partir dans le décor en dérapant dans une longue glissade. James ralentit l'allure – ce serait stupide de perdre la course ainsi. Il arriva sans encombre au pied de la colline et recolla au groupe de tête.

Il regarda devant lui. Carlton et Forster étaient là, mais où donc se trouvait Hellebore ? Que lui était-il arrivé dans la descente ? James jeta un œil derrière lui. Gellward avait pris la tête d'un petit groupe de poursuivants. Hellebore était peut-être parmi eux. Ils étaient trop loin pour qu'il puisse en être sûr… Était-il possible qu'il soit devant ? Était-il possible qu'en ce moment même il caracole seul en tête ? Forçant l'allure pour creuser l'écart ? James savait que le plus dur était passé. Maintenant il pouvait prendre des risques, accélérer, se porter aux avant-postes et imposer son propre rythme à la course. Il poussa son corps en avant et se faufila au milieu du peloton de coureurs soufflant et haletant jusqu'à se retrouver au niveau du premier, Carlton, qui l'accueillit d'un regard qui semblait vouloir dire : « C'est dur, hein ? »

– T'as vu Hellebore ? demanda James hors d'haleine.
Carlton secoua la tête.

— Y a quelqu'un devant nous ? demanda encore James.

— Pas sûr, grogna Carlton. J'crois pas.

Il n'y avait qu'une façon de s'en assurer. James força encore l'allure, laissant les autres derrière lui. Là il se retrouvait vraiment seul, faisant la course en tête à une vitesse plus élevée que ce qu'il aurait voulu à ce moment du parcours. Il fallait garder des réserves pour affronter dans de bonnes conditions le dernier raidillon, la longue ligne droite qui précédait l'arrivée. Mais où était Hellebore ? Intérieurement, James se maudissait de ne pas avoir été plus attentif lors de la descente de Parson.

Il gravit la butte suivante, par bonheur beaucoup moins haute que la précédente, prit un large virage et crut soudain apercevoir quelque chose qui bougeait dans les sous-bois devant lui, légèrement sur sa droite. Il leva les yeux vers la tache blanche qu'il avait cru apercevoir, mais elle n'y était plus. Depuis le sommet de Parson, la piste était bordée d'un haut talus. Pouvait-il s'agir d'un garçon ? D'un autre coureur ? Certainement pas. Il avait dû rêver.

Il accéléra, passa en trombe un virage serré et déboula dans un goulet entre deux hauts remblais et là, juste devant lui, Hellebore ! Mais il était impossible que James l'ait rattrapé si vite. S'il avait été devant lui avant, James n'aurait pas pu ne pas le voir.

Il n'y avait qu'une explication : Hellebore avait triché. Il avait pris un raccourci. Au lieu de descendre la colline, il avait filé sur le côté, sachant très bien que les autres coureurs seraient trop occupés à regarder où ils mettaient les pieds pour le remarquer. James foula un tas de brindilles et de bois mort. Les craquements alertèrent Hellebore qui se retourna et fut surpris de le voir revenir si vite sur lui.

James repéra un commissaire de course, qui les attendait un peu plus loin. Si Hellebore avait effectivement coupé, le commissaire devait l'avoir vu. Mais, en approchant, James eut un coup au cœur. C'était Wallace, qui, visiblement content de lui, se grattait la tête, un petit sourire suffisant au coin des lèvres.

Soudain, Hellebore chancela puis s'arrêta net, se tenant la poitrine.

James ralentit.

– Ça va ? lui demanda-t-il.

– Un point de côté, répondit aussitôt Hellebore. Ça va aller…

James poursuivit sa route. S'il avait triché, cela ne l'avait mené à rien, pensa-t-il, non sans satisfaction. Sa joie fut de courte durée. Son échappée l'avait sérieusement émoussé. Il se sentait à la limite. Son corps, si léger jusqu'ici, ressemblait maintenant à un poids mort. Heureusement, sa position lui permettait de lever un peu le pied. En effet, le reste du peloton devait encore être loin, quant à Hellebore, il avait certainement abandonné pour de bon.

Il allongea sa foulée, tentant de la faire aussi légère que possible. Émergeant d'un épais sous-bois, il entra dans une petite clairière, au milieu des chênes et des hêtres. La chaleur du soleil lui caressa le dos. Les feuilles des arbres étaient comme allumées par l'astre du jour, brillantes de jaune et d'or. Au-dessus, le ciel était d'un bleu éblouissant. Il leva le nez et huma la douceur de l'air… C'est là qu'il l'aperçut à nouveau. Une raie blanche. Sur le côté. Il s'arrêta et scruta le bois. C'était Hellebore. Il avait pris un nouveau raccourci. À cet endroit, la piste décrivait une longue courbe au pied d'une colline. Hellebore avait préféré prendre tout droit au milieu des broussailles, évitant ainsi tout le virage. C'est pour ça qu'il avait prétendu avoir un point de côté, pour que James ne le voie pas quitter la piste.

La seule personne qui aurait pu le voir était Wallace.

Que faire maintenant ? Le code d'honneur de l'école lui interdisait formellement d'accuser Hellebore de tricherie, encore moins si on considérait que le seul témoin était Wallace, qui ne manquerait certainement pas de nier.

Maudit tricheur. Ce n'était pas juste.

James fit demi-tour et remonta la piste en courant. Il devait prévenir Carlton et les autres. Il vit rapidement apparaître Carlton, qui courait toujours seul. James s'arrêta pour l'attendre. Décélérant jusqu'à une halte bienvenue, Carlton se plia en deux et, les mains sur les genoux, la voix cassée par l'effort, il s'enquit de la situation.

– C'est Hellebore. Il triche. Je l'ai vu couper par les bois.

– Ça ne m'étonne qu'à moitié, répondit Carlton en se redressant et en lançant des regards perçants au sous-bois. Pour la gagne, il est prêt à tout. Bah, si c'est comme ça… – Il s'arrêta pour cracher par terre. – De toute façon, on ne peut pas le rattraper.

103

– Moi je pourrais ! Si je partais à sa poursuite, je le rattraperais peut-être… Sauf que, là, je tricherais aussi.

– Pas exactement, nuança Carlton avec un sourire. Tu avais course gagnée, Bond. Je n'aurais jamais pu te rattraper si tu n'avais pas fait demi-tour.

Carlton marqua une pause, un grand sourire sur les lèvres.

– Fonce. Va le chercher. C'est tout ce qu'il mérite, ce faux jeton.

– Sûr ?

– Fonce, je te dis… J'arrangerai le coup avec les autres. On se revoit à l'arrivée.

James prit une profonde inspiration et bondit comme un diable par-dessus le talus qui bordait la piste, toute douleur et toute fatigue oubliées.

Il n'y avait plus de sentier, là où il était. Il devait tracer la route au milieu des rochers, des buissons et des troncs d'arbres morts, ce qui ne l'empêcha pas de filer dans la pente à une vitesse folle. Tout à coup, il trébucha et roula tête la première dans un buisson d'orties. C'est tout juste s'il sentit les piqûres, pourtant sévères, qu'il avait au visage et aux bras. Il n'avait plus qu'une idée en tête : rattraper Hellebore.

Une minute plus tard, il retrouva la piste. Il avait coupé une bonne partie du tracé. Mais où était l'autre ?

Là ! À quelques centaines de mètres devant lui, il descendait d'un pas lourd le chemin sortant de la forêt et donnant sur le grand champ parsemé de quelques arbres au bout duquel se situait la ligne d'arrivée.

Un instant, James se sentit désespérément faible et

à bout de forces. George avait coupé l'itinéraire en deux endroits. De ce fait, il n'avait pas couru autant que lui ; en outre, James avait été contraint de s'arrêter et de faire demi-tour pour parler à Carlton, perdant ainsi des forces et un temps précieux.

Il se retrouvait au pied du mur. Pouvait-il rattraper George ?

Il n'allait pas renoncer maintenant. Et il ne serait pas dit qu'il n'avait pas essayé.

James piocha dans ses dernières ressources, demandant à ses pieds de courir plus vite, à ses poumons d'emmagasiner plus d'air, à son cœur de battre plus fort. Il ne sentait pratiquement plus ses jambes. Elles lui semblaient toutes molles et comme séparées du reste de son corps. Il craignit un instant qu'elles ne l'abandonnent.

Il était au supplice. Aucun entraînement n'aurait pu le préparer à ça. Son corps le suppliait d'arrêter, multipliant les signes d'alerte, lui indiquant à chaque instant qu'il avait brûlé jusqu'à ses dernières réserves. Mais son mental lui ordonnait de continuer. Il n'allait tout de même pas se laisser dicter sa conduite par un stupide paquet de muscles.

Il pouvait le faire.

Devant lui, en point de mire, Hellebore était pratiquement à la lisière du bois. Lui aussi était éreinté et luttait pour continuer d'avancer.

La piste décrivait une dernière descente. James grogna entre ses dents et, sans trop savoir où, découvrit une dernière poche de résistance. Ce fut comme enfoncer une barrière invisible. Soudain, il se rua en avant, ses pieds effleurant à peine le sol.

Il allait le faire. Il allait doubler Hellebore. Celui-ci finit par se rendre compte, trop tard, que quelqu'un se trouvait derrière lui. Il tourna la tête. Son visage écarlate se tordit dans une expression où l'on pouvait lire la crainte et la colère. James accéléra encore l'allure. Rien ne pouvait l'arrêter. Il se porta à son niveau et le dépassa.

Fou de rage et de frustration, Hellebore tenta de faire un croche-pied à James, laissant traîner une patte quand celui-ci se présenta à sa hauteur, mais James courait tous les sens en alerte et, d'un simple bond, il évita le piège. Ce qui ne fut pas le cas de l'Américain, dont les pinceaux s'emmêlèrent dans son propre croc-en-jambe. Il quitta la piste et alla se planter dans le fossé, dans un tas de terre boueuse et de bois pourri. James entendit un « splash », mais ne se risqua pas à tourner la tête. Il n'avait pas encore remporté la course.

Il était en pleine lumière, et commençait à distinguer les spectateurs au loin, à entendre leurs cris assourdis par la distance. Mais sa vision se troublait. Le paysage se faisait flou et son sang sifflait à ses oreilles avec le fracas d'une cascade. Il était trempé de sueur. Pas une partie de son épiderme qui n'ait été couverte d'une épaisse couche de liquide gras et huileux. Ça lui piquait les yeux, ça coulait dans sa bouche grande ouverte, inondait ses chaussures de sport.

Il tenta de garder la cadence, mais chancela. C'était trop. Il était allé trop loin. Il ralentit, baissa les paupières et un voile noir passa devant ses yeux. Il dormait debout.

Pourtant, du fond de son esprit, une petite voix se fit entendre : « Vas-y, Bond ! Continue… »

Eh là, une minute. Il reconnaissait cette voix. Il ouvrit les yeux et regarda sur le côté. Il se trouvait devant son petit groupe de supporters : Pritpal et Tommy Chong, Butcher, et aussi M. Merriot. C'était lui que James avait entendu.

– Allez, Bond… Cours !

– Vas-y, James ! hurla Pritpal. Tu vas gagner.

James jeta un œil derrière lui : aucun signe de Hellebore et, devant lui, la piste était dégagée jusqu'à l'arrivée. Il reprit espoir et, dans un ultime élan désespéré, mobilisa ses dernières ressources… La ligne. Chancelant, titubant, pris de vertiges, il sentit le ruban caresser sa poitrine. Il fit encore quelques pas vacillants puis s'écroula sur le sol. Une horde de gamins braillards se jeta sur lui. Il ferma à nouveau les yeux et, pendant un moment, se vit rebondir à la surface des vagues, près d'une plage ensoleillée, quelque part à des milliers de kilomètres de là… Mais, bientôt, toute la douleur qu'il avait combattue durant la course afflua de nouveau, montant de ses muscles tétanisés, des piqûres d'orties sur son visage et sur ses bras, de sa gorge enrouée, de ses poumons brûlants. Il gémit. Quelqu'un l'aida à se relever.

C'était M. Merriot.

– Ne restez pas allongé là, Bond, ou vous allez vous ankyloser.

– Pardon, m'sieur.

107

– Ne vous excusez pas, mon garçon. Vous avez gagné. Je savais que vous pouviez le faire.

– Qui... Qui est deuxième, m'sieur ?

– Ils arrivent seulement maintenant, lui répondit M. Merriot en montrant la ligne d'arrivée.

James leva les yeux. Le visage tordu par la douleur, mais le regard encore brillant d'une concentration opiniâtre, Carlton franchit la ligne en tapant des pieds sur le sol. Derrière lui, couvert de boue verdâtre et boitant salement, Hellebore.

Les spectateurs les accueillirent à grands cris. Carlton fut porté en triomphe par ses supporters. Il avait remporté la coupe. Hellebore tomba à genoux, le visage entre les mains. Il était seul. Tous ses amis étaient éparpillés le long du parcours. Seul son père était sur place.

Lord Hellebore jeta un regard à son fils. Il finissait sur la troisième marche du podium, celle du loser. Un air de dégoût sur le visage, il tourna les talons.

Triste spectacle.

George leva les yeux vers son père et James vit qu'il pleurait. Les larmes dessinaient des lignes claires dans la boue qui collait à ses joues.

– J'ai fait de mon mieux, p'pa...

Mais son père n'écoutait pas.

Soudain, George se tourna vers James et le fusilla du regard.

– Toi, dit-il en se relevant péniblement.

– Oublie ça, lui répondit James. C'est de l'histoire ancienne maintenant.

Traînant la jambe, George s'approcha de lui.

– Tu n'aurais jamais dû me rattraper, Bond. Sauf si…

– Si quoi ? rétorqua James tandis qu'un groupe de garçons, pressentant une bagarre, les entouraient de près. Si j'avais triché ? C'est ça que tu allais dire, Hellebore ? Puis, plantant ses yeux dans ceux du garçon, encore larmoyants, il ajouta : Serais-tu en train d'insinuer que je suis un tricheur ?

George regarda autour de lui, dans l'assistance, puis baissa les yeux.

– Non, murmura-t-il avant de s'en aller en se frayant difficilement un chemin au milieu de la foule.

Un rire fusa, puis un autre et, finalement, tous éclatèrent de rire. George s'éloigna en courbant l'échine, la tête basse.

James ne put joindre sa voix à celle de la foule. Il avait un goût amer dans la bouche.

Il n'en avait pas fini avec cette affaire et, à partir de maintenant, les choses ne pouvaient qu'empirer.

Kelly le Rouge

James chéri,

Je suis au regret de t'apprendre que l'état de santé de ton pauvre oncle Max ne s'améliore pas. Je ne me vois pas le laisser seul en ce moment. Aussi, j'ai pensé qu'il serait beaucoup plus sage que tu fasses toi le voyage jusqu'en Écosse et que tu passes les vacances de Pâques avec nous, ici à Keithly. Je suis sûre qu'avoir à ses côtés un fringant jeune homme comme toi ferait le plus grand bien à ton oncle, sans compter le plaisir que tu me ferais à moi car, je dois bien l'avouer, tu me manques terriblement. Je joins ton billet de train à cette lettre ainsi qu'un peu d'argent pour que tu t'achètes de quoi manger en chemin. Je ne peux te dire à quel point je me réjouis de te revoir.

Ta tante qui t'aime,

Charmian

Assis dans le train qui le menait à Londres, James relisait la lettre de sa tante. Les deux dernières semaines du trimestre s'étaient déroulées sans anicroche. L'école avait retrouvé sa vie normale. Les craintes de James ne s'étaient pas vérifiées – en partie parce qu'il s'était résolu à faire profil bas et à éviter autant que possible de croiser la route de George Hellebore ; ce que, l'un dans l'autre, il avait réussi à faire.

Avant la coupe, il s'était tellement concentré sur sa course qu'il en avait presque oublié ses études. Mais l'état de grâce dont avait joui le vainqueur du cross-country n'avait pas duré et le retour à la réalité, un travail quotidien de forçat, s'était révélé aussi brutal que pénible. L'étude du matin, le petit déjeuner, la chapelle puis les cours dans les différents bâtiments éparpillés aux quatre coins de la ville : New Schools, Queen's, Warre, Caxton, Drill Hall...

Au moins deux fois par jour, il se perdait.

À midi, il traînait ses livres jusqu'en salle d'étude et travaillait son latin. Sous l'œil amusé de M. Merriot, il se plongeait dans son énorme manuel de grammaire ancienne, recopiait les vers des poètes et se lançait dans d'innombrables exercices d'un ennui mortel avec, pour seule perspective, l'affreux déjeuner que ne manquerait pas de leur servir Codrose. Après quoi, il flânait un peu en ville, faisait du sport ou travaillait seul dans sa chambre. Sans compter que deux jours par semaine, il fallait assister à d'autres cours : latin, mathématiques, histoire, français, anglais..., qui se succédaient en une longue litanie. Et les règles ! Interdiction de rouler

111

son parapluie – un privilège réservé aux membres de la Botte –, interdiction de porter quoi que ce soit à sa bouche dans la rue, interdiction de rabattre le col de son manteau… C'était un soulagement de quitter tout ça.

Et quel plaisir de retrouver des vêtements normaux. Il haïssait l'étouffant uniforme de l'école, avec ses pantalons qui grattaient, son haut col et son improbable petite cravate. Il détestait le gilet ridicule et le pesant haut-de-forme. Pour l'heure, il portait une chemise en coton à manches courtes, d'un bleu très pâle, sur un pantalon de flanelle grise et il se sentait à nouveau lui-même, pas quelqu'un essayant de passer pour un digne représentant de l'élite scolaire du pays.

Il partageait le compartiment avec trois autres élèves de l'école, dont Butcher, le trompettiste. Ils évoquaient avec passion leurs projets pour ces courtes vacances.

– Pour ma part, j'entends bien profiter du calme, déclara James en souriant. Perdu au fin fond de l'Écosse, avec des adultes pour seule compagnie…

– Oh, tu sais, je pense que ça ne sera guère plus palpitant pour moi à Londres, ajouta Butcher. Mon frère aîné s'est engagé dans la marine, donc je serai tout seul avec ma mère et mon père. Ils ont tout de même promis de m'emmener au concert… Samedi, à l'Albert Hall.

James esquissa un sourire, mais ne dit rien. Butcher ne savait pas la chance qu'il avait de rentrer à la maison, dans une vieille bâtisse familiale, résonnant des accents rassurants de l'amour parental. Toutes choses que James ne connaîtrait jamais plus.

Il replia sa lettre et la rangea. C'était le genre de sujet sur lequel il était préférable de ne pas s'appesantir.

À Paddington, il prit congé de ses compagnons de voyage et, traînant sa valise derrière lui comme un bagnard traîne son boulet, il s'engouffra dans la succession de couloirs et d'escaliers mécaniques qui menaient au métro. Il devait traverser Londres pour trouver une correspondance à King's Cross.

L'atmosphère dans la rame bondée et inconfortable était rendue irrespirable par l'épaisse et étouffante fumée opaque d'une centaine de cigarettes et de pipes. L'air était jaune. Sans place pour s'asseoir, James s'accrocha du mieux qu'il put et se laissa bringuebaler par les chocs et les secousses qui accompagnaient l'assourdissant roulis des wagons dans le sous-sol londonien. Arrivé à destination, il quitta les profondeurs enfumées du métro et émergea dans la gare de King's Cross, dont il accueillit l'air frais, sous l'immense halle de fer forgé, avec un grand soulagement.

Il avait presque une heure d'attente avant le prochain train, aussi, après avoir vérifié le numéro du quai, s'installa-t-il au buffet de la gare, devant une tasse de café et un pain au lait. Il y demeura un moment, baignant dans les chauds nuages de vapeur des locomotives, se laissant bercer par les conversations des autres consommateurs et par les incessants va-et-vient des voyageurs.

James aimait observer les gens, essayer de deviner qui ils étaient à partir de leur apparence, de leur façon de s'habiller, de leur manière de marcher et de parler. Il leur inventait des vies entières. L'homme là-bas, qui se faisait tout petit derrière sa valise dans un recoin de la gare, était un caïd du grand banditisme qui se préparait à un braquage. Un peu plus loin, la femme avec son manteau de fourrure et son collier de fausses perles avait assassiné son mari et attendait de retrouver son amant pour s'enfuir avec lui. Tout là-bas, l'homme avec son monceau de bagages était un explorateur en partance pour l'Arctique...

Juste après sept heures, l'écho d'une voix déformée explosa dans les haut-parleurs de la gare.

— Le train express de la compagnie des wagons-lits London Eastern Railway, numéro 39, à destination de Fort William, *via* Édimbourg, partira de la voie 6...

James se leva, se débattit un instant avec sa valise entre les tables et les chaises du café puis traîna son fardeau jusqu'à une file de voyageurs attendant de faire viser leur ticket par un contrôleur. En approchant, il remarqua un grand gringalet roux, d'environ seize ans, qui rôdait discrètement aux abords de la file, faisant tout son possible pour se fondre dans la masse.

James prit sa place en bout de queue. L'adolescent se glissa jusqu'à lui.

— Salut, mon bon, embraya-t-il avec un inimitable accent cockney, en passant nerveusement une main dans sa flamboyante tignasse en bataille. Dis-moi, tu pourrais pas me faire une fleur ?

— Quel genre ? demanda James.

— Rassure-toi, rien de bien raide, juste qu'il se trouve que j'ai perdu mon ticket et qu'il faut que je passe devant

114

le képi. Tu pourrais pas le tenir occupé quelques secondes pour moi ?

James avait du mal à croire à ce qu'il disait. Mais le garçon lui parut sympathique. Il affichait un sourire en coin qui laissait clairement entendre qu'il savait bien que James ne goberait pas une seconde son bobard, mais qu'il pourrait tout de même marcher dans la combine. Plus âgé que James de quelques années, il n'était pourtant guère plus épais. Un feu follet à l'œil vif dans une grande carcasse dégingandée.

– Je vais voir ce que je peux faire, répondit James.

– D'ac', répondit le garçon avec un clin d'œil.

Quand ce fut son tour de présenter son ticket, James, fouillant avec affolement toutes ses poches, prétendit qu'il l'avait égaré. Quand il l'eut enfin retrouvé, il posa toute une série de questions compliquées au contrôleur. Le préposé aux tickets y répondit d'abord avec plaisir puis se fit de plus en plus impatient, à mesure que la file d'attente s'allongeait. À bout d'arguments, James laissa finalement tomber sa valise sur le pied du pauvre homme. Profitant de la confusion, le rouquin se faufila sur le quai et s'éloigna nonchalamment le long du train, engageant la conversation avec un couple de personnes âgées qu'il voyait visiblement pour la première fois de sa vie.

– Je suis confus, s'excusa James auprès du contrôleur qui se frottait le pied tout en essayant tant bien que mal de garder son calme.

– Ne vous en faites pas pour ça… Allez-y et montez à bord de ce fichu train… On ne va pas y passer la nuit non plus.

James avança sur le quai, l'œil malicieux. À l'avant, l'énorme moteur à vapeur de la locomotive chuintait et grommelait en attendant de partir. Il respirait doucement et régulièrement, envoyant de gros nuages de vapeur qui balayaient le quai au gré du vent.

James trouva rapidement sa voiture, située juste derrière le wagon-restaurant qui marquait la limite avec les wagons de première classe, à l'avant du train. Il ouvrit la porte, monta à bord puis avança dans l'étroit couloir à la recherche de son compartiment. Quand il l'eut trouvé, il tourna la poignée et entra. L'intérieur se composait d'un minuscule lavabo et de deux couchettes de dimensions modestes. Pour l'instant celle du haut était repliée si bien que celle du bas servait de banquette. James s'y laissa tomber avant de s'installer pour le long voyage qui allait le mener en Écosse.

Il ouvrit la valise et en sortit son livre. Le dernier volet en date des aventures de Bulldog Drummond. Il en lut quelques lignes, mais, voyant qu'il ne pouvait se concentrer, il reprit son observation de la comédie humaine à travers la fenêtre du wagon. Les retardataires se pressaient pour attraper leur train. Il s'amusa des deux porteurs qui poussaient devant eux un chariot débordant de toutes sortes de sacs et de valises, se demandant à quel beau protégé de l'aristocratie appartenait tout ce barda. Il s'avéra pourtant que ce lourd bagage n'appartenait à aucun grand-duc ni grande-duchesse, mais à un jeune garçon – et pas n'importe lequel puisqu'il s'agissait de George Hellebore – qui avançait au pas de charge à la suite des porteurs, les invectivant avec un chapelet d'ordres et de consignes.

James soupira profondément. « Oh non… » Quelle déveine ! Se retrouver dans le même train que son pire ennemi. Il tenta de se détendre. Après tout, Hellebore allait sans aucun doute prendre place dans un wagon de première. Il n'y avait aucune raison qu'ils tombent jamais l'un sur l'autre au cours du périple.

Il reprit son livre. Juste au moment où le chef de gare entonnait son rituel « En voiture ! », suivi de l'habituel coup de sifflet. La locomotive lui répondit par un cri strident puis fit une brusque embardée en avant. Le choc se répercuta dans les voitures qui grincèrent et brinquebalèrent. Ils étaient partis. La locomotive haleta et souffla comme un obèse asthmatique montant un escalier puis le « di-dom di-dom » caractéristique des roues d'acier heurtant les joints des rails s'engagea, devenant de plus en plus rapide, tout comme les essoufflements de la motrice, avec lesquels ils finissaient par se confondre.

James se laissa bercer par le doux roulis de la voiture et par la réconfortante petite musique familière qui résonnait dans le compartiment. Bien qu'il fût encore tôt, il bâilla et ferma les yeux un instant. Des coups sur la porte le sortirent de sa léthargie.

– Entrez.

La porte s'ouvrit sur le rouquin qui s'était faufilé en douce à bord du train.

‑ Ah, te voilà, dit-il en exhibant deux rangées de petites dents gâtées dans un grand sourire. Je t'ai cherché partout. Je voulais te dire merci et tout ça…

— Ce n'est rien. N'en parlons plus.

— Tu plaisantes ? C'est drôlement bath ce que t'as fait, mec.

Le garçon tendit la main.

— Mon nom est Kelly. Kelly le Rouge, rapport à ma tignasse et aussi parce que ça fait penser aux pirates, comme Rackham le Rouge.

— James Bond, répondit simplement James en lui serrant la main.

— Content de te connaître, Jimmy. Tu m'en veux pas si je m'assois là quelques minutes ?

— Pas du tout, je t'en prie.

— Tu vas jusqu'en Écosse, n'est-ce pas ? demanda Kelly en s'asseyant.

— Absolument. À Fort William.

— Jamais allé là-haut, moi. Et toi ?

— Mon père est écossais. J'y suis allé quelques fois en vacances.

— Chouette ?

— On peut dire ça… À condition d'aimer le froid et la pluie pendant une bonne partie de l'année et les morsures d'insectes le reste du temps. Mais moi, j'aime bien.

— À dire vrai, dit Kelly en regardant les maisons qui défilaient à toute allure de l'autre côté de la fenêtre, voilà le plus loin de la maison où je sois jamais allé. En gros, je n'ai jamais vraiment quitté Londres, à part l'été, quand on descend dans le Kent pour la cueillette du houblon. Ah, et puis Margate, une fois ou deux. Mais à part ça… Alors tout ça, c'est nouveau pour moi. Dormir dans le train, tout le truc quoi.

– Pourquoi vas-tu en Écosse ? demanda James. Tu as de la famille là-bas ?

– J'ai de la famille partout, mon pote. Irlandais de souche. Mes ancêtres ont émigré ici au siècle dernier pour travailler au chemin de fer. La moitié de cette ligne a probablement été construite par des gars de chez nous. Ils allaient là où ils pouvaient trouver du boulot. Alors ils se sont répandus aux quatre coins du pays. J'ai une tante là-haut. Elle habite un patelin qui s'appelle Keithly.

– Vraiment ? le coupa James. Moi aussi. Enfin… Un oncle. Mais ma tante est là aussi.

– Non… Tu me fais marcher.

– Pas du tout. C'est vrai.

– Le monde est petit.

James se souvint de Hellebore, assis quelque part dans un des wagons de tête de ce même train, et ajouta un simple :

– Tu l'as dit.

– Si je monte là-haut, reprit Kelly en reniflant, c'est que j'ai un cousin, tu vois ? Alfie. Je ne l'ai rencontré qu'une fois. Quand il est descendu à Londres pour rendre visite à la famille. Un mec sensass. Le problème, c'est qu'il a disparu.

– Disparu ?

– Ouais. Personne ne sait vraiment ce qui s'est passé. Ils supposent qu'il est parti pêcher quelque part car son matériel n'est plus là. Mais il n'a pas dit à sa mère dans quel coin il allait, alors rien n'est sûr. La pauvre femme est dans tous ses états et personne ne semble disposé à bouger le petit doigt pour éclaircir l'affaire. Alors je me suis dit que j'allais y aller pour zyeuter à droite à gauche, comme ça, pour voir. Entre Kelly, on doit se serrer les coudes. Les képis ne nous aiment pas, les juges ne nous aiment pas et les rupins de la haute qui font leurs bêcheurs dans leurs grandes baraques ne nous aiment pas non plus.

Kelly renifla à nouveau, tordant la bouche en une moue qui n'appartenait qu'à lui.

— Des fois, j'en viens à me demander si y a seulement une personne de notre côté.

— À ton avis, qu'est-ce qui a bien pu lui arriver ?

— J'en sais rien. Peut-être qu'il est tombé dans la rivière et qu'il s'est noyé. En tout cas, je veux savoir. À condition de pouvoir arriver jusque là-haut.

— Si je peux faire quoi que ce soit pour t'aider…

— Une chose, répondit immédiatement Kelly en se penchant sur James et en lui demandant calmement et sur un ton posé : Tu crois que tu pourrais me planquer ?

— Te planquer ?

— Pour quand le contrôleur passera.

James regarda longuement Kelly. Dans quel pétrin était-il en train de se fourrer ? Kelly était un inconnu dont il ne savait quoi attendre, mais James aurait eu le plus grand mal à le repousser. Il y avait une telle jovialité dans son expression et il semblait tellement en vouloir. James envisagea la situation d'un autre point de vue : né dans une autre famille, c'est lui qui aurait très bien pu se retrouver assis à la place de Kelly. Dans le même temps, il ne voulait pas risquer de se faire jeter du train ou, pire, d'avoir des problèmes avec la police.

— T'inquiète…, ajouta Kelly en claquant le genou de James. Si y s'passe quoi que ce soit, je te couvre. Je dirai que je t'ai obligé à le faire sous la menace d'un calibre, ou un truc comme ça.

— Un calibre ?

— Très bien, je dirai juste que j'ai menacé de te claquer le baigneur… Mais eh, t'inquiète, j'vais pas le faire.

James éclata de rire.

— Allez, pose-toi. On va bien trouver un endroit où te cacher.

Vingt minutes plus tard, le contrôleur qui passa la tête dans l'ouverture de la porte pour vérifier les tickets trouva James tranquillement assis sur la banquette. Juste au-dessus de lui, Kelly avait, au prix de durs efforts, réussi à glisser son corps d'asperge dans la couchette encore repliée. Il attendait, aplati comme une crêpe contre la cloison.

— J'ai le compartiment pour moi tout seul ce soir ? demanda James au contrôleur qui vérifia sur sa liste des passagers.

— On dirait, mon garçon, répondit-il avec un fort accent de Glasgow. C'est une nuit tranquille, tu peux prendre tes aises, mon garçon.

Un sourire innocent inonda le visage de James.

Dès que le champ fut libre, il se porta au secours de Kelly et l'aida à s'extraire de sa cachette. Il était tout rouge, transpirant et haletant, mais ils s'en étaient sortis.

Plus tard, utilisant l'argent que sa tante Charmian lui avait envoyé, James mangea dans la voiture-restaurant, sans cesser de surveiller les accès du coin de l'œil. Aucun signe de George Hellebore. Pour autant, James ne s'attarda pas. Il engloutit sa nourriture aussi vite qu'il put, bourra ses poches de petits pains, de fruits et de saucisses, préalablement emballées dans une serviette, le tout destiné au voyageur clandestin resté dans son compartiment, puis décampa.

Quand il revint, Kelly se montra très reconnaissant pour les provisions qu'il dévora aussitôt.

— Tu crois qu'on est où, là ? bredouilla-t-il, la bouche pleine de pain.

— On a passé Grantham. Le prochain arrêt est York…

« Dieu que ces noms respirent l'ennui », pensa James en regardant défiler les villes de l'Angleterre grise, avec leurs longs alignements de petites maisons. Combien plus excitant serait un voyage à travers l'Europe et combien plus évocateurs sont ces autres noms : Paris, Venise, Budapest, Istanbul…

Il se leva.

— Avant d'aller me coucher, je vais faire un tour au petit coin.

— Bonne idée, répondit le Rouge. Moi aussi j'ai besoin d'aller aux goguenots…

James quitta le compartiment puis avança dans le couloir, secoué d'une paroi à une autre. Les toilettes étaient occupées. Il s'approcha d'une porte et baissa la vitre. Un violent vent frais s'abattit sur son visage et, le regard perdu au-dehors, il se laissa absorber par la mystérieuse contemplation du paysage nocturne. Un bruit de chasse d'eau, suivi d'un cliquetis de serrure, le tira de sa rêverie. Il se retourna et George Hellebore, qui avait certainement dîné tard à la voiture-restaurant, émergea des toilettes. James éclata presque de rire quand il croisa son regard et vit l'expression que prenait son visage. Comme s'il avait vu le monstre du loch Ness.

– Ravi de te voir, dit James. Ça te dirait qu'on voyage ensemble ?

Hellebore lui sauta à la gorge et le plaqua contre la porte.

– Qu'est-ce que tu fais là ?

– À ton avis ? répondit James avec un sourire. Je vais en Écosse, tout comme toi.

– Je devrais ouvrir cette porte et te jeter du train.

– Excuse-moi, j'ignorais qu'il y avait une loi interdisant de monter dans le même train que toi.

– Toutes les nuits depuis cette maudite course, je rêve de différents moyens de te tuer.

– Tu crois pas que t'en fais un peu trop ? demanda James calmement. C'était rien qu'une course. Tu as essayé de tricher, et ça n'a pas marché…

Sans sommation, Hellebore envoya à James un violent coup de poing dans l'estomac. Le choc lui vida instantanément les poumons. La douleur le plia en deux. Profitant de sa position, Hellebore lui asséna alors un coup vicieux, à deux mains, juste sur l'arrière du crâne. Hors de lui, James répondit par un terrible coup de pied qui atteignit Hellebore au tibia. Il hurla et chancela en arrière.

– Rien que pour ça, je vais te tuer, ajouta-t-il, la rage au ventre.

Hellebore se jeta sur lui, le saisit à bras-le-corps et, avant que James ait eu le temps de réagir, sa tête et ses épaules étaient passées par la vitre ouverte.

Un vent explosif et glacial lui giflait le visage, piquant ses yeux, aveuglés par les larmes. Le bruit était assourdissant. Un énorme grondement ponctué par le « wish-wish-wish » des poteaux électriques au bord de la voie passant à quelques dizaines de centimètres de sa tête. L'air était saturé de fumée, de vapeur et de particules de charbon. Le sifflet de la locomotive émit une longue plainte aiguë, comme s'il voulait prévenir de la traversée imminente d'un tunnel.

– Arrête, Hellebore ! hurla James sans réussir à se faire entendre. Arrête, crétin !

George finit par le ramener à l'intérieur. Il riait comme un dément.

– La trouille, hein ?

– Bien sûr que j'ai eu peur… J'aurais pu me faire arracher la tête… T'as pas trouvé plus débile comme idée ?

– Mais je te l'ai dit, Bond. Je vais te tuer.

Une voix connue s'invita dans la conversation.

– Dans tes rêves.

James se pencha et vit que Kelly était là. Il regardait Hellebore avec un œil si mauvais que James fut content de l'avoir de son côté.

– C'est du deux contre un, poursuivit le Rouge. Et j'aime autant te prévenir, je castagne sévère.

Hellebore hésita un instant. Il ne savait évidemment

124

pas ce qu'il pouvait attendre de l'intrus et il y avait quelque chose dans le regard et la posture de cet ado à la chevelure feu qui l'incitait à ne pas trop le chercher. L'air froissé, Hellebore bouscula Kelly et retourna dans le wagon-restaurant.

Le Rouge leva un sourcil, l'air moqueur.

– On ne peut pas te laisser seul une minute, hein, Jimmy-boy ?

Plus tard, alors qu'ils étaient allongés sur leurs couchettes, dans la semi-obscurité du wagon-lit, Kelly demanda à James ce qui s'était passé.

– Rien… C'est un garçon de mon école. On ne peut pas dire qu'on s'entende à merveille.

– Ça, j'avais remarqué. Au fait, tu vas où à l'école ?

– Eton, répondit seulement James.

– Ouh ! la la, très cher, dit Kelly en se penchant au bord de sa couchette et en se retroussant le nez d'un doigt pour singer un air de snob. J'pensais pas que t'étais un de ces aristos. Mais ça fait rien, mon poteau, je t'aime bien quand même.

Puis, avec un sourire, il ajouta .

– Allez, je vais faire dormir mes yeux. On se revoit en Écosse.

James se laissa bercer par le léger roulis régulier du train qui le faisait tanguer sur sa couchette et essaya de dormir, mais il était trop énervé pour ça. Une foule d'idées contradictoires défilaient dans son cerveau. Il pensait à Eton, à l'étrange garçon de la couchette du dessus, à Hellebore, à l'Écosse, ainsi qu'à sa mère et à son père.

125

Il n'avait jamais parlé à quiconque de ses parents, préférant toujours jeter un voile pudique sur sa vie de famille plutôt que de l'exposer au grand jour. Mais, plus le temps passait, plus il devait faire face à des changements importants, à des bouleversements, et il regrettait que ses parents ne soient pas là pour l'aider à les comprendre.

Ils lui manquaient. Ils lui manquaient terriblement.

Les Aiguilles rouges

Par définition, tous les enfants croient que leur vie est normale, puisqu'ils n'ont aucun point de comparaison. James Bond ne faisait pas exception, même si son enfance était loin d'être banale.

Son père, Andrew Bond, était originaire de Glencoe, dans l'ouest de l'Écosse, mais il n'y était jamais retourné du jour où, à douze ans, il avait quitté le foyer familial pour le pensionnat. Après ses années dans le secondaire, il était directement allé à l'université de St Andrews, où il avait étudié la chimie. Son cursus avait été interrompu par la Grande Guerre qui, en 1914, avait plongé l'Europe, et avec elle le reste du monde, dans un tourbillon de sang.

Andrew n'avait pas hésité. À la première occasion, il avait signé pour la Royal Navy. Il avait survécu à nombre de batailles navales, à un naufrage et avait aussi été sauvé *in extremis* dans les eaux glacées de l'Atlantique Nord. Il avait fini la guerre avec le grade de capitaine sur le *Fidèle*, fleuron de la flotte de guerre de Sa Gracieuse Majesté la Reine. Il avait perdu de nombreux amis durant le conflit. Cela l'avait rendu dur et instable, le poussant à expérimenter tout ce que la vie avait à offrir.

Après la guerre, on lui proposa une place chez Vickers, un fabricant d'armes. Il voyageait dans toute l'Europe, rencontrant les gouvernants, les généraux et les politiciens, pour tenter de les convaincre d'acheter des armes de la compagnie pour laquelle il travaillait. Pendant deux ans, il vécut d'hôtel en hôtel, mais, au cours d'un de ses voyages, il rencontra une belle jeune femme, Monique Delacroix, la fille d'un riche industriel suisse, et la demanda en mariage peu de temps après. Ils s'installèrent et tentèrent de mener une vie normale, mais Andrew était constamment en déplacement. James naquit à Zurich et, à six ans, il avait déjà vécu en Suisse, en Italie, en France et à Londres. Plus James grandissait, plus Monique ressentait vivement le besoin de poser le pied, de ne plus vivre comme une nomade. Andrew pouvait voyager autant qu'il lui plaisait, mais elle, elle voulait une maison pour son jeune fils.

Pour James et sa mère, les quelques années qui suivirent se partagèrent équitablement entre un appartement à Chelsea et une grande maison à la campagne, dans les environs de Bâle, en Suisse. C'est là que James fut scolarisé, là qu'il apprit le français et l'allemand, pratiquement sans s'en rendre compte, tant le multilinguisme était courant dans le canton.

James était fils unique. Et comme la famille n'arrêtait

pas de bouger, il devait se faire rapidement des amis et se préparer à les perdre tout aussi vite. Bien qu'il fût très sociable, se liant aisément d'amitié, il apprit aussi très tôt à se distraire seul et, le plus souvent, il s'en satisfaisait.

Son père travaillait toujours beaucoup, ce qui sous-entendait qu'il quittait la maison pour de longues périodes et, quand il ne travaillait pas, il se lançait à corps perdu dans une débauche d'activités physiques. Pour Andrew, les vacances c'était skier, grimper, monter à cheval ou faire de la voile. James n'était qu'occasionnellement autorisé à partir avec ses parents, car, la plupart du temps, on considérait que c'était trop dangereux pour un enfant de son âge. Il y avait tout de même ces séjours mémorables, le premier en Jamaïque, où il avait appris à nager, et le second en Toscane, où il avait appris à monter à cheval et à tirer au fusil. Pour autant, le plus souvent, ça se passait sans lui.

Après avoir été seul avec sa mère durant de longs mois, c'était toujours un déchirement quand elle le quittait pour un de ces raids avec son père. Comme il se souvenait précisément de ces séparations. Quand sa mère le serrait fort dans ses bras et qu'elle lui murmurait à l'oreille :

– James, mon petit, tu sais que je ne veux pas partir. Tu me manques tellement à chaque fois. Mais qu'est-ce que je peux faire ? Je vous aime tous les deux ! Je veux être avec toi et je veux être avec ton père… Toi, tu m'as presque toute l'année, alors maintenant, c'est au tour de ton père. Ne t'inquiète pas, je serai revenue avant que tu t'aperçoives que je suis partie.

Sur sa joue, il sentait les larmes de sa mère, aux-quelles il répondait par un sourire courageux et par une parole réconfortante, laissant entendre que ce n'était pas si grave, qu'il y survivrait, mais la vérité était qu'il détestait la voir partir. Elle avait beau faire tout ce qu'elle pouvait pour le rassurer, il se sentait abandonné quand elle n'était pas là et, au fil des ans, il avait usé une succession de nounous et de bonnes d'enfants. Il n'aimait pas qu'on lui dise ce qu'il avait à faire, encore moins quand cela sortait de la bouche d'une femme pré-tendant vouloir se substituer à sa mère.

Souvent, quand ses parents partaient, il allait habiter chez l'un des nombreux parents de sa mère. Elle était issue d'une grande famille et semblait avoir des sœurs, des frères, des tantes, des oncles et des cousins aux quatre coins de l'Europe. Il y avait même une branche de la famille qui avait émigré en Australie. La famille de son père était de taille plus modeste puisqu'elle se résumait à son frère cadet, Max, que James connaissait à peine, et à sa sœur, Charmian.

Tante Charmian était celle que James préférait et il avait toujours aimé les séjours passés chez elle. Elle pos-sédait une petite maison dans un minuscule village du sud-est de Londres, à côté de Canterbury, qui s'appelait Pett Bottom, un nom qui avait toujours amusé James. Elle n'avait pas eu d'enfants, aussi traitait-elle James en adulte, le laissant faire ce qu'il voulait sans constam-ment s'en mêler.

Charmian était anthropologue. Elle avait étudié nombre d'ethnies et de cultures différentes un peu partout dans le monde et sa maison était remplie de peintures, de livres et d'objets bizarres qu'elle avait rapportés de ses voyages. Elle avait beaucoup lu et pouvait entretenir James sur pratiquement n'importe quel sujet et, qui plus est, rendre la conversation passionnante. Il y avait toujours de la musique sur son phonographe ou dans sa TSF et un plat exotique en train de mijoter sur la cuisinière.

James se sentait parfaitement chez lui à Pett Bottom où il passait ses journées à la découverte de la campagne environnante, construisant des cabanes, se perdant dans les champs ou échafaudant des barrages élaborés sur le petit ru qui courait derrière la maison.

Il n'avait aucune raison de penser que déménager constamment d'un pays à l'autre, habiter durant de longues périodes chez d'étranges cousins, parler plusieurs langues ou voir rarement son père avait quoi que ce soit d'inhabituel. Aussi fut-il surpris quand, un jour, tante Charmian lui déclara :

– Tu es un garçon surprenant, James. J'ai toujours pensé qu'un enfant dans ta situation serait plutôt malheureux.

James avait onze ans à l'époque, et c'était l'été. Ses parents étaient partis faire un séjour d'escalade aux Aiguilles rouges, juste au-dessus du village de Chamonix. Ils seraient partis trois semaines et James avait une fois de plus été envoyé en Angleterre, chez sa tante. Il avait dit au revoir à son père et à sa mère en gare de Bâle, point de départ de son long périple en train et en bateau. Sa mère lui avait fait deux bises, comme on fait sur le Continent, et son père lui avait serré la main une fois, comme on fait en Écosse. Quand le train avait démarré James les avait longtemps regardés, debout sur le quai, agitant la main dans les airs ; son père, grand et austère, sa mère, élégante et jolie dans son ensemble à la mode. Avant d'être hors de sa vue, ils avaient tourné les talons et avaient disparu dans un nuage de vapeur.

Assis à table en face de sa tante, James s'était renfrogné, ruminant la phrase qu'il venait d'entendre. Charmian Bond était grande et fine, tout comme son père, et, bien que ne sachant pas grand-chose sur le sujet, James sentait qu'elle était belle. Elle avait des cheveux noir de jais, des yeux gris et une allure tout simplement adulte, ni jeune ni âgée. Peut-être était-ce dû au fait qu'elle n'avait pas eu d'enfants.

— Pourquoi est-ce que je devrais être malheureux ? demanda James.

— Oh, je ne dis pas que tu devrais. Je suis même très heureuse que tu ne le sois pas, mais être constamment trimballé d'un bout à l'autre de l'Europe à la manière d'une valise égarée ne doit pas être franchement agréable. Tout comme, d'ailleurs, la perspective de passer l'été chez moi.

— Pas du tout. J'adore être avec toi, tante Charmian, répondit James du tac au tac. Je me plais bien ici à Pett Bottom. J'aime ta maison et j'aime aussi beaucoup ta cuisine.

— Ah ! James, tu es un charmeur. Et tu sais parler aux femmes. Nul doute que tu en feras craquer plus d'une…

James devint écarlate, ne sachant trop quoi dire ; la

132

question ne s'étant, jusqu'ici, jamais posée à lui en ces termes.

Charmian se leva et débarrassa la table.

– Qu'est-ce que tu dirais si demain on prenait la voiture jusqu'à Canterbury pour aller au cinéma ?

– Ça serait chouette, répondit James qui adorait aller au cinéma.

– Ils passent un vieux film avec Douglas Fairbanks : *Le Masque de fer*. Tu l'as vu ? Je crois qu'il joue le rôle de d'Artagnan sauvant le vrai roi de France d'une bande de méchants comploteurs.

– Je ne l'ai pas vu, mais j'ai adoré *Les Trois Mousquetaires*.

– Parfait. J'imagine qu'on aura notre lot de cascades, avec le héros se balançant à un lustre, sautant d'impressionnantes murailles ou se lançant dans toutes sortes de batailles à l'épée.

Charmian saisit un couteau à découper et se mit en garde face à James, qui lui répondit, armé de sa cuiller.

Après le souper, James était sorti pour profiter des dernières lumières du jour. C'était une belle soirée d'été, le soleil couchant baignait les champs d'un halo doré. Probablement inspiré par Douglas Fairbanks, James poussa la porte du fond du jardin et se rendit dans le petit verger qui se trouvait derrière la maison pour finir de construire une balançoire de corde, qu'il avait accrochée à une grosse branche juste au-dessus du ruisseau. Il venait de l'essayer et était sur le point de raccourcir la corde quand il vit sa tante accourir par la petite porte du jardin, accompagnée de deux policiers, l'air plutôt mal à l'aise.

– James, appela-t-elle simplement, essayant de cacher l'émotion qui hachait sa voix. J'ai peur que quelque chose ne se soit passé.

Les agents de police avaient l'air si bizarres et si empotés que James avait presque envie de rire. Il réfléchit pour voir s'il avait fait quelque chose de mal. Il avait chapardé des poires dans un petit verger, en bas de la route, il avait jeté des pierres sur une serre abandonnée, derrière la ferme des William, mais cela ne justifiait certainement pas la visite de deux policiers municipaux.

Il descendit de son arbre et marcha jusqu'à eux.

– Tes… tes parents…, dit Charmian.

En approchant, il vit qu'elle avait les larmes aux yeux.

– Qu'est-il arrivé ? demanda James, soudain glacé.

– Ça ira, madame Bond, dit l'un des policiers, le petit n'a pas besoin de connaître tous les détails.

– Bien sûr que si, le coupa sa tante avec colère. Il doit savoir. Il est assez grand pour ça. Nous l'avons toujours traité en adulte, sans jamais rien lui cacher. Ils auraient aimé qu'il sache…

Elle s'arrêta, trop émue pour continuer. Elle détourna un instant les yeux puis se redressa et, se tournant vers le policier :

– C'est bon… Vous pouvez partir maintenant, dit-elle aux deux agents visiblement soulagés. Je peux m'occuper de ça toute seule, ajouta-t-elle après s'être essuyé les yeux.

– Très bien, madame, répondit calmement le plus vieux des deux policiers.

Et, après un dernier regard gêné au jeune garçon, ils quittèrent la maison.

– Viens t'asseoir près de moi, James, dit sa tante en s'installant sur un vieux banc de bois couvert de lichen.

James prit place à côté d'elle et, pendant un moment, ils demeurèrent assis là en silence, le regard perdu au-delà du petit ruisseau, dans les champs de blé où une volée de corbeaux s'ébattaient bruyamment.

– Il y a eu un accident. Personne ne sait encore précisément ce qui s'est passé, mais ta mère et ton père sont… Excuse-moi, ajouta-t-elle après un sanglot. James. Ils… ils ne rentreront pas à la maison.

– Comment ça ?

Il savait de quoi il retournait, mais ne voulait pas croire ce qu'il venait d'entendre.

– Il n'y a pas de mots appropriés pour ça, ni de bonne façon de le dire, alors je vais être directe… ils sont morts tous les deux. Ils faisaient de l'escalade. Ils ont chuté. On a retrouvé leurs corps au pied de la montagne.

Ses autres mots furent perdus dans une sorte de brouillard. Incompréhensibles, dénués de sens, ils s'abattaient sur lui qui ne voulait pas les entendre, espérant qu'il s'agissait d'une erreur, d'une mauvaise blague, d'une entourloupe quelconque… Mais le mot, dans sa terrible simplicité, avait déjà pris possession de son esprit où il se répétait à l'infini. Morts.

Il n'avait encore jamais réalisé à quel point ce mot était définitif. Encore moins comment il pouvait s'appliquer à deux êtres si chers, à la présence si évidente.

Deux êtres censés être là pour toujours et qui, brutalement, n'y étaient plus et ne reviendraient jamais.

Parce qu'ils étaient morts.

Deux ans s'étaient écoulés depuis ce jour funeste. Parfois, même leur image se perdait dans les replis de sa mémoire. Il les voyait sur le quai de la gare, lui faisant au revoir d'un signe de la main, mais leurs visages restaient flous et avant qu'il ne parvienne à se les représenter, ils disparaissaient à nouveau dans un nuage de vapeur. D'autres fois, il rêvait d'eux et ils lui apparaissaient alors très clairement, pleins de vie et d'épaisseur, et il se demandait comment il avait jamais pu imaginer qu'ils étaient morts. Cette pensée le chavirait, il s'accrochait désespérément à sa mère, lui demandant de lui pardonner pour avoir des idées aussi noires, mais, chaque fois, il se réveillait juste avant qu'elle ne lui réponde et il se retrouvait seul, avec le sentiment d'avoir été dupé.

Les rêves étaient moins fréquents maintenant, et il les supportait mieux, mais rien ne pourrait jamais réparer la perte qu'il avait subie.

Bien sûr, il y avait eu des disputes entre sa mère et lui et il lui arrivait de passer de longs moments sans faire attention à elle, mais il savait que, s'il se blessait au genou ou s'il ne se sentait pas bien, elle serait là pour le prendre dans ses bras et le réconforter en lui disant que tout allait s'arranger.

Il regrettait aussi de ne pas avoir assez connu son père. Mais il était si souvent absent... Néanmoins, chaque fois qu'il rentrait à la maison, il ne manquait pas de rapporter un petit cadeau à James : du chocolat, un petit soldat, un livre. James sourit en se revoyant, posté en haut de l'escalier, en pyjama, alerté par le bruit de la clé dans la serrure. Ensuite, il descendait en trombe et attendait impatiemment que son père sorte le petit paquet qui lui était destiné.

– Ah, zut ! Où est-ce que je l'ai mis ? feignait-il de se demander. Ben ça alors ! J'ai dû l'oublier quelque part…

Puis, tel un magicien, il le faisait apparaître aux yeux émerveillés de son fils.

– Le voilà !

Mais la maison était vendue, sa mère ne le tiendrait jamais plus dans ses bras et son père n'apparaîtrait plus jamais derrière la porte. James était seul au monde maintenant. Et dorénavant il devrait s'en sortir en ne comptant que sur lui-même. Sûr, cela l'avait endurci mais, dans des moments comme celui-ci, il aurait volontiers échangé toute sa force de caractère pour cinq minutes avec ses parents.

Dans son propre wagon-lit à l'avant du train, George Hellebore était allongé sur sa couchette et frissonnait. Il ne pouvait pas s'en empêcher. Tout son corps tremblait. Il n'avait pas adressé la parole à son père depuis la course et redoutait de se retrouver face à lui. Secrètement, il souhaitait que le train n'arrive jamais, que son bruit de ferraille continue indéfiniment de s'enfoncer dans la nuit, dans un infini voyage pour nulle part.

Mais il savait aussi que cela était impossible… Et kilomètre après kilomètre, le train le rapprochait de chez lui, le rapprochait de tout ce qu'il haïssait et redoutait.

2. L'Écosse

Max Bond

Inlassablement, la puissante motrice tracta la longue suite de wagons à travers la nuit jusqu'aux confins de l'Angleterre, le long de la route côtière de l'est, de York à Newcastle, avant de filer plein nord vers Édimbourg, Perth et finalement Fort William, dans le nord-ouest de l'Écosse.

James avait dormi comme une souche. Il ouvrit un œil à neuf heures et demie, réveillé par le soleil qui dardait ses rayons à travers la vitre et par les balancements des jambes maigrelettes de Kelly qui pendaient de la couchette supérieure.

— Debout là-dedans, dit-il en sautant à terre. Sors de ton pageot, mec. On est arrivé au pays de la chaussette en laine, chez ces bons vieux Scots. *Och*, j'suis ben content que d'arriver, *aye*[1], fit-il en tentant d'imiter l'accent du cru.

1. *Aye* : « Oui », en écossais.

Puis il regarda par la fenêtre du compartiment et, reprenant un ton normal, ajouta :

— Tu sais quoi ? Ça ressemble beaucoup à l'Angleterre. Des champs, des arbres, des routes, des nuages… Et des gens gris.

— Tu t'attendais à quoi ? demanda James en regardant dehors. Des types en kilt jouant de la cornemuse pour le monstre du loch Ness ?

— J'sais pas. Je n'ai jamais été à l'étranger avant. Je pensais juste que ça aurait l'air un peu plus… étranger.

Ils étaient arrêtés en pleine voie. Ils pouvaient entendre le doux ronron de la motrice, tournant au ralenti.

— Regarde bien, lui conseilla James. Regarde au-delà des maisons, les collines, la lande, et regarde là, au loin.

— Quoi ?

— Le Ben Nevis, la plus haute montagne des îles Britanniques.

Kelly observa attentivement le paysage.

— J'vois pas grand-chose, dit-il d'un ton morne tandis que le train redémarrait.

— C'est toujours comme ça. Le plus souvent il est noyé dans les nuages mais, si tu regardes bien, tu l'apercevras peut-être.

— J'te crois sur parole, répondit Kelly en détournant les yeux.

Charmian, la tante de James, l'attendait sur le quai. Il lui tendit la main, attendant qu'elle la lui serre, mais elle la repoussa et le prit dans ses bras.

— Es-tu devenu guindé à ce point, James ? Une femme

a parfois besoin d'autre chose que d'une poignée de main.

Tante Charmian portait un pantalon vert olive, rentré dans de hautes bottes cavalières, et une veste du même ton sur un simple chemisier de soie blanche, rehaussé d'un foulard assorti. Rares étaient les femmes qui portaient des pantalons, mais Charmian portait le sien avec un tel naturel qu'il ne serait venu à l'idée de personne d'émettre la moindre remarque.

– Laisse-moi te regarder, dit-elle en soutenant James à bout de bras. Voyons ce que cette affreuse école a fait de toi.

James lui souriait niaisement, tentant de ne pas rougir tandis qu'elle l'étudiait sous toutes les coutures.

– Bon, ça peut encore aller…, conclut-elle avec un sourire. Même si, de toute évidence, on ne t'a pas nourri. Tu es maigre comme un clou.

– La nourriture est épouvantable.

– Certainement le mot qui convient le mieux à la cuisine anglaise, mon chéri. Et tu ne serais pas à meilleure enseigne dans un grand hôtel. Que veux-tu… Je t'ai trop gâté…

En effet, de ses voyages aux quatre coins du monde, Charmian avait rapporté nombre de recettes et d'ingrédients… Ainsi James avait-il été élevé aux plats de pâtes préparées à la mode italienne, aux currys indiens, au couscous d'Afrique du Nord et aux nouilles de Singapour. Il avait même goûté au poulet cuit dans le chocolat, un plat typique de Mexico, mais cela n'avait pas été une franche réussite. Il n'y avait donc pas à s'étonner que l'insipide gruau qu'on servait à Eton fût un affront à ses papilles.

– Tu as eu les colis que je t'ai envoyés ? Les biscuits et les gâteaux...

– Oui. Et je t'en remercie, ils m'ont été d'un grand secours.

Devant la gare, l'impétueuse foule de voyageurs se bousculait pour monter à bord de divers véhicules. Un groupe se pressait devant un bus, quelques gentlemen tendaient leurs valises à des chauffeurs de taxi, les gens du coin montaient à bord de voitures familiales tandis que, de l'autre côté, George Hellebore prenait place dans une rutilante Rolls-Royce noire, un chauffeur en livrée lui tenant obligeamment la portière.

– Ça roule, Jimmy ?

James tourna la tête. Kelly le Rouge s'approchait d'eux à grands pas.

– Ta tante ?

– Oui...

Avant que James ait eu le temps d'ajouter quoi que ce soit d'autre, le Rouge serrait avec enthousiasme la main de tante Charmian.

– Enchanté, tantine, dit-il d'un ton enjoué avant d'ajouter, après un clin d'œil : Votre Jimmy est un mec bien. Prenez-en soin.

– Certainement, répondit Charmian légèrement décontenancée.

– Bon, c'est pas tout ça. J'ferais bien de mettre les bouts fissa parce que le bus va pas m'attendre, hein ? Peut-être à un de ces quatre, Jimmy...

Et Kelly disparut.

– Qui diable est cet énergumène ? demanda Charmian avec un sourire.

– Oh, quelqu'un que j'ai rencontré dans le train. On s'est tenu compagnie.

Tante Charmian avait sa voiture. Un puissant coupé Bentley, 2 + 2, animé par un quatre-cylindres suralimenté de quatre litres et demi. James l'adorait. Il avait même décidé que, si un jour il avait une voiture, ce serait celle-là. Il jeta son sac sur la banquette arrière et se plia en deux pour prendre place à côté de sa tante, sur le siège de cuir au confort spartiate. Charmian conduisait bien. Mais vite, et sans grande mansuétude pour les autres automobilistes vis-à-vis desquels elle se montrait le plus souvent d'une redoutable impatience. Cela ne posait guère de problème sur ces routes où le trafic était très faible et où croiser un autre véhicule constituait presque un événement.

– On a un peu de route à faire, dit Charmian en forçant la voix pour couvrir le rugissement du moteur. Et j'imagine que tu meurs de faim. On va s'arrêter pour manger un morceau. Il y a un petit café à Kinlocheil où ils servent des petits déjeuners presque décents. Au fait, content d'être un peu au vert ?

– Oh que oui !

– Je pensais qu'on pourrait peut-être aller au cirque ce soir. Ils ont installé un chapiteau à Kilcraymore. Ça pourrait être amusant, non ?

– Sûr, répondit James qui n'était pas allé au cirque depuis des années et se demandait si cela lui plairait toujours.

– Tu vas voir. On va tout faire pour que tu te souviennes de tes vacances. OK ?

Ils contournèrent le loch Linnhe puis prirent la route des îles, le long de la côte nord du loch Eil, au bout duquel se trouvait Kinlocheil. Ils garèrent la voiture et quelques instants plus tard ils étaient assis au café, devant une petite table carrée avec vue sur le lac.

– Le petit déjeuner. Le meilleur repas de la journée, déclara Charmian après avoir commandé des œufs brouillés, du bacon, des toasts et de la confiture.

En passant, la serveuse demanda innocemment s'ils désiraient du thé. Et Charmian explosa.

– Du thé ? Grands dieux, non. Pas de lavasse. Comment les Anglais ont-ils fait pour bâtir un empire en s'abreuvant d'une telle horreur ? Cela dépasse l'entendement. Et si nous continuons à en boire, nul doute que cet empire va vite se déliter. Non, madame, une personne civilisée boit du café.

Intérieurement, James s'amusa de la réaction de sa tante. Combien de fois avait-il entendu Charmian s'emporter à propos du thé ? Mais, la vérité, c'était que ses points de vue étaient lentement devenus les siens et le fait est qu'il ne buvait plus de thé depuis longtemps, préférant le café, même s'il avait trouvé ça très amer et difficile à avaler au début.

Après le petit déjeuner, satisfaits et repus, ils retournèrent à la Bentley d'un pas nonchalant et prirent la route en direction de Mallaig.

– Comment va oncle Max ? demanda James.

– Pas très bien. Ça fait longtemps que tu ne l'as pas vu ?

– Pas depuis que père et mère sont morts.

– Alors prépare-toi à avoir un choc. Il a atrocement maigri et il tousse de manière inquiétante.

– C'est sérieux ?

– Très. Le docteur dit que c'est un miracle qu'il ait tenu jusqu'ici. Mais ton oncle est combatif, solide comme un chêne. C'est d'autant plus injuste. Quand on pense à tout ce qu'il a traversé, à tout ce à quoi il a survécu, pour finalement être terrassé par une vulgaire maladie. Mais c'est la vie qui est injuste. Il est trahi par son propre corps. Les cellules cancéreuses envahissent peu à peu ses poumons et l'étouffent lentement. Le cancer est une chose vraiment affreuse. Mais bon, assez de pensées lugubres, il est très impatient de te revoir. Je suis sûre que ta visite va lui remonter le moral.

Deux kilomètres avant Glenfinnan, ils prirent au nord, quittant la route principale, et s'engagèrent sur la petite voie sinueuse qui menait à Keithly, petit village des Highlands occidentales. Le hameau était constitué de solides maisons de pierre grise, blotties les unes contre les autres à l'ombre des collines et dont les toits bas semblaient prêts à affronter tout ce que le rude hiver écossais pouvait leur réserver.

Le cottage de Max était isolé. Ils traversèrent donc le village par l'étroite rue principale, passèrent le pub et la poste, puis s'engagèrent sur un chemin de terre plein d'ornières qui suivait le cours d'une petite rivière et s'enfonçait dans une forêt de pins.

– Pas sûr que les suspensions apprécient ce traitement quotidien, dit Charmian en se battant avec son

147

volant pour négocier un virage particulièrement serré. Heureusement, ces Bentley sont solides.

Elle se tourna vers James et, avec un sourire, poursuivit :

– Ça peut sembler isolé à première vue, mais il y a plein de gens dans le coin, y compris un couple très gentil qui s'est occupé de ton oncle : May Davidson et son mari, Alec. May fait la cuisine et le ménage pour Max depuis des années. Alec entretient le jardin depuis que ton oncle ne peut plus le faire. Et puis il y a le docteur, qui passe ici quasiment tous les jours, ainsi que le vieux Gordon, qui pêche avec Max.

– Il pêche beaucoup ?

– Mon Dieu, oui. Il ne fait que ça. Tu ne savais pas ? La pêche est toute sa vie. C'est même la principale raison qui l'a poussé à acheter ce cottage. Il est à un jet de pierre de la rivière et les droits de pêche sont associés à la maison. Il a constamment une canne à la main. Il a même dit qu'il voulait être enterré avec.

Ils prirent un dernier virage et arrivèrent devant le cottage, niché dans une petite clairière. La végétation – clématites, chèvrefeuilles et rosiers grimpants – était si dense qu'on pouvait tout juste apercevoir la maison derrière les frondaisons. James présuma que, quand toutes les plantes étaient en fleurs, le cottage devait sans aucun doute disparaître totalement.

Oncle Max apparut sur le seuil de la porte.

James fut reconnaissant à Charmian de l'avoir prévenu car Max avait effectivement beaucoup changé. Sa peau flasque avait pris une teinte jaunâtre et il avait tellement maigri qu'il paraissait perdu dans ses vêtements. Il marchait à l'aide d'une canne. Il avait toujours boité, à cause d'une blessure de guerre que James, dans son jeune âge, trouvait impressionnante et presque enviable. Mais, aujourd'hui, Max avait visiblement beaucoup de mal à se déplacer ; ce qui ne l'empêcha pas, pour faire bonne figure, de se précipiter aussi vivement qu'il le pouvait à la rencontre de la voiture, sûrement pour rappeler à James, le temps d'un instant, quel fringant et bel homme il avait été.

L'image de lui que James gardait à l'esprit remontait à 1925, l'année où il l'avait emmené à l'Exposition coloniale, à Wembley. Max possédait alors une allure incroyable. Grand et svelte, avec la puissante carrure d'un soldat que rien n'arrête. James se rappela leur descente du train, en gare de Wembley, le petit garçon s'accrochant solidement à la main de son oncle tandis que celui-ci se frayait avec assurance un chemin dans la foule. Il se souvint de l'immense structure de bois du grand huit qui s'élevait dans les airs au-dessus d'eux et à quel point il se sentait protégé et en sécurité au côté de Max.

L'homme faible et voûté qui se tenait devant lui avait peu de chose en commun avec la personne qu'il avait connue.

– James, souffla-t-il d'une voix rauque en attrapant son neveu par les épaules. C'est merveilleux de te voir, mon garçon. Bienvenue dans mon petit royaume…

Il était atrocement essoufflé et le simple fait de parler semblait lui coûter. Ses mots étaient entrecoupés d'une toux grasse venant du plus profond de sa poitrine.

James attendit que la quinte de toux s'apaise.

149

– Désolé, dit Max en s'essuyant la bouche avec une serviette. J'ai bien peur que tu ne doives t'habituer à mon nouveau débit… Laisse-moi prendre ton sac.

– Arrête tes sottises, le coupa tante Charmian. Il n'en est pas question.

– Pas la peine que tu me traites comme un bébé, sœurette, répondit Max avec une pointe d'humour.

– Si tu persistes à te comporter comme un bébé, il ne faut pas t'étonner que je te traite comme tel, ajouta Charmian en ouvrant la malle arrière pour en sortir la valise. Je m'occupe des bagages, toi, tu fais le tour du propriétaire avec James.

La maison était beaucoup plus grande qu'elle ne paraissait au premier abord. À l'origine, il s'agissait de deux cottages et d'une étable. Max avait abattu quelques murs et transformé l'ensemble en une seule et même maison. La chambre de James se trouvait dans l'ancien grenier à foin, coincée dans la charpente de ce qui avait un jour été une étable.

– Attention à la tête, dit Max en frappant du plat de la main un des gros madriers qui supportaient le toit en pente.

– Ne t'inquiète pas, j'ai l'habitude. Ma chambre à Eton est deux fois plus petite et la mansarde encore plus basse.

James jeta un regard circulaire à la chambre. Les murs étaient tapissés de papier peint à motifs de roses qui ressemblaient presque à celles qui poussaient dehors. Il y avait un petit lit de fer forgé impeccablement fait, un tapis tissé aux couleurs chatoyantes qui tranchait gaiement sur le plancher de bois brut et, à côté de la porte bleu vif, une commode sur laquelle reposaient un vase de fleurs des champs et une lampe à huile.

— Tu ne m'en voudras pas, c'est plein de vieux trucs à moi là-dedans, dit Max en désignant une étagère de livres jaunis par les ans.

James remarqua quelques titres familiers : *L'Île au trésor*, *Les Aventures de Sherlock Holmes*, *Le Livre de la jungle*, *Les Mines du roi Salomon*. Sur une autre étagère, il y avait une rangée de figurines de plâtre peint : deux chiens, un chat, un singe et un dragon.

— Des prix, gagnés au tir. À la foire. Je devais avoir à peu près ton âge quand je les ai remportés. Et regarde ça…, dit Max en montrant à James une petite toile représentant un cerf.

— C'est toi qui l'as peinte ? demanda James en souriant.

— Eh oui… Je me serais bien vu artiste à une époque. J'ai même étudié les beaux-arts en Allemagne, un peu avant la guerre… Sans grands résultats.

James fit quelques pas vers la fenêtre pour contempler la vue. Dans le creux du vallon coulait la rivière, bordée de grands arbres.

— Ça te dirait d'aller lancer ? demanda Max en s'approchant. On pourrait peut-être prendre un ou deux ombres pour le déjeuner…

— Des ombres ?

— Des truites de mer. Toutes fraîches. Elles arrivent de l'Atlantique. C'est la remontée du printemps en ce moment. La rivière commence à grouiller de poissons. Il a pas mal plu ces derniers jours, elle est en crue, mais l'eau s'éclaircit vite par ici.

— Tu sais, la pêche, je n'y connais pas grand-chose, répondit James en s'excusant. Pour moi, tout ça, c'est du chinois.

— Ne t'en fais pas, mon garçon. On va faire de toi un pêcheur émérite. N'est-ce pas une jolie rivière ?

— Si, euh… j'imagine.

— Tu sais, James, tu peux admirer la rivière, la peindre ou y jeter des cailloux, mais si tu veux vraiment la connaître, faire partie d'elle, alors il faut que tu y pêches. Quand tu es debout dans l'eau, en train de pêcher à la mouche, tu t'intègres à la nature, tu deviens le héron, le martin-pêcheur, et la rivière devient ton élément. Parfois, on peut s'y perdre, faire ça par habitude, sans y penser et puis, paf, tu fais une touche, la ligne devient lourde, la canne remue dans tes mains comme un chien qui secoue la tête pour te faire lâcher la laisse et là, c'est toi contre le poisson…

Au cours des deux heures suivantes, Max apprit à James les rudiments de la pêche à la mouche : comment monter la canne, comment accrocher les leurres et, surtout, comment lancer, en faisant voler la ligne derrière soi par-dessus son épaule avant de la rabattre vers l'avant d'un coup sec, comme quand on plante un clou dans un mur avec un marteau, afin que la ligne fouette l'air au-dessus de l'eau et dépose la mouche exactement là où on le désire.

Apprendre à lancer avait beaucoup amusé James, en revanche, attendre qu'un poisson veuille bien mordre à l'hameçon l'ennuyait quelque peu. Il avait bien senti un coup sur sa ligne à un moment, mais il l'avait presque aussitôt perdu ; quant à Max, il n'avait pas fait la moindre touche.

— C'est comme ça, la pêche, dit-il en s'asseyant sur la berge et en sortant un paquet de cigarettes de sa poche. On ne sait jamais ce qui va se passer. D'ailleurs, j'imagine que, si on était sûr d'attraper un poisson à chaque fois, on se lasserait vite.

James n'était pas certain d'être de son avis. Il était trop déçu de n'avoir rien pris. Il observa Max qui portait une cigarette à sa bouche et l'allumait. Il avala goulûment une bouffée. Une brève expression de plaisir se lut sur son visage avant qu'il ne se torde sous l'assaut d'une quinte de toux qui faisait mal rien qu'à l'entendre. James pensa un instant qu'elle ne s'arrêterait jamais, mais finalement Max se remit. Les yeux mouillés de larmes, il essuya ses lèvres avec sa serviette et étudia la cigarette à bague dorée qu'il tenait entre ses doigts.

— Je présume que cela ne vaut rien pour mes pauvres vieux poumons, dit-il, la voix cassée.

— Alors pourquoi tu n'arrêtes pas ? demanda James tandis que Max se raclait douloureusement la gorge.

— Bonne question. D'abord parce qu'il est trop tard, le mal est déjà fait. On meurt tous un jour ou l'autre ; dans mon cas, ça risque d'être bientôt. (Il n'avait pas fini sa phrase qu'une nouvelle quinte de toux affreuse le secoua.) Alors autant que je prenne du plaisir tant que je peux, dit-il entre deux râles.

— Je crois que je ne fumerai jamais, dit James.

— Puisses-tu dire vrai, réussit tant bien que mal à articuler Max. Les certitudes sont l'apanage de la jeunesse.

Tu sais, James, quand j'étais jeune, j'étais moi aussi pétri de certitudes ; malheureusement, avec l'âge, la plupart se sont écroulées. La vie a la sale habitude de vous jouer de mauvais tours au moment où l'on s'y attend le moins. J'ai commencé à fumer pendant la guerre, comme tout le monde. Et même si nous avions su que la cigarette nous tuerait, on s'en serait fichu comme d'une guigne car la seule certitude qu'on avait, c'était qu'on allait mourir dans ces maudites tranchées. La mort était la seule chose dont on pouvait être sûr.

James remercia le ciel d'avoir échappé à la guerre. Il ne pouvait pas s'imaginer ce que cela devait être de combattre, de devoir tuer d'autres hommes pour éviter d'être soi-même abattu.

— Père ne m'a jamais parlé de la guerre.

— Personne n'a envie de parler de ça. Il vaut mieux oublier. Dans mon cas, c'est encore un peu plus compliqué. Je n'avais pas le droit d'en parler du tout, dit Max en levant les sourcils de façon énigmatique.

— Qu'est-ce que tu veux dire ?

— Nombre de mes activités pendant la guerre étaient couvertes par le secret militaire.

— Père y a fait vaguement allusion un jour, mais sans plus.

— Bah, je suppose qu'il n'y a pas de mal à ce que je t'en parle maintenant. Il y a prescription. J'ai gardé tout ça pour moi pendant des années, mais j'étais ce qu'on pourrait appeler un espion.

— Vraiment ? s'exclama James. Un espion ! Ça doit être passionnant.

– Si on veut… À condition de trouver passionnant le fait d'avoir la peur au ventre en permanence… En tout cas, à l'époque, j'étais loin de trouver ça excitant. Pour moi ça voulait simplement dire être terrifié du matin au soir. J'ai été recruté en France. J'avais été blessé, rien de bien grave. Une balle dans la jambe… Ici.

Max souleva son pantalon et montra à James une petite cicatrice bosselée, juste au-dessus du genou.

– Elle a traversé net. Je ne pouvais plus faire un pas. À l'hôpital, j'ai fait la connaissance d'un type, on s'est mis à discuter. Il m'a dit qu'ils recherchaient quelqu'un parlant couramment l'allemand. Comme j'avais séjourné là-bas avant la guerre, c'était mon cas.

Maintenant, Max était dans son monde. Il ne regardait plus James. Ses yeux se perdaient au loin, en aval de la rivière, et, pour ainsi dire, il parlait tout seul. James réalisa bientôt qu'il n'avait jamais raconté à personne ce qu'il était en train de lui dire. C'était comme s'il voulait alléger sa mémoire tant qu'il était encore temps. Il lui raconta les briefings, sa promotion au grade de capitaine, son apprentissage de l'encodage, des mots de passe, de la falsification de documents, de l'utilisation des poisons, ses entraînements au combat rapproché… Il évoqua aussi le réseau d'agents censés lui prêter leur concours. Il lui raconta également comment il avait été infiltré par bateau loin derrière les lignes ennemies, où il devait se faire passer pour Herr Grumann, un ingénieur du réseau ferroviaire, et établir une liste détaillée des mouvements des trains. Ensuite, il décrivit ces longues semaines au cours desquelles, priant pour ne pas être découvert, il devait faire semblant d'être quelqu'un d'autre tout en faisant un rapport hebdomadaire à son contact qui, ensuite, retournait clandestinement en France pour transmettre ses informations.

Et puis il s'arrêta, demeurant un long moment interdit, les yeux fixés sur la rivière.

— Et après ? Qu'est-ce qui s'est passé ? demanda James après un long silence. Tu as été capturé ?

Max tourna enfin la tête vers lui, l'air légèrement surpris, comme s'il avait oublié jusqu'à son existence.

— Ça, c'est une autre histoire… Je te la raconterai un autre jour. Allez, viens, on ferait mieux de rentrer sinon Charmian va se demander où on est passés.

Charmian avait fait rôtir un poulet pour le déjeuner. Ils le mangèrent accompagné de carottes à la vapeur, de pommes de terre et de haricots verts, fraîchement cueillis. Les légumes étaient d'une belle couleur vive et leur chair ferme et savoureuse. James goûta chaque bouchée avec grand plaisir. Après le gruau d'Eton, c'était comme manger la nourriture des dieux.

— Est-ce que tu sais quelque chose à propos d'un garçon nommé Alfie Kelly ? demanda James à sa tante qui apportait sur la table une grosse tarte aux pommes.

— Une sale affaire, répondit Charmian en coupant la tarte qui laissa échapper un nuage de vapeur délicieusement parfumé à la pomme et à la cannelle.

— Quoi donc ? demanda Max, qui, l'air éreinté, semblait sur le point de s'endormir sur la table.

— Tu te souviens… Le fils d'Annie Kelly. Je t'en ai

156

parlé… Un garçon qui avait presque le même âge que James et qui a été porté disparu.

– Ah oui, ajouta Max, le visage reprenant soudain vie. Il se redressa sur sa chaise.

– J'ai fait ma petite enquête, poursuivit-il. J'ai posé des questions à droite à gauche. Ce garçon était féru de pêche et, tu vois James, il faut toujours garder un œil sur ses compagnons de gaule. La rumeur raconte qu'il est tombé à l'eau, dans une rivière ou une autre, en essayant d'attraper un poisson. Ce qui est grotesque. Il connaissait parfaitement toutes ces rivières et était conscient des dangers. Et puis, qu'est devenu son matériel ? Aucune trace. Gordon pense, pour sa part, qu'il serait monté au loch Silverfin. Il m'a dit qu'il l'avait vu plusieurs fois se diriger dans cette direction dans les jours précédant sa disparition, alors même qu'aucun pêcheur de Keithly ne monte plus là-haut depuis bien longtemps. Si j'étais en meilleure forme, je grimperais moi-même jeter un coup d'œil.

– Mais le loch Silverfin est interdit à la pêche, dit Charmian en servant une part de tarte à James.

– Précisément, rétorqua Max. Cela a pu constituer un défi pour ce gamin. Mon Dieu, qu'est-ce que je donnerais pour pouvoir lancer à nouveau dans ces eaux, un des meilleurs coins de pêche de la région. Mais je n'aime pas cet endroit. Il y a un paquet de gens bizarres là-haut. À mon sens, ce lord Hellebore ne nous mijote rien de bon.

– Je te demande pardon, le coupa James, s'étranglant avec son morceau de tarte. Tu as bien dit lord Hellebore ?

La Bamford & Martin,
Short Chassis Tourer

– Lord Randolph Hellebore, expliqua Max, possède le château ainsi qu'une grande partie des terres de la région.

– Son fils est à Eton, ajouta James.

– Exact. C'est ce qu'on m'a dit. Tu le connais ?

– Il a deux ans de plus que moi, répondit James, guère désireux d'en dire davantage.

– Mmh… Drôle d'histoire. Il y a quelques années, l'ancien châtelain est mort. Faute d'héritiers directs au sein de la famille, ce sont Randolph et Algar, son frère, qui ont reçu le domaine en partage. Peu de temps après, Algar est décédé, dans un accident si mes souvenirs sont exacts. Le château tombait en ruine. L'ancienne famille était criblée de dettes. Personne ici ne s'attendait à ce que Randolph s'y installe. On pensait qu'il mettrait le domaine en valeur de loin, mais il est venu et s'est

158

attelé à la tâche avec un entrain tout américain. Quoi qu'il en soit, il s'est débrouillé pour sauver le domaine.

— Il est très riche, n'est-ce pas ?

— Comme Crésus. Je l'ai rencontré une fois. Il y a environ un an. Il m'a paru plutôt sympathique, bien que manquant singulièrement de distinction. Les gens d'ici l'aiment bien. Il a fait construire une école et une salle des fêtes dans le village. On n'arrête plus de danser là-dedans. Il veut se faire accepter, devenir un vrai lord anglais. Mais je ne lui fais pas confiance. Il est très secret, il a mis des hommes en armes un peu partout sur son domaine.

— Pourquoi ça ?

— Il prétend que c'est pour la sécurité, parce qu'il a monté un petit atelier de fabrication d'armes, mais je le soupçonne de tramer quelque chose.

— Quel genre de chose ? demanda James. Que crois-tu qu'il prépare ?

— Bah, répondit Max en reposant sa cuiller. Ce que je crois ? Je ne suis sûr de rien, James. Tout ce qu'on a, c'est une rumeur. Et s'il y a une chose que j'ai apprise à la guerre, c'est que l'information est l'arme la plus essentielle d'un arsenal. Plus on en sait, mieux on peut réagir. Comme j'ai dit, si je n'étais pas un vieux croulant, je monterais là-haut moi-même pour me faire une idée. Les ragots et les on-dit ne valent rien aux hommes, même s'ils font le bonheur de la gent féminine.

— Mais bien sûr, le coupa Charmian. Tu crois que je ne te vois pas, au pub, avec tes copains, cancanant comme une volée de vieilles poules ?

Max se pencha vers James avec un petit sourire narquois.

– 'Fait pas bon taquiner tante C., hein, James ?

– Certainement pas, ajouta Charmian. Je ne m'en laisse pas facilement remontrer. Et peu d'hommes m'impressionnent.

– Ne sois pas modeste, sœurette… Il n'y a pas un homme que je connaisse que tu ne puisses écraser.

Max éclata d'un rire qui se changea rapidement en quinte de toux. Charmian se tourna vers James, un sourire qui se voulait rassurant au coin des lèvres. Puis elle remplit un verre d'eau qu'elle passa à son frère. Au bout d'une minute, il cessa enfin de tousser, lança un regard reconnaissant à sa sœur, et but le verre d'eau.

– Je pense que tu devrais te reposer cet après-midi, dit calmement Charmian.

– Eh, le gamin ne sera pas toujours là, Charmian. Laisse donc les hommes s'amuser un peu…

– Vous allez retourner à la rivière ?

– Je ne suis pas certain que James partage mon enthousiasme, répondit Max avec un sourire. Mais je crois que je connais un truc qui va l'intéresser…

– Et voilà la merveille, dit oncle Max en ouvrant en grand la vieille porte de la grange aux gonds rouillés. N'est-ce pas un bel engin ?

Il fallut quelques secondes à la rétine de James pour s'accommoder à l'obscurité de la grange et faire le point. Puis, à la faveur d'un rayon de soleil qui envoya tout à coup un rai de lumière à travers une vieille fenêtre pleine

160

de poussière, il distingua une voiture, tapie dans l'ombre sur le sol de pierre, comme un fauve au repos.

– Bamford & Martin, Short Chassis Tourer. Cylindrée : un litre et demi, et soupapes latérales, s'il vous plaît, déclara fièrement Max en s'approchant de la voiture, un chiffon propre à la main, avec lequel il lustra amoureusement le capot.

James ne connaissait pratiquement rien aux voitures. Les mots de son oncle ne lui disaient donc pas grand-chose, mais, quand il posa plus attentivement les yeux sur cette petite machine brillante qui respirait la puissance, il sut immédiatement qu'il ne demanderait qu'à apprendre.

Max alluma la lumière et James put détailler plus avant l'engin. C'était un coupé deux places, dessiné pour la performance, avec un long et haut capot qui évoquait le museau d'un chien et un arrière arrondi comme une poupe de bateau. Il était blanc avec des marchepieds noirs qui se prolongeaient en un élégant arrondi au-dessus des roues avant. Deux gros phares étincelants, comme des yeux de crabe écarquillés, saillaient fièrement au-dessus du pare-chocs avant et, derrière l'étroit pare-brise, un grand volant attendait patiemment que quelqu'un se batte avec lui à l'assaut de l'asphalte.

– Un peu poussiéreuse, mais elle tourne encore parfaitement, dit Max tout en repliant la capote derrière les sièges. Une vraie machine à bouffer du kilomètre, construite pour la route, mais je l'ai fait courir quelques fois à Brooklands, avant de tomber malade. Comme ça, juste pour m'amuser. Jamais gagné la moindre course. Trop chaud et trop optimiste. Je finissais toujours par perdre le contrôle en courbe. Une fois, j'ai même couru contre le grand Tim Birkin[1].

– Vraiment ? demanda James en ouvrant de grands yeux. Tim Birkin ? Le pilote ?

– En personne, gloussa Max. Il m'a appris un truc ou deux, tu peux me croire. Je ne le voyais pas bien à cause de la poussière, mais j'ai eu l'occasion d'apercevoir quelquefois le panache de sa célèbre écharpe de soie. Grisant. Bon allez viens, on va la faire respirer un peu.

Max souleva un pan du capot, tripota quelque chose dans le moteur puis rabattit la pièce de tôle d'un air décidé et s'installa au volant.

– Démarreur électrique, dit-il en pressant un bouton sur le tableau de bord.

Il y eut un bref sifflement strident puis le moteur s'ébroua avant de rugir comme un lion en colère sous les petits coups d'accélérateur de Max. Un vacarme assourdissant s'empara du garage.

– Allez, grimpe ! hurla Max.

Le roadster se balança sur ses amortisseurs quand James sauta à l'intérieur.

– Ça fait des mois que je ne l'ai pas fait tourner, mais elle démarre toujours sans la moindre plainte.

La voiture semblait légère et prête à partir en trombe.

---

1. Sir Henry R.S. « Tim » Birkin (1896-1933). Pilote légendaire et idole de la jeunesse britannique au tournant des années 1930, célèbre pour son pilotage incisif et pour sa Bentley « Blower ».

Max enclencha une vitesse, desserra les freins et ils démarrèrent, bondissant hors du garage dans le jardin où ils prirent un virage serré, filèrent sur le côté de la maison et s'engagèrent sur le chemin défoncé.

James n'était jamais allé aussi vite en voiture et, au début, il était terrifié. Le vent lui fouettait le visage. En quelques minutes, le pare-brise fut constellé d'impacts d'insectes. La voiture ruait et tanguait, le hurlement de son moteur résonnant jusqu'au plus profond de la forêt. James était certain qu'ils allaient avoir un accident, mais, en dépit de ce que son oncle lui avait dit à propos de ses pertes de contrôle sur la piste de Brooklands, il réalisa bien vite que Max savait parfaitement ce qu'il faisait et qu'il était loin d'être maladroit derrière un volant. James reprit donc peu à peu confiance et quand, quelques kilomètres plus loin, ils débouchèrent sur la route principale, il était tout disposé à s'abandonner à l'ivresse de la vitesse.

Max se tourna vers James, un petit sourire au coin des lèvres.

— Ils viennent juste de mettre au rancart la limitation de vitesse à quarante à l'heure, hurla-t-il dans les rugissements du moteur et le bruit du vent. Dommage, je crois que je ne vais pas pouvoir en profiter longtemps... Remarque, je ne me suis jamais beaucoup soucié de ça. Une fois, je l'ai poussé à un bon cent soixante sur la route de Barnet.

Le rire de Max se perdit dans une bourrasque tandis qu'ils traversaient Keithly en faisant trembler les maisons. Ils s'engagèrent ensuite sur une route ouverte qui serpentait dans la lande en direction de Kilcraymore. James s'amusait maintenant comme un petit fou et Max semblait ressuscité. Derrière son volant, il avait perdu toute sa fragilité et toute sa faiblesse et était redevenu le fringant jeune homme, heureux et insouciant, qu'il avait été.

Ils s'arrêtèrent à la station-service de Kilcraymore, où Max fit le plein puis ouvrit le capot pour donner à James sa première leçon de mécanique.

– Le moteur à explosion est une magnifique invention, dit-il en regardant d'un œil enamouré le bloc de métal graisseux. Ça va changer le monde.

James étudia l'incroyable complexité du mécanisme.

– Si tu veux être à la page, dit brusquement Max, tu ferais bien d'apprendre comment ça marche. Qu'est-ce que tu peux me dire là-dessus ?

– Pas grand-chose, j'en ai bien peur, répondit James. Je sais qu'il faut mettre de l'essence dedans, mais c'est à peu près tout.

– Bien. Ben, c'est déjà un début. Et que sais-tu à propos de l'essence ?

– Que ça s'enflamme très facilement.

– Juste. C'est exactement ça. Ce moteur fonctionne grâce à l'énergie dégagée par l'explosion de l'essence.

– Vraiment ?

– Oui, répondit Max en passant amoureusement la main sur le moteur. Cachés au milieu de ces pièces de fonderie se trouvent quatre cylindres, contenant chacun un piston. C'est le mouvement de ces pistons qui constitue le cœur du moteur. Tu ne peux pas les voir car ils sont recouverts d'une pièce de fonderie creuse, dans laquelle circule de l'eau, pour les refroidir. L'eau passe ensuite par ce tuyau pour aller dans le radiateur, là, dit Max en tapant sur un réservoir grillagé juste derrière la calandre. L'eau est elle-même refroidie par ce ventilateur. Et voilà la courroie qui actionne le ventilateur. Tu suis ?

— Je crois que oui, mais je n'ai pas bien saisi ces histoires d'explosion.

— Ah oui, effectivement. Je me suis un peu égaré. C'est ce qui fait toute la beauté du moteur à explosion, toutes ces pièces, tous ces circuits qui fonctionnent ensemble, en harmonie. Donc, ça c'est un moteur à quatre temps, ce qui veut dire que chaque piston coulisse dans son cylindre selon un cycle à quatre temps. En haut, en bas, en haut, en bas, dit Max en joignant le geste à la parole. Tu me suis ?

— Je crois.

— Bien. Le démarreur, comme son nom l'indique, sert à faire démarrer le moteur. Il met en mouvement l'ensemble et, quand le piston descend dans le cylindre, cela crée un vide qui aspire une faible quantité d'essence du carburateur qui se trouve ici. Quand l'essence se mélange à l'air, elle se transforme en un gaz hautement inflammable. C'est le premier temps, l'admission. Ensuite, deuxième temps, la compression. Le piston remonte dans son cylindre, il comprime le gaz qui s'y trouve. Troisième temps, l'explosion. Quand le piston redescend, il déclenche une étincelle d'électricité, produite par ces petites-là, les bougies d'allumage.

165

Max pointa une rangée de protubérances brillantes, parfaitement alignées sur le haut du moteur, puis, avec un petit sourire, il demanda :

— Et que crois-tu que la petite étincelle fasse à tout ce gaz comprimé ?

— Elle le fait exploser.

— Exactement. Et voilà ton explosion. Elle fait redescendre le piston avec une force énorme. Cette énergie entraîne le vilebrequin, le volant moteur ainsi que tous les autres pistons. Finalement, notre piston remonte et éjecte les gaz brûlés hors du cylindre, c'est le quatrième temps, l'échappement, qui va du collecteur à la sortie, en passant par le silencieux.

Max passa à nouveau la main sur le bloc moteur.

— Le bruit que tu entends quand le moteur tourne, c'est une foultitude de petites explosions qui se produisent dans les quatre cylindres qui, eux-mêmes, entraînent le vilebrequin.

Il referma le capot, se redressa et attrapa James par les épaules.

— Maintenant, qu'est-ce que tu dirais de la conduire ?

James attendit un instant avant de répondre, pour voir s'il ne se moquait pas de lui, mais son grand sourire paraissait sincère.

— J'adorerais. Mais tu es sûr que tu me laisserais le volant ?

— On peut toujours faire un essai. Si tu es vraiment trop mauvais, je reprends le volant et on retourne à la pêche. Marché conclu ?

Ce fut au tour de James de sourire.

– C'était intéressant ce matin. Mais je crois qu'apprendre à conduire sera encore plus excitant.

– Excitant, le coupa Max. C'est le maître mot de la jeunesse d'aujourd'hui. Tout ce qui les intéresse c'est la vitesse, les sensations fortes, le bruit et la fureur. Remarque, je ne peux pas t'en vouloir. J'ai moi-même appris durant la guerre qu'il faut croquer la vie à pleines dents car elle, elle ne donne pas de seconde chance. Qu'est-ce que disait ce type déjà ? « Je ne vais pas perdre mon temps à essayer d'en gagner. »

Sur ces mots, il s'essuya les mains dans un chiffon, paya le pompiste et ils s'en retournèrent vers Keithly.

Quand ils arrivèrent devant le chemin qui menait à la maison, Max ralentit et s'arrêta.

– Voilà un bon endroit pour commencer. Il n'y a pas de voitures, c'est une voie privée, on peut faire ce qu'on veut. Bon, le terrain n'est pas aussi plat ni aussi dur qu'il faudrait, mais tant pis. Si tu sais conduire là-dessus, ce sera du gâteau quand tu te retrouveras sur une route digne de ce nom.

– Et si je sors de la route et que je me tape un arbre ou un truc comme ça ?

– Bah… De toute façon, je ne vais plus pouvoir profiter de ce bon vieux bolide encore longtemps, répondit Max, le regard perdu au loin. Et je n'ai personne à qui le laisser après ma mort. May n'en aurait pas l'utilité et Charmian a déjà sa chère Bentley… Alors, si tu la plies, tant pis, c'est la vie. Mais je vais te dire un truc, si tu te sens d'en prendre soin, elle est à toi. Ça devrait t'inciter à ne pas l'écraser contre le premier obstacle venu.

167

– Vraiment ? demanda James radieux. Tu ne plaisantes pas ?

– Viens par là, se contenta de répondre Max en ouvrant la petite portière et en passant les jambes à l'extérieur de l'habitacle pour céder sa place. Voyons comment tu t'en sors.

James se glissa sur le siège conducteur et agrippa avidement le volant. À regarder Max conduire, la chose semblait d'une évidente simplicité, mais, une fois qu'il fut installé aux commandes, elle devenait tout à coup beaucoup plus compliquée.

– À quoi servent exactement tous ces boutons, ces cadrans ? Et à quoi correspondent ces pédales et ces leviers ? demanda James.

Max fit l'inventaire des commandes.

– Bon. Tu as des commutateurs pour les phares, la magnéto et le démarreur, là un thermomètre indiquant la température de l'eau dans le radiateur et une horloge. Je présume que tu sais à quoi ça sert ?

– Ça indique l'heure ?

– *Bravissimo*. Quoi d'autre ? La commande du rétroéclairage du tableau de bord, le compteur de vitesse, la jauge de pression d'huile, le témoin de charge de la batterie. Et enfin la commande de suralimentation. Ne t'occupe pas de tout ça pour l'instant. Tu t'y feras avec le temps…

– Et les leviers ?

– Ça, c'est le frein à main, ça, le levier de vitesse. Quant aux pédales, tu as l'embrayage à gauche, les freins au milieu et l'accélérateur à droite. Tu peux les atteindre sans problème ?

– Je crois, oui.

James enfonça le pied sur l'accélérateur. La commande était dure, et sa jambe, tout juste assez longue. Ce qui n'empêcha pas le moteur de s'animer soudain et de hurler comme une bête blessée. James souriait, mais son cœur battait la chamade sous l'effroi. Il ôta son pied de la pédale et le moteur reprit un doux ronron régulier.

– Bien, essaie d'être un peu plus doux la prochaine fois, conseilla Max. Maintenant on va tenter de la faire avancer. Démarrer quand on est à l'arrêt et accélérer est probablement la partie la plus difficile. Pour toi ET pour la voiture. Imagine que tu grimpes une montagne bien raide. Pour démarrer, tu vas devoir faire de petits pas rapides et puissants, l'effort va être intense, mais arrivé de l'autre côté, dans la descente, tu pourras te laisser aller et faire de longs pas, lents et faciles. C'est la même chose pour une voiture. La faire démarrer demande une terrible débauche d'énergie, mais une fois qu'elle est partie, ça devient beaucoup plus aisé. *Verstanden* ?

– Je crois que oui.

– Bien. C'est là qu'interviennent les vitesses. Qu'est-ce qu'on ferait sans elles ? Imagine la boîte de vitesses comme une série d'engrenages et de roues crantées. En première, le moteur entraîne un tout petit pignon qui fait tourner une roue plus grande très lentement. Ensuite tu passes la seconde et un pignon plus grand entre en scène, ainsi de suite chaque fois que tu montes un rapport jusqu'à ce que le moteur soit en prise directe avec les roues motrices, sans engrenages entre les deux.

Quand t'en es là, tout ce qu'il te reste à faire c'est de tourner le volant.

— À t'entendre, tout est simple, dit James nerveusement.

— Oh, tu vas mettre un certain temps à t'habituer aux vitesses mais, ensuite, tu n'y penseras même plus. La voiture deviendra un prolongement naturel de ton corps. Tu la contrôleras aussi facilement que tes bras et tes jambes.

Max montra à James le schéma des vitesses, sur le pommeau du levier, et ils essayèrent, moteur éteint.

— En théorie, y a pas plus simple, expliqua Max. Tu embrayes pour faire tourner le moteur dans le vide, tu accélères un peu pour prendre quelques tours. Ensuite tu enclenches la première, tu lâches l'embrayage pour que le moteur soit en prise, tu relâches le frein et te voilà parti.

James appuya sans ménagement sur les pédales.

— Pas si fort, dit Max. Tu dois sentir les pédales. Trouver le juste équilibre entre l'embrayage et l'accélérateur. Pas assez de gaz, elle calera. Trop, elle bondira en avant sans que tu puisses la contrôler. Tu penses que tu es prêt ?

— Autant que faire se peut.

Les premières tentatives de James s'avérèrent désastreuses, puis, petit à petit, il commença à comprendre. Sa concentration triompha de sa nervosité et, au septième essai, la voiture cahota vers l'avant puis descendit lentement le long du chemin.

— Et voilà, hurla Max. Tu y es. Tu conduis… Dans un fossé ! Attention !

Max se précipita, attrapa le volant et remit la voiture dans le droit chemin. Puis il écrasa le pied de James sur la pédale de frein et la voiture s'arrêta net. Le moteur eut un dernier hoquet plaintif avant d'abandonner la partie et de caler pour de bon.

Max secoua la tête en riant.

– Je vais te dire : on va continuer la leçon dans un endroit moins risqué.

Ils allèrent jusqu'à l'enclos qui se trouvait derrière la maison. L'endroit était à peu près plat et le sol dégagé, en partie grâce à un petit troupeau de moutons qui mettaient tout leur cœur à araser l'herbe du champ à grands coups de dents. James oublia vite son embarras. Il était pressé d'essayer à nouveau. Cette fois-ci, il réussit à démarrer après seulement trois tentatives infructueuses et ils avancèrent ainsi, en bringuebalant sur l'herbe, avec un relatif sentiment de confiance. James ne pouvait retenir un large sourire un peu niais en faisant ainsi le tour du pré. Fier comme Artaban, il enfonça lentement l'accélérateur et augmenta sa vitesse, jusqu'à ce que le moteur émette une longue plainte bruyante.

– Ça veut dire qu'il est temps de changer de vitesse, cria Max. Le principe est exactement le même que pour démarrer. Tu libères le moteur en embrayant, ensuite tu passes la seconde et tu débrayes pour te remettre en prise.

James fit ce qu'on lui disait et, par un mouvement qui tenait plus du hasard et de la chance que d'autre chose, il passa la seconde sans heurt.

– Bon garçon, dit Max. Tu commences à avoir la main.

À ces mots, James cala et ils s'arrêtèrent brutalement au milieu du champ, où un placide mouton solitaire leur lança un regard pensif sans cesser de ruminer consciencieusement.

Un cri retentit derrière eux. Ils se retournèrent et virent Charmian qui accourait dans leur direction.

— Mais qu'est-ce que tu fabriques ? Tu veux le tuer ou quoi ?

— T'inquiète. Il a ça dans le sang.

— Comment te sens-tu ? demanda Charmian.

— Je ne me suis jamais senti aussi bien.

— D'attaque pour une petite marche avant de rentrer ?

— Excellente idée, répondit Max en s'étirant. Je me sens aussi raide qu'un bout de bois.

— Alors en route.

Ainsi, ils s'enfoncèrent dans le bois et entamèrent l'ascension de la colline qui se trouvait derrière la maison, cheminant d'un pas lent pour ne pas fatiguer Max. Au moment où le soleil se couchait, ils sortirent de la forêt et émergèrent devant une lande immense qui s'étendait sur des kilomètres. Une buse planait dans le ciel, décrivant une série de larges cercles au-dessus d'eux, ses grandes ailes déployées comme celles d'un avion. Elle poussa un cri perçant et triste avant de changer de direction et de s'éloigner pour poursuivre sa chasse un peu plus loin.

Ils demeurèrent un moment immobiles, le regard perdu dans la lande des Highlands, patchwork de bruyères, d'ajoncs et de fougères, qui courait jusqu'à la masse violacée des montagnes, au loin. Le paysage était vierge de toute trace d'activité humaine, hormis une fine colonne de fumée qui montait d'un lointain taillis.

– Ça semble fou que tout cela puisse appartenir à une seule et même personne. Tu ne trouves pas, James ? demanda Max. Et pourtant, c'est bien ce qui se passe avec notre lord Hellebore.

– Où se situe le château ? demanda James.

– Tu vois ces grandes collines là-bas ? répondit Max en levant sa canne dans les airs pour indiquer l'endroit.

– Oui.

– Eh bien, juste derrière ces collines, il y a le lac Silverfin. Le château se trouve au milieu du lac, sur une langue de terre qui forme une petite île. Il y a bien une route qui monte là-haut depuis le village, mais ils sont largement coupés des simples mortels que nous sommes. Ils ont presque construit une foutue ville à eux là-haut.

James eut une pensée pour George Hellebore. Dans un sens, c'était comme si leurs deux destins étaient liés.

– On ferait mieux de rentrer, dit Charmian. Une grosse soirée nous attend. Ce soir, on va au cirque, et il va bientôt faire nuit.

– Et froid, ajouta Max.

James regarda une dernière fois les lointaines collines et prit une décision. Dès qu'il en aurait l'occasion, il irait jeter un œil au château des Hellebore.

On n'aime pas les Anglais par ici

Max n'avait pas envie d'aller au cirque et, après un rapide dîner composé d'un civet de lapin auquel il ne toucha pratiquement pas, il alla se coucher. James le regarda monter péniblement l'escalier qui menait à sa chambre. Toute vie semblait l'avoir quitté; avec ses épaules voûtées et son pas vacillant, il paraissait aussi frêle qu'un homme de quatre-vingt-dix ans.

Plus tard, dans la Bentley, sur la route menant à Kilcraymore, Charmian demanda à James s'il appréciait son séjour.

— Oh oui, répondit James. Beaucoup. Je me suis beaucoup amusé cet après-midi dans la voiture.

— Tant mieux. J'avais peur que tu t'ennuies avec des adultes comme seule compagnie. Sans quitter des yeux la route sinueuse et semée de trous, Charmian ajouta : Et Max semblait lui aussi prendre du bon temps. Je ne l'avais pas vu en aussi grande forme depuis que je suis

174

ici. Ton arrivée l'a vraiment requinqué. Avec moi, il est toujours un peu morose car je n'ai jamais partagé son enthousiasme pour la pêche.

Ils discutèrent encore de Max et de son amour immodéré pour la pêche tout en sillonnant les routes de campagne désertes, les deux phares de la Bentley crevant la nuit devant eux. Seul leur parvenait le doux ronronnement des deux sorties d'échappement. James s'extasia sur la conduite de Charmian. Maintenant qu'il savait tout ce qui entrait en ligne de compte quand on se trouvait au volant, il réalisa à quel point elle était experte.

La route fut avalée en un rien de temps et James vit bientôt apparaître le grand chapiteau du cirque. Avec ses guirlandes lumineuses et sa toile rayée, il ressemblait à un énorme gâteau d'anniversaire, tombé sur Terre après quelque faux mouvement d'un géant maladroit.

Charmian gara la voiture dans un champ boueux puis ils se joignirent à la foule bigarrée et joyeuse qui avançait en flot continu vers le chapiteau. Il y avait tellement de monde que James imagina que tous les alentours devaient être vides. Il y avait des gens de tous les âges, depuis de minuscules bébés dans les bras de leurs mères jusqu'à de vieux bonshommes voûtés, portant longue barbe blanche. Tout ce petit monde bavardait gaiement et grouillait en tous sens sur le gazon.

Ils achetèrent deux tickets au kiosque puis firent la queue pour entrer. Non loin de là, un bruyant générateur à vapeur puant grommelait dans la nuit, émettant une longue suite de borborygmes derrière l'orgue de

Barbarie qui jouait *Sweet Molly Malone*. Il y avait une rangée d'attractions : un jeu de massacre, un stand de tir, un palais des glaces, une diseuse de bonne aventure ainsi que quelques forains qui vendaient des confiseries et des pommes d'amour. James, qui s'était un temps demandé s'il n'était pas trop vieux pour tout ça, sentait maintenant l'excitation monter en lui. Aussi demandat-il à sa tante s'ils pourraient faire le tour des stands après le spectacle.

Sous le chapiteau, la lumière était tamisée, seules brillaient quelques ampoules de couleur, et l'air était empli d'une forte odeur d'animaux et de sciure de bois. James prit place sur un gradin de bois tandis qu'une petite fanfare de musiciens en haillons colorés entonnait un air syncopé où il crut reconnaître *La Marche des gladiateurs*. Un Monsieur Loyal enrobé et transpirant lança alors la parade : acrobates, jongleurs, clowns, chevaux, un vieil éléphant fatigué et une troupe de singes savants.

Bien qu'ayant déjà assisté à de meilleures représentations, James appréciait néanmoins la soirée. Assis là, dans l'obscurité, au milieu d'une foule qui riait à gorge déployée et applaudissait à tout rompre, dans les flonflons, les yeux rivés sur les lumières criardes de la piste aux étoiles, le moment avait quelque chose de magique et de quasi surnaturel.

Le premier clou de la soirée était le numéro de chevaux. Deux robustes poneys blancs tournaient autour de la piste tandis que trois filles en collants argentés pailletés se tenaient en équilibre sur leurs dos, sautant de l'un à l'autre, l'une d'elles faisant même un saut périlleux sur le dos de l'animal.

À un certain moment, la lumière changea et un puissant rai de lumière cru vint se placer sur un visage dans la foule, celui d'une fille aux longs cheveux blonds, attachés en queue de cheval. Les paillettes des acrobates faisaient jouer des éclats de lumière sur la peau blanche de son visage et ses yeux, d'un éclatant vert émeraude, semblaient lancer des éclairs. Leur couleur était si intense que James crut d'abord qu'il s'agissait d'un effet de lumière. Elle était assise au premier rang, quasiment en face de James, et semblait absolument hypnotisée par le spectacle. James n'avait jamais vu quelqu'un se concentrer avec une telle intensité, et un tel bonheur.

Quand les chevaux quittèrent la piste, la lumière changea à nouveau et la fille disparut dans l'obscurité. James ne la revit plus. Une autre partie du public se retrouva sous le feu des projecteurs. Assis au milieu du halo de lumière se trouvait un homme imposant, avec de grosses bacchantes tombantes. Il portait une casquette plate, une veste de tweed flambant neuve et un pantalon écossais. Il avait tout de l'Écossais endimanché et ne semblait guère à sa place au milieu des solides paysans du coin, dans leurs vêtements de travail de grosse toile bise aux couleurs ternes. Le contraste amusa James. Cet homme avait fait tant de vains efforts pour paraître écossais que cela en devenait risible.

L'attention de James fut détournée par les acrobaties des trapézistes, volant haut dans les airs, faisant mine de rater leurs prises, mais s'arrangeant toujours pour se rattraper au dernier moment.

James n'arrivait pas à savoir quel numéro il préférait. Les trapézistes ou l'hercule ? Ce dernier s'appelait « l'Incroyable Donovan ». Il portait des poids avec ses dents et finissait son numéro en soulevant de terre quatre jolies jeunes filles choisies dans l'assistance qu'il portait toutes d'un coup en souriant triomphalement tandis que les gamines poussaient des cris suraigus.

À la fin du spectacle, ils sortirent dans l'air frais de la nuit. James aperçut dans la foule Kelly le Rouge, au côté d'une petite femme chétive, l'air épuisé, qui aurait visiblement préféré se trouver n'importe où ailleurs.

— Tiens, voilà le garçon que j'ai rencontré dans le train.

— Ce n'est pas Annie Kelly qui est avec lui ? demanda Charmian en regardant dans leur direction.

Ils avancèrent vers eux en jouant des coudes au milieu de la foule bruyante.

— Hé ! Salut, Jimmy, dit Kelly quand il remarqua la présence de James. Ça roule ?

— Salut. Je ne t'ai pas vu à l'intérieur.

— Moi si, répondit le Rouge. Je t'ai fait des signes, mais tu ne m'as pas vu. Au fait, je te présente ma tante, Annie.

— Bonjour, Annie, dit Charmian qui, à l'évidence, la connaissait. Des nouvelles au sujet d'Alfie ?

— Non, répondit la femme aux yeux fatigués. J'ai bien peur que non.

Charmian glissa dans la main de James une poignée

de pièces de monnaie et lui proposa d'aller jouer pendant qu'elle parlait à Annie.

– Alors, ça avance ? demanda James tandis que Kelly et lui déambulaient dans la foire. Tu as trouvé quelque chose ?

– Laisse-moi le temps d'arriver, mec. Je cherche encore mes marques.

James s'essaya au tir. Il fallait toucher des cartes à jouer avec une carabine à air comprimé hors d'âge. Il remarqua rapidement que le canon était tordu et la mire voilée, pourtant, en compensant de façon adéquate, il se débrouilla pour toucher la cible et gagner un prix.

– Je vais choisir quelque chose pour mon oncle Max. Ça lui fera plaisir.

Il jeta son dévolu sur une petite figurine en plâtre représentant un soldat de la garde royale, avec son habit rouge vif et son bonnet à poil et glissa l'objet dans sa poche.

Ils allèrent ensuite au stand de confiserie et, tandis qu'ils étudiaient l'étalage de bonbons, James aperçut George Hellebore, qui sortait de la tente de la diseuse de bonne aventure.

– Regarde. Y a le type de mon école, celui qui était dans le train.

– Le gros lourd ?

– En fait, il s'avère qu'il habite pas loin d'ici, ajouta James. Dans un château, celui du domaine des Hellebore. T'en as entendu parler ?

– Ah, c'est donc lui…

Ils regardèrent dans la direction de George. Celui-ci les avait repérés aussi. Il était en pleine discussion avec deux solides gaillards. James le vit glisser quelques billets à l'un d'eux, mais n'y prêta guère attention.

Ils achetèrent finalement un paquet de chouchous et se retirèrent dans l'obscurité, sur un carré d'herbe soyeuse, derrière les tentes, pour les manger tranquillement.

– Mon oncle pense qu'Alfie est peut-être monté au château pour pêcher, déclara James, pensif, sans cesser de croquer les friandises. Il y a un grand lac là-haut, dans les collines, le Silverfin. Tu penses que ça vaudrait le coup d'enquêter ?

– Ouais, on pourrait toujours y jeter un œil, répondit Kelly en décollant d'un doigt crasseux un morceau de cacahuète coincé entre ses dents jaunes. Que dirais-tu d'y aller demain ? Tu as quelque chose à faire ?

– Non. Demain, ça me va.

James n'avait pas fini sa phrase qu'ils furent interrompus par un cri.

– Les voilà !

Il leva les yeux et vit les deux types aux carrures d'athlètes s'approcher d'eux d'un pas nonchalant. Ils étaient immenses et d'allure rustre, la chevelure en bataille et la peau tannée par le vent et la pluie. Ils portaient de grosses bottes et leurs mains ressemblaient à des battoirs.

– Ça va les hommes ? demanda Kelly avec un sourire amical, tout en posant précautionneusement son paquet de friandises sur le sol.

– Pas la peine de nous donner du « ça va les hommes », déclara le plus charpenté des deux, qui avait des oreilles en feuilles de chou et un nez en patate. On n'aime pas les Anglais par ici.

James était sur le point de faire remarquer qu'avec une mère suisse et un père écossais, il n'était pas plus anglais qu'eux, mais il se ravisa, estimant que cela reviendrait à perdre sa salive. Ces types cherchaient la bagarre.

Kelly se leva d'un bond, toujours souriant, et fit un pas vers celui qui venait de parler.

– Du calme, les gars. On ne veut pas se battre, dit-il calmement.

L'homme se colla à lui avec un air de défiance tandis que son copain avançait sur James en levant les poings.

– Vous ne voulez pas vous battre, hein ? dit-il avec une voix de fausset qui, en d'autres circonstances, aurait pu prêter à rire. Deux pétochards d'Anglais. C'est typique, ajouta-t-il en poussant violemment James en arrière, qui trébucha et tomba sur les fesses.

L'homme éclata de rire.

James se releva rapidement. Son assaillant oscillait du bonnet pour se moquer de lui tout en avançant. James se raidit sur ses appuis, plantant ses yeux dans les siens et, soudain, il réalisa que le jeune homme se préparait à lui décocher un crochet. Il se baissa pour éviter le coup et, sans réfléchir, répliqua. Il eut de la chance et toucha son adversaire au foie, avant que celui-ci ait eu le temps de réagir. Le jeune homme était plus surpris que réellement atteint. Il se préparait à un nouvel

181

assaut quand il tourna la tête pour voir ce que devenait son compère.

James n'avait pas suivi ce que Kelly avait fait au type avec les grandes oreilles ; toujours est-il que celui-ci était recroquevillé par terre, se tenant les côtes, la bouche grande ouverte à la recherche d'air et le nez plein de sang. L'autre, moins costaud, avait perdu beaucoup de son assurance. Il aida son copain à se relever.

– Ça va, Angus ? demanda-t-il la voix tremblante.

– Ça va, répondit-il en lançant un regard hésitant à Kelly, qui se tenait tranquillement debout comme si de rien n'était.

Kelly lui tendit la main.

– Sans rancune, hein, le Scot ?

Après un instant de réflexion, Angus serra la main tendue.

– Allez, viens, lança Kelly à James. Retournons voir où en sont les femmes.

Après s'être éloignés de quelques pas des deux gaillards sérieusement sonnés, James ne put retenir un rire auquel Kelly joignit vite le sien. Tous deux se racontèrent leur bref combat d'un ton enflammé et, quand James demanda à Kelly ce qu'il avait fait, celui-ci fit mine de lui donner une tape sur le nez avant d'ajouter :

– Aha… Mystère… Je te le dirai un jour.

– Tu m'apprendras à me battre comme toi ?

– Ben, on dirait que tu connais déjà deux, trois trucs pour te défendre.

– J'ai eu de la chance. Il était sacrément costaud.

C'était comme cogner dans un sac de blé. S'il n'avait pas eu la trouille, il aurait pu sérieusement m'amocher.

– Eh ben, tu vois, c'est ça la ruse. Il faut toujours y aller franco pour effrayer l'adversaire avant qu'il ait pris la mesure de ta force.

Ils trouvèrent finalement les deux tantes, qui discutaient à côté de la voiture.

Charmian expliqua qu'elle avait proposé à Annie de la raccompagner à Keithly. Tandis qu'ils se serraient pour prendre place dans la voiture, James demanda à sa tante si elle ne voyait pas d'inconvénient à ce qu'il passe la journée du lendemain avec le Rouge. Charmian déclara qu'elle était d'accord, à condition qu'il soit rentré pour le dîner et qu'il ne fasse pas de bêtises.

Cette nuit-là, quand James se coucha dans le confortable petit lit douillet sous les combles, il regarda le soldat qu'il avait gagné à la foire et repensa à George Hellebore. C'était comme si chaque pas qu'il avait fait depuis qu'il l'avait rencontré dans Judy's Passage menait à un seul et même endroit : le grand château perdu au milieu de la lande, là-haut dans les collines. James imagina George quelque part à l'intérieur, étendu dans son lit.

James posa le soldat sur la table de nuit, à côté de la cruche, et se retourna. La lune qui brillait dans le ciel dardait sa pâleur à travers la fenêtre, faisant danser une tache de lumière argentée sur le sol. Il regarda un instant le clair de lune se refléter sur le parquet avant de se sentir rapidement gagné par l'engourdissement du sommeil.

Soudain, l'horrible glapissement d'un renard retentit dans les bois, comme un enfant hurlant de douleur. James frissonna. Il avait déjà entendu des renards auparavant, dans le Kent, ce qui n'empêchait pas cette longue plainte de le mettre toujours mal à l'aise. Mais il y avait aussi autre chose. Une tension dans la poitrine, une impatiente nervosité. Il s'assit dans son lit et avala un peu d'eau.

Il était excité, excité et un peu effrayé.

Demain il irait au château des Hellebore.

La Fange noire

Max était déjà levé quand James descendit prendre son petit déjeuner. Il était assis à la table de la cuisine, taquinant du bout de sa cuiller un bol de porridge encore plein tandis qu'une femme à l'allure sévère, les cheveux tirés en arrière, s'agitait autour de lui en faisant le ménage.

James lui offrit la figurine de plâtre et Max la posa fièrement au milieu de la table où elle monta docilement la garde devant la salière.

– Alors, demanda-t-il en tapant gaiement dans ses mains. Prêt pour une autre leçon de conduite ? Et après je pensais qu'on pourrait peut-être retourner à la pêche. Je le sens bien aujourd'hui, je suis sûr qu'on va attraper tout un banc de poissons !

James ne savait pas quoi répondre, aussi alla-t-il droit au but.

– En fait, oncle Max, j'ai d'autres projets pour aujourd'hui. J'avais envie de passer la journée avec un copain, que j'ai rencontré dans le train.

Il était certain d'avoir vu passer une fugace expression de dépit sur le visage fatigué de Max, mais elle s'envola bien vite.

— Bien sûr, déclara son oncle avec un sourire un rien forcé. Tu es un jeune garçon, tu ne veux pas passer ton temps avec un vieux débris comme moi. Et puis, pour tout te dire, tu m'as un peu épuisé hier. Une journée de repos me fera du bien.

James se sentait atrocement coupable de faire faux bond à son oncle, mais Max ne voulait pas qu'il s'en fasse pour si peu. Il se leva, siffla de façon enjouée et débarrassa son bol.

— Ah, au fait, je te présente May, dit-il en passant un bras autour des épaules de la femme de ménage. Une vraie perle. Je ne sais pas ce que je deviendrais sans elle.

May fit un petit signe de tête.

— Enchanté, dit James en lui tendant la main.

— Ravie, répondit seulement May avant de reprendre son ménage.

Dans les jours qui suivirent, James allait apprendre que May n'était pas aussi féroce et bourrue qu'elle pouvait le paraître au premier abord. Elle était juste un peu timide. Guère loquace, elle restait sur ses gardes face aux étrangers, mais une fois qu'on avait gagné sa confiance, elle faisait preuve d'une grande gentillesse et, visiblement, elle était très dévouée à Max.

James prit un rapide petit déjeuner et, à dix heures pile, il était devant le pub de Keithly, où il attendait l'arrivée de Kelly le Rouge. Bientôt, il le vit qui remontait en sifflotant la rue d'un pas nonchalant, les mains

186

enfoncées dans ses poches, la casquette relevée sur l'arrière du crâne.

– Salut, mec ! cria-t-il quand il aperçut James. Alors ? Fin prêt ?

– Je crois, oui, répondit James en empoignant le sac à dos qui contenait son casse-croûte ainsi que la carte et la boussole que son oncle lui avait données.

Kelly avait apporté sa propre réserve, qu'il tenait dans un petit sac de papier marron. Il ne semblait guère équipé pour une longue marche à travers la lande. Il portait une fine chemise sans col, un pantalon noir défraîchi qui tenait avec des bretelles et une paire d'énormes croquenots de ville.

– On va de quel côté ? demanda-t-il en regardant d'un bout à l'autre de la rue avec la moue désabusée qui lui était coutumière.

– J'ai pris ça.

James sortit la carte de son sac.

– Fais zyeuter, dit Kelly avec un regard interrogateur.

James déplia l'immense feuille sur un petit muret.

– Fichtre ! s'exclama Kelly en louchant sur la carte. Ça donne à réfléchir, hein ? Sur une carte de Londres, y a que des rues et des maisons. Mais là, bernique ! Y a que dalle, mec, ajouta-t-il en donnant une pichenette au papier d'un doigt crasseux. C'est tout vide.

De fait, seuls quelques rares traits pleins, symbolisant les routes, sillonnaient la carte qui indiquait essentiellement des collines, des forêts, des rivières et une grande étendue blanche, du rien.

– Nous, on est là, dit James en pointant le petit groupe

de carrés noirs qui représentait Keithly. Et là, c'est la route qui monte au château.

Il suivit du doigt la ligne qui serpentait sur la carte.

— Pas vraiment tout droit, hein ? ironisa le Rouge.

— On dirait. Elle doit contourner toutes les tourbières, tu vois ? Là où il y a des petits symboles qui ressemblent à des touffes d'herbe. Et puis elle doit desservir toutes ces fermes éparpillées un peu partout dans la lande et traverser la rivière, au niveau de ce pont…

— Ça, c'est une rivière ? demanda Kelly incrédule, en fixant la carte de plus près.

— Oui. An Abhainn Dubh, la rivière Noire. Elle coule juste à côté de la maison de mon oncle. Il m'a raconté qu'elle devait son nom à la tourbe noire qui descend des collines avec les eaux de ruissellement et qui lui donne sa couleur marron foncé.

— Il va nous falloir des siècles pour marcher jusque là-haut, maugréa Kelly.

— Non. On ne va pas suivre la route. On va couper à travers la lande, expliqua James. Ce sera beaucoup plus direct, mais on devra faire très attention car ces tourbières peuvent être dangereuses. On va essayer d'éviter l'endroit le plus marécageux, ici : Am Boglach Dubh, ou encore la Fange noire. Je pense que le meilleur itinéraire consisterait à traverser la rivière par le gué qui se trouve ici, puis à remonter la gorge en direction de ce monastère en ruine, là, dit James en pointant du doigt un pictogramme de ruine et un autre de monument. Ensuite on suivra cette crête et on longera les marais. Le sol devrait être plus sec à partir de là et on devrait pouvoir traverser sans problème la passe de Am Bealach Geal qui mène au lac Silverfin.

– Pourquoi est-ce qu'il y a un dessin de poisson, là ? demanda Kelly en fronçant les sourcils. Qu'est-ce que c'est que ce truc ?

– Ce n'est pas un poisson. C'est le lac. Loch Silverfin. Il doit son nom à un poisson géant de la mythologie écossaise. C'est peut-être là qu'Alfie est allé pêcher. Et là, ce qui ressemble à l'œil du poisson, c'est le château des Hellebore.

Kelly se pencha sur la carte.

– Eh, mais dis donc, ils ont fait une faute à château. Ils ont écrit « *Caisteal* ».

– C'est l'orthographe écossaise. C'est une carte ancienne. Regarde, il y a même le nom du loch en gaélique : It'Airgid.

Mais Kelly ne l'écoutait déjà plus ; au lieu de ça, il shootait dans un caillou comme s'il s'agissait d'un ballon de foot.

– C'est toi qui liras la carte, dit-il sans lever la tête.

– Entendu, répondit James en repliant l'immense feuille de papier. Maintenant, en route.

Ils sortirent du village en suivant un chemin qui serpentait à flanc de colline et qui était recouvert d'un épais taillis de ronciers, de bouleaux et de noisetiers, ralentissant leur progression vers la lande. Mais ils furent bientôt à la lisière du bois et se retrouvèrent face à une immense étendue d'herbe drue qui montait à perte de vue devant eux.

– Tu vois la tour qui est là-bas ? demanda James en

montrant une minuscule construction dans le lointain. C'est tout ce qui reste de l'ancien monastère. On fera le point quand on y sera.

— C'est toi le patron, Jimmy-boy, dit Kelly en fouettant les hautes herbes avec un bâton qu'il avait ramassé.

Rapidement, le terrain devint lourd et Kelly commença à se plaindre que ses chaussures prenaient l'eau. La situation ne s'améliora pas lorsque, plus tard, ils arrivèrent à la rivière, large et peu profonde à cet endroit, mais dont les eaux boueuses imposaient tout de même de se mouiller les pieds. Ils avancèrent en prenant appui sur des pierres, mais le Rouge glissa une fois ou deux et des chapelets de jurons s'élevèrent dans la fraîcheur de l'air. Après quoi ils continuèrent leur lente progression avec de la boue jusqu'aux mollets.

James portait des chaussures de randonnée, idéales pour ce genre de terrain. Chacun de ses pas s'accompagnait d'un puissant bruit de succion.

Am Boglach Dubh, *alias* la Fange noire, portait bien son nom. L'eau y était trouble, d'un profond marron foncé, et d'apathiques insectes noirs bourdonnaient au-dessus de la surface. James arracha une poignée de myrte des marais et écrasa les feuilles gris-vert entre ses mains, ce qui dégagea une forte odeur de résine.

— Tiens, étales-en sur toi, conseilla-t-il à un Kelly de mauvaise humeur. Ce n'est pas encore la pleine saison des moucherons, mais ils vont tout de même nous empoisonner. Ceci les éloignera un peu.

Kelly regarda les plantes d'un air maussade et les renifla.

– Non merci. Si ça ne te fait rien, je préfère pas, répondit-il en bousculant légèrement James avant de reprendre son pataugeage en bougonnant dans sa barbe.

Quarante minutes plus tard, ils avaient atteint la petite colline où, dans le passé, se dressait le monastère. Le fond de l'air était frais, mais Kelly transpirait. À mi-pente, il s'arrêta, jura et cracha par terre.

– Dieux du ciel, s'exclama-t-il. Je ne savais pas qu'aller à pinces pouvait fatiguer autant. Je n'ai jamais autant marché. C'est encore loin ?

– On doit avoir fait à peu près la moitié. Mais ça devrait être plus facile une fois qu'on sera en haut des collines.

– Mais on n'y est pas dans les collines ? gémit Kelly. C'est quoi ça, sinon une foutue colline ?

– Si mais, à partir de maintenant, ça va grimper davantage.

– Et tu peux savoir tout ça rien qu'en regardant la carte ?

– Absolument. Viens, je vais te montrer.

Au prix de quelques efforts supplémentaires, ils finirent de gravir la pente et s'installèrent sur un morceau de mur écroulé.

– Regarde, dit James en dépliant à nouveau la carte. Ça, ce sont des courbes de niveau. Plus elles sont proches les unes des autres et plus la pente est raide ; alors tu vois, nous on est là et…

– Ça va, ça va, le coupa Kelly. Garde ta salive. La carte, c'est ton domaine. Maintenant, qu'est-ce que tu

191

dirais de boire un coup ? demanda-t-il en sortant une bouteille de bière du sac auquel il se cramponnait depuis le départ.

— Je ne crois pas que cela soit une bonne idée, répondit James en riant. C'est tout ce que tu as apporté ?

— T'inquiète, bonhomme, répondit Kelly en sortant un couteau de sa poche. Ça, ça va me faire carburer.

Il fit sauter le bouchon de la bouteille avec sa lame puis avala une longue gorgée.

Pendant un temps, la prédiction de Kelly sembla se réaliser. Tout content de se retrouver sur terrain dur et sec, il marchait avec allant, sifflotant, racontant des blagues salaces, posant à James toutes sortes de questions ou fumant des cigarettes, mais rapidement, il se fatigua, devint de plus en plus ronchon et commença à se plaindre constamment, jusqu'au moment où James n'en put supporter davantage.

— Peut-être que si tu arrêtais un peu de geindre, tu aurais plus d'énergie pour marcher, lui lança-t-il passablement énervé.

— J'en ai marre de marcher. Marre de la campagne, grommela Kelly. On dirait que ça n'en finit jamais. Toujours pareil. C'est barbant à la fin. Pas de magasins, pas de maisons, pas un bon Dieu de truc à mater, rien que des kilomètres et des kilomètres d'herbe à la noix, de rochers débiles, de collines, de… C'est quoi déjà ce foutu truc plein de piquants qui arrête pas de me gratter les jambes ?

— Des ajoncs.

— Des ajoncs ! Et qu'est-ce que j'en ai à carrer, moi,

des ajoncs ? Franchement, je ne me plaindrai pas si je ne revois pas un buisson de toute ma vie. (Il claqua violemment le haut de sa main.) La campagne, c'est bien en photo, mais en vrai, c'est nul. Je suis vanné. Peut-être que je ferais mieux de t'attendre ici. Tu me reprendras au retour, déclara-t-il en s'asseyant.

James hocha la tête. Il n'était pas fatigué du tout. Cette petite marche n'était rien comparée au cross-country d'Eton. Dans un sens, il était même plutôt content de se retrouver dehors et de faire un peu d'exercice. C'était superbe par ici. La vue portait à des kilomètres. Derrière eux, au sud, la rivière, les bois et les maisons de Keithly, devant, derrière les collines rocailleuses, les montagnes, enveloppées dans un linceul de gros nuages gris. Très loin à l'ouest, la terre déclinait jusqu'à la côte et James crut même apercevoir un reflet de lumière, dans la mer.

Il prit une profonde inspiration d'air frais et expira doucement, heureux d'être là, au milieu de nulle part, avec le sentiment d'être seul au monde. Que pouvait-il arriver de mieux ? Perdu dans ses pensées et tout entier à son bonheur, il entendit néanmoins quelque chose, arrivant de loin. Le son, porté par le vent violent, ressemblait au martèlement d'un tambour. Il tourna la tête pour voir d'où cela venait et remarqua une forme noire qui approchait.

— Regarde, dit-il à Kelly, le bras tendu en direction du bruit.

Kelly observa l'horizon en plissant les yeux. Un cavalier galopait vers eux.

– On dirait que c'est une fille, dit Kelly en protégeant ses yeux d'une main. Et jolie avec ça.

– Ben dis donc, t'as de bons yeux, dit James qui commençait à reconnaître effectivement une fille, les cheveux au vent.

– Je peux repérer une jolie fille à des kilomètres, mon pote.

Quelques minutes plus tard, le cheval arriva sur eux. James tressaillit quand il reconnut la cavalière. Il s'agissait de la fille du cirque, celle aux longs cheveux blonds et aux fascinants yeux verts.

Quand elle arriva à leur niveau, elle s'arrêta net et mit pied à terre, en un seul geste, vif et précis, comme une écuyère.

James était impressionné.

– Salut, vous êtes en balade ? demanda-t-elle sans détour.

– Absolument, répondit Kelly avec un faux accent rupin. Nous profitons de l'air matinal…

– Et vous venez d'où ? demanda-t-elle en caressant l'encolure de son cheval.

Des volutes de transpiration montaient de l'animal, une puissante bête noire qui soufflait bruyamment et qui tapait le sol de ses sabots, pressée de repartir.

– J'vous ai jamais vus dans le coin, ajouta la jeune fille.

– On habite Keithly, répondit James. Je suis le neveu de Max Bond, James.

– *Aye*, j'ai entendu dire qu'il recevait un jeune garçon.

— Et moi, je suis son copain. Tu peux m'appeler le Rouge.

— Ravie de faire votre connaissance. Je m'appelle Wilder Lawless, dit-elle en passant la main sur la crinière de son cheval. Et lui, Martini. Où est-ce que vous allez ?

— On fait juste un tour à pied, répondit James, évasif.

— C'est grandiose par ici. Je monte souvent dans le coin, on a l'impression d'être la reine du monde. C'est rare que je croise âme qui vive, c'est pourquoi je suis venue vers vous quand je vous ai vus. Je suis curieuse de nature…

— Et tu ne vois jamais personne ? demanda Kelly.

— De temps en temps. Un fermier parti à la recherche d'un mouton baladeur ou parfois un groupe de marcheurs.

— Tu sais quelque chose à propos d'Alfie Kelly ? demanda le Rouge. Le garçon qui a disparu ?

— Dans le coin, tout le monde a entendu parler de cette histoire, répondit la fille.

— C'est mon cousin, ajouta Kelly en caressant la tête du cheval.

— Sale affaire, dit Wilder. Je suis désolée.

— Tu ne l'as jamais vu dans les parages ? demanda Kelly.

— Pas que je me souvienne, dit Wilder Puis après quelques secondes de réflexion, elle ajouta : Pourtant, quelques jours avant sa disparition, je montais par ici et j'ai vu un garçon au loin, avec un sac sur le dos. Mais j'étais trop loin pour voir qui c'était et, sur le coup, je ne me suis pas posé de question. Personne n'avait encore disparu.

– Tu en as parlé à quelqu'un ? demanda Kelly.

– J'en ai parlé au propriétaire.

– Lord Hellebore ? la coupa James.

– Oui, car environ une semaine plus tard, j'étais remontée par ici et je l'ai croisé avec ses hommes. Ils cherchaient quelque chose. J'ai galopé jusqu'à eux, on aurait dit qu'ils participaient aux recherches. J'ai raconté ce que j'avais vu à lord Hellebore et il m'a assuré qu'il en parlerait à la police.

– Et il l'a fait ? demanda James.

– Bah, ça j'en sais rien, répondit Wilder en haussant les épaules. Je ne suis sûre de rien. Bon, je vais me remettre en route. Profitez bien de votre balade.

Elle lança un sourire à James et ajouta :

– On dirait qu'un bon bol d'air frais fera le plus grand bien à ton ami le Rouge.

Elle mit le pied à l'étrier, se hissa sur la selle, leur fit un petit geste de la main et donna un petit coup de talons dans les flancs de son cheval qui démarra en trombe. Ils la virent s'éloigner rapidement, ses longs cheveux blonds flottant au vent. Kelly la regardait partir, un sourire béat sur les lèvres.

– Sacrée donzelle, déclara-t-il après un silence suivi d'un sifflement admiratif.

– Qu'est-ce que tu veux dire ?

– Ben… Un beau brin de fille. Appétissante. Tu trouves pas ? Tu crois que je lui ai plu ?

– Et comment je saurais ?

– Moi, je crois que oui. Je pense même que je lui ai tapé dans l'œil.

– Et moi, je crois que t'es dingue, rétorqua James. Allez, en route.

Mais Kelly avait toujours les yeux rivés sur la cavalière.

– Alleeeez ! hurla James.

Finalement, Kelly se retourna à contrecœur et lui emboîta le pas. Mais cette fois, au lieu de chouiner à tout bout de champ et de maudire la marche ou la campagne, il gambadait d'un pas léger, plein d'une énergie nouvelle, parlant incessamment de Wilder.

– T'as vu ses jambes ? Longues et fines, comme celles d'un cheval... Et ses yeux ? T'as déjà vu des yeux comme ça ? Aussi verts ? Comme ceux d'une magicienne...

Et ainsi de suite durant les vingt minutes suivantes, pendant qu'ils grimpaient à l'assaut du cirque de collines entourant le loch et jusqu'à ce qu'ils atteignent la passe de Am Bealach Geal, où le lac Silverfin et le château des Hellebore s'offrirent à eux pour la première fois.

James savait que les châteaux écossais ressemblaient rarement à l'image d'Épinal complaisamment étalée dans les livres. Ils étaient loin de tous posséder des créneaux, des meurtrières et des tours rondes. Le plus souvent, il s'agissait plutôt de maisons fortifiées. Hautes et carrées. Caisteal Hellebore ne faisait pas exception à la règle. Il était constitué de deux cubes de granit gris emboîtés l'un dans l'autre, hauts de plusieurs étages. Le plus haut des deux blocs comportait de petites tourelles à chacun de ses angles ainsi qu'un toit à forte pente. Les murs étaient imposants et lugubres, percés de quelques fenêtres étroites. Le bâtiment paraissait froid, menaçant et hostile.

Il avait été construit sur une petite langue de terre cernée par les eaux et reliée à la berge par une étroite chaussée, au départ de laquelle se tenaient un groupe de constructions neuves et hideuses ainsi qu'un immense pin noir d'Écosse, l'air malade, qui étendait ses branches au-dessus de l'eau, comme s'il devait y tomber d'un moment à l'autre.

Ils avancèrent en direction du lac. À chaque pas James se sentait plus mal à l'aise. Une épaisse couche de nuages gris masquait le soleil. Le temps s'était soudain rafraîchi et assombri. Les collines, qui se refermaient sur eux maintenant, donnaient l'impression de vouloir les avaler et il avait l'étrange sentiment d'être observé. Kelly ressentit la même chose. Bien qu'ils aient parfaitement le droit de se trouver là, ils avancèrent tout à coup avec précaution.

Quand ils atteignirent la clôture, ils réalisèrent qu'elle était plus haute qu'ils ne l'avaient imaginé.

Kelly leva les yeux vers les barbelés qui la coiffaient et siffla.

— J'ai pas spécialement envie d'escalader ce truc-là. Je ne peux pas imaginer Alfie se cogner tout ce trajet et passer cette cochonnerie juste pour pêcher.

— Tu sais, les pêcheurs sont des gens étranges, répondit James. Ils ne sont pas comme toi et moi.

— D'accord, mais tout de même…

— Viens, on va inspecter les alentours pour voir s'il n'y a pas un trou dans le grillage quelque part qui nous permettrait de passer.

Ils entamèrent un tour de la barrière, dans le sens des aiguilles d'une montre, jusqu'à un endroit où des dépouilles d'animaux étaient accrochées au grillage.

— Super, dit le Rouge. Lequel tu veux pour ton déjeuner ?

— Non, merci. Je crois que je m'en tiendrai à mes sandwiches.

Kelly lut la pancarte à haute voix :

— « Propriété privée. Défense d'entrer. Les contrevenants seront abattus. »

Il gloussa et ajouta :

— On dirait qu'ils n'apprécient guère les visites, hein ? Peut-être qu'on devrait faire demi-tour. Cet endroit me fout les chocottes.

— Viens voir par ici, s'exclama James qui s'était enfoncé dans les fourrés.

— Quoi ? demanda Kelly qui le suivait à la trace.

— La terre a été retournée, dit James en étudiant le sol. Et de l'autre côté de la clôture aussi.

— Et alors ?

— Alors, ça pourrait vouloir dire que quelqu'un a creusé une galerie sous la clôture et que quelqu'un d'autre l'a rebouchée.

— Ouais, ou peut-être que c'est un renard qui a fait ça… Et, soyons honnêtes, on dirait qu'ils n'aiment pas beaucoup les animaux…

— Peut-être, répondit James, pensif.

— Planque-toi, siffla soudain Kelly en tirant James à terre. Quelqu'un vient.

Ils regardèrent à travers les buissons et virent un grand costaud qui avançait le long de la clôture d'un pas lourd et pesant.

— Ne bouge pas d'un pouce, murmura Kelly. Et ne fais pas le moindre bruit.

L'Équarrisseur

Couché sur le sol humide et froid, James jetait des regards inquiets à travers les épines vert foncé du buisson d'ajoncs. Au début, il ne vit rien, puis il aperçut les jambes d'un homme. Les avait-il suivis ? S'agissait-il d'un des gardes de lord Hellebore ? Mais, dès qu'il réalisa ce que l'homme portait, il comprit que ce ne pouvait être le cas. C'était l'homme du cirque, celui au pantalon ostensiblement écossais.

James l'observa tandis qu'il s'essuyait les moustaches, une belle paire de bacchantes à la gauloise, du dos de la main. Il soupira fortement et jeta un regard circulaire à l'endroit. Il paraissait clair qu'il cherchait quelque chose. Eux ?

James n'avait pas peur. Au contraire, il avait dû se retenir pour ne pas pouffer de rire car, si l'homme semblait décalé au milieu des rustres paysans venus au cirque, il paraissait encore moins à sa place ici, dans la lande des Highlands. Cet homme venait de la ville, pas de la campagne. James l'imagina se pavanant sur Park Lane, à Londres, ou devant les boutiques chics de Regent Street ; pourtant, même dans ce contexte, il eût semblé déplacé. C'est alors que James comprit ce qui clochait. Il ne pouvait pas être anglais. Irlandais peut-être... ou américain ?

Oui, c'était sûrement ça, c'était le genre de personnage qu'on voit dans les films hollywoodiens. James l'aurait bien vu en train de se bagarrer avec Laurel et Hardy, ou même participer à une fusillade avec des gangsters. Il eût été parfaitement dans son élément sur les quais louches de quelque grande ville américaine, mais dans les Highlands écossaises...

Le grand gaillard s'accroupit et inspecta quelque chose sur le sol, puis il se redressa, releva sa casquette et gratta son crâne dégarni, après quoi il bâilla à s'en décrocher la mâchoire et frotta son gros ventre. Finalement, il avança nonchalamment jusqu'à la pancarte et l'inspecta longuement, prenant délibérément tout son temps pour lire le message.

Certainement pas un employé du domaine. Mais alors qui était-il ? Et que faisait-il par ici ?

L'homme bâilla à nouveau, jeta un bref regard dans les buissons où James et le Rouge étaient cachés, puis il se retourna vers l'écriteau.

— Très bien, vous pouvez sortir, dit-il calmement. Je sais que vous êtes là.

— Viens nous chercher ! hurla Kelly en retour.

L'homme éclata de rire.

— Pas de panique, dit-il d'un ton amusé avec un fort

accent qui venait définitivement d'outre-Atlantique. Je ne veux pas vous faire de mal.

— J'ai un couteau, rétorqua Kelly en sortant un gros canif de sa poche.

— Et moi, j'ai un chien qui s'appelle Général Grant, ironisa l'homme. Mais ce n'est ni l'endroit ni le moment.

— Qu'est-ce que vous racontez ? demanda Kelly.

— Bah, je fais un brin de conversation, grommela l'homme. Remballez votre attirail, vous n'en aurez pas besoin.

Il prit un cigare dans sa poche, en mordit le bout, le planta dans sa bouche lippue et gratta une allumette. La forte odeur du tabac chatouilla les narines de James.

— C'est bon, murmura-t-il à l'oreille de Kelly. Allons lui parler.

Le Rouge soupira, hocha la tête d'un air dubitatif et tous deux rampèrent hors du buisson. Après avoir épousseté la terre et les feuilles mortes accrochées à leurs vêtements, ils avancèrent jusqu'à l'homme, tranquillement assis sur un rocher.

— Je pensais bien que vous étiez des mômes, dit-il quand ils furent plus près. Je vous ai vus du haut de la colline. Je ne voulais pas vous faire peur, c'est juste que je suis d'un naturel prudent.

Il tendit une immense main carrée. James la serra et en profita pour étudier l'homme plus avant. Il avait du vécu, ça ne faisait pas de doute. Son gros nez aplati rendait sa respiration bruyante, son oreille gauche était abîmée et pleine de cicatrices et il avait un œil esquinté, rougi par des vaisseaux sanguins éclatés. Il donnait l'impression d'un homme qui avait eu son compte de bagarres. Sa peau avachie et violacée laissait également supposer qu'il ne suçait pas que de la glace. Son haleine sentait le whisky et il transpirait abondamment. Toutes les deux minutes il s'essuyait le visage dans un grand mouchoir à pois.

— On m'appelle Mike Moran, dit-il la bouche en coin sans lâcher son cigare. Plus connu sous le nom de l'Équarrisseur Moran.

À leur tour, James et Kelly se présentèrent.

— Content de faire votre connaissance, dit l'Équarrisseur avant de cracher un bout de tabac. Je vous avais en point de mire depuis un moment, ajouta-t-il en frottant son œil injecté de sang. Je me demandais ce que vous mijotiez. Puis je suis monté ici et voilà que vous aviez disparu. Mais rien n'échappe au regard perçant de l'Équarrisseur. Vous avez laissé des traces.

Sur ces mots, il les conduisit jusqu'à un endroit où une empreinte de pas s'était imprimée dans la terre meuble.

— Vous voyez ? dit-il en pointant fièrement la marque de pas. Pièce à conviction numéro un, ajouta-t-il avec un large sourire qui laissait apparaître deux rangées de chicots jaunes. À l'avenir, essayez d'être plus attentifs.

James étudia l'empreinte et, sans être expert, sentit que quelque chose ne collait pas. Après quelques secondes d'observation, il réalisa ce que c'était : elle était sèche, ce qui voulait dire qu'elle n'avait pas pu être laissée aujourd'hui. En fait, elle devait même être là depuis un bon moment, quand le sol était encore détrempé et meuble, avant ces derniers jours où le soleil de printemps avait brillé presque sans discontinuer. Il y regarda de plus près. L'empreinte ne correspondait ni à ses chaussures de randonnée ni aux vieux croquenots de Kelly.

L'Équarrisseur retourna à la clôture de son pas lent et observa le loch à travers le grillage.

– Plutôt isolé comme coin. Qu'est-ce que vous venez faire par ici, les mômes ?

– On voulait juste faire une balade, répondit James en faisant signe au Rouge de regarder l'empreinte.

Kelly se pencha sur la trace, n'y vit rien de particulier et se contenta de hausser les épaules.

L'Équarrisseur s'enfonça dans les buissons.

– Qu'y a-t-il de si intéressant par là ? grommela-t-il en se glissant dans l'entrelacs de branches.

– Regarde bien, souffla James à l'adresse de Kelly. Ce n'est pas nous qui avons laissé cette trace.

Kelly regarda à nouveau et essaya de poser sa chaussure dessus. Trop grosse.

– T'as peut-être raison, murmura-t-il à James juste au moment où l'Équarrisseur émergeait des broussailles dans un nuage puant de fumée de cigare.

– Hé ! Pourquoi est-ce que vous fouiniez dans ces buissons ?

– On vous a vu arriver et on s'est dit qu'on ferait mieux de se cacher, répondit James.

– Et pourquoi ça, hein ? demanda l'Équarrisseur en s'approchant de James à le toucher et en le fixant de son bon œil.

– Ils n'apprécient pas trop les gens du dehors par ici. Vous avez vu la pancarte… Sans parler de la clôture.

– En effet, j'ai vu. Et, à votre avis, pourquoi ont-ils ressenti le besoin d'installer une clôture pareille sur ces hauteurs ? À des kilomètres de toute habitation. Ça ne me paraît pas très logique.

– Pas très, répéta simplement James.

L'Équarrisseur partit soudain d'un grand rire et donna une grande claque dans le dos de James, manquant de le faire tomber.

– Vous vous demandez bien qui je suis, hein ? rugit-il. Ce que je fais à fureter comme ça dans ce coin paumé ?

– La question m'a effectivement effleuré l'esprit, répondit Kelly. Vous n'êtes pas écossais, n'est-ce pas ?

– Pas du tout, répondit l'Équarrisseur en bombant le torse. Je suis new-yorkais, né et élevé dans le Bronx. De souche irlandaise et fier de l'être.

– On va s'entendre, dit Kelly avec un petit sourire. Ma famille est originaire de Galway.

Kelly sursauta de surprise. Le gros bonhomme s'était approché de lui d'un bond et l'avait presque soulevé du sol en le serrant dans ses bras.

– Ça fait tellement plaisir de rencontrer quelqu'un de chez soi. Mon grand-père était de Shannon.

– Et si on arrosait ça, monsieur l'Équarrisseur ? proposa Kelly en sortant la dernière bouteille de bière de son sac en papier.

– On va se gêner !

Joignant le geste à la parole, il empoigna la bouteille que Kelly lui tendait, la porta à sa bouche et fit sauter la capsule en faisant levier avec ses dents jaunes. Il prit une profonde inspiration, tendit légèrement le bras en avant pour dire « santé » aux deux garçons puis avala une longue gorgée de bière. L'air satisfait, il fit claquer sa langue contre son palais et laissa échapper un long rot qu'il se retint de faire sonner en fermant la bouche.

— C'est meilleur qu'un coup de pied où je pense, moi j'vous le dis...

— Dites-nous plutôt ce que vous fabriquez ici ? demanda Kelly.

— Je ne peux pas en dire long mais, comme tu es presque de la famille, je vais t'en toucher deux mots. Je ne vois pas ce que ça peut faire. Je suis détective. De l'agence américaine Pinkerton.

— « On ne s'endort jamais.», le coupa James.

— Mmh ?

— C'est votre devise, non ? « Agence Pinkerton, on ne s'endort jamais. » J'ai lu quelques articles vous concernant.

— C'est vrai, répondit l'Équarrisseur. « On ne s'endort jamais. »

— Vous êtes sur une enquête ?

— Vous le gardez pour vous, hein ? Tel que vous me voyez, je mène une série d'investigations concernant le nabab qui possède cette clôture et tout ce qui se trouve derrière.

— Lord Hellebore ? s'exclama James, un peu surpris.

— En personne. J'imagine que vous savez qu'avant il vivait aux États-Unis...

— Oui.

– Il avait un frère, Algar, un joli cœur bien sous tous rapports. Le prototype de l'homme du monde à qui tout sourit. Un golden boy promis à un immense avenir. Et voilà qu'un jour, il disparaît. Si on sait tout ça, c'est que la femme de Randolph, Maud, est venue nous voir. Il semblerait qu'elle se soit amourachée des deux frères et qu'elle ait hésité entre les deux. Algar était son préféré, mais Randolph était plus insistant. Il l'a relancée encore et encore jusqu'à ce que, de guerre lasse, elle accepte de l'épouser et qu'elle oublie le frère. Mais elle a toujours gardé une certaine attirance pour Algar. Quand il a disparu, elle a posé maintes questions, mais Randolph l'a envoyée promener. En fait, il l'a même quittée à la suite de ça. Il a monté une histoire, prétendant qu'elle voyait un autre homme, et obtenu le divorce. Mais Maud n'est pas du genre à laisser tomber. Elle est même plutôt coriace et elle veut savoir ce qui est arrivé à Algar. C'est pour ça qu'elle est venue nous trouver et qu'on s'est mis à fourrer notre nez un peu partout, sans grand résultat pour l'instant, il faut bien l'admettre. L'homme sait se montrer discret et il mène sa barque dans le plus grand secret. Personne ne sait exactement ce qu'il trafique…

L'Équarrisseur baissa la voix et, d'une voix de conspirateur, ajouta :

– À part moi.

– C'est-à-dire ? demanda James en se penchant vers lui.

L'Équarrisseur tapota d'un doigt son gros nez et cligna de son œil larmoyant.

208

— J'vais vous dire, moi… Il ne trafique rien de bon !

Il balança sa grosse tête en arrière et éclata d'un rire énorme.

Une fois remis de sa petite blague, il poursuivit son histoire.

— Peu de temps après, Randolph déménage. Il traverse l'océan pour s'établir sur cette bonne terre d'Écosse. Pourquoi a-t-il fait ça, je vous le demande ?

— Il a hérité de ce domaine, non ? tenta James.

— Exact. Mais il dirigeait une entreprise florissante en Amérique. Pourquoi a-t-il subitement abandonné le navire en laissant tout derrière lui ? Que pensez-vous qu'il fuyait ? Et qu'est-il arrivé à son frère ?

— Le savez-vous ? demanda James.

— Peut-être que la femme de Randolph était plus proche d'Algar que ce qu'elle a bien voulu dire… Ou peut-être que Randolph a purement et simplement liquidé son frère pour pouvoir garder tout le bataclan pour lui… Ou encore, peut-être qu'une expérience a mal tourné…

— Une expérience ? demanda James. Mais je croyais qu'il fabriquait des armes.

— Oh, c'est bien ce qu'il fait. Mais il cherche continuellement des moyens d'en créer de nouvelles, pour être à la pointe et mettre sur le marché les armes les plus modernes et les plus destructrices qui soient. Alors j'imagine qu'il faut bien qu'il mène des recherches et qu'il fasse des expériences pour garder une longueur d'avance sur ses concurrents.

Kelly siffla de manière admirative.

– Alors il fabrique de nouvelles sortes de bombes ?

– J'en sais fichtre rien, répliqua l'Équarrisseur. Soit une nouvelle bombe, soit une nouvelle pétoire qui tire dans les coins, ou un char ultrarapide, ou un sous-marin grand comme un immeuble. Qui sait ? Ça pourrait aussi bien être une nouvelle sorte d'avion invisible, ajouta-t-il en gloussant. Ce qui est sûr, c'est qu'il s'agit d'un moyen de tuer plus de gens.

James tentait d'intégrer ce qu'il venait d'entendre.

– Pensez-vous, demanda-t-il, perdu dans ses pensées, que lord Hellebore serait prêt à tuer quelqu'un pour l'empêcher d'en apprendre trop sur ses activités ?

L'Équarrisseur mordillait son énorme moustache.

– Bonne question, répondit-il après un long silence. Et la réponse tient en peu de mots : je l'ignore. S'il a déjà tué son frère, qui pourrait prétendre qu'il serait incapable de tuer à nouveau ? Et puis, il y a eu des accidents, des gens ont disparu, des personnes qui travaillaient pour lui. Son ex-femme a même prétendu qu'il avait essayé de l'éliminer et de maquiller ça en accident, mais il n'y a pas de preuve formelle...

– Avez-vous entendu parler d'un garçon nommé Alfie Kelly ? demanda James avant de rapidement expliquer à l'Équarrisseur pourquoi Kelly et lui étaient montés là.

Après quoi, le détective se releva et s'étira, faisant pratiquement craquer les boutons de son veston de tartan.

– C'est donc ça... Vous faites votre petite enquête de votre côté...

– On a déjà trouvé ça, déclara James avant de montrer à l'Équarrisseur la terre fraîchement retournée derrière les buissons.

— Vous voyez, mes p'tits gars, dit le détective en buvant une gorgée d'une petite flasque argentée qu'il avait sortie d'une poche, pour ce genre de choses, il vaut mieux laisser faire les professionnels. Sinon, tout ce que vous allez réussir à faire, c'est vous fourrer dans un affreux pétrin. Si tout concorde, comme il semblerait que ce soit le cas, cela signifie que notre lord Hellebore est un homme très dangereux. Quant à moi… Je suis prêt…

Avec un geste théâtral digne d'un magicien débutant, l'Équarrisseur remonta une jambe de son pantalon, exposant ainsi un petit revolver à crosse de nacre qui tenait à son mollet grâce à un holster de cuir.

— C'est un Derringer ? demanda Kelly.

— Bingo.

— Je croyais que c'était une arme de femme…, lança Kelly avec un sourire narquois.

— Et alors, ne suis-je pas le chevalier servant de ces dames ? répondit l'Équarrisseur avant de laisser exploser à nouveau son rire gargantuesque. Vous voyez mes petits, il n'a pas l'air comme ça, mais il m'a tiré de pas mal de coups tordus. Bon, c'est pas tout ça… J'ai du pain sur la planche. Vous, mes petits gars, vous pouvez traîner avec moi pendant un moment si vous le souhaitez. À condition que vous ne fassiez pas de remue-ménage et que vous ne me marchiez pas sur les arpions. Mais attention, à la première alerte, je vous envoie au lit.

L'Équarrisseur entreprit une fouille minutieuse de toute la zone, tout en régalant les garçons de ses exploits

211

au sein de l'agence Pinkerton. Il avait des histoires rocambolesques et des anecdotes à vous faire dresser les cheveux sur la tête plein sa besace. Il leur raconta les planques, les fusillades et les bagarres aux poings dans les ruelles. Il évoqua les corps ensanglantés et le flash lumineux des explosions dans la nuit. Cela semblait à la fois risqué et passionnant. James lui posait question sur question. Il paraissait évident que l'Équarrisseur n'était pas mécontent d'avoir de la compagnie, après s'être certainement senti un peu seul et perdu dans la lande des Highlands. Car le bonhomme était volubile et visiblement habitué à vivre en société.

Une fois satisfait, quand il eut le sentiment qu'il n'y avait plus rien à trouver dans la zone, il conduisit les garçons le long de la clôture, en direction du château, tout en restant à couvert derrière les talus. Ils parvinrent bientôt à un endroit où l'eau du lac s'écoulait dans un ruisseau d'eau vive qui, plus bas dans le vallon, se jetait dans la rivière Noire. Il était trop large pour qu'on puisse le franchir à pied, mais ils trouvèrent un petit pont non loin de la clôture.

L'Équarrisseur s'arrêta au milieu et lissa sa moustache.

— Qu'est-ce que vous dites de ça ? demanda-t-il en levant le menton vers un amoncellement compliqué de blocs de béton, de rondins de bois et de treillis métallique qui avait été construit à l'endroit où le ruisseau coulait sous la clôture.

— On dirait une sorte de barrage, déclara Kelly.

— Ça se pourrait, rétorqua l'Équarrisseur. Mais ça

n'a pas l'air d'arrêter le moins du monde l'écoulement de l'eau.

— Peut-être que ça a un rapport avec les poissons, ajouta James.

— Ouais, dit Kelly, pour empêcher les poissons de passer.

— Ou pour les empêcher de sortir, nuança l'Équarrisseur.

Puis il cracha dans l'eau et se remit en marche.

— Peu importe, dit-il finalement. Cette affaire n'a rien à voir avec les poissons.

Ils continuèrent et, au bout d'un quart d'heure, ils arrivèrent à un endroit abrité d'où ils pouvaient clairement voir le château. L'Équarrisseur sortit une paire de jumelles puis ils se couchèrent tous trois sur le ventre pendant que le détective observait le bâtiment. Quelques minutes plus tard, il les tendit à James.

— Regarde et dis-moi ce que tu vois. On va voir si tu as de bons yeux.

— Entendu, répondit James en regardant à travers les lentilles.

Il mit un moment à trouver ses marques, mais réussit finalement à isoler le faîte du toit du château, après quoi il n'eut qu'à redescendre le long des façades, ajustant la mise au point jusqu'à ce que l'image soit parfaitement nette.

— Au bout de l'allée, il y a une grande aire de parking recouverte de gravier, dit-il pour décrire ce qu'il voyait au détective. De là, on atteint l'entrée principale du château en passant un petit pont qui n'a pas l'air d'être

213

à bascule, plutôt permanent. Les fenêtres du bas sont toutes équipées de grilles, mais pas celles du dessus.

Ensuite, il parcourut l'allée des yeux.

– Il y a une loge de gardien, qui a visiblement été réparée récemment, puis la route continue jusqu'à un second portail dans la nouvelle clôture.

– Rien d'autre ?

– Si. Une sorte de cahute pour sentinelle. Quelqu'un est assis à l'intérieur. On dirait qu'il tient un fusil de chasse sur les genoux.

– Quoi ?

L'Équarrisseur reprit les jumelles des mains de James.

– Je n'avais pas vu ça… Où, tu dis ?

– La guérite est collée au mur près de la loge de gardien. Elle est dans l'ombre. On la voit tout juste.

– Bon sang, mais tu as raison. Bien joué, fiston.

Il repassa les jumelles à James.

– Cet endroit est mieux gardé que Buckingham Palace ! Regarde si tu ne vois rien d'autre que j'aurais raté.

Au moment où James reprenait son observation, les lourdes portes du château s'ouvrirent et un homme portant une cotte blanche couverte de sang sortit, un grand seau à la main. Il dit quelque chose à quelqu'un resté à l'intérieur du château puis avança jusqu'au bord du pont et versa le contenu du seau dans le loch. James vit couler un affreux liquide rouge de sang semblant contenir des morceaux de viande crue et des abats. Il baissa la mire sur l'eau et la vit remuer, enfler et mousser comme si une créature, ou des créatures, s'agitait juste sous la surface.

– Il y a quelque chose dans le lac, une sorte d'animal, je crois.

– On ne va pas s'enquiquiner avec ça. On n'est pas là pour étudier les animaux de compagnie de lord Hellebore. Venez, allons-nous-en et voyons ce qu'il y a de l'autre côté.

– Attendez, l'arrêta James. Il y a quelqu'un d'autre qui sort.

Les yeux toujours rivés aux jumelles, il vit deux personnes qui traversaient le pont, Hellebore père et fils. Ils portaient des fusils de chasse, cassés sur le coude. Lord Hellebore semblait en colère contre son fils qui attendait que l'orage passe avec un air de chien battu. Ils s'arrêtèrent. Lord Hellebore gesticulait dans tous les sens, réprimandant George vertement. Soudain il lui administra une belle claque derrière la tête, faisant tomber sa casquette par terre. Quand George se baissa pour la ramasser, son père lui botta le train avec une telle force qu'il s'affala à plat ventre sur le sol. Randolph lança alors un dernier regard méprisant à son fils puis s'éloigna. George essuya sa veste, remit sa casquette, récupéra son fusil et lui emboîta le pas.

Ils allèrent à la rencontre d'une troisième personne, qui arrivait de la dépendance, un tout petit homme avec de longs bras et le dos voûté qui ressemblait presque à un singe. Il avait un gros nez rond, comme une balle de ping-pong sur une tige, et portait un vieux chapeau melon bosselé parfaitement incongru. Son visage était buriné et violacé et il semblait impossible de lui donner un âge. Il aurait bien pu être aussi vieux que les rochers escarpés qui entouraient le loch. Quatre vieux terriers Jack Russell, l'air mal en point, tournaient dans ses jambes. Il envoya un coup de pied à l'un d'eux, mais le chien semblait s'y attendre car il évita la godasse d'un petit bond sur le côté.

L'homme-singe effleura le bord de son chapeau et prit le fusil du maître des lieux qui lui lança quelques mots avant de se remettre en marche. Un instant plus tard, tous trois avaient disparu derrière la dépendance.

Tout était calme. L'Équarrisseur et les garçons attendirent un moment avant de quitter leur abri et de longer les collines jusqu'à ce qu'ils arrivent au large chemin de terre, creusé de profondes ornières, qui desservait le château. Ils trouvèrent un endroit où un coude entre deux hauts talus les rendait invisibles depuis les bâtiments. Ils foncèrent se mettre à couvert derrière le remblai.

C'est le moment que choisit un camion pour débouler sur le chemin. Venant du château, il descendait la piste en bringuebalant en direction de Keithly, un nuage de poussière dans son sillage. Ils eurent juste le temps de disparaître derrière de gros rochers.

– C'était moins une, déclara l'Équarrisseur. On ferait bien de rester sur nos gardes. Maintenant allons voir ce qu'on peut dénicher dans le coin.

Ils avancèrent sur les terrains du haut jusqu'à trouver un bon poste d'observation d'où ils pouvaient surveiller l'enceinte du château. Une deuxième barrière – un solide rempart de bois haut de trois mètres cinquante et coiffé de pics – avait été érigée environ trois mètres derrière la clôture de barbelés. Une baraque de fortune

216

avait été construite à côté de la porte pour accueillir des gardes et derrière la porte s'élevait une tour de guet où se tenaient deux hommes qui fumaient une cigarette, leurs silhouettes se détachant clairement dans le soleil déclinant.

— Je vous avais bien dit que ce type était un sacré petit cachottier. Et c'est pas fini ! Regardez là-bas, derrière les collines, déclara l'Équarrisseur.

Dans la cuvette, l'herbe était impeccablement tondue. Et pour cause. Un petit bimoteur attendait de prendre les airs à côté d'un hangar au toit de tôle.

— Une piste de décollage. Décidément, le bonhomme est bien équipé. Maintenant essayons de voir ce qu'il y a derrière cette barrière.

L'Équarrisseur grimpa dans un sorbier rabougri aux branches toutes tordues pour avoir un meilleur angle de vue. Mais il était trop gros et trop gauche. Il ne parvint qu'à se hisser sur les premières branches avant de se retrouver coincé et contraint de redescendre.

Une fois encore, il tendit les jumelles à James.

— Tiens, dit-il. En plus, toi, tu as de bons yeux. Grimpe là-haut et dis-moi ce qu'il y a à voir.

Le détective bâilla et s'adossa à l'arbre.

James était agile. En deux temps, trois mouvements, il était parvenu au sommet de l'arbre, d'où il avait une vue presque correcte sur ce qui se trouvait derrière le rempart : le groupe d'horribles bâtiments de béton fraîchement sortis de terre qui était visible depuis l'autre extrémité du loch. Ils entouraient deux constructions de pierre plus anciennes ainsi qu'une aire de chargement

217

pavée où trois fardiers étaient garés côte à côte, l'un d'eux étant en cours de déchargement.

— C'est quoi un fardier ? demanda l'Équarrisseur après que James lui eut décrit la scène.

— Un bahut, lui répondit Kelly, ou un camion si vous préférez.

— Reçu, dit l'Équarrisseur. Et qu'est-ce qu'ils déchargent ?

— Difficile à dire, répondit James du haut de son perchoir. On dirait de la nourriture pour animaux ou un truc dans ce goût-là.

— De la nourriture pour animaux ?

— Oui. Et dans le fond, il y a une rangée de ce qui pourrait bien être des enclos.

— J'imagine qu'il doit nourrir sa petite armée, ajouta l'Équarrisseur.

Le mot était bien trouvé car l'endroit ressemblait en effet à des baraquements militaires. Des hommes, principalement vêtus de bleus de chauffe et portant une petite casquette plate, s'affairaient en tous sens. Régulièrement, d'autre silhouettes, en blouses blanches et bottes en caoutchouc, traversaient la cour au pas de charge pour se rendre d'un bâtiment à l'autre.

— Aucune indication sur ce que ces bâtiments pourraient renfermer ? demanda L'Équarrisseur d'une voix endormie avant de bâiller à nouveau.

— Je pense que certains sont des dortoirs, répondit James qui avait remarqué des lits derrière les fenêtres. Il y a aussi un corps de garde, on dirait. Les plus grands, ceux qui sont les plus proches du château, pourraient bien être des petites unités de production, mais, vu leurs dimensions, on ne pourrait pas y construire un char ou un avion. Qu'est-ce que vous en dites ?

L'Équarrisseur ne répondit rien. Au lieu de ça, James entendit un long ronflement monter du tronc de l'arbre. Il baissa les yeux : le détective s'était endormi.

— « On ne s'endort jamais », hein ? lança-t-il à Kelly une fois qu'il fut descendu de l'arbre.

Les deux garçons éclatèrent de rire, ce qui eut pour effet de réveiller le détective qui ouvrit son bon œil.

— Je ne dors pas. Je me repose, nuança-t-il en se redressant et en s'étirant. Pour tout vous dire, l'air de la campagne m'épuise. Je suis un citadin. J'ai l'habitude des rues embouteillées et de la foule des gens sur les trottoirs. Ici, je ne suis pas sur mon terrain. Pas évident de relever des empreintes sur un tronc d'arbre, encore moins de demander à un mouton s'il a vu quelque chose… Sans parler des autochtones. Ils ne veulent pas me dire un mot. Lord Hellebore arrose son fief d'argent, c'est un héros. Les gens se fichent pas mal de savoir ce qu'il trafique dans son château…

James leva les yeux au ciel et réalisa qu'il commençait à se faire tard.

— Si Kelly et moi on veut rentrer avant la nuit, on ferait bien de pas trop traîner, dit-il.

— Mmh. Vous feriez bien d'y aller.

— Et vous, qu'est-ce que vous allez faire ? demanda le Rouge.

— Je vais suivre l'affaire. Camper dans le coin, planquer et essayer de découvrir ce qu'ils manigancent. Quant à vous, jeunes gens, vous pouvez me donner un coup de main. Poser autant de questions que vous pourrez aux gens du coin. Ils se confieront plus volontiers à deux mômes qu'à un vieux grigou dans mon genre. Mais, attention, ne tentez absolument rien d'autre avant d'avoir eu de mes nouvelles. Les risques sont pour moi. D'ailleurs, je suis payé pour.

Après ces instructions, James et Kelly prirent le chemin du retour. Tandis qu'ils s'éloignaient, James ne pouvait s'empêcher de penser à l'Équarrisseur. Il n'était guère équipé pour passer la nuit dans la lande, à moins qu'il ait déjà établi un camp de base quelque part dans les alentours, avec tente et provisions. Mais il ne semblait pas s'inquiéter pour ça et il avait certainement fait face à des situations autrement délicates dans sa carrière.

Les événements du jour avaient excité l'imagination de Kelly. Il passa le retour à échafauder d'innombrables hypothèses, plus saugrenues les unes que les autres, quant à savoir ce que lord Hellebore préparait dans son nid d'aigle.

James pour sa part ne cessait de repenser à l'empreinte de pas qu'ils avaient découverte, et au garçon qui l'avait faite... Et dès qu'il essayait de penser à autre chose, l'image de l'homme au tablier couvert de sang versant un seau de viande crue dans les douves bouillonnantes s'imposait à lui.

Le massacre des Innocents

Un splendide cerf se tenait fièrement à flanc de colline, les pattes avant solidement appuyées sur un affleurement de granit recouvert d'un coussin de lichen à fleurs roses. Un grand cerf adulte. Au moins un mètre cinquante au garrot, avec des bois immenses. On aurait dit qu'il posait pour une photo : *Le Prince des Highlands*. Les naseaux au vent, il renifla l'air puis brama. Il avait senti le danger.

Les cerfs sont des animaux craintifs et prudents, doués d'une vue exceptionnelle et d'un bon odorat. Un seul mouvement suspect et celui-ci aurait bondi au milieu des rochers pour prendre la fuite.

Trois silhouettes, en tenue de chasse grise, se tenaient à l'affût dans une étroite dépression rocheuse. À leur tête, lord Randolph Hellebore, tapi de tout son long dans un lit de véroniques des montagnes, observait l'animal à la longue-vue avec une vive attention. Derrière lui se tenait George, docile, les yeux fixés sur la nuque de son père. Plus loin, accroupi à côté d'un rocher, son éternel chapeau melon écrasé sur sa petite tête, l'homme en charge de la chasse et de la pêche sur le domaine des Hellebore, Cleek MacSawney, bouteille à la main, remplissait trois gobelets de whisky.

George le regarda avec une grimace de dégoût. L'homme marinait dans le whisky. Il en buvait du lever au coucher, quelle que soit l'heure. George ne l'avait jamais vu manger, seulement boire. Sa peau avait la texture du jambon cuit, les pores de son gros nez rouge étaient affreusement dilatés et le blanc de ses yeux vitreux avait en permanence un reflet tendant vers le rose.

— Regarde-le, murmura lord Hellebore dans un souffle en rampant en arrière et en ne s'asseyant que lorsqu'il fut certain d'être hors de la vue du cerf. Il porte des bois à quatorze fourches. Il est magnifique.

— Une bien belle bêêête, en effet, grommela Mac-Sawney en tendant un gobelet à son maître, qui le vida d'un trait comme si c'était de l'eau.

George trempa ses lèvres dans le sien. Il détestait le goût, avait en horreur la sensation de brûlure accompagnant chaque gorgée et haïssait la façon dont le liquide attaquait son estomac, à la manière d'un acide. Mais il n'avait pas le choix. S'il voulait être un homme, s'il voulait être un chasseur, il devait faire comme son père.

— Quelle distance ? demanda Randolph.

— Un bon quatre-vingts mètres, répondit MacSawney du tac au tac.

— Est-ce qu'on tente un tir ?

– Sûr ! C'est maintenant ou jamais, d'façon, dit Mac-Sawney en tirant un fusil de sa housse et en le passant à George. Plus haut, on sera trop à découvert. On est déjà bien au-dessus de la ligne des arbres et, si on s'approche en suivant la cuvette, on va se retrouver au vent par rapport à lui.

Randolph se tourna vers George avec un large sourire carnassier.

– Vas-y, fils, il est pour toi.

– J'sais pas, p'pa… Il est loin.

– Pas du tout. Et puis il est grand temps que tu tires ton premier cerf.

George soupira et s'allongea sur le sol. Il était fatigué, il avait faim et il était trempé. Ils avaient pisté ce cerf depuis le matin et il faisait presque nuit maintenant. Jusqu'ici, il n'avait avalé que quelques biscuits.

Ils étaient dans le massif de l'Angreach Mhòr, bien au-dessus du lac Silverfin et du château. Le paysage était lugubre, aride et désolé, balayé par un vent glacial et par une petite pluie fine qui avait complètement imbibé ses vêtements de chasse.

Il regarda dans la mire de son fusil et pointa la silhouette du cerf qui broutait par intermittence un parterre de jeune bruyère sans pour autant se défaire de sa méfiance naturelle, tous les sens en alerte.

George n'avait aucune envie de tirer le pauvre animal, mais son père l'exigeait car à ses yeux il s'agissait de l'activité la plus digne d'intérêt à laquelle un homme pouvait se livrer. Combien de fois l'avait-il entendu vanter les plaisirs de la traque… « On est comme des Sioux »,

223

disait-il à l'envi. Ou encore : « Oublie les vicissitudes de la vie en société. Là, c'est l'homme contre l'animal, un homme qui retrouve sa vraie nature, celle du chasseur. On a peut-être tendance à l'oublier de nos jours, mais c'est comme ça que tout a commencé. Traquer un cerf demande de l'énergie, de la force, de la ténacité, de la patience, une main sûre et un bon œil. »

Pendant que George le visait, le cerf se retourna et s'éloigna au petit trot plus haut dans la montagne.

— Il bouge trop, murmura George.

— Pah, dit MacSawney en crachant par terre. Si t'restes assis là trop longtemps, il va remonter c'te fichue montagne et passer de l'autre côté. T'auras qu'un coup, gamin. Le loupe pas.

George ne savait que trop bien que MacSawney ne l'aimait pas. D'ailleurs, exception faite de lord Hellebore, MacSawney n'aimait personne. Ivrogne patenté, il avait aussi le don de répandre le fiel dès qu'il ouvrait la bouche. Le châtelain précédent avait fait tout son possible pour lui serrer la vis et le tenir sous son contrôle, mais Randolph lui avait lâché la bride et l'avait même investi de plus de pouvoirs qu'il n'en avait jamais eus. Il était ainsi devenu l'homme de confiance irremplaçable du nouveau maître des lieux qui le considérait avec une certaine admiration. Pour lui, MacSawney faisait partie des anciens du village. C'était le vieux sage, pétri de traditions paysannes qu'il fallait respecter et traiter avec égard car il connaissait parfaitement chaque recoin de la région et savait tout des animaux qui la peuplaient. Mais George savait aussi que le vieux guide de chasse et de pêche n'avait aucune considération pour les animaux qui, selon lui, ne constituaient qu'un gagne-pain et, à ce titre, ne méritaient pas plus de gentillesse ou de respect qu'un rocher ou un arbre. D'ailleurs, dès qu'il était question d'en abattre un, ce vieux soûlard n'éprouvait pas le moindre scrupule à s'acquitter de sa tâche, que ce soit avec un fusil, un piège, du poison ou un gourdin.

– Tue-le, siffla MacSawney. Tire, nom de d'là. C'est ta dernière chance.

George ajusta la mire sur les pattes avant du cerf et prit une profonde inspiration. Il savait pertinemment ce qui lui restait à faire et il se répéta mentalement son geste : «Relève la mire et, dès que tu ne vois que du marron, tire… Relève la mire et…»

Nerveusement, il essaya de caler le fusil, pressant lentement la détente, le souffle toujours coupé. Le cerf bougea. George expira et jura en silence. Il était bien placé pour savoir dans quelle colère son père entrerait s'il laissait échapper l'animal.

Il n'avait pas le choix. Il remit rapidement le cerf en joue, ferma les yeux et appuya.

Le recul de l'arme cogna son épaule, l'écho de la détonation se répercutant dans la vallée. Quand il rouvrit les yeux, il n'y avait plus aucun signe du cerf. S'était-il enfui ? Avait-il complètement raté son tir ou, pire, ne l'avait-il que blessé ?

– Bien joué, mon garçon, joli coup, le félicita Randolph en le gratifiant d'une claque dans le dos et en lui passant la longue-vue.

George la porta à son œil et ratissa le flanc de la colline jusqu'à repérer le corps sans vie du grand mâle.

— Beau tir, concéda MacSawney, puis tous trois se remirent en route en direction de leur proie.

Quand ils arrivèrent, Randolph s'accroupit près de la dépouille du cerf et étudia la blessure que l'animal portait au flanc.

— En plein dans le cœur. Il n'a pas souffert.

Il plongea ensuite sa main dans le sang qui coulait de la plaie, poissant le poil de l'animal, puis se releva et essuya sa paume sur le visage de son fils.

— Ton premier sang, mon garçon.

George battit des paupières. Le sang était visqueux et chaud.

— Maintenant, tu ressembles vraiment à un Indien, ironisa MacSawney.

À ces mots, il étripa l'animal, l'éventrant sur toute la longueur pour en extraire les entrailles. Quand ce fut fait, ils traînèrent la dépouille au bas de la montagne et la chargèrent sur le poney qu'ils avaient laissé là à cet effet.

Cette chasse avait eu lieu six mois plus tôt, en octobre dernier, et maintenant, son trophée ornait le mur de la salle à manger. George Hellebore le regarda. Les yeux morts, fixes et brillants, lui remémorèrent ce triste jour où, sous le crachin, descendant péniblement la montagne, le goût du sang frais dans la bouche, il avait pour la première fois ressenti ce manque terrible. Celui de sa mère.

Il se sentait perdu, seul et abandonné, bouleversé, et elle lui manquait atrocement. De ce jour, il n'avait cessé de penser à elle et, maintenant, elle lui manquait plus que jamais.

Et ce château, avec ses minuscules fenêtres et ses hauts murs épais, ne faisait rien pour arranger les choses. Il le détestait. L'atmosphère y était lugubre et sombre. Au début, bien sûr, l'endroit l'avait enthousiasmé et, comme tout jeune garçon, il trouvait particulièrement excitant et romantique de vivre dans un lieu possédant des tourelles et des meurtrières, des passages secrets et des cachettes. Il imaginait des chevaliers, des batailles mémorables et des guerriers en kilt maniant de lourds sabres de combat. Le château fut d'abord un magnifique terrain de jeux. Mais il n'y avait jamais personne à ses côtés pour les partager, et il avait peu à peu perdu tout intérêt pour ces jeux solitaires. Jouer au chevalier des Highlands ne l'amusait plus du tout et, de maison, le château s'était lentement transformé en prison. Rien n'y était réconfortant, doux ou douillet ; à l'inverse, partout où l'on portait le regard ce n'était qu'armes, animaux empaillés et meubles énormes qui n'invitaient pas à y prendre place. Une maison d'homme, faite par des hommes pour des hommes. Même les gens des cuisines étaient des hommes.

Bien qu'il ne fît pas particulièrement froid, George frissonna. Il faisait toujours la même température dans la salle à manger, quelle que soit la période de l'année, à cause de l'épaisseur imposante des murs. Ils protégeaient du froid en hiver et de la chaleur en été ; pour autant, il y avait toujours une bûche qui brûlait dans l'âtre.

Deux armures trônaient de part et d'autre de la cheminée, au-dessus de laquelle était accrochée une immense huile sur toile, assombrie par les ans. Elle représentait une scène violente et dramatique, comme on les aimait tant à l'ère victorienne : le massacre des Innocents. Hérode, apprenant qu'un nouveau-né de Bethléem était appelé à devenir le roi des Juifs, avait ordonné qu'on ôtât la vie à tous les garçons de moins de deux ans. La peinture montrait un groupe d'hommes – certains en centurions romains, d'autres à moitié nus sous des toges volant au vent – armés, qui d'un glaive, qui d'un long couteau effilé, attaquant un groupe de femmes et d'enfants. Les femmes criaient de terreur en essayant de protéger leurs bébés. Au centre de la toile, un nouveau-né était soulevé dans les airs, tandis que d'autres étaient piétinés.

George s'était souvent demandé si cette fresque violente et dérangeante était un élément de décoration approprié à une salle à manger, une question qui n'avait pas dû effleurer son père dont il doutait qu'il l'ait simplement bien regardé. George, quant à lui, l'observait souvent à cause de cette femme.

Elle se tenait sur le côté, le visage encadré par deux lames argentées, et il y avait quelque chose dans son expression…

Il ne possédait pas de photographie de sa mère, rien pour la rappeler à son souvenir, et il détestait l'idée que l'image de cette femme terrifiée soit le seul lien qui la reliait à lui.

Quand son père et lui avaient quitté l'Amérique pour l'Angleterre, cinq ans auparavant, ils l'avaient laissée derrière eux. Son père lui avait simplement dit : « Tu ne reverras plus jamais ta mère. »

Ils avaient abordé le sujet sur le pont du paquebot, le *Holden*, à bord duquel ils effectuaient la traversée de l'Atlantique, froid et gris en ce milieu d'hiver. Il y avait de la tempête ce matin-là et le pont du navire était balayé par des bourrasques de pluie et par les embruns des immenses vagues qui s'élevaient partout autour d'eux et venaient s'écraser contre la carène où elles résonnaient comme autant de coups de canon. Il n'y avait personne sur le pont – personne n'était assez fou pour s'y risquer –, mais lord Hellebore avait insisté pour que, chaque matin à neuf heures, ils fassent cinq fois le tour du navire – pour se dégourdir les jambes –, quel que soit l'état de la mer. George était horriblement malade. Il devait régulièrement s'arrêter pour vomir par-dessus le bastingage. Son père n'y prêtait pas plus attention qu'à la météo. Il aurait aussi bien pu être en train de flâner dans Central Park, durant un après-midi ensoleillé, causant base-ball.

Mais il ne parlait pas de base-ball. Il parlait de la mère de George.

– C'était une femme faible, hurla-t-il dans le vent.

– Tu parles d'elle comme si elle était morte, répondit tristement George.

– En ce qui me concerne, elle l'est, répondit Randolph d'un ton coupant. De toute façon, nous n'avons nul besoin de femmes dans nos vies.

George n'avait pas vraiment compris ce qui s'était passé. On l'avait maintenu à l'écart et il n'avait obtenu que des bribes d'informations, en recoupant les insinuations de sa grand-mère avec ce qu'il avait pu tirer des articles de presse «interdits», qu'il avait récupérés en douce dans la poubelle et qu'il avait lus pendant que son père était au travail.

Tout ce qu'il savait, c'était que l'affaire avait été portée devant les tribunaux, qu'elle impliquait un autre homme, l'amant de sa mère, et que son père, ayant engagé un bataillon de ténors du barreau, avait obtenu sa garde.

George n'avait pas tout de suite compris ce que cela impliquait, mais il avait vite appris, appris que dorénavant il vivrait avec son père et ne reverrait plus jamais sa mère.

George était encore petit à l'époque. Trop jeune pour s'inquiéter. Il vénérait son père, il était heureux de vivre avec lui et, pendant des années, il n'eut pas la moindre pensée pour la femme qu'ils avaient laissée derrière eux en Amérique, et puis, alors qu'il essuyait le sang du cerf qui maculait son visage en regardant MacSawney et Randolph traîner l'animal sur l'herbe, il avait tout à coup pris conscience d'un manque, d'un vide douloureux.

Il ne pouvait pas en parler à son père, ni à personne d'autre d'ailleurs. Ils l'auraient pris pour une femmelette. L'insulte suprême. Une nuit, il s'était réveillé en pleurs, après avoir rêvé de sa mère, et il était resté éveillé jusqu'au matin, trop malheureux et trop inquiet pour se rendormir. Quand il en avait parlé à son père, le lendemain matin au petit déjeuner, celui-ci l'avait rossé avec une canne pour lui apprendre à être aussi délicat.

Assis dans cette salle à manger trop vaste, devant son souper, il se souvint de cette bastonnade et à quel point il l'avait trouvée injuste. Comme si on pouvait contrôler ses rêves !

Ils étaient trois à partager le repas : lui, son père – à l'autre bout de l'immense table –, et le responsable du laboratoire, le docteur Perseus Friend, qui régnait sur l'aréopage de scientifiques travaillant au château. Un homme maigre et pâle, d'une trentaine d'années, qui avait déjà perdu une bonne partie de ses fins cheveux blonds et qui n'arrêtait pas de nettoyer ses lunettes à monture métallique. Perseus était la seule personne autorisée à manger avec eux. Randolph travaillait d'arrache-pied à toute heure du jour et de la nuit et il aimait discuter avec lui de ses avancées lors du dîner.

Perseus Friend était né en Allemagne, d'une mère russe et d'un père irlandais qui avait travaillé pour l'armée allemande pendant la guerre au développement de gaz de combat utilisés dans les tranchées. C'était un spécialiste du chlore, du phosgène et du gaz moutarde.

Après l'armistice, l'Allemagne défaite s'était vu interdire la constitution d'une armée et les travaux du genre de ceux que menait le professeur Friend avaient été proscrits. Le père de Perseus s'était donc exilé et avait vendu ses services au plus offrant un peu partout aux quatre coins du monde. Son fils l'avait suivi partout et

231

en avait profité pour apprendre tout ce qu'il pouvait en chemin.

D'abord, ils étaient allés au Japon, puis en Argentine et finalement en Russie. L'armée russe avait perdu deux fois plus d'hommes que n'importe quel autre belligérant sous les attaques au gaz, aussi était-elle particulièrement désireuse d'en fabriquer.

Perseus avait été un enfant doué d'une intelligence remarquable et il s'était très tôt engagé dans la voie tracée par son père, à la différence près que celui-ci était expert en chimie, alors que le fils se consacrait essentiellement à la biologie, s'intéressant par-dessus tout aux agents pathogènes et à la guerre bactériologique. Son credo : faire des maladies une arme de combat. Père et fils formaient un formidable tandem, au service du laboratoire de Saratov, placé sous l'égide du gouvernement soviétique. Leur renommée ne tarda pas à arriver aux oreilles de lord Hellebore. Quand celui-ci eut achevé la construction de ses installations, ici en Écosse, il les débaucha. Mais un accident au laboratoire russe, survenu peu de temps avant leur départ, avait fait sept morts parmi les scientifiques, empoisonnés par leur propre gaz, parmi lesquels le « bon » professeur Friend.

Son fils ne croyait pas à la thèse de l'accident. Il soupçonnait les Russes d'avoir voulu réduire son père au silence et l'empêcher de divulguer ses secrets. Et lui-même ne devait qu'à la chance de ne pas s'être trouvé dans le laboratoire au moment de la fuite de gaz. Sans demander son reste, il avait alors quitté le pays et rejoint l'Écosse aussi prestement et discrètement qu'il avait pu.

Perseus Friend ne vivait que pour le travail. Il ne parlait que de ça, il ne pensait qu'à ça. Aucune autre activité humaine n'excitait sa curiosité et il était totalement dépourvu de sentiment. Il n'avait jamais ressenti ni amour, ni haine, ni joie, ni tristesse, pas même de colère – à moins que son travail ne soit interrompu par quelque désagrément ou qu'une expérimentation ne prenne un tour imprévu. Les femmes ne revêtaient pas le moindre intérêt à ses yeux. Ce château isolé constituait donc une sorte de paradis pour lui, un endroit idéal, où il pouvait vivre – et travailler – à loisir.

George l'observa qui coupait sa viande. C'était comme s'il disséquait quelque cobaye sans défense sur la paillasse d'un de ses labos. Manger à ses côtés était une épreuve. Le spectacle avait quelque chose de répugnant. Il parlait sans discontinuer, parfaitement oublieux de ce qu'il portait à sa bouche à chaque coup de fourchette. Il mastiquait la bouche ouverte, déchiquetant chaque morceau de nourriture de ses petites dents pointues avec une apparente délectation. George le comparait à un lézard, mâchant consciencieusement sa nourriture, les yeux toujours aux aguets, sans se préoccuper du goût que pouvaient avoir une araignée, un scarabée, une mouche.

Ce soir, c'était du rosbif. Chaque repas comportait invariablement un plat principal à base de viande, qu'elle soit rôtie ou cuite à l'eau. George se souvint de la période où c'était sa mère qui faisait les menus. Leur régime alimentaire était alors plus varié et moins lourd.

Non. Il fallait qu'il cesse de penser à sa mère. Cela ne faisait que le rendre plus mélancolique. Il ne lui restait donc plus qu'à écouter le docteur Friend ronronner à propos de l'Allemagne. Sa voix était très irritante, à la fois légèrement grinçante et morne, d'un timbre parfaitement monocorde. Il débitait ses logorrhées comme un train avançant sur ses rails, sans y mettre ni relief ni couleur, et se moquant comme d'une guigne qu'on l'écoutât ou pas.

— Cet Adolf Hitler, le nouveau chancelier allemand, est un homme intéressant. J'ai lu son livre, *Mein Kampf*, ainsi que divers articles et pamphlets que j'ai réussi à me faire envoyer. Il a des idées très novatrices sur la pureté biologique. Il entend procéder à une sélection naturelle des humains pour créer une race supérieure. Vous devriez le rencontrer, Randolph. Le Parti national-socialiste va susciter d'importants changements. Je suis sûr qu'il serait très intéressé par les travaux que nous menons ici et l'attitude compréhensive d'un gouvernement ami ne pourrait que nous aider à obtenir plus facilement les sujets vivants dont nous avons besoin pour nos expériences.

George laissa bruyamment tomber ses couverts pour l'interrompre, autant pour le plaisir de lui couper le sifflet que pour participer à la conversation.

— Je croyais que l'Allemagne n'était pas autorisée à constituer une armée.

— Hitler va changer tout ça, lui répondit le docteur Friend sans lever les yeux de son assiette. Il va redonner sa grandeur au pays. Et nous serons à ses côtés pour ramasser les bénéfices. Hier soir, je lisais dans le *Hamburg Scientific Journal* un article fascinant sur les jumeaux. Il semblerait...

– Tu ne manges pas, George ? tonna Randolph, assis à deux kilomètres de là, à l'autre bout de la table en chêne sombre.

Le docteur Friend poursuivait son monologue, ne prêtant pas la moindre attention au fait que quelqu'un d'autre venait de parler.

– Je n'ai pas très faim ce soir, père.

– Il faut que tu manges. Tu as besoin de viande. C'est plein de fer. Ça fortifiera tes muscles et tes os.

Avant que George ait eu le temps de répondre, on frappa à la porte et Cleek MacSawney entra. Il lui jeta un regard désagréable, ainsi qu'au docteur Friend, puis s'approcha de Randolph en titubant.

Quand il arriva au milieu de la pièce, un des chiens de la maison trotta à la rencontre du nouveau venu pour le renifler. MacSawney lui envoya un sévère coup de pied au ventre. Le chien couina et fila se réfugier sous la table, la queue entre les jambes.

MacSawney murmura quelque chose à l'oreille de son patron. Le visage de Randolph s'assombrit. Il fronça violemment les sourcils, s'essuya la bouche, repoussa son assiette sur le côté et se leva.

– Finis ton dîner, ordonna-t-il brusquement avant de quitter la pièce avec MacSawney.

Durant tout ce temps, Perseus n'avait cessé ni de parler ni de manger. Il ne quitta pas son assiette des yeux quand Randolph sortit.

– ... la génétique. Voilà la réponse. Mais nous n'en sommes encore qu'aux balbutiements. Cette science n'a pratiquement pas progressé depuis Mendel. Bien sûr, nous ne pouvons pas nous contenter d'élever des anguilles. Ce qu'il nous faut, ce sont des sujets humains.

Après le dîner, lord Hellebore était toujours invisible. George en profita pour se glisser dans son bureau. Il savait que, s'il se faisait prendre, son père le rosserait, mais il s'en fichait. Pendant un temps, il avait fait tout ce qu'il pouvait pour lui faire plaisir mais, depuis le jour de la coupe, à Eton, il avait aussi conscience que, quoi qu'il fasse, il n'y parviendrait jamais. Jamais son père ne serait fier de lui. Jamais il ne serait à la hauteur. Aussi avait-il cessé d'essayer.

George entreprit de fouiller le bureau de Randolph. Il n'était pas fermé à clé. Rien ne l'était dans le château. Il était tout simplement interdit d'y pénétrer et le personnel était trop terrifié par le maître des lieux pour ne pas observer ses consignes à la lettre. George ne trouva pas ce qu'il cherchait dans les tiroirs du bureau, il se tourna alors vers le meuble de rangement qui était à côté de la haute fenêtre à barreaux.

Il fit l'inventaire des étiquettes des tiroirs.

« Immobilier. »

Aucun intérêt.

« SilverFin. »

Son père avait emprunté le nom du loch pour désigner ses dernières recherches. L'équipe du projet SilverFin était dirigée par Perseus et travaillait secrètement derrière la lourde porte blindée du laboratoire qui se trouvait dans les sous-sols du château.

Ce n'est pas ça que George cherchait.

Le troisième tiroir était marqué « Personnel ». Il l'ouvrit d'un coup sec, en parcourut le contenu et mit rapidement la main sur ce qu'il cherchait : une chemise remplie de documents légaux et de lettres. Il l'ouvrit et feuilleta nerveusement la liasse de papiers. Rien. Rien. Rien. Et, soudain, elle lui sauta aux yeux : l'adresse de sa mère à Boston.

Il la lut plusieurs fois pour la mémoriser, puis remit soigneusement tout en place, comme il l'avait trouvé. Après avoir vérifié que la voie était libre, il quitta précipitamment la pièce et fila dans sa chambre à l'étage.

Là, il s'assit à son bureau, remplit son stylo d'encre et nota l'adresse tant qu'il s'en souvenait. Ensuite, l'oreille attentive à tout bruit venant de l'extérieur, il sortit une feuille de papier à lettre et se mit à écrire.

Chère mère,
Puissiez-vous un jour pardonner mon aridité épistolaire. Je pense beaucoup à vous ces derniers temps,

Un fracas retentit en bas. Il s'arrêta, avançant lentement les mains au-dessus de sa feuille, prêt à la faire disparaître en une fraction de seconde. L'énorme porte principale claqua violemment, puis il y eut des cris et de l'agitation. Il attendit que le bruit cesse et continua sa lettre, le cœur battant à tout rompre.

C'était risqué. Personne ne devrait apprendre l'existence

de cette lettre et il lui faudrait se rendre lui-même à Keithly pour la poster. Mais le simple fait d'avoir couché ces quelques mots sur le papier l'avait réconforté, comme s'il avait enfin eu quelqu'un avec qui parler, partager ses peurs et rompre sa solitude. Non sans remords, il se rappela le moment où il avait remarqué James Bond, au cirque. Son cœur avait bondi. Il avait même souri, éprouvant un certain plaisir à croiser une tête connue, puis il s'était souvenu que Bond était son ennemi, qu'il l'avait battu lors de la course. Toute son aigreur et ses regrets s'étaient alors répandus en lui comme un poison, jusqu'à le submerger, jetant un voile de colère noire sur son cœur. Comme les choses auraient pu être différentes s'il avait su se maîtriser, aller à sa rencontre, lui serrer la main et décréter une trêve. Mais non, le pli était pris et, au lieu de ça, il avait payé deux malfrats pour passer à tabac le jeune garçon.

Une nouvelle agitation lui fit perdre le fil de sa pensée. De nouveaux cris de colère retentirent au rez-de-chaussée, auxquels répondait une voix plaintive, douloureuse. Peut-être s'agissait-il d'un des ouvriers subissant les remontrances de son patron. Son père était très strict et quiconque s'écartait un tant soit peu de la ligne était sévèrement repris en main par le brutal MacSawney.

George se concentra sur les bruits. Au moins, si quelqu'un d'autre subissait les foudres de son père, il serait tranquille pour un moment. Quand les bruits s'estompèrent, il reprit sa lettre, se perdant totalement dans ce qu'il écrivait, essayant de formuler tout ce qu'il aurait voulu dire à sa mère depuis la dernière fois qu'il l'avait vue. Un chuintement se fit entendre derrière la porte, le ramenant à la réalité.

Il savait ce que c'était. Et la chose le répugnait. Cet endroit était vraiment affreux. Il ne le supportait plus. Les reniflements continuèrent. L'image de narines immenses et humides, d'une bouche baveuse s'imposa à son esprit. Il fixa la porte des yeux et attendit que la chose s'en aille.

Quelques minutes plus tard, il entendit des pas traînants s'éloigner dans le couloir. Il était seul à nouveau. Il saisit son stylo et posa la pointe de sa plume sur le papier.

Je vous en prie, mère, je n'en puis plus…

Pilote en herbe

— Alors ? demanda Max. Tu y es ?

— Quand faut y aller, faut y aller, répondit James.

— Alors en route !

James engagea la première, relâcha le frein à main et avança lentement dans l'allée. Il avait passé les deux derniers jours à s'entraîner à la conduite le matin, en faisant inlassablement le tour de l'enclos, et à apprendre la mécanique l'après-midi, aidant Max à démonter de nombreuses pièces qu'après nettoyage et vérifications ils remettaient en place. James avait ainsi pu comprendre, étape par étape, comment l'ensemble fonctionnait.

Max lui avait montré le carter d'huile, la boîte de vitesses, les deux essieux du train avant, les arbres de transmission et le différentiel, grâce auquel les roues arrière tournaient à des vitesses différentes. James ne comprit pas immédiatement la raison d'être de ce mécanisme. Mais Max n'eut aucun mal à lui expliquer que, lorsque la voiture tourne, les roues qui se trouvent à l'extérieur de la courbe parcourent plus de chemin que celles qui sont à l'intérieur, impliquant qu'elles tournent plus vite pour compenser.

Ce qui, au début, semblait atrocement compliqué prenait peu à peu sens. James réalisait quelle formidable machine il avait entre les mains.

À l'issue de ces heures de formation, Max estima que James était assez qualifié pour quitter le champ et essayer à nouveau le chemin. Ainsi se retrouvait-il à descendre nerveusement l'allée défoncée, les doigts crispés sur le volant, les cheveux ébouriffés par les rafales de vent.

Cela n'avait plus rien à voir avec l'enclos. Il n'était que trop conscient de la proximité des arbres, de part et d'autre du chemin, qui, à mesure qu'il prenait de la vitesse, cinglaient l'air sur son passage avec un bruissement menaçant. Cela ne l'empêcha pas d'arriver sans encombre jusqu'à l'embranchement où il céda le volant à Max pour qu'il effectue un demi-tour sur la grand-route.

– C'était parfait, dit Max en se glissant à nouveau à la place du passager. Maintenant, tu vas essayer d'aller un peu plus vite, OK ?

Depuis qu'il était rentré du château, James n'avait eu de nouvelles ni du Rouge ni de l'Équarrisseur et il commençait à sérieusement s'impatienter. Certes apprendre à conduire lui occupait l'esprit, mais les Hellebore n'étaient jamais bien loin et il était impatient d'en faire davantage pour Alfie. Seulement ils avaient promis de ne rien tenter avant que l'Équarrisseur ne leur donne des nouvelles.

James passa l'heure suivante à rouler sur le chemin, dans un sens puis dans l'autre, avec de plus en plus d'assurance. Max suggéra alors qu'il y aille carrément.

– C'est un coupé sport, James. Il requiert une conduite soutenue. N'hésite pas à appuyer. Je suis sûr que tu peux le faire. Essaie juste de sentir la voiture, de sentir la route…

James se prépara. Il connaissait bien le chemin maintenant et il le parcourut mentalement : les nids-de-poule à éviter, les lignes droites où il pouvait accélérer sans risque et les virages où il devrait ralentir.

Il s'imagina sur la ligne de départ du circuit de Brooklands, au milieu de la meute de voitures alignées sous les hourras du public. Il fit ronfler le moteur dont le feulement sauvage résonna dans la vallée. Il ne pensait plus à rien d'autre qu'à la voiture et au chemin. Le château était loin, quant à Eton, c'était à un million de kilomètres.

Il enclencha la première et démarra en souplesse puis passa rapidement la seconde, et la troisième, après quoi il rétrograda pour négocier le premier virage. Un petit sourire se dessina sur son visage quand il s'engagea sur la longue ligne droite qui suivait. Il eut le temps de monter les rapports jusqu'en quatrième avant que la courbe suivante ne lui saute au visage. Il rentra les rapports en freinant en même temps puis inscrivit la voiture dans le virage et accéléra pour reprendre de l'adhérence. Et là… Panique.

Juste devant lui, en plein milieu de la route, un immense cheval noir, cabré et hennissant, battait l'air

242

de ses sabots. James l'évita de justesse et s'arrêta en dérapage, trois mètres plus loin.

Il reprit en un instant ses esprits, le cœur battant et le souffle court. Ce n'était pas passé loin.

Il se retourna et constata qu'il s'agissait de Wilder Lawless et Martini. Encore sous le coup de la frayeur, le cheval caracolait sur la route. Wilder ne s'était pas laissé désarçonner et, grâce à ses talents de cavalière, avait rapidement repris le contrôle de son allure, parvenant même à calmer l'animal.

– Désolé, cria James depuis son siège.

– Tu peux, répondit Wilder, visiblement choquée.

– Tu ne m'as pas entendu venir ? demanda James en sortant de la voiture.

– Et où voulais-tu que j'aille ?

James regarda autour de lui : une épaisse végétation, dense et impénétrable, encadrait le chemin.

– Désolé, répéta-t-il encore, puis il la présenta à son oncle Max.

– Que fais-tu par ici ? demanda James en caressant le museau de Martini pour le calmer.

– Je venais te voir. Je ne m'attendais pas à ce que tu essayes de me tuer, répondit-elle, courroucée.

À ces mots, elle mit pied à terre, sans lâcher les rênes de son cheval.

Elle était légèrement plus détendue maintenant qu'elle avait quitté sa selle et d'une voix plus douce elle suggéra :

– On fait quelques pas ?

– Si tu veux, répondit James en haussant les épaules.

– Je ramène la voiture, déclara Max. On se retrouve pour le déjeuner.

Max partit au volant de la voiture tandis que James et Wilder, tenant toujours Martini par la bride, s'éloignaient d'un pas tranquille sur un chemin menant dans les bois.

– Tu sais monter ? demanda Wilder.

– Très bien, répondit James, désinvolte.

– Tu devrais venir avec moi un de ces jours, je pourrais t'avoir un poney.

– Pourquoi pas…

– Mais ce n'est pas de ça que je suis venue te parler, déclara-t-elle en tournant vers lui ses éclatants yeux verts, brillants d'excitation. Après t'avoir vu, je suis passée à la gendarmerie de Keithly et j'ai parlé au sergent White, au sujet d'Alfie Kelly.

– Tu as découvert quelque chose ?

– Il semblerait que lord Hellebore n'ait jamais raconté ce que je lui ai dit ce jour-là, près du loch. Tu te rappelles ? Que j'avais vu Alfie là-haut.

– La police ne trouve pas ça louche ?

– *Och*… Le sergent White n'est pas disposé à recevoir les doléances concernant le châtelain. Pour lui c'est le père Noël, Buffalo Bill et saint Michel réunis en une seule et même personne.

– Qui est saint Michel ?

Wilder éclata de rire.

– Le saint patron des policiers.

Ils marchaient entre deux hauts talus de terre, dans le lit asséché d'un ruisseau. Les rayons du soleil filtraient à travers le feuillage des grands aulnes et des vieux chênes.

James arracha un bout de bois d'une branche morte tombée à terre et fouetta l'air d'un geste machinal.

Martini était calmé à présent. Le bruit sourd et mat de son pas nonchalant résonnait derrière eux sur le sol de terre meuble.

— Quand le dernier châtelain est mort, tout le monde pensait que la ville allait disparaître avec lui, déclara Wilder. Mais Randolph a arrosé le bourg d'argent et, maintenant, les gens déambulent dans les rues avec un stupide sourire aux lèvres. Selon moi, il paie pour nous tenir à l'écart de ses activités. Il ne se montre pas mais, crois-moi, c'est lui qui possède la région.

— Crois-tu que la police a enquêté à propos de ce que tu lui as dit ?

— Penses-tu… Ce bon sergent White ?

La question de James semblait beaucoup amuser Wilder.

— Tu l'as déjà vu ?

— Non, répondit James.

— Eh bien, il est gras comme un cochon et fainéant comme un vieux chat. Chaque Noël, il reçoit un plein panier de nourriture en provenance du château. Il ne faut certainement pas s'attendre à ce qu'il importune le maître des lieux avec des questions stupides. Non, James, tu vas devoir te résoudre à mener ta propre enquête si tu veux en savoir davantage car, pour notre sergent White, tu peux me croire, il est urgent de ne rien faire.

– J'en étais arrivé à la même conclusion, répondit James en essayant de prendre un air sérieux et pénétré et en tentant de paraître au moins dix ans de plus.

– Mais fais attention, James, l'arrêta Wilder en posant une main sur son bras. Malgré ce que pensent la plupart des gens d'ici, Randolph Hellebore n'est pas un homme très droit.

– Que veux-tu dire ?

Ils étaient arrivés dans un champ dégagé, couvert d'une herbe grasse et de jeunes fougères. Wilder lâcha Martini qui baissa aussitôt la tête et se mit à brouter, arrachant de pleines poignées d'herbe de ses dents immenses.

– Mon père était le régisseur de l'ancien lord, dit Wilder en s'asseyant sur un petit monticule de terre. C'est lui qui gérait le domaine. Au début, quand Randolph a débarqué, il l'aimait bien. Il faut dire qu'il a beaucoup investi dans la propriété et procédé à de nombreuses améliorations. Mais plus il apprenait à le connaître, moins mon père l'appréciait. Il le trouvait tyrannique et cruel. Et ils se sont disputés. Un jour qu'ils étaient à cheval en train d'inspecter la nouvelle clôture, alors en construction, le cheval de Randolph a fait un faux pas et il est tombé. Il est entré dans une colère noire et s'est mis à fouetter brutalement l'animal. Mon père a tenté de s'interposer, Randolph l'a renvoyé sur-le-champ. Aussi simple que ça. Mon père travaille à côté de Glencoe maintenant. Il rentre à la maison certains week-ends mais, le plus souvent, il n'a tout simplement pas le temps. Rapidement, tout a changé là-haut. Des gens nouveaux sont arrivés, les gens du cru sont partis. Je ne le porte pas dans mon cœur, tu sais, James. Je n'aime pas les gens qui sont cruels avec les animaux, surtout avec les chevaux.

– Je pense que c'est Alfie que tu as aperçu ce jour-là, dit James. J'ai tendance à penser qu'il est monté là-haut pour pêcher dans le loch.

– Et tu crois que Hellebore aurait pu le surprendre ? Lui faire quelque chose ?

– Venant de lui, ça ne m'étonnerait pas plus que ça. Tu as bien vu comment c'est là-haut. Hellebore possède un secret qu'il tient à garder jalousement. Et il sait que la police n'est pas près de l'inquiéter… Il faut que j'y retourne avec le Rouge, ajouta James l'air de ne pas y toucher, cognant ses bottes avec sa badine.

– Et si… ? l'interrompit Wilder avec un large sourire. Et si je vous aidais ? À nous trois, on ferait une bonne équipe. Surtout que j'ai Martini, je pourrai me déplacer beaucoup plus vite que vous deux, et…

– Mais tu es une fille, la coupa James brutalement. On ne veut pas de fille avec nous. C'est un travail d'homme.

Wilder le dévisagea un instant, interloquée, bouche bée, puis elle pencha la tête en arrière et se mit à hurler de rire.

– Mais regarde-toi, dit-elle quand elle eut un peu repris ses esprits. Tu n'es encore qu'un morveux, James. « Un travail d'homme. » Et puis quoi encore ? En attendant, je suis plus âgée que toi, plus grande et sans aucun doute plus forte aussi.

James ronchonna.

– Écoute-moi bien, mon petit gars. Chaque jour, je passe plusieurs heures à me coltiner de bonnes grosses bottes de paille bien lourdes. Et quand j'ai terminé, je dois encore panser Martini, et curer les écuries, après quoi je monte pendant quelques heures. J'ai des bras aussi costauds que ceux d'un homme et, avec trois garnements de frères, j'ai aussi dû apprendre à me battre.

– Ah oui ?

– Affirmatif ! répondit Wilder et, avant que James ne comprenne ce qui lui arrivait, elle le saisit au paletot, plaça une jambe en opposition derrière les siennes et, sans ménagement, l'envoya bouler dans la terre.

Il se releva et tenta la même prise, en représailles, mais Wilder l'attendait de pied ferme et tous deux tombèrent au sol. Ils roulèrent l'un sur l'autre durant quelques instants. Elle prit rapidement le dessus. Elle monta à califourchon sur sa poitrine, l'immobilisa totalement entre ses cuisses, musclées par des années d'équitation, et lui fourra des poignées de feuilles mortes dans la bouche.

Puis elle se pencha sur lui, son visage tout près du sien, et rit à nouveau, comme pour mieux le narguer. Il nota alors que ses grands yeux verts étaient mouchetés de petites taches dorées.

– Et voilà, dit-elle en se relevant. Ça t'apprendra à te moquer des filles.

L'instant d'après, elle était remontée sur son cheval, avait donné un petit coup de talons dans les flancs de sa monture et avait disparu au triple galop dans les bois.

En appui sur les coudes, James la regarda filer en crachant les feuilles mortes qu'elle lui avait fait avaler. Wilder n'était décidément pas comme les autres filles qu'il avait eu l'occasion de rencontrer, seulement soucieuses de leur coiffure et de leurs jolies robes, qu'elles ne voulaient surtout pas salir. Elle, il ne pouvait pas l'imaginer jouant à la poupée ou faisant semblant de participer à un goûter sur l'herbe.

Il devait bien reconnaître que Kelly avait vu juste. Wilder Lawless était une sacrée donzelle.

Ce soir-là, après le souper, armé d'une ébauche de plan dessiné par tante Charmian et d'une lampe de poche prêtée par oncle Max, James se rendit à Keithly pour voir le Rouge. La petite discussion avec Wilder lui avait, entre autres, permit de réaliser à quel point il était impatient d'en savoir davantage.

Annie Kelly habitait dans une toute petite maison située dans une ruelle lugubre où toutes les constructions, d'un gris uniforme, étaient accolées les unes aux autres.

James frappa à la porte. Le Rouge vint lui ouvrir.

— Ça baigne, Jimmy ? déclara-t-il, le premier instant de surprise passé. Viens, entre.

Annie Kelly était assise dans la pièce de devant, aux dimensions exiguës, en compagnie de trois jeunes enfants maigrelets. L'endroit était sombre, éclairé par un unique bec de gaz. Une fumée âcre, provenant d'un poêle à charbon crépitant, emplissait l'air. Cela rappela à James sa petite chambre d'Eton. Il n'y avait pratiquement pas de meubles et le sol était de pierre brute.

Annie se leva d'un bond et lui demanda s'il désirait du thé. Il déclina l'offre, expliquant qu'il venait de souper. Après quelques instants d'une conversation embarrassée, le Rouge le fit sortir dans l'arrière-cour où ils s'assirent sur le mur, juste à côté de la remise.

— Des nouvelles de l'Équarrisseur ? demanda James, les yeux levés vers le ciel étoilé.

— Pas le début du bout d'une, répondit Kelly avant de cracher chez les voisins par-dessus le mur. J'ai posé des questions à droite à gauche, comme il nous l'avait demandé, mais je n'ai pas appris grand-chose.

— Mais encore ?

— Ben… Pour tout te dire, je n'ai rien appris, à part que lord Hellebore est un brave type et que tout le monde ici serait prêt à se couper un bras pour lui. Bon, il n'aime pas être dérangé chez lui ? Et après ? C'est son droit, non ? Peut-être qu'on s'est trompés de cible.

— Je ne crois pas, répondit James avant de raconter à Kelly la conversation qu'il avait eue avec Wilder.

— Résultat des courses ? Tu crois qu'on devrait laisser un ou deux jours supplémentaires à l'Équarrisseur ? Pour voir s'il se ramène…

— Je crois qu'on devrait retourner là-haut nous-mêmes, le coupa James, aussi tôt que possible. Oublions l'Équarrisseur.

— À ton avis, qu'est-il arrivé à ce gros couillon ? demanda le Rouge en reniflant. Tu crois qu'il nous a juste envoyés sur les roses ? Qu'il n'a jamais eu l'intention de revenir nous trouver ?

– Je ne sais pas, répondit James. Est-ce que quelqu'un l'a vu dans le coin ?

– Mmh, mmh, bougonna Kelly. Par contre j'ai trouvé où il créchait quand il était ici. Tu vois ! J'ai quand même découvert quelque chose. Tu me diras, c'était pas sorcier, il n'y a qu'une seule auberge dans ce bled. Au-dessus du pub. Il devait s'y sentir comme chez lui. Sa chambre est payée pour le mois. Mais ils ne l'ont pas vu depuis plusieurs jours, en tout cas pas depuis qu'on l'a rencontré là-haut près du loch.

– À première vue, ça peut vouloir dire trois choses. Soit il est parti sans rien dire à personne. Soit il est toujours là-haut à fouiner, soit…

– Soit il lui est arrivé quelque chose, le coupa Kelly d'un ton sinistre.

Et il porta une main à son cou et mima un égorgement.

16

On n'enferme pas un Bond

Quand James rentra au cottage, il trouva tante Charmian dans la cuisine et lui demanda la permission d'aller camper un jour ou deux avec le Rouge. Après une brève discussion, elle décida qu'elle n'y voyait pas d'inconvénient s'il promettait de se montrer raisonnable, de ne déranger personne et de ne rien tenter qui pourrait les mettre en danger.

James ne fit aucune allusion à Alfie, pas plus qu'à l'Équarrisseur ou à lord Hellebore. Cela ne concernait que Kelly, lui et le gros Américain. En outre, il craignait qu'en les mentionnant devant sa tante, elle lui interdise d'y aller. La politique du secret de Pinkerton, l'agence de l'Équarrisseur, fit ainsi un nouvel émule.

Ils furent interrompus par Max, qui débarqua dans la cuisine d'un pas traînant, emmitouflé dans une couverture. Il était d'une pâleur cadavérique et semblait totalement épuisé.

– J'ai entendu des voix. Peux pas dormir, siffla-t-il.

– Tu devrais retourner au lit, lui rétorqua gentiment Charmian.

– Je sais…, soupira Max. Mais, parfois, dormir est une telle perte de temps…

– C'est peut-être une perte de temps pour toi, mais moi je suis éreintée, ajouta-t-elle en allumant une bougie. Je vais de ce pas rejoindre mon lit. À demain. Ne restez pas debout trop tard.

– Aucun risque, répondit Max avec un clin d'œil furtif à James.

– Demain matin je te préparerai un repas à emporter, déclara Charmian en s'éloignant. Et j'ajouterai une trousse de premiers secours. Bonne nuit.

– Je comprends tout à fait ce que tu veux dire, dit James une fois que sa tante fut partie. Certains soirs, je déteste aller au lit, j'ai l'impression de manquer quelque chose…

– Je me souviens qu'une fois, quand ton père et moi étions petits, on avait décidé de passer une nuit blanche. On a tout fait pour rester éveillés mais, au bout du compte, on s'est tous les deux endormis. Et le lendemain matin, on prétendait tous les deux qu'on n'avait pas fermé l'œil.

– J'ai du mal à vous imaginer à mon âge.

– Et pourtant, crois-moi, on a été jeunes. Et même bébés avant ça, et encore avant… Un simple éclat dans les yeux de ton grand-père.

Le regard de Max se perdit dans l'âtre. James l'observa. Quelque part sous la peau jaunâtre et ridée de

253

son visage émacié, derrière les yeux cernés, il aperçut l'adolescent que Max avait pu être.

— C'est un drôle de truc que de vieillir, déclara Max. On croit toujours que cela ne nous arrivera jamais. D'ailleurs, le plus souvent, on se sent toujours comme un jeune garçon et c'est seulement quand on se regarde dans le miroir qu'on se dit : « Tiens ? C'est qui celui-là ? » Comme si un magicien t'avait joué un tour dans la nuit et t'avait transformé en vieillard. Tu verras, James, tu n'y échapperas pas, un jour tu seras un vieux schnock comme moi.

— Tu n'es pas un vieux schnock.

— C'est pourtant comme ça que je me sens.

Et il toussa doucement dans sa serviette.

Ensuite, il demeura muet pendant un long moment. Ils restèrent assis là sans rien dire, profitant l'un et l'autre de leur présence. Max finit par rompre le silence.

— Tu as une idée de ce que tu veux faire quand tu seras grand ?

— Je n'y ai pas encore vraiment réfléchi, répondit James.

— Pilote de course ? Pompier ? Soldat ?

— Je ne sais pas. Peut-être explorateur. J'aimerais bien voyager partout dans le monde.

— C'est une ambition louable.

— Et pourquoi pas espion, comme toi.

— Pff, répondit simplement Max avant de vite changer de sujet. Tu t'en es bien tiré avec la voiture aujourd'hui. On remet ça demain ? Et puis peut-être que l'après-midi on pourrait retourner à la pêche ? Ça me démange d'aller à la rivière.

Une fois encore, James se trouva dans l'obligation de décevoir les espoirs de son oncle, et il lui raconta ses projets avec le Rouge.

— Voilà donc l'explication du pique-nique et de la trousse de secours… Ça me semble être un bon plan. Avant, j'adorais camper…

Puis il se tut à nouveau, la lumière du feu dansait sur son visage.

Après quelques minutes, il reprit la parole. Sa voix était si faible que James l'entendait à peine.

— L'autre jour, tu m'as demandé si je n'avais jamais été fait prisonnier pendant la guerre.

— Oui. Mais je ne voulais pas être trop curieux.

Max fixa James. Il avait encore maigri depuis que James était là. Il ne mangeait pratiquement plus. La forme de son crâne se dessinait clairement sous son cuir chevelu. Ses lèvres étaient bleutées et gercées.

— Je ne l'ai jamais dit à personne. J'ai tenté d'enterrer ça au fond de ma mémoire… Mais l'autre jour, au bord de la rivière, quelque chose est remonté… Et maintenant…

— Franchement, oncle Max, si tu préfères ne pas en parler, c'est ton droit.

Max toussa brièvement puis raviva le feu. Une gerbe d'étincelles crépita dans l'âtre, jetant une lumière rouge dans la pièce.

— J'imagine que cela arrive au moins une fois à tous les espions. Ils ne peuvent pas toujours passer à travers les mailles du filet. Et une nuit, il leur arrive ce qui m'est arrivé dans un petit hôtel des Flandres où je séjournais. Ils étaient quatre, quatre soldats allemands aux carrures d'athlètes. Ils n'ont pas dit grand-chose. Ils se sont contentés de me balancer dans le fond d'un camion et de m'emmener. J'étais encore en pyjama. Je n'ai pas honte de te le dire, James. J'étais terrifié, pétrifié de peur. Ils avaient établi leur quartier général dans une vieille forteresse médiévale, aussi immense qu'affreuse, un énorme bloc de pierre noir. Je savais en y arrivant qu'il n'y avait qu'une seule façon de sortir de cet endroit : les pieds devant. Ils m'avaient démasqué et, en tant qu'espion, je pouvais être fusillé, ou pire…

Max s'arrêta et, sous sa couverture, se frotta doucement les bras.

– Ils m'ont maltraité, m'ont fait des choses épouvantables, mais je ne leur ai rien dit. Non que je détenais d'importants secrets militaires, mais j'avais une liste de contacts… Des amis. Et je ne voulais pas les donner. Parallèlement, je savais que, tôt ou tard, je serais bien obligé de leur dire quelque chose. Au bout du compte, tout le monde finit par craquer. C'était ce qui me terrifiait le plus. Mais je ne voulais pas le laisser paraître, leur donner l'impression que je pouvais céder…

– Et ensuite ? le coupa James. Tu t'es échappé, n'est-ce pas ? Sans quoi tu ne serais pas assis là à me raconter cette histoire.

– Eh oui. On n'enferme pas un Bond…

Dans la cheminée, le feu mourait lentement. De grosses taches noires ondulaient à la surface des braises rougeoyantes qui jetaient une faible lumière orange dans la pièce. Oncle Max ajouta une nouvelle bûche puis regarda les flammes reprendre de leur vigueur à mesure qu'elles s'en emparaient.

— Les Allemands m'ont jeté dans une minuscule cellule aveugle, dit-il d'un ton calme et douloureux, comme si le rappel de sa capture et de son emprisonnement lui faisait encore mal. Toutes les deux heures, ils me traînaient hors de mon trou pour... (Il marqua une pause, pesant ses mots.) pour m'interroger. J'avais perdu toute notion du temps, je ne savais pas s'il faisait jour ou nuit. Parfois, ils me laissaient aller aux toilettes. Ils n'étaient pas totalement inhumains. La pièce possédait bien une fenêtre, mais elle était minuscule et qui plus est munie de barreaux. Aucune chance de s'échapper par là. Mais j'ai remarqué des tuyaux qui sortaient d'un mur et qui gouttaient. L'endroit était très vieux et la plomberie devait fuir depuis Napoléon. Tout le plâtre était imbibé. J'ai gratté le mur à m'en faire saigner les doigts et j'ai découvert qu'il n'y avait pas de pierre, seulement un vieux mélange de crin, de paille et de lattes de bois comme en faisaient les anciens pour construire des cloisons. Le tout était tellement pourri que ça s'enlevait comme du papier. Dans un premier temps, j'ai tout laissé en place. Mais j'ai commencé à échafauder un plan. Je crois que c'est ça qui m'a permis de tenir : avoir un plan et donc l'espoir de me sortir de ce guêpier. Ainsi, chaque fois qu'ils me laissaient aller aux toilettes, j'enlevais un peu plus de plâtre. La dernière fois, j'ai creusé comme un chien qui a flairé un os et j'ai réussi à faire un trou juste assez grand pour m'y glisser. Je n'avais aucune idée de ce que j'allais trouver de l'autre côté, mais c'était ma seule chance, alors j'ai plongé à l'intérieur. C'était dur. J'étais atrocement faible, couvert de coupures et de bleus, mais j'ai réussi à passer de l'autre côté. Je me suis retrouvé dans une longue pièce obscure, avec une fenêtre couverte de poussière à l'autre bout. Toute la réserve d'eau de la forteresse se trouvait là. D'énormes citernes reliées à un réseau de tuyaux gargouillant et parcouru de coups de bélier. Bon, je savais que je n'avais que quelques secondes pour m'échapper, mais l'idée de leur laisser un petit souvenir ne me déplaisait pas. Je possédais juste encore assez de forces pour arracher un ou deux tuyaux et déclencher une inondation. L'eau s'est écoulée des citernes comme un torrent dévalant la montagne. Je suis allé jusqu'à la fenêtre en clopinant et, quand elle s'est enfin ouverte, j'ai passé la tête dehors. Il faisait nuit, il neigeait et j'étais au cinquième étage.

– Qu'as-tu fait alors ? demanda James imaginant son oncle, vêtu de guenilles, se préparant à faire le grand saut.

– Les idées se bousculaient dans ma tête. C'était une question de secondes avant que mes geôliers n'ouvrent les toilettes et découvrent que je m'étais fait la belle. Les murs extérieurs de la forteresse étaient froids comme la mort, humides et glissants. J'ai escaladé le rebord de fenêtre et je me suis faufilé à l'extérieur. Sans trop savoir comment, j'ai réussi à atteindre une vieille conduite d'évacuation des eaux de pluie le long de laquelle je me suis laissé descendre. Tout s'est bien passé jusqu'à ce qu'une section lâche, à environ six mètres du sol. J'ai chuté lourdement sur les graviers de la cour. Quand j'ai essayé de me relever, j'ai compris que je m'étais cassé la jambe, mais cela ne m'a pas arrêté. Sans regarder derrière moi, j'ai traversé la cour en traînant la patte, m'attendant à chaque instant à recevoir une balle dans le dos.

– Ils étaient où ? Qu'est-ce qui s'est passé ?

– Ça, je ne l'ai jamais su. Peut-être qu'ils étaient tous à l'intérieur pour se protéger de la neige ou qu'ils fouillaient la forteresse pour me mettre la main dessus. Peut-être qu'ils s'occupaient de l'inondation et que, pendant un instant, ils m'ont oublié. Toujours est-il que je n'ai croisé personne. Grâce à Dieu, la porte du fond de la cour était ouverte. Elle donnait sur un étroit chemin menant à un petit pont qui enjambait une sorte de canal. Au moment où je m'y suis engagé, une longue barge pleine de navets passait en dessous. Sans hésiter, je me suis hissé tant bien que mal par-dessus la rambarde, j'ai sauté dans le chargement de navets et je m'y suis caché. Et voilà en quelle eau de boudin a fini ma grande aventure. Gelé, en loques, dans un état à faire peur et caché dans un tas de navets. Tu veux toujours devenir espion mon garçon ?

– Je ne sais pas. En tout cas, ça a l'air toujours plus excitant que banquier ou postier.

Max étouffa un petit rire sifflant.

– Crois-moi, cette nuit-là, j'aurais donné n'importe quoi pour être postier. Pour faire tranquillement ma tournée, à l'ombre des grands arbres, d'une boîte aux lettres à une autre... J'ai bien failli y rester dans cette barge, James. Il faisait un froid glacial, piquant, et ma jambe cassée me faisait un mal de chien, je commençais à avoir de la fièvre. J'ai mangé quelques navets pour tenir le coup. Depuis, je ne peux plus en voir un en peinture. Malgré tout, j'ai réussi à tenir jusqu'au matin. Un faible soleil m'a réchauffé un peu. On a navigué au bruit du « teuf-teuf » du diesel pendant toute une journée, et même le jour suivant. Je n'avais aucune idée de la direction dans laquelle on allait et je m'en fichais pas mal car je commençais à délirer, à perdre carrément les pédales. Finalement, on s'est arrêtés à une écluse et à la faveur d'un bref instant de lucidité, j'ai réalisé que plus je resterais sur cette péniche, plus j'aurais de chances d'être repéré. J'ai donc sauté du bateau et je me suis caché dans un bois. Une fois encore, j'avais perdu toute notion du temps, les jours passaient sans que je m'en aperçoive, de terribles accès de fièvre me terrassaient, ou me rendaient fou. J'ai dû rester longtemps tout seul dans les bois. Peut-être deux ou trois semaines, essayant de piéger du petit gibier et me nourrissant de racines et de baies. Bref, je vivais comme un animal. J'ai tout de même volé quelques vêtements dans une baraque de bûcherons, j'ai fait une attelle à ma jambe du mieux que j'ai pu, mais j'étais de plus en plus désespéré. Combien de temps un homme peut-il survivre dans ces conditions ? Finalement, j'ai été secouru par les plus improbables des anges gardiens : un groupe de déserteurs allemands.

— Des Allemands ? Vraiment ? s'étrangla James.

— Absolument. Un groupe de soldats qui n'en pouvaient plus de se battre. Ils avaient fui la guerre et ses champs de bataille et survivaient dans la forêt comme des sauvages. Ils m'ont nourri et m'ont requinqué jusqu'à ce que je sois assez solide pour traverser les montagnes suisses. Et ce fut la fin de ma glorieuse guerre. Pas de médaille, juste une patte folle.

— J'ignorais tout ça. Je savais que tu t'étais blessé à la jambe, mais...

— C'est comme je te le dis, l'interrompit Max. Je n'ai jamais raconté ça à personne. Même ton père n'en connaissait que des bribes. D'ailleurs je ne sais pas pourquoi je te dis tout ça, sinon pour te dissuader de devenir espion. La guerre est bien assez sale comme ça...

Il attisa le feu avec le tisonnier puis se redressa et posa l'ustensile.

— Maintenant, voyons si on ne peut pas trouver quelque chose pour ton camping. J'ai une vieille canadienne deux places, que j'ai gardée de l'armée. Il suffit de la sortir de la remise. Tu devrais y trouver aussi des jumelles et une gourde encore correcte. Ah, et puis, tiens, prends ça. Un garçon a toujours besoin d'un couteau.

Il se leva, boitilla jusqu'à la cheminée, attrapa son canif posé sur le rebord, et le tendit à James.

— Merci beaucoup, répondit-il, un peu ému Merci pour tout. J'ai vraiment passé d'excellents moments ces derniers jours. Apprendre à pêcher et, bien sûr, à conduire, c'était génial.

— Autant de choses que ton père t'aurait apprises, j'imagine. Il adorait pêcher quand il était petit. Tous les deux, on était constamment fourrés au bord de la rivière, près de Glencoe. Il me manque encore beaucoup, tu sais.

Il marqua une pause, son regard triste perdu dans le feu qui brûlait dans la cheminée.

– Ce qui est arrivé est terrible. Un garçon a besoin d'un père et je ne suis pas un substitut digne de ce nom. Une vieille épave comme moi.

– Tu n'es ni vieux ni une épave. Tu es encore un diable derrière un volant.

– Ne me fais pas rire, répondit Max en se tenant la poitrine.

– Quand je rentrerai, on passera une journée entière à la pêche.

– Marché conclu, répondit Max avec une soudaine lueur dans les yeux. Je t'apprendrai à pêcher le saumon et ensuite on verra si tu peux battre ton record jusqu'à la route.

Il alluma une cigarette et se mit à tousser en inhalant la fumée. Quand la quinte fut passée, il étudia un instant son vieux briquet tout cabossé, en bronze d'aluminium.

– Tiens, c'est pour toi, dit-il en le tendant à James. Ça pourra t'être utile pour allumer des feux, ou je ne sais quoi d'autre.

– Tu ne vas pas en avoir besoin ?

– Plus maintenant, répondit Max avec un petit sourire.

James le fixa du regard et vit briller un non-dit dans ses yeux.

– Je crois que je vais suivre tes conseils, ajouta-t-il d'une voix enrouée. À partir de ce soir, j'arrête de fumer.

Tous les deux éclatèrent de rire, puis Max posa ses mains sur les épaules de James.

– Fais attention à toi, mon garçon, conseilla-t-il de sa voix rauque. Ne va pas te fourrer dans le pétrin. Et quand tu reviendras, on ira pêcher un saumon de première classe.

17

Une étrange prise

— Bien, s'exclama James en enlevant son sac à dos et en sortant les jumelles de Max d'une de ses poches. Si tu étais l'Équarrisseur, où installerais-tu ton camp de base ?

— Au pub, répondit Kelly du tac au tac, déclenchant ainsi l'hilarité de James.

— Non, sérieusement.

Ils avaient fait une halte au col de Am Bealach Geal, s'étaient assis et avaient inspecté la montagne à la jumelle. Devant eux, en contrebas, le lac. À droite, les basses collines et les vallons qui entouraient le château, au loin. À gauche, les à-pics rocheux et les falaises du massif de l'Angreach Mhòr dont l'énorme masse barrait l'horizon et dont les plus hauts sommets disparaissaient dans les nuages.

— On n'a rien trouvé quand on a fait un tour par la droite, n'est-ce pas ? demanda Kelly.

— Non. En plus il y avait très peu d'endroits protégés.

Quand l'Équarrisseur nous a trouvés, il devait venir de quelque part sur notre gauche, sans quoi, on l'aurait vu.

– À gauche donc.

– Entendu. Allons jeter un coup d'œil.

Ils suivirent le sentier jusqu'à la clôture, là où les dépouilles des animaux ornaient le grillage, puis contournèrent la propriété par la gauche, dans le sens des aiguilles d'une montre, jusqu'à ce qu'un épais fourré de broussailles et de bois mort leur barre la route. Il semblait impénétrable, aussi sondèrent-ils longuement l'orée du taillis à coups de bâtons avant de découvrir ce qui semblait être un passage dans l'invraisemblable enchevêtrement de végétation.

– Regarde ! s'exclama James en pointant des brindilles cassées dans le roncier. Quelqu'un est passé par là il n'y a pas si longtemps.

Prudemment, ils pénétrèrent dans les broussailles. Il faisait froid et humide là-dedans. Et ça sentait la terre mouillée et la pourriture. Mais quelqu'un avait assurément emprunté ce chemin peu de temps auparavant. Au centre du bosquet, ils découvrirent une petite clairière qui, visiblement, venait d'être agrandie. Le sol était jonché de petit bois. Quelques jeunes arbres avaient été déracinés et jetés sur le côté. Il y avait aussi des cendres dispersées, même si l'essentiel avait été enfoui dans la terre. De petites mouches noires bourdonnaient dans l'air épais et se posaient sur eux par dizaines, faisant des taches sombres sur leur peau.

– Qu'en penses-tu ? demanda James en écrasant un groupe de mouches qui laissa une traînée visqueuse sur le haut de sa main. Il aurait très bien pu faire son camp ici, non ?

– Ç'a été ratissé, répondit Kelly les yeux au sol. Et y a des trous qui pourraient bien être ceux de piquets de tente.

Il bondit sur sa cheville pour gratter une piqûre d'insecte.

– S'il s'est trouvé là un jour, soit il a essayé d'effacer ses traces, soit quelqu'un d'autre l'a fait pour lui.

– C'est quoi ça ? demanda James en inspectant les sombres profondeurs du fourré, où il lui semblait avoir aperçu quelque chose qui brillait.

Il attrapa une longue branche et dégagea l'objet en couchant la végétation autour, révélant ainsi une surface d'acier et une lanière de cuir. Il fit entrer sa branche dans la courroie de cuir et ramena l'objet en levant la canne.

– Les jumelles de l'Équarrisseur, s'étonna Kelly.

Ils essuyèrent la terre. Elles semblaient intactes.

– Il ne les aurait pas laissées là comme ça, tu ne crois pas ? demanda Kelly en les plaçant devant ses yeux.

– Non...

Tous deux tressaillirent, effrayés par la fuite bruyante d'un animal dans le fourré.

– Allez viens, déclara le Rouge, tout à coup très sérieux. Partons d'ici. Je n'aime pas du tout ce coin.

Ils quittèrent l'épais buisson et, non sans soulagement, retrouvèrent la lumière du jour, même si celle-ci avait sérieusement décliné à cause de la masse de nuages gris qui couvrait le ciel. Seules de rares trouées,

266

ici et là, laissaient passer quelques rayons d'un faible soleil.

— Très bien, reprit James en réprimant un frisson. On a trouvé sa planque assez facilement, par conséquent ça n'aurait pas été plus difficile pour les hommes de Hellebore de faire la même chose. On va devoir planter notre tente ailleurs. Ici ce n'est pas sûr.

— Tu ne m'aurais pas fait planter la tente là-dedans, répondit Kelly en frémissant. Plus je connais la campagne, moins je l'aime. Ah, donnez-moi des murs, des maisons, du béton…

— Les seules maisons dans le coin sont au château. J'imagine que tu n'as pas l'intention d'y passer la nuit, non plus, si ?

— Je ne suis même pas certain de vouloir passer la nuit par ici. Tu crois pas qu'on ferait mieux de redescendre ?

James était sur le point d'acquiescer, mais la peur le disputait à son esprit d'aventure.

— Non, répondit-il finalement d'un air décidé. Si on est venus jusque-là, ce n'est pas pour renoncer au dernier moment. Allons plutôt jeter un œil au château et voyons ce qu'on va faire.

— Si tu le dis, patron…

Ils firent donc le chemin à l'envers, marchèrent jusqu'à la clôture qu'ils longèrent à couvert jusqu'à la butte d'où ils avaient observé le château avec l'Équarrisseur. Ils rampèrent à quatre pattes sur la pente, puis, comme maintenant ils disposaient de deux paires de jumelles, ils scrutèrent ensemble la grande bâtisse grise et sombre.

Il ne se passait rien. Tout était calme. Mis à part une sentinelle armée de son fusil de chasse, qui avait l'air de s'ennuyer ferme dans sa guérite, personne n'était en vue.

— On perd notre temps, déclara Kelly. Tu sais ce qu'on devrait faire ?

— Quoi ?

— Aller à l'intérieur et inspecter les abords du château.

— Pas un peu dangereux, non ?

— Peut-être, répondit Kelly. Mais tu l'as dit toi-même, on n'a pas fait tout ça, patin, couffin. On n'en découvrira pas plus en restant si loin.

— Oui, mais on ne s'introduit pas comme ça dans une propriété...

Un petit sourire en coin, Kelly jeta un regard malicieux à James.

— Ah, mais peut-être que toi, si...

— Disons que j'ai quelques notions pour ce genre de choses, répondit le Rouge, évasif.

— Tu veux dire que tu es un cambrioleur ? demanda James, qui suspectait quelque chose depuis le premier jour.

— Tout de suite les grands mots. Je ne suis pas un escamoteur. J'ai juste visité quelques maisons en mon temps. Quand le besoin s'en est fait sentir.

— Donc tu es un cambrioleur ?

— C'est comme je viens de te dire. Mais tu sais, Jimmy, c'est simple. Dès qu'il fera nuit je peux nous mettre tous les deux dans la place. On jette un œil vite fait et on ressort. Ni vu ni connu. Du billard.

— Du billard ?

— La seule chose que j'ignore encore, c'est comment passer la grille.

Le bruit d'un moteur se fit entendre. Ils rampèrent le long de la butte et se cachèrent derrière des rochers, les yeux rivés sur l'étroit chemin de terre qui serpentait dans la lande jusqu'à Keithly.

— C'est une voiture de police, dit le Rouge.

James ajusta ses jumelles sur le véhicule noir qui avançait à vive allure sur le chemin, levant dans son sillage un nuage de terre et d'eau. Les silhouettes de deux policiers se détachaient aux places avant.

— Viens, dit James, voyons ce qu'ils viennent faire ici.

Depuis leur abri sur la butte, ils regardèrent la voiture qui s'arrêta à la grille. Le garde était sorti de sa guérite, laissant derrière lui le fusil de chasse qu'il tenait sur ses genoux quelques secondes auparavant. Il était tout sourire. Il ouvrit la porte, pointa du doigt le château, puis la voiture avança lentement sur l'allée et se gara au fond, à côté du pont où un petit groupe d'hommes, les yeux rivés sur le lac, s'étaient rassemblés. Au moment où les policiers sortirent de leur véhicule, les portes du château s'ouvrirent et lord Hellebore apparut sur le perron.

Il traversa le pont à grandes enjambées volontaires, main tendue vers les nouveaux arrivants.

Un des policiers était jeune et maigre, l'autre plus vieux et bien gros. Il remplissait si bien son uniforme que les coutures semblaient sur le point de lâcher.

— Ça doit être le sergent White, déclara James.

— Ouais. Je l'ai déjà vu à Keithly. Il est gras comme une oie.

Le sergent White fit un large sourire à lord Hellebore puis hocha la tête tandis que son jeune collègue prenait des notes sur un carnet. Randolph montra l'eau plusieurs fois, répondant par un haussement d'épaules chaque fois que le sergent White lui posait une question. Finalement, un des hommes présents sur le pont poussa un cri et tous se précipitèrent vers lui.

James vit que l'homme qui avait crié inspectait les douves à l'aide d'une gaffe d'amarrage. De toute évidence, il avait trouvé quelque chose qu'il tentait de sortir de l'eau. Deux autres hommes vinrent lui prêter assistance et, après quelques instants d'efforts, ils remontèrent une grande masse molle et la posèrent sur la berge.

C'était le corps d'un homme.

— Nom de Dieu, s'écria Kelly, les jumelles rivées aux yeux. Tu vois ce que je vois ?

Le corps était habillé et, bien qu'il soit recouvert d'une bonne quantité de vase verdâtre et visqueuse, et que les vêtements soient en partie déchirés et tachés, James reconnut néanmoins de façon indubitable un certain pantalon écossais. Une jambe était relevée et il aperçut clairement un petit pistolet à crosse de nacre attaché à la cheville.

— C'est l'Équarrisseur, murmura-t-il.

Si incroyable que cela puisse paraître, il semblait être toujours en vie. En tous les cas, son corps bougeait.

Plusieurs des hommes qui étaient là détournèrent les yeux et reculèrent, se bouchant le nez et masquant leurs bouches. James y vit mieux. Et le regretta aussitôt.

Pour la première fois, il aperçut le visage de l'Équarrisseur, ou du moins ce qu'il en restait : juste quelques lambeaux de peau et de muscles, le reste avait été sauvagement arraché. Aucun doute ne subsistait quant à la nature de l'animal qui avait fait ça puisque, pendant que James observait la scène, une énorme anguille, grosse comme le bras, ondula lentement hors de la bouche de l'Équarrisseur puis rampa un instant sur le sol avant de retourner à l'eau.

D'autres étaient toujours accrochées à ses cheveux, où elles se tortillaient et se tordaient. James aurait voulu détourner les yeux, mais il en était incapable. Cette vision d'horreur l'hypnotisait.

L'homme à la gaffe sonda le corps de l'Équarrisseur avec son outil. Les boutons de devant lâchèrent, libérant un flot d'anguilles grises et noires sorti de ses entrailles. C'est ça que James avait vu bouger. C'était incroyable qu'il ait pu imaginer un seul instant que l'Équarrisseur était toujours en vie.

Il repensa au revolver. De quelle utilité pouvait-il s'avérer face à ces monstres ?

Tous les hommes présents avaient reculé maintenant, personne ne pouvant supporter une telle atrocité. Le sergent White réconfortait le jeune policier, qui, semblait-il, pleurait. D'autres n'avaient tout simplement pas pu retenir un haut-le-cœur et James sentit lui-même un spasme parcourir son œsophage. Il le surmonta et garda les yeux collés à ses jumelles, car il y avait un homme dont il tenait à observer la réaction : lord Hellebore.

Il restait là, debout, du haut de sa stature, les pieds solidement plantés au sol, le regard fixé sur le corps. Son visage ne reflétait pas l'horreur, mais une fascination malsaine.

James se tourna vers Kelly pour lui parler et s'aperçut que lui aussi avait l'estomac au bord des lèvres.

James roula sur le côté et s'allongea sur le dos, les yeux au ciel. Il prit de longues et profondes inspirations d'air frais et pur de la montagne, tentant d'effacer de son cerveau l'image du corps déchiqueté de l'Équarrisseur. Peine perdue. Il savait qu'elle le hanterait jusqu'à la fin de ses jours

Dans le noir,
les esprits ne te voient pas

— Monsieur Bond, je vous en prie, dit Kelly en imitant la voix du vendeur de souliers qui veut se donner de grands airs. Personne ne saura jamais que c'est là-dedans, ajouta-t-il en rendant sa chaussure à James.

James observa attentivement le travail de Kelly.

— C'est incroyable, dit-il simplement après quelques secondes de silence, un grand sourire sur les lèvres.

Kelly avait passé la demi-heure précédente à façonner une planque secrète dans le talon de la chaussure de James. Kelly lui avait expliqué qu'il avait souvent besoin de cacher des trucs, quand il était à Londres. James n'en avait pas demandé davantage et le Rouge s'était mis au travail. Avec son couteau, il avait évidé le talon et creusé un espace assez grand pour accueillir le petit canif de James qu'il recouvrit ensuite d'un bout de semelle.

Ils étaient restés assez longtemps près du château

pour assister à l'arrivée de l'ambulance. Quand les brancardiers descendirent, presque toutes les anguilles avaient quitté la dépouille de l'Équarrisseur et avaient regagné l'eau. Les hommes qui avaient l'estomac le plus solide poussaient les dernières du bout du pied ou de la pointe d'un bâton. Les deux ambulanciers horrifiés emballèrent ce qui restait du corps – c'est-à-dire guère plus qu'un squelette revêtu de chiffons abjects – puis le posèrent sur une civière qu'ils chargèrent à l'arrière de leur véhicule. Ils s'éloignèrent lentement. Après tout, l'état de l'Équarrisseur ne nécessitait pas qu'ils conduisent à tombeau ouvert.

Le sergent White et son jeune agent avaient suivi lord Hellebore à l'intérieur du château. Il ne se passa strictement rien pendant une bonne heure, puis les deux policiers quittèrent les lieux.

Juste avant la tombée de la nuit, les deux garçons avaient abandonné leur cachette et s'étaient mis en quête d'un endroit où camper, aussi loin que possible du château et de toute activité humaine. Ils avaient une fois de plus fait le tour du lac, en longeant la clôture. Ils étaient passés tout près du buisson de l'Équarrisseur et avaient continué leur chemin jusqu'à dénicher un coin relativement bien protégé, sous un haut surplomb rocheux au milieu des bouleaux dont les racines rendaient le sol alentour plus sec qu'ailleurs.

James renfila ses chaussures et les laça soigneusement.

– T'es sûr qu'il fait assez nuit ?

– On va attendre encore un peu.

– Pendant qu'on attend, tu ne veux pas m'apprendre

deux, trois bottes secrètes ? demanda James. Ça pourrait se révéler utile.

– Il n'y a pas de bottes secrètes, Jimmy. Je t'assure. Il s'agit juste de se battre pour gagner. Utilise tout ce que tu veux, comme tu veux. Tu peux oublier toute règle, il faut juste que tu donnes des coups de pied, de poing, que tu griffes, que tu mordes, que tu pinces... N'importe quoi pour faire souffrir ton adversaire aussi fort et aussi vite que possible, avant que lui ne te fasse souffrir. Concentre-toi sur les endroits mous, les yeux, les narines, les aisselles, le ventre et... Tu sais... Là où ça fait le plus mal à un mec.

James baissa les yeux en faisant la grimace.

– Exactement ! hurla le Rouge en riant. Tu cognes un type à cet endroit-là et il est hors course pour la journée. Tu veux savoir comment on sort vainqueur d'une bagarre ? En oubliant sa peur.

– La peur d'être blessé ?

– Non, Jimmy. La peur de blesser quelqu'un d'autre. Il faut beaucoup de cran pour amocher un mec, pour lui éclater la tête ou lui envoyer un coup de genou dans les bijoux de famille. C'est bien pour ça que la plupart des types ne se battent que lorsqu'ils sont soûls. Bien sûr, reprit-il sur un ton sérieux, la première des sagesses, c'est d'éviter le combat. Mais parfois celui-ci est inévitable, auquel cas, il faut être capable de l'écourter.

Le Rouge enseigna quelques trucs à James. Comment jeter quelqu'un au sol, comment se sortir d'un étranglement, comment donner un bon coup de poing sans se détruire la main. Et ils passèrent une heure à pratiquer joyeusement.

Finalement ils s'arrêtèrent ; Kelly jeta un coup d'œil au ciel. Une éclatante demi-lune brillait au-dessus d'eux et les étoiles commençaient à scintiller.

– On peut dire que c'est l'heure.

– Tu as trouvé quelque chose pour la barrière ?

– Ouais. Pas la peine de chercher par où l'Équarrisseur est passé parce qu'ils l'auront déjà réparé.

– Alors ? demanda James en vérifiant la lampe de poche que son oncle lui avait donnée vingt-quatre heures plus tôt.

– Il y a leurs bahuts.

– Que veux-tu dire ?

– Ça rentre et ça sort comme dans un moulin. Il suffirait de monter à bord d'un camion pour régler notre problème.

– Ça paraît drôlement risqué.

– Vivre, c'est risqué ! le coupa Kelly. Et puis on n'a ni pinces coupantes ni bêche, alors je propose qu'on passe les portes en douce, à l'arrière d'un camion. Ça vaut le coup d'aller voir au moins. Il fait assez noir.

James sentit l'excitation monter en lui. Son cœur se mit à battre plus fort. Il se sentait plus « vivant » que jamais.

– On y va, dit-il en sautillant. On y va maintenant.

Il leur fallut une bonne demi-heure pour prudemment faire le chemin qui les séparait du portail arrière du complexe de lord Hellebore. L'endroit était éclairé comme en plein jour. Une série de projecteurs montés sur de hauts poteaux jetait une lumière crue sur toutes les voies d'accès.

Tandis que Kelly partait en reconnaissance, James grimpa dans l'arbre pour observer la barrière de bois à la jumelle.

Kelly fut bientôt de retour.

– Qu'est-ce que tu vois ? demanda-t-il d'une voix étouffée. De mon côté, c'est encore pas mal actif, des mecs qui entrent et qui sortent. Et puis les bahuts semblent tous garés pour la nuit.

Kelly conduisit James au bord du grillage.

– Tu vois ce fossé là-bas ? Il court tout le long de la route puis il passe en dessous, par un tuyau. Personne ne pourrait nous voir si on s'y glissait. Et ensuite, on pourrait facilement monter dans un camion.

– S'il y en a un. Peut-être qu'il est trop tard, qu'on aurait dû tenter ça plus tôt.

– Peut-être, répondit Kelly en sautant dans le fossé. Prenons quand même position, et voyons ce qui se passe.

Pendant une heure, il ne se passa rien. Tous deux commençaient à envisager une solution de repli quand le bruit d'un véhicule approchant monta au loin.

– Prêt ? demanda Kelly.

– Je ne suis toujours pas convaincu…

– Tu as eu assez de temps pour y réfléchir.

– Trop, tu veux dire, répondit James dont les mots se perdirent dans le vide puisque Kelly avait déjà filé dans le goulet menant à la porte.

S'aidant des mains et des genoux, Kelly fonçait dans la tranchée, James sur ses talons.

Le fossé était assez profond et contenait aussi quelques centimètres d'eau, si bien qu'ils furent rapidement trempés jusqu'aux épaules. C'est tout juste si James le remarqua.

Devant eux, le gros camion plein de terre avança en grondant jusqu'à la porte et s'arrêta. Le chauffeur descendit, claqua violemment la portière puis marcha jusqu'au poste de garde où il échangea quelques mots avec l'homme qui se trouvait à l'intérieur.

Le ralenti rauque du moteur de camion résonnait dans l'air nocturne. Sa courte respiration jetait des bouffées de fumée hors du pot d'échappement.

Kelly arrêta James d'un geste puis, se tournant vers lui, il murmura : « Attends ici. »

Il rampa hors de la tranchée et disparut au cul du camion.

Quelques instants plus tard, il fit signe à James de le rejoindre ; celui-ci se précipita vers lui.

L'arrière du poids lourd était clos par une bâche que Kelly, en quelques gestes rapides, entrouvrit juste assez pour qu'ils puissent se glisser à l'intérieur. James ne put s'empêcher de penser que le Rouge avait déjà dû faire ce genre de choses auparavant.

Kelly monta le premier. James eut tout juste le temps de le suivre avant que le chauffeur ne redémarre et ne passe la porte du complexe en grondant.

L'intérieur du camion était noir et exigu. Il était rempli de sacs contenant un truc noueux.

Ils escaladèrent le tas jusqu'à trouver une cachette qui les protégerait d'un éventuel rapide contrôle du chargement.

C'était de la folie. Mais tout s'était déroulé si vite que James n'avait pas eu le temps de réfléchir et voilà qu'il pénétrait clandestinement dans la propriété de lord Hellebore. Il jeta un œil à Kelly qui lui fit un large sourire et leva le pouce en le regardant.

James ouvrit l'un des sacs pour voir ce qu'il contenait : des navets.

Il sourit en hochant doucement la tête.

Le camion s'arrêta un moment à l'entrée de la deuxième enceinte, avant de faire encore quelques dizaines de mètres et de stopper, moteur éteint. La bâche se leva d'un coup sec. L'arrière du poids lourd fut inondé de lumière.

– Pas sûr que j'aie vraiment envie de décharger ça ce soir, dit une voix rugueuse avec un fort accent écossais.

– Bah, ça peut attendre demain matin, répondit un autre avec un accent américain. Allons plutôt casser une graine et nous rincer le gosier, qu'est-ce t'en dis ?

– Vendu, répondit la première voix.

Les rires et le reste de la discussion s'éloignèrent.

– Fiou, soupira Kelly en faisant semblant de s'éponger le front. Jusqu'ici tout baigne, mais on ferait mieux de s'arracher presto et de se trouver un coin plus sûr.

Il jeta discrètement un œil dehors et, quand il fut certain que la voie était libre, il sauta du plateau.

Ils étaient dans un grand hangar où trois autres poids lourds étaient garés à côté de quelques voitures, d'un tracteur et d'une moto. Entassées contre le mur du fond se trouvaient des piles de boîtes et de caisses.

Les deux garçons se faufilèrent en direction de la porte ouverte, longeant le mur, puis inspectèrent les abords du complexe. Ça s'était calmé par rapport à la première fois où ils avaient observé l'endroit, mais des silhouettes furtives passaient encore régulièrement d'un bâtiment à un autre.

Kelly calcula le bon moment puis fonça dans la cour jusqu'à la pénombre d'un long bâtiment moins éclairé que les autres. James ne le quittait pas d'une semelle.

La position s'avéra stratégique puisque, de là, ils pouvaient constater que seul le centre du complexe était fortement éclairé ; plus près du château, l'obscurité était quasi totale.

Kelly pointa l'endroit du doigt, James hocha la tête en silence et ils filèrent rapidement vers le fond du complexe. Soudain, un homme ouvrit une porte, juste devant eux. Instinctivement, ils s'aplatirent au sol et se serrèrent contre le mur. Mais l'homme qui avait surgi sur le pas de la porte ne les remarqua pas, se contentant de vider son seau dehors d'un air absent avant de retourner à l'intérieur.

James poussa un soupir de soulagement quand ils atteignirent un endroit désert et totalement noir, derrière les bâtiments principaux. Ils se collèrent au mur et se laissèrent lentement glisser jusqu'au sol.

James avait la gorge aussi sèche que s'il avait avalé un bol de sable. Son cœur battait si vite et si fort qu'il lui faisait mal. Il était à la fois terrifié et transporté et déjà passablement épuisé, même s'il n'était pas encore allé bien loin.

– Faut qu'on trouve une planque, murmura Kelly. Pour attendre que tout le monde soit couché.

– Bonne idée, répondit James en regardant anxieusement derrière lui.

La sombre masse du château s'élevait derrière les bâtiments où ils se trouvaient. Quelques-unes des hautes fenêtres étroites étaient allumées. L'une d'elles s'éteignit. Il pensa à George Hellebore et à son père qui se trouvaient à l'intérieur. Et quoi d'autre ? Ou qui d'autre ? Quels secrets recelait cette bâtisse ?

Ils se reposèrent pendant un moment et, dès qu'ils eurent repris assez d'assurance, ils se remirent en route, se glissant dans l'obscurité, le dos voûté et tous les sens en alerte, forçant l'allure pour traverser les endroits où la lumière était un peu plus forte. Ils atteignirent un petit muret et James reconnut l'endroit qu'il avait pris pour des enclos à animaux la première fois qu'il avait observé le complexe depuis l'arbre. D'ailleurs une forte odeur animale emplissait l'air.

De l'autre côté du muret s'étendait une vaste zone plongée dans le noir. James l'indiqua à Kelly.

– Ça vaut le coup de jeter un œil, dit-il en sautant le muret.

Immédiatement après, il jura.

– Qu'est-ce qui y a ? demanda James en atterrissant lui aussi dans l'enclos.

– J'ai marché dans quelque chose. Fais gaffe où tu mets les pieds.

James baissa les yeux sur plusieurs tas d'excréments puants. Visiblement, il s'agissait bien d'enclos pour animaux, mais quel genre d'animaux ? Précautionneusement, il avança jusqu'à un muret de béton et se pencha par-dessus pour voir ce qui s'y trouvait. Une grosse truie bien grasse était allongée sur le côté tandis qu'une portée de petits cochons dormaient contre elle, collés les uns aux autres dans la chaleur de son flanc. Avec la tête qu'ont certains cochons, on pouvait presque voir un grand sourire illuminer la face de la mère.

– Crado d'animaux, grogna Kelly en frottant sa botte sur le sol.

James réprima un rire. Avec la tension et la fatigue, il était à deux doigts de la crise de nerfs.

Soudain, quelqu'un toussa et cracha. Dans un même élan, presque comme s'ils l'avaient répété, tous deux sautèrent le parapet de l'enclos suivant et se tapirent sur le sol, se souciant comme d'une guigne de ce qui pouvait le recouvrir.

James remarqua une fissure dans le mur. Il se tortilla jusqu'à pouvoir regarder à travers. Un homme était entré dans le premier enclos. James le reconnut immédiatement : c'était le petit bonhomme aux longs bras et au chapeau melon qu'il avait vu avec Randolph et George l'autre jour.

Il ronchonnait dans sa barbe et semblait sérieusement éméché. Il oscillait dangereusement chaque fois qu'il mettait une de ses courtes jambes arquées devant l'autre. Vu de près, la ressemblance avec un singe était encore plus frappante.

– Venez ici mes petits cochons, chantonna-t-il en se baissant pour pénétrer dans l'enclos où les bêtes dormaient.

Son intrusion suscita presque aussitôt une affreuse série de cris. La truie poussait des hurlements horribles tandis que l'homme quittait l'enclos en tenant un petit cochon par la peau du cou.

La mère et quelques-uns de ses petits, faisant toujours autant de vacarme, le suivirent à l'extérieur.

– Retournez là-dedans ! beugla l'homme en décochant un coup de pied à la truie.

Il l'atteignit sur le côté de la tête. L'animal poussa un horrible cri perçant et recula de quelques pas. Mais l'homme avait envie de s'amuser maintenant. Il visa un porcelet et lui assena un violent coup de pied de la pointe de sa botte. Le petit cochon vola dans l'enclos et s'écrasa contre le mur avant de retomber sur le sol, inerte. L'homme se dandina jusqu'au mur, ramassa l'animal dont la colonne n'avait pas résisté au choc et l'étudia en se léchant les babines.

– T'inquiète, tu ne seras pas mort pour rien, mon garçon.

Après quoi il gloussa et quitta l'enclos en emportant les deux petits cochons, l'un mort, l'autre parfaitement vivant et qui se débattait comme un beau diable. La dernière chose que James entendit fut un chapelet d'insultes dirigées contre le porcelet qui gigotait.

Les garçons attendirent jusqu'à être sûrs que l'homme n'allait pas revenir puis ils enjambèrent le muret et quittèrent les enclos. Ils se retrouvèrent rapidement au bord du loch, face à l'île où se tenait le château.

— Pour rien au monde je ne nagerais là-dedans, déclara Kelly en faisant la grimace devant l'eau noire.

— Moi non plus, ajouta James. Il n'a pas besoin de chien de garde avec ces anguilles.

— Ne prononce plus jamais ce mot-là devant moi. Je ne veux plus voir une de ces sales bêtes tant que je vivrai. Avant, j'aimais encore bien me taper une anguille en gelée. Mais maintenant, macache !

— Regarde, dit James en indiquant d'un mouvement de tête un endroit abandonné au bord de la berge, entouré d'un grillage à poules tout rouillé dont la plus grande partie était couché.

Ça ressemblait à une décharge improvisée, pleine de cartons, de boîtes de conserve et de piles de papier pourri. Elle avait été installée au pied du vieux pin d'Écosse qu'on voyait depuis l'autre extrémité du lac. L'arbre semblait malade. Et, compte tenu de l'entretien qu'on lui avait réservé, il était probablement en train de mourir.

Derrière l'arbre se trouvaient les ruines d'un bâtiment abandonné.

— T'en penses quoi ?

— Qu'on risque rien à jeter un œil, répondit Kelly.

Ils trottèrent jusqu'à l'endroit, poussèrent un bout de grillage et se frayèrent un chemin vers le bâtiment au milieu des ordures qui jonchaient le sol. La vieille construction de briques rouges était couverte de lierre et de mousse. Toutes les fenêtres étaient brisées et il ne restait qu'un étage car le reste s'était écroulé. La porte était scellée par une patte de ferraille, mais le bois était si pourri qu'ils en arrachèrent facilement les vis en faisant levier avec un canif. Ils tentèrent de l'ouvrir sans faire trop de bruit, mais un puissant grincement retentit dans l'écho nocturne, quand la porte pivota sur ses gonds rouillés. Ils s'immobilisèrent. À leurs oreilles, le son avait résonné avec autant de force qu'une explosion. Pourtant, personne ne vint. Au contraire, une nouvelle lampe s'éteignit dans le château.

Ils pénétrèrent rapidement à l'intérieur. Le toit était en grande partie détruit, mais l'endroit offrait néanmoins un refuge, dans un coin où s'amoncelaient des sacs vides et des caisses relativement sèches. La pièce contenait des déchets divers et variés ainsi que des bouts de ferraille tordus et rouillés provenant d'une machine dont James ne pouvait pas se figurer l'usage.

Pressés de se mettre à l'abri, ils empilèrent boîtes et sacs pour fabriquer une cache. En soulevant une vieille caisse de bois pleine de bouteilles cassées, James découvrit une trappe dans le plancher.

Kelly l'aida à la dégager et ils l'ouvrirent. Un petit escalier de pierre plongeait dans les ténèbres.

Ils descendirent et refermèrent la trappe derrière eux. James alluma sa lampe. Ils se trouvaient dans une cave abandonnée. L'endroit était propre et sec, et, mis à part une étagère de fioles vides et une rangée de vieux tonneaux, parfaitement vide.

— Bingo ! s'exclama Kelly. Cet endroit est nickel. On peut sans problème s'y aménager une planque correcte. Ramassons quelques sacs de là-haut pour faire des coussins. On n'aura plus qu'à s'allonger tranquillement en attendant que tout le monde soit couché. Allez, go !

Un quart d'heure plus tard, ils s'étaient fabriqué un beau petit repaire confortable. Ils s'allongèrent. James éteignit sa torche. La cave fut plongée dans le noir absolu.

– J'espère que tu n'as pas peur du noir, ironisa Kelly.

– Je n'ai jamais eu peur du noir. J'ai toujours pensé que si *toi* tu ne peux pas voir les esprits dans le noir, alors *eux* non plus ne peuvent pas te voir.

– Ah bon ? Moi, je pensais que les esprits pouvaient voir la nuit, gloussa Kelly.

– Non, le coupa James avec force. Dans le noir, les esprits ne peuvent pas te voir.

James tomba ensuite dans un demi-sommeil agité, rempli de rêves d'anguilles, d'eau, de noyades et de cris de garçon. Un univers qu'il ne fut pas mécontent de quitter quand Kelly le réveilla d'un coup de coude et d'un coup de torche dans la figure quelque temps plus tard.

James se ressaisit.

– Quelle heure il est ? demanda Kelly, qui ne possédait pas de montre.

James regarda à son poignet : il était minuit et demi.

– Dans ce cas, on ferait bien d'y aller, ajouta Kelly.

Ils ouvrirent prudemment la trappe et quittèrent la maison en ruine à pas de loup. Dehors, tout était calme et silencieux, même si les projecteurs du complexe étaient toujours allumés.

Le vol chaotique et tortueux des chauves-souris dessinait des trajectoires étonnantes dans l'air au-dessus d'eux. Elles viraient et piquaient sans merci sur les insectes attirés par la lumière.

Aucune lampe ne brûlait plus dans le château. Les fenêtres n'étaient plus que d'étroites fentes noires.

— On tente la porte de devant ? demanda Kelly. Ça vaut toujours le coup d'essayer…

Mais James regardait le pin d'Écosse qui penchait au-dessus des eaux comme un alcoolique au-dessus de son verre, en direction des murs du château où, très haut sur la façade, il y avait une fenêtre ouverte derrière une petite rambarde de pierre.

— Regarde, la fenêtre est ouverte.

— Effectivement… Et puis ce qui est bien, c'est qu'elle est facile à atteindre, lança Kelly d'un ton sarcastique. Tout ce qu'il nous faut, c'est une échelle et un bateau.

— Pas la peine. On a juste besoin de grimper à l'arbre. Tu vois pas ? La grosse branche là-haut, elle va presque jusqu'à la fenêtre.

— T'es vraiment à la masse, répondit sèchement Kelly. Hors de question qu'on monte là-haut. Tout ce qu'on y gagnerait, c'est des os brisés.

— Pas du tout. Ce n'est pas si haut. Ne me dis pas que tu n'as jamais grimpé à un arbre avant.

— J'ai bien escaladé quelques tuyaux… Et les échelles n'ont plus de secrets pour moi, répondit le Rouge d'un air penaud. Mais… Y'a pas des masses d'arbres là où je vis.

— Pas grave. Comme tu dirais toi-même, c'est du billard. Suis-moi et contente-toi de faire exactement ce que je fais. Tu pourras pas te tromper.

— Sérieusement, James. Je n'aime pas la hauteur et je n'ai aucune confiance dans les arbres..

— Suis-moi, répondit seulement James en se dirigeant vers le vieux pin.

Généralement, la partie la plus délicate pour monter à un arbre, c'est d'atteindre les premières branches. Ce pin ne faisait pas exception à la règle. Après quelques minutes de vaines glissades râpeuses le long du tronc et d'inutiles sauts en hauteur, les mains levées vers les branches, Kelly fit la courte échelle à James et le poussa jusqu'à la première branche. Après quoi celui-ci se pencha dans le vide et attrapa la main du Rouge.

— Prêt ?

— Hisse, matelot !

Quelques minutes plus tard, tous deux étaient tranquillement assis au milieu de l'arbre.

De là où ils étaient, les premières branches étaient assez faciles à attraper. Ils gagnèrent rapidement de la hauteur. L'arbre était beaucoup plus haut qu'il ne le paraissait d'en bas. Tout comme la fenêtre d'ailleurs.

L'arbre exhalait une forte odeur de pin, et suintait de résine. Rapidement ils eurent les mains collantes et sales. Kelly avançait lentement, en jurant continuellement. Il testait nerveusement les branches que James avait pourtant gravies sans difficulté et, de temps à autre, il en choisissait une complètement différente. Plus ils montaient, plus elles étaient fines et couvertes d'échardes.

— J'suis pas sûr de ton coup, là, Jimmy, dit soudain Kelly. J'crois que je suis…

James regarda en bas : Kelly était perché sur une fine branche morte que James avait soigneusement évitée.

– Ne reste pas là-dessus, elle va casser. Fonce sur celle qui est là.

Mais Kelly semblait paralysé. Sous la lune, son visage était blanc comme un linge.

– Allez, bouge ! Tout se passera bien si tu ne regardes pas en bas.

– Si je bouge un cil, j'vais…, balbutia le Rouge.

Il y eut un gros craquement sec, un juron étouffé, et Kelly tomba. Le bruit sourd de son corps s'écrasant contre les branches auxquelles il tentait vainement de se rattraper résonna dans la nuit.

3. Le château

3. Le château

Seul contre tous

James descendit de l'arbre aussi vite qu'il le put, priant pour que Kelly soit encore entier. Il avait rebondi de branche en branche et s'était finalement rattrapé à l'une d'elles juste avant de s'écraser au sol. Il resta accroché là quelques secondes, à l'agonie, les yeux levés vers James. Submergé par la souffrance, il lâcha prise et s'effondra avec un bruit sourd au beau milieu d'ordures.

Il avait certainement eu la peur de sa vie, et souffert le martyre, car la descente n'avait été qu'une longue suite de coups de matraque et de fouet. Les branches l'avaient littéralement déchiré. Il n'avait pas poussé un cri, pas fait le moindre bruit.

Tandis qu'il descendait à sa rencontre, James se demanda si lui-même aurait fait preuve du même courage. Il était sur le point de sauter de la dernière branche quand Kelly esquissa un geste pour l'arrêter.

– Non, souffla-t-il. Si tu fais ça, tu ne retourneras jamais là-haut.

– Ça va ? demanda James à haute voix, oublieux de toute prudence.

– À ton avis ? répondit Kelly. Non, ça ne va pas.

Ses vêtements étaient lacérés. De vilaines coupures lui entaillaient les mains et le visage.

– Je crois que je me suis cassé la jambe, murmura-t-il après une pause.

James repensa à son oncle Max tombant de sa gouttière en Allemagne.

– J'arrive.

– Non, souffla à nouveau Kelly. Tu retournes là-haut et tu continues. Moi, je vais aller à la planque et me fabriquer une attelle. Dans moins d'une heure, tu seras revenu et entre-temps, j'aurai réfléchi à la meilleure manière de nous sortir de cette embrouille.

– Sûr ?

– Fonce, je te dis.

Kelly rampa hors du dépotoir et se dirigea cahin-caha en direction de la bâtisse abandonnée. James le suivit des yeux jusqu'à ce qu'il soit à l'intérieur. Il attendit encore quelques instants pour s'assurer que personne ne les avait entendus, puis il reprit l'ascension de l'arbre.

C'était plus facile et plus rapide la deuxième fois. James savait quelle branche utiliser et laquelle éviter. Il se retrouva bientôt plus haut qu'il ne l'était quand Kelly avait chuté. Mais plus il grimpait, plus ça devenait difficile. Les branches étaient proches les unes des autres, et dangereusement fines. Il dut progresser lentement, et avec d'infinies précautions.

Il cassa quelques bouts de bois mort qui lui barraient

la route et jeta un coup d'œil à travers les bouquets d'épines de pin pour voir à quelle distance de la fenêtre il se trouvait. Ça semblait facile, vu d'en bas. Mais maintenant il se rendait compte que l'arbre était beaucoup plus éloigné du château qu'il ne paraissait et que les branches sur lesquelles il comptait prendre pied étaient bien trop frêles pour supporter son poids.

Il décida de grimper au-dessus de la fenêtre, espérant qu'ensuite il pourrait faire ployer une branche.

Il avançait péniblement dans l'enchevêtrement de branches toujours plus fines, se sentant dans la peau de Jack grimpant la tige du haricot pour atteindre le château du géant. Après une attentive étude des voies possibles, il trouva enfin une branche qui pourrait convenir. Ou plutôt la branche car elle seule semblait susceptible de pouvoir le porter. Il s'y allongea, l'enserra solidement entre ses cuisses puis commença à s'éloigner du tronc en glissant le long de la branche qui surplombait l'eau du loch.

Il regarda la noire surface de l'eau, si calme à présent. Mais l'image des anguilles, au fond, attendant patiemment leur heure, leurs grandes gueules blanches dépassant d'une vase puante, ne le quittait pas. Sa seule consolation, au cas où la chute ne le tuerait pas, était qu'elle l'assommerait et qu'il n'aurait donc aucune conscience de couler à pic dans les sombres profondeurs aquatiques vers ces gueules béantes et voraces.

Il se sentit soudain très seul. S'il tombait, Kelly ne viendrait pas à son secours et personne ne savait qu'il était là. Il était parfaitement seul.

Il fit un effort pour décrocher son regard de l'eau et le diriger vers le mur qui se trouvait devant lui. La branche pliait fortement maintenant. La gravitation terrestre faisant le reste, il se retrouva à ramper vers le bas, augmentant d'autant les risques de glissade. Mieux valait ne pas penser à ça.

Très lentement, il avança en dépliant les genoux autour de la branche. Il était encore à deux mètres du château. Un mètre quatre-vingt-dix… Soixante… La branche ployait de manière alarmante. À tout moment, il pouvait tomber.

Il s'arrêta.

Le mur se trouvait encore à un bon mètre..

Il ne bougeait plus.

Il savait que ça ne pouvait pas marcher. La branche était définitivement trop courte, et bien trop fine. Il n'était qu'à quelques centimètres du point de non-retour.

Il jeta un œil en bas. Il se trouvait au-dessus du sol maintenant, juste à l'aplomb du mur de façade. Ce serait pire encore que de heurter l'eau. Anguilles ou pas. Il ferma les yeux, ralentit son souffle, tentant de calmer la panique qui commençait à l'envahir.

C'est alors qu'il l'entendit.

D'abord un couinement, comme une marche qui grince dans un escalier en bois.

Puis un craquement.

Sous lui, il sentit la branche frémir. Elle était en train de s'ouvrir en deux.

Il jeta des regards désespérés autour de lui pour identifier l'endroit de la cassure, mais il ne vit rien. C'est alors que survint un nouveau craquement, plus fort que le précédent, accompagné d'une perte brutale de quelques centimètres d'altitude.

Il n'avait plus le choix maintenant. Il devait absolument quitter l'arbre, aussi vite que possible, et cela signifiait se ruer en avant. La branche s'était tellement courbée qu'il était à gauche de la fenêtre, et en dessous. Sous l'éclat de la lune, il distinguait clairement la maçonnerie de la façade et, Dieu merci, elle était beaucoup moins lisse que prévu ; si seulement il pouvait l'atteindre, peut-être qu'il pourrait alors s'agripper... Comme en varappe. Il en avait fait quelques fois et connaissait quelques gestes, mais comment pouvait-il s'approcher un peu plus ? Cette branche était toujours aussi courte !

Elle craqua à nouveau et, cette fois, tomba si sèchement que ses jambes furent projetées en avant et qu'il se retrouva pendu en l'air, à cinq mètres du sol, la branche glissant entre ses mains. Il donna un coup de reins et se balança vers le mur. Ses pieds le touchèrent, frottèrent, mais le mouvement de balancier le ramena en arrière au-dessus de l'eau. Il attendit le retour et poussa en avant de toutes ses forces, ignorant si la branche tiendrait ou pas. *Alea jacta est !* Il fondit sur le mur et s'écrasa violemment sur la pierre. Il grogna mais, avant même d'avoir pu tenter de s'agripper, il fut à nouveau tiré en arrière. Le vent siffla à ses oreilles, le sol devint flou. Enfin, il atteignit l'extrémité de l'arc, s'immobilisa une seconde, qui lui parut une éternité, puis balança dans l'autre sens, encore plus vite. Dans sa course, il sentit la branche au-dessus de lui casser complètement. Il la lâcha, elle tomba de côté. Il cogna le mur avec un bruit sourd, bras et jambes ouverts comme une étoile de mer, tentant désespérément d'accrocher quelque chose avec ses doigts et ses orteils.

Peine perdue. Il glissait.

Il crispa son corps au contact de la pierre, grognant entre ses dents serrées. Une image affreuse lui vint à l'esprit. Son propre père, cramponné à un rocher quelque part en France, glissant, tombant et…

Sa glissade s'arrêta. Il ne tombait plus. Il était collé au mur. Ses pieds avaient trouvé une minuscule corniche.

Il souffla et pressa son visage contre la pierre froide. Ses doigts saignaient, il avait des ongles arrachés, mais il était vivant.

Très bien. Maintenant, remonter. Il avait une prise pour sa main juste au-dessus de lui. Délicatement, il avança le bras, s'agrippa solidement, puis frotta son pied contre la paroi à la recherche d'un appui. Yessss ! Il sentit une saillie. Il essaya de porter son poids dessus, elle tiendrait. Il se hissa ainsi vers le haut, puis une autre prise pour sa main, et une autre. C'est tout ce qui lui restait à faire, trouver où s'accrocher, sans penser à rien d'autre. Une main, un pied, puis l'autre pied… Finalement, du bout des doigts, il sentit quelque chose de différent. Il leva les yeux et découvrit une petite rambarde de pierre. Il se hissa vers le haut, frottant contre la façade, en appui sur une seule jambe. Après quoi il lança son genou libre vers le haut. Il remercia tous les saints du ciel quand il sentit le dormant de la fenêtre au creux de son genou. Un dernier coup de reins et il se hissa dans la pièce.

Il avait réussi.

Il était en sécurité.

Durant un long moment, il demeura immobile, face contre terre, la joue posée sur une carpette élimée et pleine de poussière, haletant. Il avait la nausée. Le sang battait à ses tempes, la sueur brûlait ses yeux.

Il reprit néanmoins rapidement ses esprits, réalisant qu'il était loin d'être à l'abri et qu'il était même dans la situation la plus dangereuse qui soit.

Jack était dans le château du géant.

Qu'allait-il faire ? Sans Kelly il se sentait perdu. Tout leur plan avait capoté. James, lui, ne connaissait rien à la fouille discrète d'une maison au beau milieu de la nuit. D'accord, il était à l'intérieur et en un seul morceau, mais, d'une manière ou d'une autre, il faudrait bien qu'il sorte. Comme il était hors de question qu'il emprunte la même voie que celle qu'il avait prise pour entrer, il se trouvait dans l'obligation de dénicher au plus vite une nouvelle issue, et ce sans réveiller personne.

Il se releva péniblement. À la faible lumière de la lune, qui filtrait par la fenêtre ouverte, il réalisa qu'il se trouvait dans un petit couloir s'enfonçant dans le château. De lourdes portes de chêne trouaient les deux murs de granit froid auxquels étaient suspendues de sombres toiles.

Le bâtiment était aussi silencieux qu'un mausolée.

A *priori* personne ne l'avait entendu. Il se faufila jusqu'à la première porte et y colla l'oreille. Rien. Pas un bruit. Tout doucement, il tenta d'actionner le lourd loquet de fer. La patte sauta avec un petit clic et la porte s'ouvrit. James la referma promptement sur lui. La pièce était totalement plongée dans le noir ; il sortit la torche de Max, un pinceau de lumière déchira l'obscurité.

Il sursauta d'effroi quand le faisceau éclaira la tête rugissante d'un chat sauvage.

Il respira à nouveau. Le chat n'avait pas bougé. Il était empaillé, figé dans une inoffensive grimace féroce et aussi bien mal en point. Il lui manquait une patte arrière et il avait une longue entaille au flanc, par où s'échappait de la sciure de bois. James quadrilla l'endroit avec sa torche. Plusieurs animaux empaillés : un petit chevreuil, quelques renards et une collection d'oiseaux dans une vitrine poussiéreuse. Près de la fenêtre, une rangée de manteaux de fourrure rongés par les mites pendaient à une tringle.

La pièce servait visiblement de débarras. Derrière d'autres portes, il découvrit de vieux vêtements, des chapeaux, divers équipements de sport fatigués, de vieux livres gondolés, des peintures défigurées par des taches d'humidité et de moisissure, des miroirs opaques, des meubles cassés, des tas de papier dont certaines feuilles avaient été grignotées par les souris… Bref, le rebut oublié de plusieurs générations de Hellebore. Aussi se présenta-t-il confiant devant la dernière porte, qu'il ouvrit négligemment, s'attendant à trouver derrière d'autres vieilleries. Il leva les yeux sur le faisceau de sa lampe et le visage de George Hellebore se fixa sur sa rétine. James éteignit sa torche instantanément. Dans son sommeil, George grommela et s'agita. James se plaqua contre le mur, dans une immobilité parfaite, retenant son souffle. Dans son lit, George se retourna en bougonnant avant de lentement se calmer.

La pièce était baignée d'une faible lumière lunaire, qui filtrait à travers les voilages de la fenêtre. Peu à peu, les yeux de James s'y accoutumèrent et il détailla une énorme penderie noire, un bureau, un vieux lit à baldaquin avec, au milieu, George, en chemise de nuit rayée.

James tendit doucement la main vers la poignée de porte, l'actionna délicatement puis se glissa dehors.

Tout en réfléchissant, il avança à grands pas dans le couloir et franchit la porte qui se trouvait au bout.

Il déboucha sur une vaste plate-forme, au sommet d'un large escalier de pierre en colimaçon. Cette partie du château était éclairée par des appliques à gaz qui donnaient une faible et vacillante lueur orange. La température était glaciale et une forte odeur de gaz et d'humidité flottait dans l'air. Il s'approcha lentement de la rambarde et se pencha par-dessus. Il surplombait une vaste entrée. Un damier de plaques de marbre recouvrait le sol. Il n'avait qu'à descendre l'escalier, traverser le hall et il se retrouverait à la porte principale.

Et si elle était ouverte ? Et s'il sortait sans être vu ? Qu'aurait-il accompli ? Pouvait-il décemment retourner voir Kelly en lui disant que tout ce qu'il avait découvert était un chat empaillé, quelques vieux meubles et George Hellebore endormi dans son lit dans une chemise de nuit à rayures ? Que dirait son ami ?

Mais, une fois encore, qu'espérait-il exactement trouver en entrant là ? Le corps d'Alfie Kelly au fond d'un placard ? Une confession écrite de la main de lord Hellebore oubliée sur un bureau ? Mais ça, c'est dans les films. Dans la réalité, jamais personne caché derrière une porte n'entend le chef des méchants dire à son copain ce qu'il va faire, comment il va s'y prendre et ce qu'il élaborera ensuite. James réalisa brutalement qu'il était venu ici sans être préparé, seulement armé du vague fantasme de l'écolier qui résout un mystère, sans savoir précisément comment il allait s'y prendre.

Ce qui lui fallait, c'était un plan. Un P-L-A-N.

Une idée stupide traversa son esprit embrouillé : un calembour, une devinette, un jeu de mots. A *man, a plan, a canal, Panama* ! Il avait découvert un palindrome, une phrase qui se lisait dans les deux sens.

Bon, il avait une blague, mais toujours pas de plan.

« Reste concentré sur ce qui doit être fait, James. Ne deviens pas hystérique. »

Il fit un pacte avec sa conscience : il allait descendre l'escalier, voir s'il y avait une issue dans le hall d'entrée et, si tel était le cas, il se fixerait un laps de temps – disons vingt minutes – pour explorer l'endroit avant de s'échapper.

Oui. Ça, c'était un bon compromis.

Très bien.

Mais que se passerait-il s'il n'y avait pas de sortie ou si, plus simplement, la porte était fermée à clé, ou même gardée par un homme de Hellebore ?

Alors il fouillerait le rez-de-chaussée jusqu'à trouver une autre issue.

Voilà. Il l'avait son plan.

Avec un escalier en pierre, pas de risque de marche qui grince. Mis à part le crachotement des becs de gaz, la maison était aussi silencieuse qu'une tombe. En moins d'une minute, il fut au bas de l'escalier et constata qu'il n'y avait personne alentour, pas de gardes armés, rien.

Comme il l'avait immédiatement pensé, il s'agissait du hall de l'entrée principale. La porte se trouvait dans un petit vestibule, séparé du hall par un porche en bois sculpté. Il fit un pas en avant et s'arrêta.

Un bruit de pas. Il en était certain. Il demeura immobile, tendant l'oreille. Son esprit avait-il profité de sa peur pour lui jouer des tours, créer des fantômes ?

Non. Ça recommençait. Et pas un bruit de pas ordinaire. Il n'y avait pas le cliquetis sec d'une chaussure, le bruit était plus feutré, comme celui de quelqu'un qui marche avec des tongs. Ça reprenait, une claque puis un glissement. Peut-être que c'était quelqu'un qui marchait pieds nus ? Qui que ce fût, James ne souhaitait pas le savoir. Il courut à la porte d'entrée et attrapa la poignée.

Elle était fermée, comme de bien entendu. Et maintenant, il avait perdu du temps. Il traversa à nouveau le hall à grands pas. Les bruits de pas se rapprochaient.

Plusieurs couloirs partaient de l'entrée principale.

James les inspecta fiévreusement les uns après les autres, sans plus identifier la provenance du bruit.

La plupart des couloirs étaient relativement bien éclairés, mais sous l'escalier se trouvait une petite voûte derrière laquelle l'obscurité était totale. Il s'y précipita et attendit.

Pendant un moment, il n'y eut aucun bruit. Pas un pas. Puis, James entendit un souffle, à bonne distance, comme si une grosse bête reniflait. L'homme avait-il un chien ? Non, un chien ne ferait jamais ce bruit-là.

Soudain, les bruits de pas reprirent, beaucoup plus rapides. James jeta un œil à l'entrée et vit une ombre qui avançait en titubant dans un couloir, sur sa gauche. L'ombre de quelqu'un de gros. Puis il perçut clairement le bruit d'une respiration humide et chuintante. Elle paraissait difficile, comme si elle passait par un tube plein d'eau, avec, derrière, un sifflement aigu.

James n'attendit pas pour voir de qui il s'agissait. Il fit demi-tour et se glissa en courant dans le couloir obscur, sans savoir où il menait. Il tourna trois angles, se cognant contre les murs, puis déboucha dans un cul-de-sac. Il s'arrêta et tendit l'oreille. Quoi que ce fût, ça le suivait. Toujours les mêmes frottements hésitant sur le sol de pierre et cet horrible souffle dont l'écho se répercutait sur les murs.

James reprit rapidement le couloir en sens inverse, tâtonnant les murs jusqu'à ce que sa main rencontre le métal froid d'une poignée de porte. Il l'ouvrit et entra, refermant la porte sans faire de bruit derrière lui.

Il se trouvait dans une grande cuisine. Une batterie

de casseroles et de poêles de cuivre pendait du plafond, deux grands éviers d'inox étaient adossés à un mur. Le centre de la pièce, au sol dallé de pierre, était occupé par une table de bois brut aux dimensions impressionnantes sur laquelle étaient soigneusement alignés divers ustensiles prêts à l'emploi dont plusieurs couteaux de cuisine, aiguisés comme des rasoirs. James en prit un et fila à l'autre bout de la pièce. Derrière un fourneau qui rougeoyait doucement dans l'obscurité se trouvait une ouverture, dans laquelle il s'engouffra.

La pièce dans laquelle il se retrouva était plus petite et plus froide que la cuisine. Il s'agissait d'une sorte de cellier. Plusieurs carcasses d'animaux pendaient à des crochets et une forte odeur de viande emplissait l'endroit.

« Qu'est-ce que je suis en train de faire ? » pensa-t-il en regardant son couteau. Il baissa sa garde et se remit en quête d'une sortie. De retour dans la cuisine, il remarqua une petite porte dérobée ouvrant sur un passage plongé dans le noir. Il hésita un instant avant de continuer, mais les reniflements qu'il pouvait percevoir derrière la porte de la cuisine vinrent à bout de ses dernières réticences. Il plongea dans le noir. Il se frotta à une rangée de manteaux, s'y emmêlant presque. En battant des bras, il rencontra un interrupteur. Il l'actionna. Un halo de lumière blafarde, provenant d'une ampoule nue, éclaira le couloir d'où partait un étroit escalier en colimaçon. Il s'y engagea. Derrière lui, les bruits de pas mouillés se rapprochaient. Il se maudit d'avoir perdu du temps dans la cuisine.

À l'étage, James déboucha dans un long couloir, étroit et courbe, certainement réservé au service. Il s'y précipita, en faisant le moins de bruit possible, entretenant le fol espoir qu'il allait semer son invisible poursuivant. En vain, le clapotis des frottements étouffés se rapprochait régulièrement. Crier ? Tenter de déclencher l'alarme ? Appeler à l'aide ?

James commençait à paniquer. Il était totalement désorienté, ne sachant plus quel chemin il avait parcouru, ni dans quelle direction il allait. C'était comme se perdre dans les méandres d'un cauchemar, un monstre aux trousses.

Il prit un nouvel escalier. Ne l'avait-il pas déjà fait ? Dans l'autre sens ?

Pas le temps de réfléchir.

Il s'élança dans l'escalier, descendant trois marches à la fois. Dans l'obscurité, il trébucha et fit la culbute, se cognant violemment la tête contre le mur avant de bouler au pied des marches où il s'immobilisa, à moitié inconscient. Une douleur lancinante martelait sa tempe droite. Il se sentait près de vomir, pris de vertiges. Il se débrouilla tout de même pour se relever et faire quelques pas. Allez ! Un pied devant l'autre, ce n'était pas si compliqué. Il pouvait y arriver…

Les jambes molles, couvertes d'ecchymoses, il trébucha. Il oscillait dans le couloir comme un poussah aux mains d'un jeune bambin. C'est alors que, devant lui, il vit une lumière. Instinctivement, comme un insecte, il se dirigea vers elle, espérant y trouver une échappatoire.

La lumière brillait au-dessus d'une grosse porte métallique. Il l'ouvrit brutalement et entra.

Il déboucha sur une passerelle, surplombant une immense pièce aveugle qui devait se situer sous le château. Elle baignait dans une infâme lumière violette. Il y faisait un froid redoutable. Une puanteur animale se mêlait à un mélange d'odeur de poisson et de puissants relents de produits chimiques.

À ses pieds s'alignaient des rangées et des rangées de bocaux en verre avec des choses qui flottaient à l'intérieur. Au centre, plusieurs plateaux d'acier, comme des tables d'autopsie, avec leur robinet et leur bassin. Cela lui rappela les classes de sciences d'Eton, mais à grande échelle.

Dans un coin se trouvaient des cages d'où lui parvenaient des grognements et des souffles. Et là, ce qu'il n'avait tout d'abord pas remarqué, allongé sur une des tables, un cochon ouvert en deux par le milieu, les tripes étalées à l'air.

James tenta de comprendre ce qui lui arrivait, mais sa tête tournait et la pièce aussi. Il s'agrippa à la main courante métallique pour ne pas s'écrouler sur le sol. Il ferma les yeux une seconde. C'est alors que quelque chose l'attrapa par-derrière. Deux grosses mains visqueuses et humides se posèrent sur son visage. Il sentit un souffle froid dans son cou et un horrible crachotement tout près de son oreille.

N'y tenant plus, il perdit connaissance.

La mer des Sargasses

Quand James se réveilla, il fut saisi par le froid. Un air glacé courait sur son visage et emplissait ses poumons. Une sueur froide mouillait son dos. Il était allongé sur une surface dure. On avait appliqué un tampon froid et humide sur sa tempe droite.

Bien qu'il se sentît très faible, et seulement à demi conscient, il tenta de bouger. Peine perdue. Il s'obligea à ouvrir les yeux et découvrit, dans le flou de son regard, que ses poignets et ses chevilles étaient attachés à une des tables de vivisection du laboratoire de Hellebore.

Il se sentait près de défaillir. Il tenta de baisser les paupières, mais une vive douleur à la tête l'en empêcha. Il ouvrit les yeux.

Le visage inexpressif d'un jeune homme quelconque, avec des cheveux blonds, une fine bouche rose pâle et des lunettes à monture métallique, entra dans son champ de vision. Il tenait une boule de coton hydrophile ainsi qu'un petit bocal de verre plein d'un liquide jaunâtre.

– Je vous ai fait mal? demanda l'homme avec un soupçon d'accent allemand.

– Oui, répondit James.

Il sortit un petit carnet de sa blouse blanche crasseuse et y consigna studieusement quelques mots.

James aurait voulu tendre une main et caresser son crâne, là où ça le piquait, mais c'était hors de question. Il ne pouvait pas bouger d'un millimètre.

– J'ai bien peur que votre tête soit sérieusement touchée, dit le jeune homme en rangeant son carnet, après quoi il ouvrit les paupières du patient entre deux doigts glacés, et les ausculta. Savez-vous comment vous vous appelez, quel jour on est?

– Mon nom est Bond, James Bond, répondit James avec une pointe d'irritation dans la voix. Et on est mercredi, non, jeudi matin. Maintenant détachez-moi et laissez-moi me lever.

– James Bond! s'exclama une voix.

James tourna la tête. Lord Hellebore, adossé à une cuve de verre toute proche, le regardait.

– Je me disais bien que votre tête ne m'était pas étrangère. Vous êtes à Eton, n'est-ce pas? Je vous ai rencontré avec le doyen.

Lord Hellebore approcha et se pencha au-dessus de James en se frottant la mâchoire. Celui-ci se sentit submergé par l'odeur âcre et la chaleur animale qui émanaient de lui.

– Vous m'avez cogné au visage…

— Oui, répondit James, penaud. Mais c'était un accident.

— Et puis il me semble me souvenir que vous avez continué en gagnant le cross-country... Vous êtes le fils d'Andrew Bond, n'est-ce pas ?

— Absolument, répondit James avec un soupir. Tout ceci est parfaitement exact.

Il se força à sourire.

— Maintenant, me laisserez-vous me lever ?

— Si vous êtes retenu attaché, c'est pour votre propre sécurité, répondit Hellebore en retournant près de sa cuve où, derrière la paroi de verre qu'il cogna d'une chiquenaude, une longue et noire anguille s'ébattait dans l'eau trouble. Nous ne voulions pas que vous puissiez vous faire du mal. Les chocs violents à la tête peuvent être dangereux, causer des attaques cérébrales. Dès que nous serons certains que vous allez bien, vous serez autorisé à vous lever.

Il se détourna de la cuve, fixant James avec un sourire.

— Mais, en attendant, vous allez me dire ce que vous faites là, au beau milieu de la nuit, à errer dans ma maison ?

— J'étais venu voir George, répondit James en commettant le premier mensonge qui lui vînt à l'esprit.

— George ? répéta Hellebore, levant un sourcil dubitatif et moqueur. Vous êtes venu rendre visite à mon fils à deux heures du matin ? Excusez-moi, jeune homme, mais cela ne semble guère crédible.

— Je voulais le surprendre, coupa James sans trop y croire.

Randolph éclata de rire.

– Pardieu ! hurla-t-il de sa voix de stentor. Je suis sûr qu'il n'aurait pas manqué d'être surpris.

Il s'approcha de James et se pencha pour sentir sa main.

– De la résine de pin ! Vous êtes monté à ce foutu arbre, n'est-ce pas ?

James resta silencieux.

– J'ai toujours dit qu'on ferait mieux de l'abattre.

Le laboratoire était plongé dans une semi-obscurité, seulement rompue par quelques plafonniers industriels violets lançant une lumière pourpre. James se sentait à côté de la réalité. Il aurait pu imaginer qu'il était en train de rêver, mais il y avait cette affreuse odeur dans la pièce ; et l'on ne sent jamais rien dans les rêves. Un hurlement inhumain retentit dans le labo, suivi de grognements et de bruits de naseaux que James ne put identifier.

– Je vous en prie, croyez-moi, dit James, tentant de dissimuler sa peur. Je suis venu voir George. Je suis resté coincé dans l'arbre et il m'a fallu beaucoup plus de temps que je ne pensais pour… Enfin je veux dire…

– Très bien, très bien, le coupa Randolph. On va faire comme si vous disiez la vérité. MacSawney ! aboya-t-il. Allez chercher George dans sa chambre.

Le minuscule petit bonhomme à l'allure de singe et au chapeau melon sortit de la pénombre. Il jeta un regard à James, fit une grimace de chimpanzé, puis traversa la pièce et grimpa bruyamment l'escalier métallique.

311

Randolph commença à détacher les liens qui entravaient James.

— Je dois rester prudent, vous savez. Vous pensez certainement que j'en fais beaucoup pour ma sécurité, mais sachez que toutes sortes de gens viennent fouiner par ici pour m'espionner, pour voler mes secrets, et... (Essayant de sonner sincère et, presque solennel, il reprit :) Et c'est très dangereux pour eux. Tenez, pas plus tard qu'hier, on a trouvé un détective de l'agence Pinkerton qui flottait dans nos douves. Le pauvre homme a sûrement voulu discrètement inspecter les alentours, et il aura glissé. Vous avez eu une sacrée veine de ne pas subir le même sort. Un homme peut tomber là-dedans et ne plus jamais réapparaître.

— Ou un jeune garçon, répliqua James. Un garçon comme Alfie Kelly ?

Fixant lord Hellebore des yeux, il constata avec plaisir que, pour la première fois, son masque froid semblait froissé.

— Que savez-vous à propos d'Alfie Kelly ? demanda-t-il en détachant la dernière sangle, à la cheville gauche de James.

— Seulement qu'il est venu pêcher ici... Et qu'on ne l'a plus jamais revu.

— C'est une hypothèse intéressante, répondit Randolph avec un aimable sourire.

Il ouvrit enfin la boucle, libérant le pied de James qui bascula immédiatement les jambes au bord de la table et avança précautionneusement la main sur la protubérance qui ornait le côté de sa tête. Le simple fait de s'être assis trop vite avait failli lui faire perdre connaissance.

– Une hypothèse séduisante même, malheureusement, aucunement vérifiable.

Derrière lui, dans son bocal d'eau croupie, l'anguille se jeta contre la paroi puis remonta en ondulant, comme si elle tentait de s'échapper. Arrivée à la surface, elle redescendait en piqué au fond et ainsi de suite, arpentant sans fin sa prison de verre, jusqu'à l'étourdissement. James était fasciné par l'animal.

– Vous aimez mes anguilles ? demanda Randolph. Des animaux étonnants, vous ne trouvez pas ? Parfaitement adaptés à leur environnement. Elles n'ont pas évolué d'un pouce depuis des millions d'années. Pensez-vous, pas besoin. Non, des créatures extraordinaires, vraiment.

Randolph mena James près de l'aquarium. Ils s'arrêtèrent côte à côte et observèrent le poisson qui poursuivait son manège infernal, rampant et se contorsionnant dans l'eau verdâtre. Le visage de Randoph se reflétait sur la paroi de verre. Ses yeux brillaient. Il passa pensivement le bout d'un doigt sur son impeccable alignement de dents parfaitement blanches.

– *Anguilla anguilla*, également nommée anguille européenne. Elle fraie dans la mer des Sargasses, à des milliers de kilomètres dans l'Atlantique Nord, poursuivit-il d'une voix calme et révérencieuse. La mer des Sargasses, cet étrange coin perdu, à la confluence de divers courants océaniens, une eau parfaitement plate et calme, qui regorge d'algues du même nom. Des profondeurs, sous la surface, montent les anguilles. Quel spectacle ce doit être... Aucun humain n'a jamais assisté à ce spectacle : une immense masse bouillonnante d'anguilles engagées dans une gigantesque parade amoureuse.

Randolph accompagna James devant d'autres aquariums, contenant chacun une anguille, certaines longues de seulement quelques centimètres, d'autres de cinquante ainsi qu'un monstre de près de un mètre, épais comme le bras d'un homme.

– Toutes les anguilles d'Europe naissent là-bas, poursuivit Randolph. Elles pondent leurs œufs dans la mer des Sargasses et, quand ils éclosent, les petits se mettent en route pour la maison.

Randolph fit une pause et se tourna vers James.

– Vous ne les reconnaîtriez pas. Elles sont minuscules, complètement transparentes et elles ont la forme d'une feuille de saule. À ce stade de leur développement, elles sont plus connues sous le nom de « tête plate ». Ce sont ces têtes plates qui embarquent pour le formidable voyage qui les mènera dans les eaux fraîches d'Europe, après une traversée de l'océan hostile, peuplé de prédateurs. Quand elles arrivent, elles ont grandi et sont presque adultes, mais ne ressemblent toujours pas à ces grosses bêtes. Tenez, regardez...

Randolph indiqua une cuve plus grande où nageaient des milliers de petits alevins transparents de quelques centimètres de long. Leur tête semblait trop grande pour leur corps. Leurs yeux n'étaient encore que des pointes d'épingles noires.

– Des anguilles de verre, reprit Randolph. Comme

de petits éclats de verre. Quand elles arrivent à l'embouchure de la rivière, elles s'arrêtent et attendent de grossir et de prendre les couleurs des jeunes anguilles avant de s'engager dans le cours d'eau, des millions à la fois. Vous devriez voir ça. Quelle sensation que de regarder un torrent d'anguilles remonter une rivière ! Il suffirait d'un seul filet pour en ramasser des seaux et des seaux. Rien ne peut les arrêter, elles sont trop nombreuses. À contre-courant, elles nagent sans s'arrêter jusqu'aux lacs et aux étangs. Elles seraient même capables de traverser un champ d'herbe humide en rampant pour aller là où elles doivent aller. Une fois sur place, elles s'installent. Elles grossissent, vieillissent, deviennent de plus en plus longues et de plus en plus malignes année après année, attendant dans la vase qu'un jour – personne ne sait ni quand ni pourquoi – elles entendent l'appel du large et décident qu'il est temps de retourner d'où elles viennent. Et elles partent, descendent les rivières jusqu'à l'océan puis nagent kilomètre après kilomètre jusqu'à la mer des Sargasses, où elles fraient. Leur destin accompli, elles meurent. Leur corps coule lentement vers le fond, dans les sombres profondeurs marines.

Il s'arracha à contrecœur de son bocal et se tourna vers James, des flammes dans les yeux.

– Vous avez déjà attrapé une anguille ? Une adulte ? Une vraiment grosse ? Ce sont des bêtes merveilleuses. Leur peau est si solide qu'on pourrait en faire des bottes. Et avez-vous déjà essayé d'en tuer une ? Sacré nom de Dieu, il en faut pour tuer une anguille. Elles sont incroyablement fortes et sans pitié aucune : mettez dix petites anguilles dans un aquarium. Le lendemain, elles seront neuf, huit le jour suivant, etc. En un rien de temps, il ne restera qu'une seule bestiole, une belle petite frappe puissante et prête à tout.

Randolph marqua une pause, puis, un petit sourire aux lèvres, il poursuivit.

– Nous pensons être les rois du monde, assis là au sommet de la chaîne alimentaire, splendeur supposée du règne animal ; mais, comparés à elles, nous sommes chétifs, pusillanimes et névropathes. Ah, tiens, voilà George.

James tourna les yeux. George descendait l'escalier au côté de MacSawney. Il était pâle et ahuri, il bâillait et se frottait les yeux. Quand il aperçut James, il eut un choc.

– Tu connais ce garçon ? demanda son père, sans détour.

– Oui, répondit George d'un ton circonspect.

James se rappela le jour où il les avait observés ensemble à Eton. George semblait terrorisé par son père.

– Il dit qu'il est de tes amis.

George hésita avant de répondre.

– Alors ? aboya Randolph.

– Je le connais, répondit immédiatement George. Je sais qu'il a un oncle au village.

– Ce n'est pas ce que je t'ai demandé. Je t'ai demandé s'il faisait partie de tes amis.

À nouveau, George hésita. Il regarda son père, puis le sol, mais se garda de poser les yeux sur James.

– Non, dit-il enfin.

James eut un coup au cœur ; pourtant, comment aurait-il pu en être autrement ? Maintenant qu'il y repensait, déclarer qu'il était l'ami de George était pratiquement la pire chose qu'il pouvait faire. George le détestait. Si seulement il avait eu les idées un peu plus claires, il aurait monté une autre histoire.

– As-tu la moindre idée de la raison pour laquelle ce garçon est venu ici ? demanda Randolph.

– Non, aucune, répondit George.

– Très bien, dans ce cas, tu peux retourner dans ta chambre.

James crut lire une fugace expression d'inquiétude sur le visage de George.

– Que vas-tu faire de lui ?

– Ne t'inquiète pas pour ça, répondit Randolph d'un air affable. J'ai simplement besoin d'aller au bout de cette affaire. Maintenant, va te coucher.

– Comme je suis là, peut-être que je devrais rester, tu ne crois pas ?

– Il est tard, coupa Randolph. Retourne dans ton lit. Cette affaire ne te concerne pas.

George croisa le regard de James, qui crut un instant y voir briller un éclair de complicité.

– P'pa… ?

– Tu n'as rien à faire ici.

George hocha la tête puis tourna les talons.

James courut derrière lui et le rattrapa par le bras.

– George, il faut que tu m'aides.

– Je ne peux pas, répondit calmement George tandis

que MacSawney s'avançait et repoussait l'intrus loin du fils du maître, ses mains puissantes se plantant dans les bras de James.

George ne se retourna pas. Tête basse, il traversa brusquement la pièce et remonta l'escalier.

La situation dans laquelle se trouvait James semblait désespérée. La lourde porte d'acier claqua derrière George, se refermant comme le couvercle d'un cercueil.

– Maintenant je vais vous dire une chose, Bond, déclara Randolph dès que le bruit de la porte se fut estompé. Une chose qui va vous aider à comprendre ce qui va vous arriver.

Un frisson traversa James, son estomac se serra et une boule lui noua la gorge. Il jeta un regard affolé autour de lui et ne vit que le visage mielleux du jeune docteur allemand qui le regardait en souriant aimablement. Celui-ci se frotta l'aile du nez d'un long index noueux puis nota quelque chose dans son petit carnet en faisant la moue.

– Il a l'air costaud. C'est bien, dit-il.

James se sentit physiquement mal. Il tremblait. Il serra les mâchoires et combattit pour retrouver son sang-froid. Il n'allait pas donner à Hellebore la satisfaction de le voir craquer.

– Haut les cœurs, Bond! Consolez-vous en vous disant que vous contribuez à l'avancement des sciences et à une meilleure connaissance du corps humain.

– Des gens savent que je suis là, répondit James désespérément.

– Vraiment? s'exclama Hellebore avec un regard amusé

318

et condescendant. Vous avez vraiment dit à quelqu'un que vous alliez monter ici et entrer dans ma maison comme un voleur ? Et à qui avez-vous dit ça, je vous prie ? À la police ? À votre oncle ? Et quand bien même vous l'auriez dit, je peux vous cacher dans ce château aussi longtemps que je veux. Les caches et les pièces secrètes sont innombrables ; quant à la sécurité, j'imagine que vous l'avez aperçue, en venant jusqu'ici.

— En effet. À ce propos, votre garde rapprochée mérite des félicitations. Non, vraiment, des hommes de tout premier ordre. Hormis le fait qu'ils ont laissé un jeune garçon s'infiltrer chez vous.

Les yeux de Randolph se plissèrent et il pinça nerveusement les lèvres.

— On y reviendra, dit-il d'un ton dur avant de s'approcher de James et de refermer une main énorme sur le visage du garçon. J'ai fait fortune pendant la guerre, en vendant des armes au gouvernement des États-Unis et à ses alliés, mais j'ai aussi pris part au combat.

— Je sais, répondit James. J'ai entendu votre discours à Eton.

— Je n'étais pas *obligé* de me battre, Bond, ajouta Randolph en bombant héroïquement le torse Nombreux sont les hommes d'affaires qui ont dépensé des sommes folles pour s'assurer qu'ils ne seraient pas enrôlés, estimant sûrement que leur valeur intrinsèque leur interdisait de s'abaisser à avoir du sang sur les mains. Mais pas moi. Je me suis engagé. Et je suis venu en Europe. J'ai combattu durant une année. Mon frère, Algar, était parfaitement capable de diriger la compagnie en mon absence. Mais savez-vous pourquoi je me suis battu ? Par patriotisme ? Par foi dans la cause que nous étions censés défendre ? Non, jeune homme. J'ai combattu d'abord parce que je voulais voir la guerre, la goûter, me confronter au visage de la mort et lui cracher à la figure.

Une lueur démente brillait dans les yeux de Randolph. Pourquoi racontait-il cela à James, pourquoi ressentait-il le besoin de parader ainsi devant lui ?

Mais tout simplement parce qu'il ne pouvait en parler à personne d'autre, réalisa bien vite James. Tout ce qu'il faisait était secret. Mais il pouvait parler à James parce que… – d'instinct, James croisa les doigts comme s'il allait prier et se mordit la joue –, parce que James n'allait pas survivre assez longtemps pour en parler à quiconque.

— Et puis je voulais aussi me mettre moi-même à l'épreuve, reprit passionnément Randolph, voir si j'étais un homme.

— Et ? demanda James avec une fausse innocence.

Peu importait ce qu'il pouvait dire ou faire. Il était condamné d'avance.

— N'essayez surtout pas de me narguer, jeune morveux.

— S'il vous plaît, ajouta James. Il est tard, je suis fatigué et vous commencez à devenir vraiment ennuyeux. Si vous avez l'intention de me punir, ne pouvons-nous pas en venir aux faits ?

— Chaque chose en son temps. Le meilleur reste à venir.

— À voir, murmura James.

— Silence, coupa Randolph d'un ton autoritaire. Quand je suis rentré aux États-Unis, après la guerre, je me suis mis au travail. Et Dieu sait si j'en ai vu sur les champs de bataille boueux et sanglants des Flandres. J'ai été témoin de la bassesse des hommes. J'ai été frappé de voir comme ils sont faibles, interchangeables et avec quelle rapidité ils lâchent prise et, en conséquence, périssent. L'idée m'est alors venue que l'avenir de la guerre ne se jouerait pas sur le terrain des armes, mais sur celui des hommes. Il faut des combattants plus robustes, plus grands, plus audacieux et plus impitoyables. Le problème, c'est que c'est sacrément difficile à mettre en œuvre, l'expérimentation humaine.

— Je l'ignorais.

— Oh, épargnez-moi votre cynisme. Vous êtes tous les mêmes. Ils n'appréciaient pas non plus ce que je faisais en Amérique. Comme quoi les États-Unis peuvent finalement se révéler très sentimentaux. Ils ont dit que c'était immoral, inhumain. Mais qu'est-ce qu'ils connaissent de l'humanité ? Des généraux gâteux, aux torses bardés de médailles ostentatoires, ont envoyé des millions de jeunes hommes se faire tuer à la guerre et ils n'ont pas été capables de m'en confier une poignée pour mon laboratoire. J'ai dû travailler dans le secret, m'entourer de toujours plus de protection. Mais le plus difficile a toujours été de trouver des spécimens vivants aux fins d'expérimentation.

James commençait à se faire une idée plus précise de la suite des événements, et le programme n'avait rien de plaisant. Aussi, profitant d'un accès de lucidité, tenta-t-il de se concentrer sur une éventuelle issue hors de cet endroit diabolique.

– Je n'étais pas seul dans mon combat, poursuivit Randolph. Mon frère, Algar, était le plus génial des collaborateurs. J'avais les idées, mais jamais je n'aurais pu les mettre en pratique sans lui. C'était un scientifique brillant, dévoué corps et âme à son travail.

– Et il s'est opposé à ce que vous faisiez, n'est-ce pas ? demanda James, accusateur. Et vous l'avez liquidé.

Stupéfait, Randolph s'arrêta, dévisagea James un instant puis explosa de rire. Les puissants échos de sa voix se répercutèrent sur les murs nus du laboratoire pour se fondre en un étrange cri animal, comme doivent en pousser les monstres des enfers.

– Je ne l'ai pas tué, se défendit Randolph en souriant. Je ne lui ai même rien fait du tout. C'est lui qui s'est infligé ça. Car, comme je le disais, nous avions de grosses difficultés pour trouver des corps humains sur lesquels travailler. Algar a utilisé le seul organisme dont il disposait… le sien. Mais peut-être aimeriez-vous lui être présenté en bonne et due forme ? MacSawney, allez chercher mon frère.

Ce dernier opina du bonnet avant de s'éloigner de son pas traînant vers le fond de la pièce, où James l'entendit ouvrir un cadenas. Après un bref silence et un cri de colère, James perçut l'horrible frottement et le souffle humide qu'il reconnut aussitôt. Une immense forme hideuse avança bientôt à la lumière.

James recula d'horreur puis se força à ouvrir les yeux sur ce qui un jour avait été un homme. Algar était plus grand que Randolph, même s'il se tenait voûté. Ses bras étaient énormes, de gros paquets de muscles noueux saillaient sous sa fine chemise dégoûtante. Malgré les muscles, il donnait l'impression d'être en ruine, comme s'il pouvait tout juste encore porter son propre poids. Il avait la peau lisse, brillante et grise. Des gouttes d'une humeur grasse scintillaient sur son épiderme qui paraissait distendu sur l'immense squelette. Le visage était ravagé. Comme si on l'avait enfoncé par le milieu et qu'on avait tenté de le déchirer en deux. Le nez était aplati et épaté, les dents écartées et les cavités oculaires renvoyées sur les côtés du crâne.

Les yeux étaient insoutenables, sombres et glaireux, pourtant James n'y lut pas la pulsion meurtrière qu'il s'attendait à y trouver, mais bien de la tristesse et de la souffrance. C'est à cet instant seulement que James réalisa qu'Algar avait les pieds liés et que MacSawney enfonçait la pointe de son fusil de chasse dans ses côtes.

— Mon très cher frère, lança Randolph en riant. Voyez-vous, l'ironie a voulu que nous soyons jumeaux, deux personnes aussi parfaitement identiques qu'il se puisse être, mis à part une petite différence...

Randolph alla se placer à côté de son frère puis, le visage rayonnant d'un large sourire, il lança à la cantonade :

— Algar a toujours été considéré comme le plus beau des deux !

L'enfer est immortel

— Les routes qui mènent en enfer sont lisses et douces, Bond. Et les portes restent toujours ouvertes, grimaça Randolph. Quelle est donc cette devise qu'on enseigne aux écoliers proprets dans votre genre ? « *Eton will endure* » ? Oh, ça je n'en doute pas. Elle existe déjà depuis des siècles… Je ne vois aucune raison pour qu'elle n'y soit plus d'ici quelques autres. Savez-vous la seule chose dont on soit sûr ? La mort. Tant que l'homme foulera la surface de cette planète, la douleur, la souffrance et la mort régneront en maîtres. La mort durera, Bond, car seul l'enfer est immortel. Et tant qu'il en sera ainsi, mes affaires seront florissantes. Tant qu'il se trouvera sur Terre un homme qui voudra exploser la tête de son voisin, je serai là, prêt à lui vendre une massue.

On avait apporté de la nourriture. James était assis sur un des bancs du laboratoire en compagnie de lord Hellebore et du jeune savant qui répondait au nom de docteur Perseus Friend.

Ils semblaient très désireux de le voir manger. James n'avait pas d'appétit. Il se força néanmoins à avaler un ou deux morceaux de jambon qui restèrent coincés dans le haut de son œsophage et rendirent sa bouche atrocement pâteuse.

– Je ne suis pas responsable de la cruauté humaine, poursuivit Randolph. Les hommes sont comme ils sont. Et tuer est probablement ce qu'ils font le mieux. Il faudrait être imbécile pour ne pas en profiter. Pour ma part, j'apporte seulement ma pierre à l'édifice. Qui oserait dire que c'est mal ?

– J'ai rencontré les mêmes problèmes, ajouta le docteur Friend. Personne n'aime les visionnaires. Certaines souches bactériennes et virales sur lesquelles j'ai travaillé étaient vraiment magnifiques.

– Ce que vous faites est diabolique, dit James en repoussant son assiette.

Randolph ne put s'empêcher de rire.

– Diabolique ? Ce concept est parfaitement obsolète. Comme si un homme mort se posait la question de savoir s'il a été tué par une balle bien nette et bien propre plutôt que par un nuage de gaz ou un virus. Ce sont les gouvernements qui édictent les lois de la guerre. D'accord pour ci, pas d'accord pour ça. Croyez-vous pour autant que cela rende la guerre plus acceptable ? Pouah ! Ils peuvent enrober la réalité et prétendre que la guerre est civilisée, elle ne l'est pas. La guerre est sale. Je sais de quoi je parle, j'en ai fait une.

Randolph s'arrêta et se leva. MacSawney se tenait toujours sur le côté, un œil – et la bouche de son fusil

325

de chasse – braqué sur Algar. Randolph s'approcha de la créature qui un jour avait été son jumeau. Algar, terrorisé, eut un mouvement de recul.

– Que savez-vous du corps humain, Bond ? demanda Randolph.

– Ce que j'en ai appris à l'école.

– Bien. Dans ce cas, vous connaissez le système nerveux central ? Ce réseau qui envoie des impulsions électriques dans tout le corps pour activer les muscles, ressentir du plaisir... ou de la douleur.

Il leva le poing. À nouveau Algar se recroquevilla en tremblant.

– Eh bien, il y a un autre système encore plus important et dont on sait peu de chose pour l'instant : le système endocrinien. Les signaux du système endocrinien sont chimiques, et produits dans diverses glandes. Ils circulent dans notre corps grâce au sang.

– Vous voulez dire les hormones, ajouta James. Ma tante m'en a parlé une fois ou deux, mais j'ai quasiment tout oublié.

– Les hormones. Exact, répliqua Randolph en hochant la tête, les hormones. Leurs effets sont multiples et variés. Certaines nous dictent le moment du réveil, d'autres celui du sommeil ou de l'excitation. D'autres encore nous commandent de crier et de partir en courant dans certaines circonstances et de tomber amoureux dans d'autres. Les hormones nous disent quand grandir et quand stopper notre croissance. Là-haut dans votre crâne, dans la petite cavité de l'os sphénoïde, se trouve une minuscule glande, *a priori* sans importance, appelée l'hypophyse. Bon, je pourrais ajouter que l'hypophyse est reliée à l'hypothalamus par l'infundibulum, mais cela ne vous avancerait à rien. Tout ce que vous avez besoin de savoir, c'est que la glande hypophyse contrôle l'ensemble du système et, plus important encore, la croissance.

Randolph leva à nouveau la main sur son frère. Au lieu de le frapper, il lui caressa une joue visqueuse.

– Durant la jeunesse, la glande hypophyse fabrique des hormones de croissance qu'elle envoie dans tout le corps pour ordonner aux cellules de se diviser et de se multiplier. Quand le processus arrive à son terme, d'autres hormones entrent en scène et ordonnent aux cellules d'arrêter. Vous me suivez ?

– J'avais juste espéré laisser les leçons de biologie derrière moi pendant les vacances, répondit James, tentant de paraître indifférent alors même qu'il se concentrait de toutes ses forces pour recueillir toutes les informations qu'il pouvait pour comprendre ce qui l'attendait.

– Mais ce sont des processus fascinants, Bond. Absolument fascinants, reprit Randolph, le visage vibrant d'émotion. Imaginez un seul instant ce qui pourrait arriver si le système ne fonctionnait plus normalement, s'il se déréglait, disons, pendant la croissance Quand un enfant grandit, on ignore s'il va devenir un nain ou un géant, un obèse ou un puissant athlète. Ce qui m'amène au cœur du problème. Et si on pouvait contrôler nous-mêmes le système endocrinien ? Commander à nos hormones de faire grossir nos muscles, d'allonger nos os ?

Enthousiaste, Randolph se tourna vers son frère qui le regarda d'un œil torve.

– C'était le domaine qui nous fascinait, hein, Algie ? Mmh ? Bon, nous nous sommes donc mis à étudier les glandes ainsi que la nomenclature des hormones : les aminés, les peptides, les protéines et les stéroïdes.

– Suis-je supposé comprendre ce que vous dites ou me contenter d'assister assidûment à l'étalage de votre science ?

– Silence, le coupa Hellebore. Vous ne seriez pas capable de comprendre la moitié de tout ceci, même si j'y passais l'année. Essayez au moins d'en saisir les grandes lignes…

– Nous avons cherché des moyens de fabriquer des hormones de synthèse, l'interrompit le docteur Friend, des hormones correspondant à notre propre cahier des charges. Nous avons donc extrait des hormones normales puis nous les avons combinées, modifiées, pour aboutir à notre propre version.

Randolph reprit le cours de son histoire, la voix cassée par l'excitation.

– Notre idée, c'était de transformer un homme normal en surhomme.

James se tourna vers Algar. Il se tenait là, debout, respirant avec difficulté à cause de ses cloisons nasales déformées. De la morve coulait de ses narines et, mélangée à la salive, faisait de longs fils de bave accrochés à sa bouche.

– Visiblement, vous avez échoué, dit James calmement.

– Non ! hurla Randolph en tapant du poing sur la

table, faisant sauter les couverts. Au début, l'expérience fut un franc succès. Après les premières injections, Algar s'est mis à grandir et à forcir. Il se sentait en pleine forme, débordait d'énergie. Selon ses propres mots, une force inouïe montait en lui, comme s'il avait avalé la foudre. Alors j'ai augmenté les dosages. Et les choses ont commencé à se gâter. Son esprit est devenu brumeux. Il s'est mis à oublier de plus en plus de choses et à avoir d'horribles convulsions qui secouaient tout son corps et le faisaient atrocement souffrir. Il se plaignait de violents maux de tête et de douleurs musculaires. Petit à petit nous avons compris qu'il changeait, que son anatomie se modifiait. Le sérum avait bouleversé son système endocrinien. Sa masse musculaire était devenue monstrueuse. Ses os grandissaient dans des proportions alarmantes, il était atteint d'une forme d'acromégalie. Son crâne s'est mis à grossir, sa peau à épaissir. Sa glande thyroïde fut détruite, ses cordes vocales également. Ses glandes salivaires et sudoripares devinrent hyperactives et il était pris de furieux coups de colère. À la fin, nous fûmes contraints de lui administrer des sédatifs. Heureusement, après des années de traitements à base d'injections, j'ai réussi à le stabiliser. Et maintenant ? Il est doux comme un agneau, mon Algie, hein ?

Joignant le geste à la parole, Randolph tapota le sommet de la tête chauve et visqueuse d'Algar.

– Ce soir, on l'a retrouvé en train de vous porter dans le hall d'entrée. Il a presque réussi à s'en tirer.

– Que voulez-vous dire ? demanda James.

– Il n'essayait pas de vous faire du mal, Bond, au

contraire, il tentait de vous aider – le pauvre bougre –, de vous sauver, de vous faire quitter cet endroit.

– Mais pourquoi ?

– Il y a eu un précédent. Un autre garçon qu'Algar a sauvé de la noyade dans le loch.

– Alfie Kelly.

– Affirmatif. Un tonnerre d'applaudissements pour ce jeune garçon ! Au fond, votre théorie était exacte, Bond. Algar m'a amené Alfie pour que je le soigne, mais nous avions d'autres idées en tête.

– Nous avions besoin d'un spécimen humain, ajouta le docteur Friend sur un ton désinvolte, tout en essuyant ses lunettes dans sa blouse de laborantin.

La gorge de James se noua. Son sang se mit à battre furieusement contre ses tempes tandis qu'il se représentait toutes les implications de ce que le docteur Friend venait de déclarer.

Une longue plainte étrange s'échappa de la bouche lippue d'Algar.

Le regard de James alla d'un frère à l'autre. Le monstre n'était pas celui qu'on croyait, le difforme, l'infâme dont la vue était si pénible, mais l'autre, le beau, l'impeccable, avec ses cheveux blonds comme les blés, sa belle moustache lissée, sa peau halée, son sourire immaculé et ses yeux bleu de Chine.

Au cours de leurs expériences, l'un avait récupéré son humanité, l'autre l'avait perdue.

– MacSawney. Emmène-le, ordonna Randolph. Et enferme-le dans un clapier. On ne peut pas risquer de l'avoir à nouveau dans nos pattes.

330

L'homme de main courtaud se dandina jusqu'à Algar et enfonça gaiement le canon de son arme dans les côtes du malheureux. Sous la menace, Algar s'éloigna en clopinant tandis que Randolph s'essuyait les mains dans un chiffon et se lissait les cheveux en s'admirant dans la paroi de verre d'un aquarium. Ensuite, il sortit de sa poche une petite boîte argentée, l'ouvrit et la tapota au-dessus de sa paume ouverte. Deux minuscules pilules blanches tombèrent. D'un geste, il les fourra dans sa bouche et déglutit.

— Vous croyez que nous avons échoué, lança-t-il en s'approchant de James et en se frottant les mains. Mais, en fait, c'est tout le contraire. On y est presque. Nous avons déjà développé des pilules qui augmentent les capacités musculaires et améliorent le rendement du corps.

— C'est ce que vous avez donné à George, non ? Je vous ai vu le jour du trophée.

— George a pris les pilules pendant un bon moment. Puis il a refusé de continuer. Mais ce jour-là... Elles l'ont rendu plus fort et plus rapide. La coupe devait être mon premier coup d'éclat. Bien sûr, les effets secondaires habituels sont apparus : agressivité accrue, irascibilité et légère perte d'intelligence. Autant de détails sans importance et qui, chez un soldat, s'apparenteraient à d'admirables qualités.

— Vous avez fait cela à votre propre fils ?

— Et pourquoi pas ? rétorqua Randolph rugissant. Si cela pouvait le faire gagner ?

— Pourtant, cela ne l'a pas empêché de perdre. En

partie parce que vous l'avez rendu fou. Souvenez-vous des faux départs et de l'agression qu'il a tentée contre moi lors du cross-country…

— Silence ! Il n'a pas gagné parce qu'il est fondamentalement faible. Comme vous pouvez le voir, je prends moi-même ces pilules et elles ne me font aucun mal. Au contraire, elles me maintiennent tel que j'ai toujours été, un sujet en parfaite condition physique.

— Vous ne craignez pas de vous transformer ? De ressembler de plus en plus à votre frère ?

— Mon frère était un imbécile. Il a testé le sérum pendant son stade de développement et à des doses trop importantes. Nos combinaisons de molécules sont extrêmement puissantes. Elles peuvent transformer une lavette pleurnicharde et lâche en un héros de guerre ayant l'audace d'un lion, elles peuvent changer un frêle gringalet en hercule avec un corps de taureau et, même, changer une femme en homme.

— Et Algar ? En quoi l'ont-elles transformé ?

— À quoi vous fait-il penser, ce pauvre diable ?

— Difficile à dire, répondit James tristement.

Il aurait voulu que cette nuit s'achève enfin. Il voulait retourner au cottage, retrouver son lit, se sentir en sécurité.

— Regardez ! s'exclama Randolph en pointant une anguille dans son bocal. Une anguille ! Algar est devenu une anguille. La ressemblance est troublante, vous ne trouvez pas ?

— Comment pouvez-vous parler ainsi de votre propre frère ? cria James d'un ton accusateur. Ça ne vous touche pas plus que ça ? Vous êtes fou. Vous êtes tous fous !

– Les scientifiques ne sont pas des gens comme les autres, déclara calmement le docteur Friend. Algar était un pionnier, un visionnaire. Il ne se contentait pas des courtes perspectives de nos misérables vies et il avait admis une fois pour toutes que la fin justifie les moyens. Vous verrez, l'histoire nous donnera raison.

Il marqua une pause et nettoya ses lunettes pour la mille et unième fois.

– Les individus importent peu, c'est ce qu'ils laissent derrière eux qui compte, reprit-il. Prenez l'art de la Renaissance italienne, par exemple. Il a été en grande partie financé par des assassins sanguinaires. Qui se souvient des victimes ? Personne. En revanche tout le monde se pâme devant les peintures, les sculptures et les palais magnifiques. Il y a quelques siècles, les médecins furent considérés comme des monstres parce qu'ils disséquaient des cadavres ; aujourd'hui on loue leur clairvoyance et on les élève au rang de modèles.

– Il y a une différence, déclara James, entre disséquer un cadavre et disséquer un être vivant.

– Pas pour la recherche, coupa le docteur Friend avec assurance.

– Savez-vous, Bond, que ce site est parfait pour un laboratoire ? ajouta Randolph. Tout comme il était idéal pour construire un château ; directement sur une source d'eau claire, sur une île au milieu d'un lac. Le lac Silverfin. Vous connaissez la légende ? It'Airgid ? Celle du gros poisson qui mange le petit et celle du géant, du plus gros de tous les poissons : Silverfin. Le nom m'a semblé approprié pour mon projet. D'autant que ce lac y joue un rôle essentiel. Nous y avons longtemps jeté tous nos déchets : sérums ratés, viscères et dépouilles de cobayes, eaux souillées du sang des expériences ainsi que toutes sortes de produits chimiques et d'antibiotiques. Tout va dans le lac. Les anguilles voraces se chargent de tout faire disparaître. Et vous savez ce qui s'est passé ? En un temps record, elles ont assimilé ces molécules ; et comme ce sont des créatures primitives et relativement peu élaborées, les produits leur ont très bien réussi. Leur nature a changé. Généralement, les anguilles ne sont pas fondamentalement agressives. Même si, de notre point de vue, ce sont des animaux cruels et insensibles, ce ne sont ni des requins ni des barracudas. Leurs dents ne sont pas acérées, elles ressembleraient plutôt à des molaires. Certes, quand elles mordent quelque chose, il est très difficile de le leur enlever car elles se nourrissent en déchiquetant la chair de leurs proies, mais elles ne représentent aucun danger pour l'homme. Leur régime alimentaire est constitué de sangsues, de larves, de petits crustacés ainsi que de toutes les charognes qu'elles peuvent rencontrer. Elles sont particulièrement friandes de bonnes viandes bien faisandées, ce qui, d'habitude, n'en fait pas de redoutables prédateurs. Mais nos déchets ont transformé ces placides anguilles du loch Silverfin en tueuses féroces, assoiffées de sang, et incontrôlables. Oui, nos molécules les ont transformées en machines de combat semblables à celles que j'avais toujours rêvé de construire. Aussi ai-je accéléré le processus, rejetant toujours plus de produits dans le lac, pêchant un sujet de temps à autre pour l'étudier, et prélever ce dont j'avais besoin. Elles ont un système endocrinien, comme n'importe quel autre vertébré. Et leurs glandes sont aisées à extraire.

Randoplh saisit une petite épuisette et la plongea dans un bocal. Rapidement, il remonta une anguille et l'approcha de James, puis, attrapant l'animal par le cou, il le sortit du filet et l'immobilisa sur la table. Se débattant à grands coups de queue, l'anguille fit voler la nourriture aux quatre coins de la pièce.

— Regardez-la. À la moindre goutte de sang, elle serait sur vous comme un tigre sur un faon blessé. Et il y en a plein le lac des comme elle, ses frères et ses sœurs. J'ai même construit un système élaboré de filets et de barrages pour que les anguilles puissent sans problème entrer dans le lac, mais pas en ressortir. Oh, bien sûr, on a aussi eu l'habituel quota d'impairs et un petit nombre d'irréductibles a réussi à s'échapper, mais dans l'ensemble la population n'arrête pas d'augmenter. Ces puissants tueurs sanguinaires prolifèrent.

— Et que vont devenir les truites et les saumons ? demanda James, choqué par ces manipulations contre nature. Ils vont s'éteindre…

— Qui va se soucier de quelques poissons, Bond ? Tous ceux qui se trouvaient là sont exterminés depuis belle lurette. Maintenant, le lac est un vaste aquarium, un laboratoire grandeur nature, mon outil d'expérimentation.

— Vous trichez.

– Tricher ? Décidément, vous êtes pétri de concepts désuets, Bond.

– Oui, rétorqua James d'un ton de colère. Vous trichez. Vous pensez réellement qu'il suffit à un homme d'avaler quelques pilules pour être plus fort et plus rapide qu'un autre ? Vous vous leurrez.

– Nous sommes entrés dans une nouvelle ère, Bond, construite sur les odieux vestiges de la guerre. Vos idées sur le bien et le mal, la justice et l'injustice n'ont tout simplement plus cours. Aujourd'hui, il n'y a plus que les forts et les faibles, les rapides et les lents, les vivants et les morts, les riches et les pauvres. Et si on vous donnait le choix, que préféreriez-vous être ? Fort, rapide, riche et vivant ou faible, lent, pauvre et mort ?

– N'importe quoi pourvu que je ne sois pas un affreux fourbe ! cria James. Je ne veux pas d'un monde peuplé de brutes épaisses et de phénomènes de foire.

– Ces nobles sentiments vous honorent, monsieur Bond, mais ne venez pas vous plaindre ensuite que votre vie est minable… et courte.

À ces mots, il attrapa une pointe et, d'un geste vif et précis, transperça la tête de l'anguille et la planta sur la planche de dissection qui se trouvait sur la table.

Les cochons de Gadara

— Regardez mourir cette bête, dit Randolph, fasciné par l'anguille crucifiée qui se tortillait sous sa pique, maculant la table d'humeur visqueuse et de sang. Imaginez ce que pourrait donner la combinaison des caractères de l'anguille avec ceux de l'humain ! Cela donnerait un combattant non seulement plus grand et plus fort, avec une peau solide comme l'acier, mais aussi une âme simple qui obéirait aveuglément aux ordres et serait impossible à arrêter. Il serait magnifique, non ? Parfaitement féroce et terrifiant ! Bientôt, j'aurai perfectionné mon sérum. J'aurai atteint le parfait dosage d'hormones de croissance, d'adrénaline, de testostérone et des innombrables particules chimiques que j'ai extraites de mes anguilles et, bientôt, je serai en mesure de créer un soldat indestructible.

Hellebore souleva James de son siège.

— Laissez-moi vous montrer quelque chose, dit-il en le conduisant dans le laboratoire.

Ils contournèrent des paillasses portant les traces d'expériences inachevées : des cochons morts, des anguilles disséquées, des organes difficiles à identifier, des morceaux de chair grise dans des bocaux, des microscopes, des pages de notes couvertes de chiffres et de symboles.

Enfin, ils arrivèrent devant une rangée de clapiers, adossés à un mur. Les portes d'acier étaient toutes fermées par un cadenas.

À mesure qu'ils s'approchaient, les grognements que James essayait d'identifier depuis qu'il s'était réveillé devenaient plus forts, tout comme la puanteur. Quand il jeta un œil à travers le grillage d'une des portes, il comprit.

Derrière ses barreaux, un porc le regardait tristement.

Ce n'était pas un cochon normal. Pour commencer, il était gigantesque, presque deux fois plus gros qu'un porc ordinaire et surtout incroyablement disproportionné. Une tête minuscule avec une excroissance osseuse sur le front, comme une petite corne. Il pouvait à peine supporter son poids tant ses pattes étaient tordues, épaisses et courtes. Il tremblait horriblement.

James jeta un rapide coup d'œil dans la cage suivante et découvrit une autre créature difforme, mais cette fois avec de saillantes dents de dinosaure sur une mâchoire inférieure grotesquement enflée et une tête beaucoup trop grosse pour ce corps mal formé et allongé. Le sort des autres porcs n'était guère plus enviable. Certains avaient le corps tout ratatiné, d'autres les pieds gonflés et kystiques, d'autres enfin n'avaient pas d'yeux. Certains bavaient, d'autres mordaient leur grillage. Tous respiraient la folie et la souffrance.

MacSawney les rejoignit. James remarqua qu'à son approche les animaux s'agitaient. Un ou deux se jetèrent de toutes leurs forces sur la porte de leur enclos tandis que les autres se blottissaient dans le fond de leur cage.

– On dirait qu'ils sentent le matamore, dit Hellebore en riant.

Le bouffon desséché qui servait de guide de chasse au maître des lieux donna un coup de pied à une cage.

– Du calme, sales carnes, cracha-t-il.

– Comme nous n'avions pas de cobayes humains pour conduire nos expériences, dit Hellebore en élevant la voix pour couvrir les grognements qui montaient des enclos, nous avons été contraints d'utiliser des porcs.

Ce fut au tour du docteur Friend de les rejoindre.

– Je leur ai injecté différentes versions du sérum Sil-verFin, avec des résultats variables, comme vous pouvez le constater. Toutefois, si vous regardez de gauche à droite, vous pourrez apprécier l'évolution des résultats, du plus ancien au plus récent. L'animal de l'enclos numéro un a reçu ses premières injections en janvier, alors que ce petit-là vient de commencer son cycle.

Il pointa du doigt un porc couché dans la semi-obscurité de sa cage, jonchée d'immondices.

– La première injection a eu lieu ce soir à sept heures trente-six. Au début, aucun changement notable n'est visible mais, peu à peu, nous augmentons les doses quotidiennes. La réussite n'est pas encore totale et nous n'avons aucune idée des effets que le traitement pourrait avoir sur un homme, mais nous sommes confiants et, d'ici quelque temps, nous aurons suffisamment affiné le traitement pour transformer en quelques semaines n'importe quel soldat en machine de guerre invincible. Le sujet juste à côté est à ce jour notre plus grande réussite.

James regarda dans la cage contiguë et vit un porc qui, à première vue, était un animal magnifique. Il avait une tête imposante, mais bien proportionnée, sur un garrot puissant et des pattes robustes et musclées. Il aurait très bien pu passer pour un cochon normal – bien qu'étonnamment puissant et massif – s'il n'y avait eu sa peau, qui ressemblait au cuir épais et rugueux d'un rhinocéros et la lueur meurtrière qui brillait dans ses yeux. James n'avait jamais vu un animal à l'expression si humaine et si haineuse. Quand la bête leva les yeux sur lui, il recula d'un pas, s'attendant à ce que la créature bondisse hors de sa cage et plante ses dents jaunes dans sa chair. Le cochon se retourna. James remarqua à la faveur de ce mouvement que ses pattes arrière étaient rachitiques et presque inexistantes, comme si leur croissance s'était arrêtée prématurément. Elles traînaient dans les excréments et les restes de nourriture qui maculaient le sol de la cage.

James ne pouvait en voir davantage. Il détourna les yeux et porta ses mains à son front endolori. C'est alors qu'il perçut une nouvelle fois le sifflement asthmatique qui lui était devenu familier.

Dans la cage suivante se tenait Algar, plié en deux, son dos et sa tête frottant contre le plafond de l'enclos. Il avait une expression pitoyable et triste sur le visage.

Il berçait quelque chose dans ses bras. James regarda de plus près et réalisa qu'il s'agissait du petit cochon que MacSawney avait pris dans l'enclos du dehors. Algar le câlinait comme une poupée.

— Connaissez-vous l'épisode biblique des porcs de Gadara ? demanda Randolph.

James ne répondit rien.

— Vous vous souvenez peut-être comment les démons avaient pris possession de ce vieillard et l'avaient rendu fou furieux, le faisant divaguer et tout casser sur son passage, comme mon frère au début. Et puis arrive Jésus-Christ, le sauveur, qui chasse les démons du corps du vieil homme et les envoie tourmenter un troupeau de cochons qui se trouvait là. Ceux-ci deviennent fous à leur tour et se jettent dans la mer. Eh bien, disons que nos cochons sont eux aussi possédés par les démons et que notre mission est de les emprisonner pour en faire l'élevage.

James se sentit pris de nausées.

— Qu'avez-vous fait à Alfie ? demanda-t-il.

— Un spécimen de piètre qualité, dit doucement le docteur Friend.

— Que lui avez-vous fait ?

— Ces pauvres hères d'autochtones, répondit sèchement Hellebore. Ils sont faibles et sous-alimentés. Ce qu'on lui a fait ? Je vais vous le dire. On l'a nourri et on l'a réhydraté. On lui a mis un peu de viande sur les os.

— Mais il était encore trop faible pour le sérum, ajouta le docteur Friend. Il n'a pas supporté la première injection. Son cœur a lâché.

341

— Ou peut-être qu'il est mort de terreur, dit Hellebore d'un ton froid.

— Une terrible tragédie…, ajouta le docteur Friend
en secouant la tête d'un air triste. Nous n'avons même
pas eu le temps de tester correctement SilverFin. Mais,
au bout du compte, il nous a tout de même été utile.
On l'a ouvert et…

— Arrêtez! hurla James. Je ne veux pas en entendre
davantage. Taisez-vous.

— Je veux seulement que vous compreniez, dit lord
Hellebore. Nous n'avons pas dit au jeune Kelly ce que
nous faisions. Nous l'avons simplement convaincu qu'il
était malade et qu'il avait besoin de notre aide. Mais,
rétrospectivement, nous pensons qu'il eût été préférable qu'il sache exactement de quoi il retournait. Vous
êtes plus âgé et plus robuste que lui. En outre, nous avons
sensiblement progressé depuis sa venue. Il ne fait aucun
doute que vous vivrez bien plus longtemps que lui.

James regarda Algar et les autres monstres avec horreur. Une colère noire le submergea. Instinctivement, il
donna un violent coup de pied à lord Hellebore. Celui-
ci poussa un glapissement et saisit sa jambe. Profitant
de ce moment de confusion, James traversa le laboratoire en courant.

Arrivé à l'escalier métallique, il le gravit en quelques
bonds mais, quand il atteignit la lourde porte d'acier, il
s'aperçut qu'il n'y avait pas de poignée et qu'il n'y avait
aucun moyen de l'ouvrir sans clé.

Il jura et regarda autour de lui à la recherche d'un
objet contondant. S'ils voulaient lui remettre le grap-

pin dessus, ils en payeraient le prix. Mais il n'y avait rien ici. Il regretta de ne pas avoir pris quelque chose dans le labo, un scalpel, un bocal d'acide, n'importe quoi. Il fit demi-tour. Au milieu de l'escalier, il y avait une porte sur le côté, et un panneau : « DANGER ! PRODUITS INFLAMMABLES. » Il sourit. Il y aurait peut-être quelque chose là-dedans qu'il pourrait utiliser. Mais son sourire disparut bien vite. La porte était, elle aussi, fermée à clé.

— Elles sont toutes verrouillées, cria lord Hellebore d'en bas. Et en acier blindé. Il n'y a pas de fenêtres non plus. Et vous ne disposez d'aucun allié dans cette pièce. Il n'y a pas d'issue possible. Et s'il vous plaît, ne vous faites pas de mal, nous ne voulons pas que vous vous blessiez de quelque façon que ce soit. Nous avons besoin d'un spécimen en parfaite condition physique.

MacSawney montait lentement l'escalier en gloussant, le dos courbé, ses longs bras simiesques tendus vers l'avant.

— Petit, petit, petit… Viens voir tonton…

James remonta sur la passerelle. Durant un bref instant, il pensa les duper en se jetant dans le vide, envisageant clairement le suicide. Pourtant, au fond de son esprit, une étincelle continuait de briller, une étincelle certes minuscule, mais qui scintillait vivement et qui lui commandait de ne pas abandonner, de continuer à se battre car, d'une façon ou d'une autre, il allait s'en sortir.

— Que croyez-vous que vous puissiez faire, Bond ? hurla Randolph avec une sérieuse dose d'ironie dans la voix. Vraiment ! Je veux dire, vous n'êtes qu'un enfant, un gamin. Je vous en prie, abandonnez sur-le-champ l'idée que vous puissiez me nuire ou nuire à mon travail de quelque façon que ce soit. Et n'imaginez pas non plus que vous puissiez vous enfuir.

MacSawney était au sommet de l'escalier. Il suivait James à pas de loup sur la plate-forme, ses yeux injectés brillant d'un éclat malin, se léchant les babines et montrant les dents comme un animal parasite. James attendit qu'il soit à sa portée, et il chargea, tête la première, à l'estomac. MacSawney expira sous la violence du choc et, avec un gémissement aigu, tomba sur le sol.

James redescendit l'escalier, piétinant son assaillant au passage. Il se dirigea vers le docteur Friend et lord Hellebore sans savoir ce qu'il allait tenter sinon se lancer dans la bagarre.

C'est alors qu'il l'aperçut. Accrochée au mur, juste à côté d'un petit écriteau qui disait « EN CAS D'INCENDIE », une hache. Il courut vers l'objet. Mais il n'avait pas remarqué deux gardes, cachés sous les marches. Avant qu'il ait pu atteindre la hache, ils bondirent dans son dos et l'immobilisèrent rapidement.

– Bon travail, les félicita Hellebore. Bon, la récréation est terminée. Assez joué pour cette nuit. Attachez-le à la table, voulez-vous ? Perseus, allez chercher le SilverFin.

James se débattit, rua de toutes ses forces, mais en vain. Les deux hommes étaient trop forts pour lui. Il leur fallut tout de même plusieurs minutes pour l'attacher. Maigre victoire car bientôt il fut parfaitement immobilisé sur la table d'acier froid.

– Vous avez de la chance que je veuille vous garder absolument intact, Bond, dit Hellebore dans un souffle fétide en se penchant sur lui. Sinon je pourrais vous faire souffrir...

– Ne vous inquiétez pas, lord, le rassura le docteur Friend. Il va sentir passer l'injection.

Puis, se tournant vers James, il poursuivit :

– Mon garçon, je vous conseille de ne pas vous débattre et de ne pas trop bander vos muscles sans quoi l'aiguille aura du mal à entrer et cela peut être très, très douloureux. Et si elle venait à casser...

James ferma les yeux, tentant d'oublier ce qui lui arrivait, et ce qui allait se passer. Mais la seule image qui continuait à hanter son esprit était celle des cochons hideux. Il sentit un frottement sur son bras, accompagné d'une sensation de froid. Le docteur Friend était en train de le nettoyer. Après quoi, le bruit d'un bouchon de caoutchouc qu'on retire d'un flacon de verre résonna dans le laboratoire.

James serra les dents et essaya de relâcher son bras.

Perseus et Hellebore parlaient à voix basse.

– Cent soixante-quinze milligrammes devraient suffire pour la dose initiale...

– ... nous augmenterons de dix milligrammes toutes les douze heures...

– ... nous devons préparer un régime alimentaire strict et régulier...

– ... nous y sommes...

Soudain, James ressentit une vive piqûre et une sourde douleur froide engourdit son bras. Il hurla, revoyant le clou transpercer la cervelle de l'anguille. Il secoua la tête et attendit que la douleur se dissipe, ce qu'elle fit lentement, aussitôt remplacée par une terrible sensation de chaleur et de gonflement de tout son corps. Une affreuse poussée s'exerçait derrière ses yeux, les forçant hors de leurs orbites. Une horrible pression pesait sur ses mâchoires, sur son cœur et sur ses poumons. Ses dents semblaient devoir se déchausser, sa cage thoracique ne plus pouvoir contenir son rythme cardiaque, le diamètre de ses bronches avoir diminué de moitié en un instant. Tout se passait comme si quelqu'un gonflait son corps d'air avec une pompe à vélo. Il sentait ses doigts qui enflaient comme des saucisses, son estomac qui explosait, son sang qui cognait à ses tempes. Il tira sur ses liens et ouvrit les yeux. Toute la pièce tournait. Il était pris de terribles vertiges et d'horribles nausées. Il eut un haut-le-cœur et sentit le goût du sang dans sa bouche. Pressant son visage contre la table d'autopsie pour le rafraîchir, il vit le docteur Friend qui, imperturbable, prenait des notes sur son carnet.

James referma les yeux.

À mesure que s'égrainaient les minutes, qui lui paraissaient des heures, la pression baissa. Sa respiration ralentit et une sensation de torpeur l'envahit.

Finalement, Hellebore estima qu'il était en état d'être transporté. Les deux hommes s'approchèrent et défirent gentiment les sangles.

Cette fois, James n'opposa aucune résistance mais, quand ils le remirent debout, un irrépressible jet de vomi sortit de sa bouche et alla s'étaler sur le sol. Il constata avec satisfaction qu'il avait éclaboussé les élégantes chaussures de lord Hellebore.

Soutenu par les deux hommes, James grimpa mollement l'escalier, trop malade et trop faible pour tenter quoi que ce soit. Hellebore maugréait et jurait dans leur sillage. Ils passèrent la porte et le menèrent dans les méandres des couloirs du château. Ils arrivèrent finalement à l'entrée, où ils prirent un passage étroit et dérobé. Après quelques virages serrés, ils descendirent un escalier en colimaçon sombre et étroit qui sentait l'humidité et débouchèrent devant une lourde porte. MacSawney prit une clé rouillée, qui devait mesurer au moins trente centimètres de long, et l'enfonça dans la serrure. Le pêne sauta dans un lourd cliquetis métallique.

La porte s'ouvrit, James fut jeté à l'intérieur sans ménagement.

— Ne crois pas que j'aie oublié ce que tu m'as fait, morveux, bougonna MacSawney d'un ton menaçant en passant la main sur son ventre. Mais j'aurai tout le temps de prendre ma revanche. Oui, tout le temps... Maintenant bonne nuit et fais de beaux rêves.

Il éclata de rire en refermant la porte derrière lui.

James demeura immobile, les yeux perdus dans le vague tandis que la clé tournait dans la serrure.

Il resta là, prostré.

Tout lui était devenu indifférent.

23

Fait comme un rat

Ses jambes refusèrent de le porter plus longtemps. James resta un moment assis par terre, les yeux fixés sur les vieux murs de granit gris, luisants d'humidité et couverts de mousses vertes et jaunes. Il passa ses bras autour de ses jambes repliées. Il avait froid jusqu'aux os. La dalle de pierre était glacée comme la mort.

Alors c'est comme ça que tout finissait.

Il était brisé de fatigue. Se blottir dans un coin de la pièce et s'endormir pour toujours. Être froid et immobile comme la pierre…

Non.

Il s'ébroua et se leva. Il ne fallait pas qu'il cède. C'eût été consacrer la victoire de lord Hellebore. Il repensa à tout ce qu'il avait dû traverser pour arriver jusque-là : la marche jusqu'au château avec Kelly, le parcours du combattant dans les fossés, la cachette à l'arrière du camion, la traversée des enclos à cochons, l'ascension du grand pin, et la folle escalade sur la façade… Puis

348

la course-poursuite avec Algar dans les corridors obscurs… Tout ça en une seule nuit ? Mais qui disait que le jour n'était pas levé ? Un nouvel accès de fatigue le terrassa. Il n'eut plus qu'une envie : s'asseoir et se reposer.

Non.

Il se mit à arpenter la pièce de long en large. Il devait réfléchir. Trouver un plan. Trouver quelque chose à faire pour rester actif. Ne surtout pas se démoraliser. Il repensa à oncle Max, à tout ce qu'il avait enduré pendant la guerre.

Il ne pouvait pas le décevoir.

Pas plus que Kelly.

Kelly comptait sur lui. Il l'attendait dans la maison abandonnée. Il n'allait pas le laisser tomber. Des gens s'étaient déjà sortis de situations plus dramatiques que celle-là. Max avait dû s'échapper d'une forteresse allemande. Et même après la torture et les brimades, il y était parvenu.

On n'enferme pas un Bond.

Quelle que soit la situation, il y avait toujours une porte de sortie. Il suffisait de la trouver.

D'abord, étudier l'environnement. Il n'avait pas observé la pièce en détail depuis qu'il y avait été enfermé, une négligence coupable.

Elle formait un carré quasi parfait, avec de très hauts murs, deux fois plus hauts que la normale. Autrefois, il devait certainement y avoir une autre pièce au-dessus. La preuve, les murs portaient encore la trace de l'emplacement des poutres.

Il s'approcha d'une paroi et la frappa du plat de la

main. La pierre résonna aussi peu que s'il avait donné une claque à la montagne. Elle devait faire au moins trois mètres d'épaisseur.

Les seules ouvertures étaient la porte et, cinq mètres au-dessus de lui, une meurtrière, sécurisée par de lourds barreaux. Quand bien même il aurait pu grimper jusque là-haut, il y avait peu de chance que cela l'avance à grand-chose.

Aucune lumière ne filtrait de l'étroite fenêtre. Sans doute le jour n'était-il pas encore levé.

Seule une ampoule nue, pendant à une douille rouillée, accrochée très haut sur le mur face à la fenêtre, trouait la nuit. Le gros câble électrique qui l'alimentait serpentait entre quelques blocs de pierre avant de disparaître dans un trou grossier.

Le sol inégal était fait de grosses dalles de pierre rendues parfaitement lisses par des siècles de frottement. D'après ce qu'il se rappelait de l'architecture générale du lieu, James estima que cette pièce était située au plus bas niveau du bâtiment, ce qui signifiait que sous ces dalles gisait l'impénétrable socle rocheux sur lequel le château avait été construit.

L'unique caractéristique notable de ce cul-de-basse-fosse vide et lugubre était une grille d'acier qui recouvrait un trou dans le sol. James regarda à l'intérieur. Un puits avait été pratiqué dans la roche, mais il faisait trop noir pour évaluer sa profondeur ou voir ce qui se trouvait au fond. James se concentra sur la grille. Elle était scellée dans le sol par un mortier qui ne paraissait pas de première jeunesse. Un petit morceau de ciment était déjà près de tomber. Il le poussa du pied à travers la grille. Il y eut un instant de silence, puis un « plouf ».

Lord Hellebore n'avait-il pas déclaré que le château était construit sur une source ? Peut-être que ce conduit avait un jour servi de puits ?

James s'allongea sur le sol et plongea son regard dans le trou jusqu'à ce que ses yeux se soient accoutumés à l'obscurité. Il distingua un faible reflet de lumière, et rien d'autre. En repensant à ce qui se trouvait là-dessous, il frissonna.

Il se releva. Il avait déjà perdu beaucoup de temps. Certes, il avait un instant évacué le désespoir, mais son moral était toujours en berne. Il n'y avait pas moyen de sortir de cette prison. Il était perdu.

Il s'assit contre le mur, ramena une fois de plus ses genoux contre sa poitrine et fixa ses pieds d'un œil morne.

Ses chaussures !

Bien sûr. Comment avait-il pu oublier ? Il retira la gauche et fit pivoter le talon, révélant le compartiment secret. Son couteau était toujours là. Il l'attrapa, chercha l'onglet du bout des doigts et déplia la lame. Ça faisait du bien de sentir cette arme, même dérisoire, au creux de la main.

Et après ? Il ne put contenir un petit rire amer. Que pouvait-il faire de plus avec son petit couteau ? Creuser un tunnel dans le granit ?

Et la porte ?

Oui. Ça, c'était une idée.

Il se leva d'un bond.

La porte était massive, faite de grosses poutres de chêne, aussi dures et aussi noires que les murs. Rivets et boulons, aux proportions gigantesques, semblaient conçus pour repousser une armée. Le trou de serrure était si large qu'il devait sans doute accueillir une clé de la taille de son bras. C'était la porte du château du géant, comme dans les contes de fées. Mais contrairement au Jack de la fable, ici, il n'y avait pas de harpe magique et la femme de l'ogre n'allait pas venir l'aider. Il désespéra. Il était irrémédiablement seul.

Puis, en regardant fixement la porte, il remarqua quelque chose.

Il s'accroupit. Deux lettres étaient gravées dans le bois : « A K ». Alfie Kelly. James se sentit affreusement triste. Le pauvre garçon. Il avait sûrement utilisé un caillou pointu, mais n'était parvenu qu'à gratter légèrement la surface.

Qu'est-ce qu'il espérait, lui, avec son couteau ridicule ? Il n'y avait aucune chance qu'il puisse crocheter la gigantesque serrure, encore moins creuser un trou dans le bois – sa vie n'y suffirait pas. Il s'imagina avec une longue barbe blanche, faisant de minuscules copeaux de bois avec une lame dérisoire. Il allait mourir là, comme Alfie Kelly.

Il se rappela le fragile scellement de ciment autour de la grille du puits.

Il retourna au soupirail et examina plus avant la grille ronde avec ses croisillons d'acier. Il tira dessus. Elle ne bougea pas d'un millimètre. Et le ciment ? N'en avait-il pas enlevé un bout ? Il sauta sur la grille. Un morceau de ciment bougeait. Mû par l'énergie du désespoir, il se coucha sur le sol et commença à gratter le mortier avec la pointe de son couteau. Après quelques minutes d'effort, il eut la satisfaction de voir un petit morceau céder. Il continua à creuser et, bientôt, un nouveau morceau se détacha, découvrant un bout du barreau qui se trouvait dessous, brillant et neuf. Vingt minutes plus tard, il avait fait apparaître un cinquième du scellement. Il continua fiévreusement, perdant toute notion du temps. Il ne pensait plus qu'à gratter, évider, creuser, percer.

Plus tard – combien de temps plus tard, il n'en avait aucune idée… Une heure ? Deux ? – il retira le dernier morceau de ciment.

Une fois encore, il serra les poings sur les épais barreaux et essaya de tirer. Cette fois, la grille bougea, très lentement. Elle pesait une tonne. Il réussit néanmoins à la soulever suffisamment pour la faire pivoter légèrement et la laisser retomber sur le sol dans un grand « clong ». Il attendit un instant pour reprendre ses forces, et son souffle, puis il se remit à l'ouvrage et, centimètre par centimètre, fit glisser la grille sur le sol.

Il s'y reprit à plusieurs fois, mais finalement, le puits fut entièrement ouvert.

Et maintenant ?

Jusqu'ici, il s'était interdit de réfléchir. La perspective lui faisait peur. Il plongea son regard dans le sombre goulet.

Qu'y avait-il au fond ?

Pendant qu'il travaillait, des morceaux de mortier

353

étaient parfois tombés dans le trou et il s'était habitué à les entendre plonger dans l'eau noire. À l'écho des éclaboussures, il pouvait dire qu'il y avait une sorte de grotte là-dessous. Mais qu'est-ce que ça changeait ? Pensait-il sérieusement descendre dans le puits à mains nues ? S'il restait coincé, il se trouverait dans une situation pire que celle où il était déjà.

Il avait décidé un peu vite qu'il s'agissait là d'un vieux puits accédant à la source dont lord Hellebore avait parlé, mais ça pouvait aussi bien être un puisard. Et quand bien même ce serait effectivement la source, avec l'eau bouillonnant hors des entrailles de la terre ? Cela ne voulait pas nécessairement dire qu'elle communiquait avec le lac.

Il n'y avait qu'une façon de le savoir.

Le puits était juste assez large pour lui. Tout semblait indiquer qu'il ne rencontrerait pas de difficultés majeures pour descendre. Peut-être… Peut-être qu'il pourrait descendre juste un peu, pour voir… Et s'il ne pouvait plus remonter ensuite ? Il fallait se faire une raison. Il n'y avait rien de pire que d'attendre là que lord Hellebore et MacSawney reviennent s'occuper de lui. Il en était là quand il entendit un « plouf », comme si une bête avait sauté à la surface de l'eau. Le fruit de son imagination ?

Non. Ça recommençait. Impossible de l'ignorer. Et seul un être vivant pouvait faire ça. La conclusion s'imposa. S'il y avait quelque chose de vivant là-dessous, c'est que l'eau communiquait avec le loch d'une manière ou d'une autre.

Une image terrifiante prit immédiatement forme au fond de son cerveau. Il fit de terribles efforts pour la combattre et éviter qu'elle n'envahisse son esprit.

Peine perdue. Une silhouette serpentine s'insinua dans ses pensées.

Très bien. Il y avait des anguilles dans l'eau mais, d'après ce que lord Hellebore lui avait dit, il n'y avait aucune raison pour qu'elles l'attaquent. Il n'était pas blessé, aucun sang ne coulait. Après tout ce n'était que des anguilles, des charognards, pas des prédateurs. Il devait rester positif. Si une anguille entrait, c'est qu'elle pouvait aussi sortir et si une anguille pouvait sortir, peut-être qu'un garçon aussi.

Sa décision était prise. Avant qu'il ait eu le temps d'énumérer l'infinie suite de raisons qui lui commandaient de ne descendre là-dedans sous aucun prétexte, il était déjà presque entièrement entré dans le goulet.

Il tâtonna la paroi du pied à la recherche d'un appui et en trouva vite un. Après quoi il descendit en se tortillant et en calant ses pieds et ses mains contre les bords. S'il appuyait assez fort, il devait être capable de se tenir immobile, même en l'absence de prise.

« Allez, James, vas-y… » Méthodiquement, et tout en douceur, il descendit le long du puits, bougeant un pied, puis l'autre, une main, puis l'autre, centimètre par centimètre. Sa chaussure ripa sur la paroi glissante et il dut se rattraper du bout des doigts. Il gémit de douleur en contractant ses mains éraflées et meurtries contre la paroi, mais parvint néanmoins à assurer sa prise. Pour autant, il ne pouvait pas rester longtemps dans cette position. Ses bras étaient tétanisés et tremblaient sous l'effort.

« N'y pense pas, crétin, contente-toi de descendre… » Un mètre plus bas, il décida de s'arrêter pour se reposer un peu. Prudemment – et avec force gestes disgracieux –, il s'arrangea pour appuyer son dos contre la paroi du puits et pour planter ses deux pieds face à lui. Il demeura ainsi un instant et réalisa que descendre dans cette position serait sûrement moins pénible. Il lui suffirait de plier légèrement les jambes pour glisser le long du puits. Et en plus cela soulageait ses bras. Mais la manœuvre n'en était pas aisée pour autant, la roche dentelée griffait son dos et il avait constamment peur de glisser.

Il descendait. Il ne pouvait pas regarder en bas mais, au son des petits bouts de roche qui tombaient sous lui de temps à autre, il estima qu'il avait fait environ la moitié du chemin. Il leva la tête. L'ouverture au-dessus de lui brillait comme une pièce de cinq cents.

Les murs du puits étaient froids, ce qui n'empêchait pas James de transpirer sous l'effort, le pire étant qu'une bonne partie de lui-même aurait préféré remonter plutôt que de continuer à descendre vers cet inconnu sombre et glacé.

Qu'est-ce qu'il faisait ? Fallait-il qu'il soit fou ? Il pouvait très bien se retrouver coincé en bas, dans l'eau noire, seul et sans lumière… Mais c'était ça ou attendre une mort certaine dans sa cellule.

Les pensées se bousculaient dans sa tête, tout son corps vrombissait comme un moteur en surrégime. Il avait l'impression d'être en feu. L'énergie se déversait en lui en ondes de choc successives. Son cerveau bouillait.

Peut-être qu'il avait perdu la raison ?

Non. L'injection. Le SilverFin. Il se souvint de l'effet des petites pilules blanches sur George. Alors quel pouvait être celui du sérum infiniment plus puissant qu'on lui avait administré ?

Hellebore en serait pour son compte car James était en train de s'échapper.

Il éclata de rire. L'écho se propagea de haut en bas du puits.

Il allait s'échapper !

« Allez, bouge, reste pas planté là comme une moule sur son rocher. » Du moment qu'il bougeait, qu'il faisait quelque chose, il allait bien… Oui, il…

Non, il n'allait pas bien.

Il s'immobilisa. Il avait perdu le contact avec la paroi et sa jambe pendait dans le vide. Rapidement, il remonta son pied et le replanta dans la roche. Il s'était déconcentré, les yeux fixés devant lui, il n'avait regardé ni en haut ni en bas ; ce qui n'aurait pas fait grande différence tant la lumière était faible. Il baissa à nouveau son pied pour sonder le terrain. C'est bien ce qu'il pensait. Il était arrivé à la base du puits, là où le goulet s'arrêtait… Mais qu'y avait-il en dessous ? À quelle distance l'eau était-elle ? Quelle était sa profondeur ?

Beaucoup de questions et aucune réponse.

Soudain, l'image de lord Hellebore faisant irruption dans la cellule, l'infâme MacSawney sur ses talons, lui apparut. Il les imaginait découvrant la grille du puits gisant sur le sol et plongeant leurs regards dans le puits, le découvrant là où il se trouvait, coincé comme un rat...

Il lâcha prise.

Il y eut un court moment douloureux. Son dos et ses genoux frottèrent un instant contre la paroi et il se retrouva flottant dans l'espace, comme dans un rêve... Cela ne dura qu'une fraction de seconde, aussi courte que terrifiante. Il pénétra l'eau glacée. Ce fut comme si on lui assenait un coup de pelle sur le sommet du crâne. Il coula, ne sachant plus où était le haut ni où était le bas.

Mourir seul

C'est le bruit, plus que toute autre chose, qui frappa James. D'abord le vent, qui sifflait à ses oreilles, puis une énorme explosion quand il cogna la surface de l'eau et enfin, un silence assourdissant, pendant qu'il coulait en tournoyant, assommé, perdu dans l'obscurité. Puis soudain, il refit surface. Il entendit sa respiration, très forte, dont l'écho résonnait contre les parois de la grotte, se mêlant au clapotis de l'eau et aux dernières réverbérations de son plongeon.

Bien que l'eau fût d'un froid glacial, il ne perdit pas connaissance au moment où il y entra. Il s'en tirait avec un affreux mal de tête et d'atroces douleurs aux oreilles, au nez et aux yeux.

Le noir était quasi total. Seule une faible lueur tombait du puits, tout à fait insuffisante pour éclairer l'endroit. Tendant les bras à la recherche de quelque chose de solide, James nagea lentement devant lui. C'était difficile de nager habillé, ses lourdes chaussures de marche le tiraient vers le fond. C'était comme s'il s'était retrouvé dans le corps de quelqu'un d'autre, un corps gauche, lourdaud et mou. Ses mains finirent toutefois par atteindre la roche. Il barbota un instant en profitant de cet appui, puis longea le bord de l'eau à la recherche d'un endroit où il pourrait envisager la suite des événements.

Au bout d'un moment, il découvrit une étroite corniche, juste assez large pour lui. Il sortit de l'eau et demeura immobile, ruisselant.

Il était arrivé jusque-là. Il avait quitté sa cellule. Il était sain et sauf. Au moins sur le plan physique car, mentalement, il avait perdu une bonne part de son intégrité. Fou. Aussi fou que le lord dérangé qui lui avait administré la drogue qui le mettait dans cet état. Une drôle de chaleur courait dans tous ses membres.

Dès qu'il eut retrouvé quelque force, il retira ses vêtements pour éviter de se refroidir. S'il trouvait une issue, il les prendrait avec lui.

Oui, trouver une issue hors de ce cloaque mais, avant cela, essayer de se représenter la configuration des lieux afin de se repérer. Fermant les yeux pour mieux se concentrer, il tâtonna la corniche sur laquelle il se trouvait, puis retourna dans l'eau pour explorer les contours de la grotte, découvrant ici un affleurement, là une pierre plate juste sous la surface de l'eau et là un endroit glissant où l'eau coulait sur le mur.

Il fit plusieurs fois le tour. Maintenant, si jamais il découvrait un passage, il pourrait facilement le situer par rapport à la corniche.

Mais y avait-il une sortie ? Oui, certainement, puisqu'il

avait entendu quelque chose. Bien sûr, il se pouvait que le passage soit juste assez large pour un poisson.

Cette fois, il inspecta les contours de la grotte sous l'eau, mètre par mètre, plongeant encore et encore, tâtonnant la paroi du bout des doigts jusqu'à ce qu'il soit certain d'avoir couvert chaque partie de la cavité rocheuse.

Heureusement, la retenue d'eau n'était pas très profonde. Sauf au centre, où il y avait presque trois mètres de fond. Quand il plongeait là, il pouvait sentir de nombreuses fissures et de nombreux trous par lesquels l'eau s'infiltrait. L'inspection de la grotte lui prit beaucoup de temps. Et les plongées incessantes lui coupaient le souffle. Dès qu'il avait arpenté une portion, il remontait sur son promontoire et se livrait aux exercices de respiration que Leo Butcher lui avait appris pour se détendre. Malgré les effets de la drogue, le froid commençait à l'envahir et à l'affaiblir. Il devait constamment refouler la détresse qu'il sentait monter en lui, près de le déborder.

Il n'était pas fatigué du tout, bien qu'il fût certainement près de quatre heures du matin et qu'il n'eût pas dormi une seule minute. Il fallait qu'il profitât de son énergie tant qu'il en avait.

Il retourna à l'eau. Cette fois, après seulement quelques minutes de recherche, alors que ses mains tâtonnaient la roche, il sentit un léger courant. Il le suivit et trouva une ouverture. Dans son excitation, il faillit boire la tasse et remonta immédiatement à la surface. Il émergea en riant triomphalement. Le trou était grand, largement assez pour qu'il y passe… Mais était-il aussi large que ça tout du long ? Il prit une profonde bouffée d'air et s'engagea dans le goulet, les bras écartés. Il continuait bien plus loin, et semblait ne pas devoir se rétrécir. En outre, il sentait que l'eau était légèrement plus chaude à mesure qu'il avançait. Aucun doute, ce tunnel menait bien au loch.

Pas encore prêt. Il sortit du tunnel à reculons et retourna à la corniche, ce que, dorénavant, il pouvait faire sans y penser.

Il s'assit sur le rocher, exultant. Il s'imagina la tête de lord Hellebore quand il trouverait la cellule vide. Il s'était montré si outrecuidant que le berner en devenait presque jouissif.

Il décida d'abandonner le blouson, mais de prendre le reste de ses vêtements, y compris les chaussures car, dehors, il ne pourrait pas aller bien loin sans elles. Il défit les lacets et emballa une chaussure avec son pantalon, et l'autre avec sa chemise. Ensuite, il lia les deux ballots ensemble et, passant le lacet à sa ceinture, les accrocha à sa taille. Ils traîneraient dans l'eau à sa suite, au risque de s'accrocher quelque part, mais ce serait toujours plus facile que de nager habillé.

Il entreprit le stade final de sa préparation. Il se mit à respirer très profondément et très rapidement de façon à éliminer la majeure partie du dioxyde de carbone qui se trouvait dans son sang et à le remplacer par de l'oxygène. Rapidement, il sentit sa tête tourner. Il savait que, s'il continuait encore, il allait tomber dans les pommes, mais il était prêt, prêt à retenir sa respiration pendant…

Pendant combien de temps ? Quelle longueur faisait le tunnel ? Trois mètres ? Six ?

À l'entraînement dans sa chambre d'Eton, il pouvait approcher les deux minutes d'apnée, grâce aux exercices de Butcher. Mais sous l'eau, avec la pression et l'effort, ce serait une autre paire de manches…

Et puis il y avait les anguilles. Une chose qu'il avait soigneusement éludée jusqu'ici. Ce tunnel menait au loch, celui-là même dont on avait sorti le corps à moitié dévoré de l'Équarrisseur.

Il se rassura en pensant qu'il avait beau être couvert de bleus et d'ecchymoses, jusqu'ici, il ne s'était pas coupé. Si ça pouvait continuer, peut-être qu'elles le laisseraient tranquille. C'était un espoir bien mince auquel se raccrocher, mais c'était le seul.

Le mieux était encore de ne pas y penser. Il fallait juste le faire. Il retourna à l'eau et nagea jusqu'à l'entrée du tunnel.

Intérieurement, il se persuada que ce n'était rien, du gâteau. Il ne pouvait rien lui arriver, sinon rester coincé dans le tunnel et se noyer ou se faire dévorer par les anguilles.

Pas de quoi s'inquiéter.

Lentement, il remplit ses poumons au maximum de leur capacité puis plongea sous la surface et s'engagea dans le goulet.

Il avançait en faisant d'amples brasses, tandis que ses pieds battaient de haut en bas, ses vêtements flottant dans son sillage. Au début, il progressa rapidement, puis il accrocha la roche sur un côté. Le tunnel se rétrécissait.

Il en profita pour s'aider des mains, se hissant le long des aspérités rocheuses. Il avançait encore plus vite. Et il le fallait car ses poumons commençaient déjà à brûler sous l'effet du dioxyde de carbone. Il devait bloquer sa respiration aussi longtemps que possible s'il voulait oxygéner son sang et maintenir sa flottabilité. Mais la pression de l'eau forçait sur sa cage thoracique. Bientôt, il serait contraint de lâcher quelques volumes d'air.

Un peu plus loin, le tunnel se rétrécissait encore davantage. Il frottait contre la roche de chaque côté. Invoquant toutes les divinités du ciel, de la terre et des eaux, il priait pour que le goulet soit assez grand pour lui, et pour qu'il ne se coupe pas sur une pierre aiguë.

Il ne pouvait pas se permettre de saigner.

Combien de temps avait-il déjà passé sous l'eau? Peut-être trente secondes. Peut-être seulement vingt. Il lui était impossible de le dire, tout ce qui lui restait à faire était d'avancer à l'aveuglette dans l'obscurité la plus totale.

Il sentit des secousses et des chiquenaudes sur les ballots qu'il traînait derrière lui, puis quelque chose qui frottait contre sa peau, pas une chose dure comme la roche, mais une chose douce, visqueuse et vivante. Une anguille. Puis une autre. Elles étaient dans le tunnel avec lui. C'était leur tunnel. Il les imagina partout autour de lui, leurs museaux inquisiteurs sortant de trous dans la roche, sentant l'eau, sentant sa chair. Était-il coupé? Impossible de le savoir. Son corps était transi, de plus en plus engourdi par le froid. Pas assez engourdi toutefois pour ne pas sentir le contact d'une autre anguille qui avait glissé le long de sa jambe et lui avait mordu le ventre. Il se tortilla et, d'un coup de reins, s'en débarrassa.

Il ne devait pas s'affoler, continuer à avancer.

« Allez les anguilles, montrez-moi la sortie. Conduisez-moi hors de ce piège. »

La douleur dans ses poumons devint insupportable, il lâcha quelques bulles. Il se sentit un peu mieux, mais il savait aussi qu'il n'avait plus beaucoup de réserves.

Une anguille plus grosse glissa sur toute la longueur de son corps, inspectant sa chair de son grand museau. Une autre s'enroula autour de sa cheville gauche et, tandis qu'il tendait son bras, sa main tomba sur une chair froide et gluante qui glissa entre ses doigts en frétillant avant de filer dans le goulet d'un puissant mouvement de queue.

Les anguilles avaient détourné son attention. James réalisa avec horreur qu'il était arrivé à un endroit où le tunnel était tout juste assez large pour s'y faufiler. S'il progressait encore, il n'aurait plus la possibilité de faire demi-tour, il ne pourrait plus qu'avancer. Mais vers quoi ? Un goulet de quelques centimètres de diamètre ? Et il se retrouverait coincé, incapable de reculer ou d'avancer, sans air, entouré par les anguilles aux aguets.

Attendraient-elles qu'il soit mort pour entamer leur festin ? Ou commenceraient-elles pendant qu'il était encore vivant ?

« Ne pense pas à ça. Prends une décision. »

Avancer vers l'inconnu ? Ou retourner dans la grotte ? Il avait tant tergiversé qu'il n'était plus certain de posséder les réserves d'air nécessaires pour retourner à son point de départ. Surtout qu'il devrait y aller à reculons, en poussant sur ses mains car il n'était pas question de se retourner.

Plus il hésitait, plus son temps était compté. Les anguilles se faisaient plus pressantes et plus entreprenantes. Elles s'enhardissaient un peu plus à chaque instant, lui donnant de petits coups de museau, le reniflant, frottant leurs longs corps glissants contre lui...

« Oh et puis mer... »

Jusqu'ici, les décisions les plus folles avaient payé : descendre le long de la branche quand il était sur le pin, se balancer sur le mur de façade, descendre dans le puits, plonger dans l'eau... Il devait faire confiance à son ange gardien, même si celui-ci semblait relever de l'asile de fous.

Il laissa sortir une autre bulle d'air et se hissa dans la faille, râpant de tous côtés contre la roche, s'éraflant tout le dos. Mais – Dieu merci – il pouvait encore avancer, se tortillant lui-même comme une anguille, poussant avec ses genoux et ses coudes, rampant le long de la roche en s'aidant des doigts. Il allait s'en sortir. Il avait fait le bon choix. Il laissa échapper sa dernière réserve d'air et avança en se contorsionnant, luttant contre la montre, son pouls battant la chamade, sa tête près d'exploser, ses poumons pleins d'acide.

Et puis il s'arrêta.

Ne pouvant plus avancer.

Que se passait-il ?

Un des ballots s'était accroché derrière lui. Il se

déhancha pour tenter de le décrocher. « Allez ! Allez ! »
Le tunnel était trop étroit pour lui permettre de ramener une main sur sa ceinture. Il rampa donc en arrière pour donner du mou, puis repartit vers l'avant en gigotant. Il avait réussi. Il s'était libéré. Il pouvait avancer à nouveau.

Non. Ses doigts rencontrèrent un obstacle. Une roche. Il était dans un cul-de-sac.

Non. Pas ça ! Être arrivé jusque-là, avoir pris autant de risques… Son ange gardien l'avait laissé tomber et maintenant il lui riait au nez. *Tu vois comme je t'ai bien eu ? Comme je t'ai fait croire que tu pourrais t'échapper ? Mais il n'y a point de fuite. Tout ce qui t'attend, c'est : mourir seul.*

James était en train de perdre connaissance. Des idées démentes traversaient son esprit. Il ouvrit les yeux. Le soleil étincelait dans un ciel d'azur, les palmiers faisaient des ombres allongées sur une plage de sable blanc. Que se passait-il ? Mais bien sûr. Ce n'était qu'une image. Juste à côté, il y avait celle du roi George…

Il était dans sa chambre à Eton.

Mais c'était impossible.

Il secoua la tête.

Où finissait la réalité et où commençait le rêve ? Oui, il était en train de rêver. Tout ça n'était qu'un rêve. Il était allongé dans son lit à Eton, il dormait. Des choses pareilles n'arrivaient que dans les rêves, jamais dans la réalité, n'est-ce pas ? C'était trop horrible.

Le visage souriant de son oncle Max lui apparut.

Il n'était pas à Eton, il était au cottage et Max était

en train de lui raconter une de ces histoires dont il avait le secret. Soudain le visage de Max s'assombrit. Il semblait en colère.

James ! cria-t-il dans un écho d'outre-tombe. *Continue. N'abandonne pas.*

« Abandonner quoi ? »

Ah oui… Le rocher, le tunnel, il était sous l'eau… Une eau glaciale et noire.

Mais que pouvait-il faire ?

Rien.

« Ne sois pas idiot. N'abandonne pas. »

Il tendit à nouveau les bras devant lui. Il était toujours bloqué par la roche. Il n'y avait pas plus d'issue que précédemment et pas davantage d'air pour faire le chemin à l'envers. Il ne pouvait rien faire d'autre que de rester là. Oui, simplement rester là. Ce serait parfait. Dormir. Tout ce qu'il avait à faire, c'était ouvrir la bouche et respirer. Remplir ses poumons d'eau et tout serait terminé…

On dit même que la douleur de respirer l'eau est moindre que celle de poumons vides…

James !

C'était qui ? Il tourna la tête dans tous les sens et vit une faible lueur… au-dessus de lui ! Il y avait une sortie au-dessus de lui. Quel idiot ! Pas un seul instant il n'avait levé les yeux. Il prit appui sur le fond et, d'une vive poussée des jambes, remonta lentement vers le haut et, oui, vers la lune, les étoiles et…

L'air.

Un air frais. Béni.

Il était sorti. Il était libre. Il prit une profonde bouffée d'oxygène qui lui déchira les poumons et le fit tousser douloureusement, mais il s'en moquait, il était dehors.

Lentement, péniblement, avec l'impression qu'il allait couler à chaque instant, il nagea jusqu'à la rive. Il se traîna hors de l'eau et fut violemment malade. Des anguilles s'étaient emmêlées dans les ballots détrempés. Elles retournèrent à l'eau pendant que lui restait allongé dans l'herbe, hors d'haleine et tremblant.

Quatre heures plus tôt, s'appuyant sur un vieux manche à balai, Kelly était sorti du tas d'ordures et avait rejoint sans encombre la cave de la maison en ruine. Là, après avoir ausculté plus avant sa jambe blessée, il avait conclu qu'il s'était brisé la cheville. Il immobilisa l'articulation à l'aide de bandes de tissu qu'il coupa dans une vieille bâche puis se fit une attelle avec les restes d'une caisse en bois. Ensuite, il s'assit, dos contre le mur, agrippant son couteau et se préparant à toute éventualité.

Il n'avait aucune idée du temps qu'il avait passé là, à demi conscient, luttant contre la douleur. Au moins avait-il de l'eau et de la nourriture. Mais il ignorait combien de temps il pourrait tenir.

Il entendit un bruit. Quelqu'un venait. La trappe s'ouvrit en couinant. Il se raidit. Il s'était déjà retrouvé dans des situations difficiles mais, là, il n'était pas sur son terrain. Qu'à cela ne tienne, personne ne prendrait Kelly le Rouge sans combattre. Il serra son couteau d'une main, le manche à balai de l'autre.

– Kelly ?

C'était James.

De toute sa vie, le Rouge n'avait jamais été aussi heureux d'entendre la voix de quelqu'un.

– Par ici, mon vieux.

Il alluma sa torche et fut plus que surpris par ce qu'il découvrit dans le faisceau de sa lampe : une silhouette dépenaillée, trempée jusqu'aux os et à moitié nue qui portait deux ballots de vêtements mouillés et des traces de lutte sur tout le corps.

– Par tous les diables, qu'est-il arrivé ?

– C'est une longue histoire, répondit James en refermant la trappe derrière lui. Je vais tout te raconter pendant qu'on se prépare. Il faut faire vite. Lord Hellebore ne va pas tarder à se lancer à notre recherche. Pour l'instant il ignore ton existence, tout comme notre cachette, mais il va sûrement fouiller partout.

Pendant que James renfilait ses frusques mouillées, il raconta à Kelly ce qui lui était arrivé. Le Rouge était stupéfait. Il ne cessait de l'interrompre, lui demandant de répéter ce qu'il disait. Il n'en croyait pas ses oreilles et ponctuait les dires de James par un flot ininterrompu de « tu te fous de moi ? », « non… » et d'autres expressions trop obscènes pour être répétées.

– Et toi ? demanda James en regardant Kelly. Ça va aller ?

– Faudra bien, répondit le Rouge d'une voix rauque. Je peux clopiner. Et puis je me suis trouvé une canne, mais tu vas devoir me donner un coup de main.

– Bien sûr, tu peux compter sur moi.

James prit une profonde inspiration et, avec un regard suppliant vers Kelly, il lança :

– Tu as pensé à un plan ?

– Un plan du genre…

Kelly marqua une pause, se releva péniblement et poursuivit :

– Telles que je vois les choses, mon pote, on se tire de la même manière qu'on est entrés.

– Tu veux dire, à l'arrière d'un camion ? demanda James, incrédule.

– Non. À l'avant.

– À l'avant, répéta James, se demandant s'il avait bien entendu.

– D'après ce que tu m'as dit, répondit Kelly en s'appuyant sur l'épaule humide de James, l'aube n'est pas encore levée. Donc, au plus tard, il est cinq heures du matin. Il n'y aura pas un chat dehors. Si on se planque et qu'on attend de pouvoir monter à l'arrière d'un camion, il sera trop tard, quelqu'un aura donné l'alarme et ils vont sortir de partout pour nous attraper. En plus, on ne sait pas quel camion va sortir, ni quand il sortira.

– Je sais. Mais je ne vois toujours pas où tu veux…

Kelly ne le laissa pas finir sa phrase.

– Les portes sont sûrement gardées de jour comme de nuit, mais un de ces fardiers pourra sans problème en défoncer une.

– D'accord, mais qui va conduire ? demanda James qui, se sentant soudain pris de vertiges, se rassit sur le sol.

– Ben, c'est sûrement pas moi, hein, Sherlock ? Avec ma patte folle…

— Mais tout ce que j'ai jamais conduit, c'est la voiture de mon oncle. Je ne peux pas conduire un fardier, protesta James.

— Eh ben, tu vas devoir t'y mettre, le coupa Kelly.

— Ils vont nous suivre, non ?

— Pas si on trafique les autres bahuts. Ça ne les arrêtera pas indéfiniment, mais ça nous laissera peut-être le temps d'atteindre Keithly avant eux.

— J'sais pas…

— Si tu as une meilleure idée, je suis preneur, mon vieux, répondit vigoureusement Kelly. Moi, je ne peux pas marcher, et toi, que je sache, tu ne peux pas voler. Alors… Et puis un camion se conduit à peu près comme une voiture. C'est juste un peu plus gros et un peu plus lourd, voilà tout…

James tenta de réfléchir un instant. Il se sentit envahi par une nouvelle vague de chaleur et, de nouveau, il eut des bulles plein la tête.

— Banco, dit-il en bondissant sur ses pieds, les yeux brillants d'un éclat fou. On y va.

— Sacré bon Dieu. Tu pourrais au moins essayer de me dissuader…

Aussi fiable que l'aurore

Mis à part la silhouette d'un garde endormi à côté de la porte, le complexe était désert, tous les hommes dormaient profondément sur leurs lits de camp.

Une faible lueur luisait dans le ciel. La plupart des projecteurs étaient éteints. James et Kelly firent discrètement le tour de la cour et, aussi silencieusement que possible, pénétrèrent dans le premier hangar où les véhicules étaient garés. Kelly s'appuyait sur l'épaule de James. Tous deux étaient fourbus. Le Rouge s'assit sur un tas de sacs de toile pour reprendre son souffle. Ses vêtements étaient trempés de sueur et, manifestement, il souffrait beaucoup.

— Et maintenant ? demanda James.

— Tu as toujours ton couteau ?

— Dans mon talon.

— Alors qu'est-ce que tu attends pour t'occuper des pneus ?

Un petit sourire carnassier sur les lèvres, James sortit sa lame et se mit à l'ouvrage. Le sifflement de l'air s'échappant des pneus lacérés était selon lui la plus belle des musiques. Il regarda avec satisfaction le camion pencher puis lentement descendre à mesure que les pneus se dégonflaient. Kelly n'était pas en reste. Il coupait les fils électriques, enlevait les bougies et lacérait les arrivées d'essence avec un bel entrain.

La tension se mêlait à l'excitation. James n'arrêtait pas de penser que quelqu'un allait soudain débarquer et les découvrir, mais ils réussirent à saboter tous les véhicules du hangar sans se faire remarquer. Pourtant, une forte odeur d'essence et d'huile commençait à monter. James espéra qu'elle n'alerterait pas le garde assoupi dehors.

— Et si on foutait le feu ? suggéra Kelly, une lueur maligne dans les yeux. Ça leur donnerait un peu de fil à retordre.

— Non. Trop risqué. La situation pourrait nous échapper avant que nous soyons à l'abri. Allez, viens.

Ils vérifièrent que la voie était toujours libre, puis allèrent au second hangar où ils continuèrent de crever des pneus, d'arracher des pièces dans les moteurs, de boucher les pots d'échappement avec des chiffons pleins d'huile et, de manière plus générale, de ruiner les moyens de transport de lord Hellebore. Ils ne pouvaient pas s'assurer qu'il n'y avait pas d'autres véhicules ailleurs dans le château mais, quant à ceux qu'ils avaient trouvés, ils étaient tous totalement hors d'usage. Tous sauf un : un gros Albion avec un solide avant. Le radiateur était orné du fameux écusson avec un soleil stylisé, accompagné du slogan « Aussi fiable que l'aurore ».

– Y a intérêt que ce soit vrai, murmura Kelly pendant que James grimpait à l'intérieur pour inspecter les commandes.

Tout était plus gros que dans la voiture, mais, à part ça, c'était peu ou prou la même chose. Il espérait seulement qu'il aurait la force de contrôler l'engin. Il se souvint de son délire à propos de Jack montant au haricot pour atteindre le château du géant. Eh bien, il y était maintenant, au volant de la voiture du géant.

Il aida Kelly à monter.

– Prêt ? demanda James en se tournant vers Kelly. Quand je vais démarrer, ils vont nous entendre.

– Vas-y, sonne le réveil.

James alluma le moteur et écrasa l'accélérateur au plancher. Un rugissement rauque monta dans le hangar, l'énorme camion s'ébroua, secouant les deux garçons sur leurs sièges. James jeta un œil à Kelly qui lui répondit par un pouce levé et un « go ! » déterminé.

James desserra les freins. Et… Rien. Il eut un instant de panique avant de réaliser que les commandes de l'Albion étaient beaucoup moins douces que celles de la voiture de Max et qu'il devait par conséquent se montrer plus brutal avec les pédales et appuyer dessus de tout son poids. Finalement, le camion tressaillit puis sortit du hangar en cahotant et s'engagea sur les pavés de la cour en direction du portail.

James mit le pied au plancher, le garde qui somnolait près de la porte se réveilla en sursaut. Il courut à leur rencontre, gesticulant dans tous les sens, faisant de grands signes avec les bras. James n'en tint aucun compte et, au dernier moment, l'homme plongea sur le côté avec un petit jappement de terreur.

Le haut portail de bois se rapprochait de plus en plus. James se demanda s'ils allaient assez vite pour passer au travers.

Ils n'allaient pas tarder à le savoir.

— Accroche-toi ! hurla James au moment où il fermait les yeux pour ne pas voir l'impact.

Ils heurtèrent la porte. Le bruit fut terrible. Des bouts de bois raclèrent le capot et cognèrent le pare-brise mais le portail ne résista pas au choc. Ils étaient passés. C'est tout juste si le camion avait ralenti sa course. Le second portail n'opposa pas davantage de résistance. Seul le pare-brise, largement fendu par une grosse poutre de bois, n'avait pas survécu à ces coups de bélier.

— Yahoo ! hurla Kelly en se penchant à la fenêtre et en levant un poing vengeur en direction du complexe qu'ils laissaient derrière eux. À la revoyure, bande de pourris !

Le moteur hurla et tressauta, faisant des ratés. Les deux garçons furent projetés de leurs sièges vers l'avant. Kelly lança un regard inquiet à James.

— Tout va bien ?

— Oui, désolé, je me suis gouré de vitesse.

James reprit le contrôle du poids lourd et celui-ci poursuivit son chemin en mugissant.

Conduire l'Albion était comme conduire la voiture de son oncle, sauf que tout était plus grand, plus gros et plus lourd. James devait faire très attention à chaque virage pour éviter de retourner l'engin ou d'en perdre le contrôle. Il lui fallait toutes ses forces pour tourner l'énorme volant et il lui semblait qu'il devait mouliner éternellement pour prendre la moindre courbe.

Mais plus il roulait, plus il reprenait confiance. Il se détendit un peu et relâcha ses bras crispés. Pour autant, l'état de la route lui interdisait toute déconcentration. Le camion bondissait de nids-de-poule en ornières, secouant ses occupants à tel point qu'ils avaient parfois l'impression que leurs dents allaient se déchausser.

L'engin avait beau disposer d'un moteur puissant et de forte cylindrée, il n'était pas rapide, et la route qui menait à Keithly était tout sauf directe. Elle serpentait dans la lande, reliant entre eux divers hameaux dont certains consistaient en un simple agrégat de deux ou trois bâtisses, la plupart abandonnées et tombant en ruine.

— Rien de meilleur que de dévorer l'asphalte, hein, Jimmy-boy? lança Kelly en posant ses pieds sur le tableau de bord, allongé sur son siège, les mains derrière la tête.

— Fais pas le malin, rétorqua James. On n'est pas encore sortis d'affaire. Et quand bien même on réussirait à atteindre Keithly, il nous restera à convaincre le sergent White qu'on dit la vérité. Et qui va-t-il croire d'après toi? Deux gamins qui ont piqué un camion ou lord Randolph Hellebore, le seigneur qui règne sur ces terres?

— Ben, le gros White n'a qu'à monter au château et constater par lui-même.

— Et qu'est-ce qu'il verra? Des anguilles dans leur

bocal ? De gros cochons ? Une poignée de scientifiques se livrant à d'incompréhensibles recherches ? Randolph peut le rouler dans la farine comme il veut.

— Ouais, ouais, t'as raison, répondit Kelly en ronchonnant.

— Et ça, c'est au cas où on arrive effectivement jusqu'à Keithly, poursuivit James. Que se passerait-il si Randolph prévenait quelqu'un devant nous par téléphone ? On pourrait se retrouver bloqués.

— Oh, je t'en prie, arrête. Je voulais juste détendre un peu l'atmosphère.

Jusqu'ici, personne n'était en vue. Le poids lourd poursuivait lourdement et bruyamment sa route ; chaque kilomètre parcouru les rapprochait de la maison. James aurait dû être plus heureux, mais il savait qu'il ne se sentirait pas en sécurité tant qu'il n'aurait pas rejoint son lit douillet dans le cottage de Max et que lord Hellebore ne serait pas derrière les verrous.

Ils passèrent devant deux maisons aux murs blancs et aux toits de chaume, toujours personne en vue. Ensuite, la route décrivait une longue courbe et montait à flanc d'une colline. Quand ils parvinrent au sommet, ils remarquèrent qu'ils disposaient d'une vue dégagée dans toutes les directions. James arrêta le camion et mit pied à terre pour observer les environs.

L'air du petit matin était frais et il commençait à bruiner. Le ciel était gris et faisait comme un couvercle, un vent triste et froid mugissait dans la lande désolée.

James frissonna, ses vêtements toujours mouillés collaient à sa peau.

— Tiens, cria Kelly en lui tendant les jumelles par la fenêtre.

James observa au loin, en direction des taches sombres du château et de son complexe.

— La barbe !

— Qu'y a-t-il ? demanda Kelly avec inquiétude.

La grosse Rolls-Royce qui était venue chercher George à la gare de Fort William filait à tombeau ouvert sur la route, suivie par deux autres voitures.

— Ils sont à nos trousses.

— Loin ?

— À bonne distance pour l'instant. Ils viennent de quitter le château, mais ils vont beaucoup plus vite que nous.

— Tu crois qu'on va y arriver ? demanda Kelly en se contorsionnant sur son siège pour regarder derrière lui.

— Il nous reste une petite chance, mais ça va être juste.

— Toujours peur des flics ?

— De moins en moins. Il vaut mieux passer quelques jours à l'ombre que reposer pour l'éternité au fond du loch.

James fit volte-face et observa la route qui serpentait dans la lande devant eux. Par endroits, elle était masquée par une colline ou par un bosquet d'arbres, mais elle réapparaissait à chaque fois. Elle était dégagée sur plusieurs kilomètres. La désillusion ne tarda pas. Au loin, un nuage de poussière et de fumée d'échappement montait sur la route. Le camion était identique à ceux du complexe. Il fonçait en direction du château.

– On est dans la mouise. Ils vont nous prendre en tenaille.

Kelly jura et tapa du poing contre le tableau de bord.

– On va essayer de trouver un endroit où planquer le camion, dit James en remontant dans la cabine. Ensuite, je partirai à pied. Je suis plutôt bon coureur de fond et le sol ici est trop boueux pour qu'ils me poursuivent en voiture.

– Et moi ? demanda Kelly, inquiet. Je peux tout juste marcher.

– Ils ne savent pas que tu es là. Ils ne recherchent que moi, répondit James en enclenchant la première d'une vive poussée sur le levier de vitesse et en démarrant aussitôt. Tu vas devoir te trouver une planque, ensuite, quand ils seront partis, tu essaieras de rejoindre Keithly, même si tu dois y aller à cloche-pied. Va chez mon oncle, pas à la police, d'accord ?

– Où est-ce que je vais me cacher ?

– J'ai repéré un bois dans la vallée, juste à côté d'une ou deux maisons, on va essayer là-bas.

Quelques minutes plus tard, ils étaient au bas de la colline et traversaient un étroit pont de pierre qui enjambait la rivière Noire. Une petite ferme, entourée d'arbres, était nichée dans un recoin isolé. James arrêta le camion au milieu de la route, coupa le moteur et aida Kelly à descendre. À l'abri du vent glacial, l'endroit était calme et paisible. Bercés par le joyeux clapotis de l'eau qui coulait sous le pont et par le chant des oiseaux dans les arbres, les deux garçons oublièrent un instant le reste du monde.

Un instant seulement.

Ils firent le tour des bâtiments et découvrirent une petite grange délabrée à moitié pleine de foin.

– Tu vas te cacher là-dessous.

Dès que Kelly se fut installé, James le cacha sous le fourrage.

En sortant de la grange, James tomba nez à nez avec un petit métayer râblé aux yeux rouges et perçants qui portait une immense barbe grise.

– Et qu'ess' tu fabriques par ici, gamin ? demanda-t-il d'un ton bourru.

– Excusez-moi, je suis perdu, répondit James.

Le vieux métayer à l'air peu commode lui lança un regard aussi inquisiteur que dubitatif.

– Et qu'ess' que ce foutu fardier fait dans mon ch'min, gamin ?

– Je vous le laisse, il est à vous, railla James en s'éloignant.

– Et qu'ess' tu veux que j'en foute de ce sale bahut puant ?

Le métayer emboîta le pas à James qui se retourna un court instant avant de détaler à toutes jambes, sautant par-dessus une barrière, puis descendant au bord de la rivière en direction du bois. Derrière lui, le petit vieux trottinait à sa poursuite, hurlant des insultes. La scène lui rappela vaguement quelque chose et, tandis qu'il se frayait un passage dans les hautes herbes, il se souvint : Monsieur MacGregor dans les aventures de Pierre Lapin.

Cette pensée le fit sourire. Il passa le gué et se mit à courir dans la campagne.

Pierre Lapin.

Un souvenir d'un autre monde, un monde enfantin, protégé, plein de contes et de fables mettant en scène des lapins qui portaient de petits manteaux bleus. Loin, très loin du monde dans lequel il vivait aujourd'hui.

James se sentait bizarre, pris de légers vertiges. Il se demanda s'il aurait la force d'aller au bout. Heureusement, le corps humain est une machine étonnante dont on ne mesure pas toujours la capacité de résistance. Ainsi, au lieu de se sentir fatigué, James éprouvait une folle énergie. Elle battait sauvagement au fond de sa poitrine. Il avait le sentiment d'être un surhomme, capable de résister à n'importe quoi. Il aurait pu courir éternellement si nécessaire, car il courait sans effort aucun.

Quel dommage qu'il soit tombé sur ce métayer, celui-ci n'allait pas manquer de mettre lord Hellebore sur sa trace. Mais il avait de l'avance et il était bon coureur, cela lui donnait au moins un léger avantage.

Il était entré dans Am Boglach Dubh, *alias* la Fange Noire. Le sol était détrempé, ce qui réduisit considérablement sa vitesse. Mais ce serait pareil pour Hellebore et ses hommes, qui seraient contraints d'abandonner leur voiture. En outre, James était plus léger, il s'enfonçait moins profondément dans la tourbe qu'un adulte de quatre-vingt-dix kilos.

Mais eux, c'étaient des hommes, alors que lui n'était encore qu'un enfant. Il ne fallait pas se leurrer, il aurait des difficultés à les distancer. Et Keithly était encore à plus de huit kilomètres. Le frottement de ses chaussures lui faisait mal aux chevilles. Elles étaient horriblement lourdes et les kilos de boue qui s'y accrochaient n'arrangeaient rien. Au bout d'un moment, il s'arrêta, les enleva et les jeta au loin. Ce serait plus facile de continuer pieds nus.

Cette partie du pays lui était inconnue. Le chemin qu'ils avaient emprunté pour aller au château était très différent et beaucoup plus direct. Il reconnaissait les collines qui marquaient le début des terres de lord Hellebore, là-bas sur sa droite. En arrière-plan, la masse imposante du mont Angreach Mhòr. Ce qui voulait dire que Keithly devait se trouver sur sa gauche. A *priori*, il n'y avait plus que de la descente, au moins une bonne nouvelle. Mais il n'était pas pour autant au bout de ses peines.

Il regarda derrière lui. Un nuage de fumée noire lui indiqua que le camion qui montait du village était presque arrivé au bois jouxtant la métairie. Il n'avait aucun moyen de savoir si l'escouade partie du château y était déjà. Il n'attendit pas de savoir et décampa à toutes jambes à travers champs, effrayant un petit groupe de moutons efflanqués qui se dispersèrent en bêlant.

Pendant qu'il courait, il fit le vide dans son esprit et se concentra entièrement sur ce qui était important.

Premièrement, que se passait-il dans la tête de Randolph Hellebore en ce moment même ?

Il allait sûrement faire la liaison avec les hommes qui se trouvaient dans le camion, leur parler. Ensuite, il parlerait au métayer et c'est seulement là qu'il se lancerait à la poursuite de James avec une poignée d'hommes.

Oui, sûrement.

S'ils avaient le temps, ils pourraient certainement le rattraper, mais il y avait une petite chance pour qu'ils n'y parviennent pas avant le village.

Toutefois Randolph n'allait pas envoyer tous ses hommes à pied dans la lande, non, sûrement pas : il les séparerait en deux groupes et en enverrait un à Keithly en voiture pour organiser la traque depuis le village.

James s'arrêta net.

Quel idiot ! Il se trouvait dans la même situation que sur la route, pris en étau entre deux groupes d'hommes. Lord Hellebore connaissait son nom. Il trouverait facilement la maison de son oncle et il pourrait l'attendre là également.

Que fallait-il faire ? D'abord, il devait absolument éviter de rester là où il était car la position était intenable. Il fallait bouger et continuer à réfléchir.

Bon. C'était entendu, il ne pouvait pas retourner à Keithly. Où pouvait-il bien aller ? Quel était l'endroit où ils ne l'attendraient pas ?

La Lune ?

Tombouctou ?

Le château…

Ce serait le dernier endroit sur Terre où ils s'attendraient à le trouver. Mais pourquoi diable retournerait-il là-bas ? À quoi cela rimait-il ?

C'est alors qu'une idée qui lui trottait dans la tête depuis un moment s'imposa à lui.

« Il faut arrêter lord Hellebore. »

Aussi simple que ça.

James n'avait pas choisi la bonne stratégie. Lord Hellebore était machiavélique. Et il possédait l'argent, le pouvoir, l'autorité. À l'inverse, James, comme il l'avait fait remarquer à Kelly, n'était qu'un adolescent, qui plus est coupable de vol et d'actes de vandalisme. Aller à la police ne l'avancerait à rien. Lord Hellebore s'en tirerait comme une fleur, alors que James serait puni. Et s'il anéantissait son travail ? S'il l'empêchait de faire aboutir ses recherches ? En était-il capable ?

Sans même s'en rendre compte, James avait changé de direction. Ses pieds avaient précédé la prise de décision à laquelle son esprit ne parvenait pas à se résoudre. Il allait retourner au château et, d'une façon ou d'une autre, il allait détruire Hellebore, quelles qu'en soient les conséquences. La majorité des hommes seraient partis à sa recherche ou occupés à réparer les véhicules sabotés et les portes défoncées. Si James pouvait retourner à l'intérieur et réduire en miettes le laboratoire et tout ce qu'il contenait, il aurait réussi son coup.

Il montait la colline en courant, en direction du lac Silverfin, et c'était beaucoup plus dur que de descendre. Mais il était plein d'une sinistre détermination. Il n'était plus humain. Il était devenu une machine. Il irait au bout. Il allait finir ce qu'il avait commencé. Et personne ne pourrait l'en empêcher.

Le vent tourna. Il entendit des cris derrière lui.

Le mieux était de ne pas y penser. Le mieux était de continuer à courir.

La pluie battait son front, lui piquait le visage, l'aveuglait. Les épines et les cailloux coupaient ses pieds. Une douleur lancinante avait pris possession de ses poumons et il toussait régulièrement. Puisant dans ses dernières réserves, il continua d'avancer.

Les minutes passaient. Il gardait la tête baissée, fixant le sol qui défilait sous lui, expirant avec difficulté, un nœud douloureux au fond de la gorge. Sa tête ne lui appartenait plus. Elle flottait dans un nuage ouaté, à deux mètres du sol. Il ne sentait plus ses jambes non plus. Sa propre foulée lui était devenue étrangère. Le sol était plus rocailleux à mesure qu'il montait, l'obligeant à contourner les rochers et les ajoncs, à zigzaguer sans cesse et à faire deux fois plus de chemin que s'il avait pu avancer en ligne droite. Il déboucha devant un gros affleurement rocheux. Il en fit le tour au pas de charge, insensible à la pluie qui tombait sans discontinuer.

Quelques minutes plus tard, il réalisa que les bruits dans son sillage avaient cessé. Il s'accorda le luxe de penser qu'il avait semé ses poursuivants. Il se retourna pour jeter un regard derrière lui. Ce simple geste lui fit perdre l'équilibre. Il trébucha et s'étala tête la première dans un parterre de mousse.

La fatigue accumulée s'abattit sur lui comme une avalanche, le submergeant totalement. Des étoiles dansaient devant ses yeux. Une main de fer dans un gant de velours se referma sur lui, exerçant une douce pression sur tout son être, une étreinte chaude et rassurante. Il ferma les yeux et, l'instant suivant, il dormait.

Il avait l'impression de n'avoir fermé les yeux qu'une seconde. Il se réveilla en sursaut, pris de panique. Il se frotta les tempes, se remit debout en tremblant, fit quelques pas en chancelant puis s'appuya sur un rocher pour éviter de retomber. Il respirait douloureusement et bruyamment, son cœur battait si fort qu'il semblait devoir crever sa poitrine et émerger de son torse comme un poing sanguinolent.

– Il est là !

James vacilla sur le côté et vit, à moins de trois cents mètres en contrebas, une dizaine d'hommes accompagnés de chiens avec à leur tête, sa chevelure blonde comme les blés flottant au vent, l'inimitable silhouette de lord Hellebore, une cravache à la main.

Va au diable !

Il avait dormi plus longtemps qu'il ne l'aurait voulu. Sinon comment auraient-ils pu rattraper leur retard à ce point ? Quel imbécile ! Il avait fait exactement ce qu'il reprochait à Kelly. Il avait péché par excès d'optimisme.

Mais tout n'était pas totalement perdu. Il pouvait encore courir. Il rassembla ses forces une fois de plus et se remit à gravir péniblement la colline. Après une courte côte couverte de graviers, la pente se faisait plus faible. Il accéléra. Son soulagement fut de courte durée. Ses poursuivants pourraient eux aussi accélérer dès qu'ils auraient atteint cet endroit.

Des bruits étranges, portés par le vent, résonnaient à ses oreilles. Le croassement cassant et sec d'une grouse prenant son envol, le bruit des pierres rebondissant sur la roche, la pluie tombant sur le sol détrempé, un cri isolé et, plus proche de lui, le bruit de ses pieds pilonnant le sol, de sa respiration raclant sa gorge, de son sang battant ses tempes sur un tempo frénétique.

Après un long faux plat, la pente se fit à nouveau plus forte jusqu'à une crête rocheuse. James s'y précipita. Au sommet, il constata qu'il se trouvait devant une faille abrupte qui plongeait dans une tourbière fétide. Il courut le long de la crête, abîmant ses pieds nus sur les rochers. Il maudit son inconséquence, regrettant amèrement d'avoir jeté ses chaussures. Mais il prévoyait alors de courir en descente, sur un sol gras et vert, non sur la rocaille.

Il lança un regard anxieux aux hommes qui le traquaient. Ils montaient en file indienne, certains éprouvant les pires difficultés à suivre le rythme, ce qui ne semblait pas être le cas de lord Hellebore, avançant à grands pas en tête du cortège, les bras battant obstinément la mesure, toutes dents dehors. Randolph était un athlète, James savait qu'il était perdu. L'homme gagnait constamment du terrain.

James ralentit, ramassa deux pierres coupantes, et continua à courir. En vain. À chaque foulée, lord Hellebore se rapprochait un peu plus. James entendit bientôt ses pas résonner juste derrière lui, horriblement proches. Il se retourna et lança une pierre. Randolph esquiva le projectile. La pierre s'écrasa de façon inoffensive sur le sol. James lança l'autre, qui manqua pareillement sa cible. Il n'avait plus le choix. Il était sur lui. La tourbière! James chercha un endroit où la pente semblait praticable et se lança dans l'à-pic. Il roula sur les cailloux, vacilla, reprit son équilibre. Le soleil disparut quand lord Hellebore se jeta sur lui avec un cri féroce. L'homme le plaqua. Ils firent la culbute et chutèrent ensemble dans le marais.

La tourbière n'était pas très profonde, moins de un mètre. Pourtant, quand James se releva, crachotant pour débarrasser sa bouche de la boue qui l'obstruait, le souffle court, il pouvait tout juste bouger les pieds tant la fange était collante et épaisse. Il essaya de courir, faisant des efforts désespérés pour lever les pieds, mais ceux-ci restaient obstinément englués dans la bourbe. Il bougeait au ralenti, tout comme Hellebore, qui battait des bras dans l'eau puante. Pendant quelques secondes, James pensa qu'il pourrait peut-être s'en tirer. C'est alors qu'il sentit s'abattre sur lui la chaleur suspecte et l'écœurant relent animal qui émanaient de Randolph. Une main s'écrasa sur son visage, le tira en arrière et le plongea dans la fange.

James émergea à nouveau, aveuglé par la boue jaunâtre. Il s'essuya le visage. La terre lui piquait les yeux. Entre deux battements de paupières, la silhouette de lord Hellebore se dessina devant lui. Il avait le bras levé et tenait sa cravache haut dans les airs. Avant que James ait pu tenter quoi que ce soit, le coup partit. Au visage. Provoquant une vive entaille sur sa joue. James gémit de douleur et porta la main à sa blessure. Elle saignait abondamment.

— Va au diable, maudit vaurien ! beugla l'homme que toute parcelle de civilité avait abandonné. Tu m'as échauffé la bile. Donc, avant de te tuer, je vais t'écorcher, te mettre à vif, t'arracher jusqu'au dernier lambeau de peau.

James lui cracha au visage, le touchant en plein sur l'œil.

Randolph jura en s'essuyant.

– Tu n'aurais pas dû faire ça, bougonna-t-il, la rage au ventre. Tu vas le regretter.

James cracha à nouveau. Exactement au même endroit. Le regard de lord Hellebore brilla d'un tel accès de furie que James crut un instant que le cœur de l'homme allait lâcher. Au lieu de ça, il rugit comme une bête et leva à nouveau la cravache.

Le sang cognait si fort aux oreilles de James qu'il en était étourdi. Il secoua la tête pour reprendre ses esprits, en vain. Le matraquage reprit de plus belle. Il essaya de se concentrer, de se préparer au prochain assaut. Quand la cravache cingla l'air, il se jeta sur le côté. Une fois de plus, il plongea sous l'eau. Quand il émergea enfin, la bouche pleine de boue, les jambes flageolantes, il crut avoir une vision : un cheval. Lord Hellebore le vit aussi, qui ruait vers lui dans des gerbes d'eau et de boue. Trop tard. Randolph poussa un cri quand l'animal se cabra. Il tenta de se protéger, mais le puissant coup de sabots ne lui laissa aucune chance.

James reconnut enfin le cheval, tout comme la jeune fille blonde qui le montait.

– Monte ! hurla Wilder Lawless en lui tendant la main.

James la serra comme un noyé s'accroche à une bouée. Wilder le hissa sur la selle derrière elle. Martini démarra en trombe.

James ne put retenir un petit sourire en réalisant que le bruit qu'il avait entendu cogner au loin n'était ni le fruit de son imagination ni celui de son rythme cardiaque, mais des sabots tonnant sur le sol.

Ils quittèrent le marais et se retrouvèrent bientôt à galoper sur la terre ferme, loin de lord Hellebore qu'ils laissèrent pataugeant et jurant dans sa tourbière. Aucun signe des hommes qui l'accompagnaient.

— Qu'est-ce que tu fais ici ? hurla James.

Wilder éclata de rire.

— Remercie plutôt ton copain, le Rouge.

— Tu as vu Kelly ?

— Ouaip ! Je faisais faire un peu d'exercice à Martini, avant le petit déjeuner. Et qui est sorti du bois en se tenant sur un bâton comme un vieux lutin clochardisé ? Mister Kelly, bien sûr.

— C'était où ?

— À peu près à un kilomètre et demi de Keithly. Il semblerait qu'il ait réussi à se glisser à l'arrière d'un camion du château, mais qu'il ait dû quitter précipitamment le navire avant d'être à bon port.

— Il allait bien ? Je m'en suis voulu de l'avoir laissé derrière.

— Aye. À part sa cheville, il allait bien. Et toi ? Fais gaffe, tu ressembles à une vieille serpillière.

— T'inquiète… Je vais bien, répondit James en passant les bras autour de la taille de Wilder.

Enfouir son visage dans ses cheveux et dormir.

— Tu as sérieusement dévié de ta route, James. Ça m'a pris un temps fou de te retrouver. Plus vite on rentrera à Keithly, mieux ça vaudra.

— Impossible. On ne peut pas retourner à Keithly.

– Quoi ?

Wilder arrêta le cheval et se retourna sur sa selle pour fixer James droit dans les yeux.

Une fois de plus, il fut frappé par l'intensité de ses yeux si verts, si clairs et si brillants d'intelligence, avec toujours ce soupçon de sourire qui jouait en permanence avec sa bouche.

– Qu'est-ce que tu racontes ?

– Je sais… Ça va te paraître dingue…

– Dis toujours.

James expliqua ce qu'il avait en tête. Wilder fut d'abord choquée par ce qu'elle entendait. Ensuite, elle tenta de repousser l'idée, avec de moins en moins de conviction, pour enfin s'intéresser au projet et en parler très sérieusement.

– Tu penses qu'on a une chance d'y arriver ?

– Je l'ignore. Tout ce que je sais, c'est qu'on doit essayer. T'en es ?

Wilder posa une main sur sa joue balafrée et fronça les sourcils.

– Tu sais bien que je n'ai jamais pu piffer le lord, surtout après ce qu'il a fait à mon père. Mais, si ce que tu dis est exact, c'est juste un sacré pourri qui mérite qu'on lui donne une bonne leçon. On y va !

À ces mots, elle éperonna Martini, l'encouragea avec un petit cri, et ils repartirent. Des volutes de vapeur s'échappaient de l'immense équidé, trempé par la pluie. Pourtant, il semblait infatigable et filait d'un pas assuré sur la traître surface de la lande.

Chevaucher dans ces grands espaces, le soleil dans

les yeux, les puissants muscles du cheval se bandant sous eux sur un rythme régulier était enivrant. Martini ne semblait pas souffrir du poids supplémentaire. Wilder le ménageait cependant car elle savait qu'ils pourraient avoir besoin de toutes les ressources de l'animal dans un futur proche.

En moins de temps qu'il n'en faut pour le dire, ils atteignirent les collines bordant le loch. Ils ralentirent et poursuivirent leur route à la cadence du pas de leur monture. Ils pénétrèrent dans le cirque par la passe de Am Bealach Geal. Personne. Ils allèrent jusqu'au camp de base que les garçons avaient installé. Tout était exactement comme ils l'avaient laissé. Les gardes de lord Hellebore étaient visiblement trop occupés ailleurs pour passer l'endroit au peigne fin et détruire leur abri, comme ils l'avaient fait de celui de l'Équarrisseur.

James vida à grands traits une partie de la bouteille d'eau qu'il avait laissée avant d'engouffrer un sandwich rassis dans sa bouche. Il avait des affaires de rechange dans son sac à dos, y compris une paire de tennis. Wilder se tourna tandis qu'il se changeait.

— Tu es sûr que tu ne veux pas te reposer un peu ? demanda-t-elle quand il fut rhabillé. Tu as vraiment une sale mine.

— Non, répondit-il, la voix cassée par la fatigue. Si jamais je m'allonge, je ne sais pas quand je me réveillerai. Finissons-en tant que je tiens encore debout.

Des vêtements chauds et secs. Quel bonheur ! Il fouilla son sac à la recherche de ce qui pourrait lui être utile. Il tomba sur le briquet de son oncle. Il l'empoigna, fit claquer son couvercle et vérifia qu'il marchait bien.

– Tu penses toujours que ce n'est pas la place d'une fille ? demanda Wilder, l'œil moqueur.

– Désolé pour ça, rétorqua James avec un sourire gêné. Sans toi, j'étais perdu.

– Tu allais y passer, oui. Fais voir cette coupure.

Wilder examina la profonde entaille sur la joue de James. Elle saignait toujours.

– Tu as une trousse de secours dans ton barda ?

Le visage de James s'illumina.

– Oui, oui, j'ai ce qu'il faut, tante Charmian m'a…

Wilder nettoya la plaie avec une solution iodée, qui lui mit la joue en feu, puis colla un pansement adhésif sur la coupure.

– Voilà. Comme neuf !

– Merci, Wilder.

– De rien, répondit-elle avant de poser furtivement un petit baiser sur le pansement.

James était sur le point d'ajouter quelque chose, mais soudain il se figea, un doigt sur la bouche, intimant à Wilder, par une série d'œillades explicites, de se tenir immobile et silencieuse.

Quelqu'un approchait. On l'entendait traverser les buissons.

James se précipita derrière un arbre et s'accroupit tandis que Wilder restait au milieu de la clairière, tentant de prendre l'air le plus innocent du monde. Certes, elle aurait pu se cacher, mais difficilement faire disparaître Martini.

Les craquements des branches mortes et le bruissement des feuilles étaient de plus en plus proches, jusqu'au moment où James pu distinguer la silhouette
ramassée de quelqu'un qui se frayait un passage dans les
épais fourrés en tenant devant lui un fusil de chasse.

Il était à portée de main. Il n'avait pas repéré James.
En revanche, il ne pouvait pas manquer Wilder. Il se
redressa et avança vers elle à grands pas.

C'était George Hellebore.

Une irrépressible bouffée de haine monta dans la
gorge de James. Il ressentait soudain un désir impérieux
de bondir et de lui casser la tête. Attendre. Disposer
d'une bonne fenêtre.

George était dans la clairière, face à Wilder.

– Bonjour…

Il n'avait pas fini sa phrase que James lui avait sauté
dessus. George glapit et s'étala sur le sol, face contre
terre, laissant échapper son fusil.

– Attrape-le, hurla James.

D'un geste vif comme l'éclair, Wilder se saisit de
l'arme.

– Arrête ! articula George tant bien que mal tandis
que James, à califourchon sur son dos, lui assenait une
série de coups de poing dans la nuque. Je t'en prie, arrête.

Pour toute réponse, James gronda d'un ton féroce :

– Je vais te tuer, Hellebore.

– Non. Je suis de ton côté, Bond.

James ne put retenir un petit rire amer.

– Mais bien sûr, rétorqua-t-il, sarcastique. D'ailleurs
tu es avec moi depuis le début.

– Cette fois tu peux me croire. Je t'assure.

– Et pourquoi devrais-je te faire confiance cette fois plus qu'une autre ?

À ces mots, James relâcha légèrement sa prise et fit violemment pivoter George, pour le regarder en face.

Son visage portait des traces de larmes. Toute pulsion belliqueuse avait disparu de son regard.

– Je ne sais pas ce qui arrive à mon père, déclara-t-il tristement. Je ne supporte plus la vie que je mène avec lui. Il est devenu fou.

– Deuxième édition, dit James. Pourquoi devrais-je avoir confiance en toi ?

– Parce que je peux t'être utile. Si, toi aussi, tu m'aides. Donnant, donnant. Je suis ta seule chance, James. Nous devons arrêter mon père, l'empêcher de poursuivre ce qu'il a commencé.

– Je pense qu'il dit la vérité, dit Wilder.

– Tu ne le connais pas, rétorqua James sans quitter George des yeux.

– Vrai. Mais je suis du bon côté du fusil.

James tourna la tête. Wilder tenait fermement George en joue, la bouche du canon à un mètre de sa tête.

– Fais quand même attention avec ce truc, dit James en lâchant George et en s'éloignant de la ligne de tir.

George s'assit et se frotta la tête.

– Merci, finit-il par dire.

– Parle, ordonna James.

– Ce matin, dit George un peu mal à l'aise, quand je me suis levé et que j'ai vu cette pagaille monstre, j'ai pris une décision. Je voulais t'aider hier soir, James, crois-moi, c'est vrai, mais j'étais terrorisé. Tu ne sais pas ce que c'est…

— Si, je sais, répondit James calmement.

George se releva et épousseta ses vêtements.

— Je regrette sincèrement ce qui s'est passé. Et la façon dont je me suis comporté vis-à-vis de toi.

— Tu regrettes ? Et tu veux peut-être que j'applaudisse ? Que je te dise que ça rattrape ce que tu as fait, qu'on passe l'éponge ?

— Moi aussi j'étais fou, je n'avais pas toute ma tête. Mais tout va bien maintenant.

— Les pilules, dit James. Les petites pilules blanches.

George tourna les yeux vers James et posa une main sur son épaule.

— Toi, tu vas bien ?

— Non, rétorqua James en le repoussant vivement. Je ne vais pas bien. Mais, au moins, je suis vivant.

— Je vais me racheter. Je vais t'aider. J'ai cherché ton camp de base toute la matinée. Jusqu'à ce que j'entende des voix.

Son regard alla de James à Wilder.

— Qu'est-ce que vous comptiez faire ?

James planta ses yeux dans ceux du jeune Américain. Il avait l'air sincère. Finalement, il tendit la main. Après un bref instant d'hésitation, George la serra.

— Si jamais c'est une ruse, dit James, je jure que je te tuerai, George.

— Ce n'est pas un piège, crois-moi. Finis les coups tordus. Je ne peux plus vivre comme ça.

Vingt minutes plus tard, James et George se frayaient un chemin dans l'épais taillis sur un sentier abandonné qui s'enfonçait profondément dans les bois pour finalement déboucher sur la clôture. George pointa un trou sous le grillage.

— C'est sûrement un renard qui a creusé ce passage, dit-il en rampant sous la barrière, James sur ses talons. Père ne connaît pas son existence, sans quoi il l'aurait déjà fait reboucher.

De l'autre côté, ils se retrouvèrent au sommet d'un abrupt talus, couvert d'une épaisse végétation, qu'ils descendirent en rampant. Au pied du remblai, un gros rocher, comme posé à quelques encablures du loch. Une barque, dansant au bout de sa longe, les attendait de l'autre côté.

— Je suis venu à la rame il y a une heure ou deux, dit George en embarquant. Je pense que personne ne m'a vu, mais mieux vaut être prudents, ajouta-t-il en s'emparant des rames.

James le rejoignit. Wilder était restée en retrait avec Martini pour faire le guet et pour offrir une solution de repli si nécessaire.

James se demanda si George méritait sa confiance. Il l'observait, qui ramait de toutes ses forces, d'un geste sûr et fluide. Comment savoir ?

— La plupart des hommes sont avec mon père, expliqua George en longeant le bord, à l'ombre des falaises. Mais il y a encore quelques gardes dans les parages. Ils réparent les portes et abattent le grand pin.

— Déjà ?

— Mon père ne fait pas dans le détail. Quand il veut quelque chose, il le veut tout de suite.

— Et le laboratoire ?

— Les scientifiques doivent s'y trouver en ce moment même. On va devoir faire attention quand on y sera. Il y a un petit débarcadère à l'autre bout de l'île. Il ouvre directement sur le labo, dit George, la voix hachée par l'effort. Il y a de lourdes portes qui donnent sur l'aire de déchargement. Généralement elles sont fermées, mais j'ai piqué un trousseau de clés dans le bureau de mon père, alors ça devrait aller. J'irai le premier. Quand je serai certain que la voie est libre, je sifflerai.

— D'accord. Et après ?

— Après ? On casse tout. À commencer par les dossiers et les doses de sérum finalisées qui sont entreposées dans une chambre forte au fond du laboratoire. On doit faire autant de dégâts que possible avant qu'ils nous arrêtent.

James acquiesça d'un hochement de tête. Il se sentait encore un peu étourdi, comme si tout ceci arrivait à quelqu'un d'autre qu'à lui. Ça lui semblait incroyable qu'ils soient tranquillement en train de planifier la mise à sac du laboratoire et l'anéantissement de tout le travail du père de George.

Mais il savait aussi que c'était la seule chose à faire. Si James ne l'arrêtait pas maintenant, au moment où Hellebore s'y attendait le moins, il n'en aurait peut-être plus jamais l'occasion. L'homme était trop fort, trop riche, trop puissant.

James toussa. Il étouffa le bruit du mieux qu'il put,

ignorant la douleur qui lui brûlait les poumons, car la silhouette menaçante du lourd château gris se dressait au-dessus de sa tête.

Il frissonna. Il avait eu la chance d'échapper à l'enfer une fois.

Personne n'y avait échappé deux fois.

Extinction des feux

Ils avancèrent à l'ombre du château et accostèrent à un petit appontement de pierre. Tandis qu'ils amarraient la barque, une bourrasque de pluie glaciale leur cingla le visage. James toussa et frissonna. Il claquait des dents. Sa migraine était toujours aussi affreuse, ses doigts engourdis et sa vue légèrement trouble. Sûrement une bonne grippe. Combien de temps tiendrait-il ?

George le conduisit devant une imposante double porte de bois.

— Elle donne directement dans le laboratoire. Avant, c'était un entrepôt, les marchandises arrivaient par bateau et on les déchargeait ici, dit-il en plongeant une main dans sa poche à la recherche du trousseau de clés. Toi, tu attends là. Et, souviens-toi, pas un geste tant que je ne t'aurai pas donné le signal.

James se contenta de hocher la tête, sa gorge était trop sèche et trop douloureuse pour qu'il parle.

Quand il eut enfin trouvé la bonne clé, George actionna la serrure. Après un petit cliquetis métallique, la porte s'entrouvrit. La sinistre lumière violette qui baignait le laboratoire se refléta sur son visage.

George prit une profonde inspiration, lança un sourire hésitant à James puis se faufila à l'intérieur. Il descendit une volée de marches de pierre en laissant la porte entrebâillée derrière lui.

James s'avança et jeta un œil à l'intérieur. N'avait-il pas agi comme un imbécile ? Était-ce un piège ? George n'allait-il pas le livrer à nouveau aux scientifiques ?

Plusieurs hommes portant des blouses blanches tachées se trouvaient dans le laboratoire. Surpris de voir débarquer le fils du châtelain, ils se tournèrent vers lui en ouvrant de grands yeux. James entendit la voix de George, tentant de prendre un ton impérieux.

Aucun signe du docteur Friend.

– Mon père veut vous voir, tous.

Les laborantins semblaient déconcertés.

– Comme vous le savez sûrement, poursuivit George, nous avons eu des problèmes cette nuit et ce matin. Nous sommes donc en état d'alerte maximale. Lord Hellebore veut vous voir dans son bureau immédiatement.

– Pourquoi ne vient-il pas nous parler ici ? demanda un homme de grande taille, aux cheveux gris, qui possédait toutes les caractéristiques du maître de conférence irascible et revêche dont Oxford regorge.

– Parce qu'il est trop occupé ! Ça vous va ? hurla George en retour. Maintenant faites ce qu'on vous demande.

— C'est très gênant, poursuivit le chercheur aux cheveux gris. Je suis au milieu d'une expérience...

— Assez palabré, le coupa George. Mettez-vous en route, ou vous allez l'énerver. C'est ce que vous voulez ?

La seule évocation de cette menace suffit à emporter la décision et les scientifiques, avec force ronchonnements et marmonnements, rangèrent leurs affaires puis quittèrent le labo. Quand George fut certain qu'il était seul, il siffla et James se précipita à l'intérieur. Un nouveau frisson secoua son corps quand il pénétra dans la fraîcheur du laboratoire.

— Par ici, dit George en courant vers le fond de l'immense pièce. On n'aura peut-être pas beaucoup de temps.

Ils se faufilèrent entre les alignements de cuves puis longèrent les cages d'où montaient les grognements et les cris aigus des porcs, qui se jetaient contre la porte de leur cage et mordaient les barreaux.

Ils parvinrent devant une petite porte d'acier. George tripota maladroitement la serrure, essayant de trouver la bonne clé, les mains tremblantes. La porte s'ouvrit finalement et ils pénétrèrent à l'intérieur de la chambre forte. George alluma.

Il faisait encore plus froid ici. James se sentit à nouveau pris de vertiges, comme si son sang gelait dans son cerveau. Il jeta un regard circulaire à l'endroit.

D'un côté, une série de meubles de rangements en bois et, en face, des armoires réfrigérées à porte de verre où reposait la banque d'échantillons de SilverFin : des rangées et des rangées d'éprouvettes soigneusement étiquetées.

— Je m'en charge, dit George en déverrouillant la première armoire réfrigérée. Toi, occupe-toi des papiers.

James fit tomber le rideau du meuble le plus proche, attrapa une poignée de chemises cartonnées et les jeta à terre. Un bruit de verre brisé le fit se retourner. George était en train de fracasser les éprouvettes de sérum contre le mur. Ce n'était pas un piège. George Hellebore était vraiment de son côté.

Cette confirmation remonta le moral de James et il se remit à l'ouvrage avec une détermination sans faille, saccageant étagère après étagère, jetant les feuilles de papier sur le sol jusqu'à en faire une montagne. George n'était pas en reste, écrasant sous ses pieds des fioles de SilverFin tout en éparpillant des boîtes de pilules dans toute la pièce. Une fois que James fut certain qu'il n'y avait plus un seul fichier dans les meubles et que George eut détruit le dernier tube à essai, il sortit le briquet de son oncle de sa poche.

— J'y vais, ou on attend ?

— Vas-y. Mets le feu, répondit George sans la moindre hésitation. Ensuite, on s'attaque au labo.

— OK.

James s'agenouilla et attrapa une poignée de feuilles. Il alluma le briquet puis approcha la flamme du bas du papier. Le feu partit rapidement. Dès qu'il fut assez haut, il lâcha les feuilles enflammées sur le sol et alimenta soigneusement le brasier, jusqu'à ce que de puissantes flammes s'élèvent de la montagne de papiers. Très rapidement, une épaisse fumée emplit la pièce. Ils sortirent en toussant et en s'étranglant.

Les porcs avaient flairé le feu. Affolés, ils chargeaient contre les barreaux de leurs cages, poussant d'horribles grognements.

— On les relâche ? demanda James.

— Ce sont des monstres, répondit George. Des aberrations. Ils ne vivent jamais bien longtemps. Dès que le docteur Friend leur inocule le sérum, ils sont condamnés. Aucun n'a survécu à ce traitement plus de quelques semaines. En plus, dit-il en frissonnant, ils nous tueraient si on leur en laissait l'occasion. Viens, il vaut mieux les laisser mourir.

Soudain, James arrêta George en posant une main sur son épaule.

— Algar ! dit-il simplement.

Ils firent le tour des cages en courant à la recherche d'Algar et de son porcelet.

Le géant était assis dans son enclos, le dos courbé ; la frayeur se lisait dans son regard.

— George ! cria James. On ne peut pas l'abandonner ici…

Hellebore rejoignit James en traînant les pieds puis jeta un œil hésitant à Algar.

James lui arracha les clés des mains, mais ne put trouver celle qui convenait.

— On n'a pas le temps, dit George en attrapant une grosse clé à molette sous une paillasse. Recule !

Il assena un grand coup au cadenas qui céda et se fracassa sur le sol.

Algar poussa la porte et rampa hors de la cage. Il regarda les garçons. James aurait juré qu'il essayait de sourire. Ensuite, il attrapa le petit cochon, traversa le laboratoire en courant et sortit en faisant voler les portes donnant sur l'aire de chargement.

— Il nous reste peu de temps, dit George en regardant les épaisses volutes de fumée qui s'échappaient de la chambre forte.

James se souvint de la hache d'incendie accrochée près de l'escalier. Il se précipita près des marches et l'arracha de son logement.

— Prêt ? demanda-t-il en avançant vers les aquariums.

— Go !

James lança la hache contre la paroi de verre. Elle explosa dans un énorme fracas et un flot d'eau puante se répandit sur le sol. Une longue et épaisse anguille gigota un instant par terre avant de s'éloigner en ondulant vers les enclos des cochons. Elle passa sous la porte de la première cage où elle fut instantanément dévorée.

Armé de sa clé à molette, George joignit ses forces à celles de James. Ils saccagèrent les cuves les unes après les autres puis firent exploser les armoires et les étagères, sans oublier de détruire les expériences que les laborantins avaient laissées en plan sur leurs paillasses.

Le sol fut bientôt jonché d'éclats de verre, d'anguilles agonisantes et d'innombrables débris. Mais la fumée qui continuait de s'échapper de la chambre forte commençait à emplir le laboratoire principal. Les garçons avaient les yeux qui piquaient et ils commençaient à avoir du mal à respirer.

Se couvrant la bouche et le nez d'une main, James inspecta une dernière fois le laboratoire et découvrit une cuve ayant échappé au carnage. Elle contenait une myriade de petites anguilles transparentes. Il venait de lever sa hache pour la briser quand un cri venant de la passerelle l'arrêta.

— Ça suffit !

Les garçons se retournèrent. Cleek MacSawney se tenait en haut des marches, un fusil de chasse dans les mains.

— Pose ta hache et viens par là, dit-il d'une voix froide et menaçante.

— Pas franchement probant, dit James, la hache toujours levée.

— Et qu'est-ce que tu dis de ça ? répondit MacSawney avec un petit sourire en le mettant en joue.

Il pressa la détente. La balle ricocha sur le mur à quelques centimètres de la tête de James qui s'accroupit immédiatement et fila se mettre à l'abri derrière une rangée d'armoires. Le coup suivant fit voler en éclats la cuve même que James s'apprêtait à détruire. Mac-Sawney étouffa un juron et dévala l'escalier métallique.

James chercha George dans l'épaisse fumée. Il le découvrit juché sur un enclos à cochon. Il lui faisait signe de le rejoindre. James regarda autour de lui, mais ne put repérer MacSawney. Plié en deux, il se précipita vers George et sauta lestement sur l'enclos.

Dès que James fut perché, George fit sauter le cadenas de la cage d'un coup de clé à molette. La porte s'ouvrit aussitôt et un énorme porc difforme déboula dans le labo comme un taureau dans l'arène. Ses pattes arrière étaient si atrophiées qu'elles en étaient presque ınutiles, ce qui ne l'empêchait pas d'avancer, en prenant appui sur ses monstrueuses pattes avant, anormalement musclées. Traînant l'arrière-train, il rampait la tête basse, un filet de bave s'échappant de son groin gigantesque. George fit sauter un nouveau verrou et un autre porc, tout aussi monstrueux que le premier, sortit pesamment de son enclos, la gueule grande ouverte.

Un nouveau coup de feu déchira l'air, immédiatement suivi par un petit couinement et par une nouvelle détonation. Les garçons se ruèrent sur les cadenas avec une rage furieuse. Sept cochons furent ainsi libérés.

La vie de ces bêtes pitoyables n'avait été que douleur et martyre, mais une petite parcelle de lucidité, quelque part dans le fin fond de leurs petites cervelles démentes criait vengeance, vengeance contre ceux qui étaient la cause de leurs tourments. Et ils en avaient flairé un : celui qui portait de lourdes bottes, tout proche, Mac-Sawney.

De nouveaux coups de feu retentirent, puis deux bruits sourds, très proches l'un de l'autre, suivis d'un long cri fluet, comme celui d'un enfant. D'horribles grognements aigus ainsi qu'un ignoble craquement mat résonnèrent dans le laboratoire.

James tenta de chasser ce bruit – et ce qu'il sous-entendait – de son esprit. Difficile quand on avait vu les puissantes mâchoires des porcs.

La fumée continuait d'envahir la pièce. On n'y voyait pratiquement plus. Les deux garçons savaient qu'ils ne disposaient que de quelques instants pour sortir, tant que les porcs étaient occupés ailleurs. Ils bondirent de leur perchoir et coururent vers l'escalier, dérapant sur le sol humide.

Au milieu des marches, James s'arrêta, se souvenant de la porte blindée qu'il avait vue la première fois – celle où était accroché ce panneau terrifiant, avec des flammes et une tête de mort, au-dessus de la mise en garde : « DANGER ! PRODUITS INFLAMMABLES ».

– Qu'y a-t-il là-dedans ?

– C'est là qu'ils entreposent le formol, les solvants, les alcools et, de manière générale, tous les produits dangereux qu'ils utilisent dans leurs expériences, répondit George.

– T'as les clés ? demanda James entre deux quintes de toux en se tenant la poitrine.

– Je crois.

George mit rapidement la main sur la bonne clé. À l'intérieur du local, des dizaines de bocaux contenant des liquides cristallins reposaient dans l'obscurité. James lança un regard plein de défi à George. Serait-il capable d'aller jusqu'au bout et de mettre le feu à tout le château…

George releva le gant sans hésiter. Ils attrapèrent deux bonbonnes chacun et retournèrent dans l'escalier en courant.

Des flammes brillantes léchaient l'encadrement de la porte de la chambre forte et la température commençait déjà à monter. Tandis qu'il regardait le brasier, l'épaisse fumée se dissipa un instant et, à la faveur de l'éclaircie, James aperçut quelque chose de surnaturel. L'image avait été si furtive qu'il ne savait pas si elle était réelle ou imaginaire. Durant une fraction de seconde, il lui semblait avoir vu MacSawney gisant sur le sol. Mais il y avait un problème. James tourna et retourna l'image fugace dans sa tête, tentant en vain de se persuader qu'il avait mal vu. Peine perdue. Du guide de chasse ne restait que le tronc.

James se tourna vers George. Il n'avait rien remarqué.

– Vite ! hurla George. Qu'est-ce que tu attends ?

James lança une de ses bonbonnes. Elle vola dans la pièce avant d'exploser sur le sol non loin des flammes. Ce fut comme une bombe. Ils jetèrent les derniers bocaux et rapidement le laboratoire fut la proie des flammes, comme si le feu de l'enfer s'y était soudain déchaîné.

Mission accomplie. Les recherches de Randolph étaient réduites à néant, les expériences saccagées, les dossiers brûlés. SilverFin n'existait plus.

Ils grimpèrent l'escalier quatre à quatre et entrèrent dans le château, où ils tombèrent nez à nez avec un groupe de laborantins pris de panique, qui couraient vers eux dans la plus grande confusion.

Le petit groupe était emmené par Perseus Friend.

– Que se passe-t-il ? demanda-t-il, incrédule.

– C'est la fin, maugréa James.

Le docteur Friend le regarda avec de grands yeux. Il ne comprenait plus rien.

– Que voulez-vous dire ? demanda-t-il d'une voix haut perchée et chevrotante.

– Que vous ne ferez plus jamais de mal à personne. Même pas aux animaux, répondit James avec assurance.

– Non ! Ne me dites pas que…

Le docteur Friend courut à la porte du laboratoire et regarda à l'intérieur. Son visage rougeoya sous l'éclat des flammes.

– Non !

– Il est trop tard, Perseus, hurla George.

– Qu'avez-vous fait ?

Avant que quiconque n'ait eu le temps de le retenir, il s'engouffra dans le labo et disparut. Les autres membres de l'équipe scientifique étaient plus circonspects. Ils se tinrent immobiles à l'entrée jusqu'à ce que la fumée les en chasse. L'un d'eux eut même la présence d'esprit de refermer la porte.

Un léger halo gris flottait déjà dans les couloirs tortueux du château. James et George se ruèrent vers la sortie aussi vite qu'ils le purent.

Dans le hall d'entrée, ils trouvèrent d'autres hommes désemparés, courant dans tous les sens en essayant de comprendre ce qui se passait. Ils ne prêtèrent aucune attention aux deux garçons qui traversèrent la pièce en trombe, firent voler la porte d'entrée, et jaillirent dans la lumière du jour.

Pendant quelques instants, ils furent aveuglés par la clarté du soleil. Protégeant leurs yeux du plat de la main, ils titubèrent dans l'allée avant de s'écrouler, suffoquant et respirant à pleins poumons l'air frais du dehors.

Toute la tension et la peur que James portait en lui se dissipèrent d'un coup, comme si le poing qui lui serrait le cœur jusqu'ici s'était soudain ouvert. Il se mit à rire, assis par terre, se tenant les côtes.

– Adieu, soldat invincible, dit-il en se tournant vers George.

Mais George ne riait pas. Il regardait fixement quelque chose, bouche bée. Il était atrocement pâle.

James se retourna.

Lord Hellebore se tenait devant eux, un fusil à la main.

– Ça tombe bien, c'est un canon double, lança-t-il d'un ton hargneux tandis que James se relevait d'un bond. Un coup pour chacun. Ensuite je jetterai vos dépouilles aux anguilles, vous aurez au moins servi à quelque chose.

– Père, pour l'amour de Dieu, supplia George. Tout est fini maintenant.

Randolph éclata d'un rire amer.

– Que tu dis. En fait c'est loin d'être fini. Vous ne pouvez pas m'arrêter.

– Vous êtes fou à lier, le coupa James. C'est la raison pour laquelle vous n'auriez jamais pu réussir, la raison pour laquelle vous ne réussirez jamais. Les fous ne gagnent jamais.

– Bah, ça ce n'est rien, répondit lord Hellebore négligemment.

Il cracha par terre et reprit :

– Juste un léger contretemps. J'irai ailleurs. En Allemagne, en Russie… Là où mon génie sera reconnu à sa juste valeur. D'ici à ce qu'ils retrouvent vos squelettes, vous n'aurez plus un bout de viande sur les os, et moi, je serai parti depuis longtemps.

George pleurait.

– Arrête tes niaiseries, tu veux ? lui lança son père

sèchement. Cesse de pleurnicher. J'ai toujours pensé que tu étais une mauviette. Tu tiens ça de ta mère. Regarde-toi, tu pleures de peur.

— Ce n'est pas de la peur, rétorqua George. Ce n'est même pas ça du tout… Malgré tout ce que tu as fait, tu restes mon père.

— Arrête, je t'en prie, répondit lord Hellebore. Tu vas me briser le cœur.

— Vous n'irez pas bien loin, tenta James. La police est en chemin.

— Vraiment ? Vous n'essaieriez pas de me bluffer, Bond ? Quoi qu'il en soit cela n'a guère d'importance. Mon avion est sur la piste, paré au décollage. Et tous mes dossiers sont à bord. Vous avez peut-être détruit mon laboratoire, mes notes et les résultats de mes expériences, mais tout est archivé là-dedans.

Joignant le geste à la parole, il se tapota le front du bout de l'index et esquissa un large sourire, révélant ses dents impeccablement blanches.

— Je peux disposer d'un nouveau laboratoire en quelques semaines, après quoi il me suffira de quelques jours pour commencer à produire du sérum. Je sais comment faire, Bond. Et je *vais* le faire. Je vais créer une nouvelle race de soldats, la race des seigneurs. Un jour, nous reviendrons par ici, et nous détruirons votre joli petit pays, Bond.

Il arma les deux chiens de son fusil et sa voix prit des accents de businessman.

— À présent, je vais vous demander de bien vouloir faire vos prières, même si, après tout ça, vous devriez être parfaitement convaincus que Dieu n'existe pas.

Avec un sourire, il ajouta :

– Dieu, c'est moi.

– Tu ne peux pas faire ça, sanglota George, le visage plein de larmes.

– Oh que si. Le pouvoir est entre mes mains. J'ai droit de vie ou de mort sur vous deux. Et ne compte pas sur une quelconque mansuétude paternelle, George, car, vois-tu, à mes yeux tu ne représentes rien. J'ai vite compris que je n'avais pas engendré le garçon parfait, celui qui, en grandissant, deviendrait l'homme idéal : fort, courageux et impitoyable. Dans cette tâche, il faut bien admettre que j'ai échoué. Mais pourquoi s'ennuyer à *élever* un homme idéal quand on peut en *fabriquer* un ? Ceux que je vais créer seront mes véritables fils. Je vais lever une armée de fils qui va crever le ventre mou de l'Europe à coups de baïonnettes. Mais, avant cela, je dois me débarrasser d'un petit désagrément.

Il leva son fusil et le pointa sur la tête des garçons. James se raidit, prêt à plonger au dernier moment. Il y avait toujours un espoir, toujours une porte de sortie quelque part, peut-être même qu'il pouvait pousser George et le sauver lui aussi. Il fixa les yeux déments de Randolph, tentant d'y lire l'instant où son doigt appuierait sur la détente.

C'est alors qu'il devina un mouvement, loin sur le côté, à la limite de son champ de vision. Quelque chose venait vers eux, à toute vitesse.

Lord Hellebore se déconcentra. Il tourna la tête pour voir de quoi il s'agissait.

C'était le petit cochon.

Il fronça les sourcils et cracha. Son crachat n'avait pas touché le sol que quelque chose jaillit des eaux du loch, avec un souffle aigu, comme celui des ballons qu'on dégonfle en les faisant siffler.

Algar !

Il se rua sur Randolph. Sa bouche grande ouverte laissait apparaître deux rangées de dents gâtées. Le son pathétique qui s'échappait de sa trachée était le seul bruit qu'il pouvait produire.

– Algar ! Arrête ! cria Randolph.

Mais Algar en avait décidé autrement. Il avançait droit sur lord Hellebore, les bras tendus.

– Va au diable !

Lord Hellebore fit feu. Deux fois. Algar était touché au ventre, mais ne s'arrêtait pas pour autant. Il s'effondra sur Randolph, et, l'enserrant entre ses bras immenses, l'entraîna avec lui dans le loch.

Un instant après l'immense gerbe, tout fut étrangement calme, comme si tous deux avaient purement et simplement disparu. Puis ils refirent surface, toujours enlacés dans une étreinte mortifère. Algar était d'une force remarquable, mais il était blessé, aussi la lutte fratricide était-elle relativement équilibrée. D'ailleurs, ils étaient aussi inhumains l'un que l'autre. Algar, avec sa face chimérique et disproportionnée maculée de sang et d'humeur visqueuse ; Randolph, avec ses yeux fous exorbités et ce qui avait été son visage d'Apollon crispé en une hideuse caricature de rage féroce.

L'eau, noire du sang qui s'échappait de la blessure d'Algar, commençait à bouillonner et à mousser.

Les anguilles.

Algar agrippa le visage de son frère et le tira en arrière. Randolph exhala un long soupir sifflant et ils retournèrent sous l'eau, maintenant grouillante de poissons affamés. Quand ils refirent à nouveau surface, Randolph était couvert d'anguilles ondoyantes et frétillantes, elles étaient emmêlées dans ses cheveux, dans ses vêtements et plusieurs spécimens de petite taille avaient planté leurs dents dans les parties saillantes de sa chair autour desquelles elles s'enroulaient et se recroquevillaient furieusement.

James prit George dans ses bras et maintint son visage contre sa poitrine afin de soustraire à sa vue l'horreur du spectacle.

Randolph secoua la tête en hurlant puis coula à nouveau, les mains d'Algar, agonisant, crispées autour de son cou. Une minute plus tard, il remonta une dernière fois à la surface, couvert de créatures serpentines. Elles étaient accrochées en grappes à ses membres, elles recouvraient entièrement son visage, s'insinuaient dans ses vêtements. Il ressemblait à une baudruche pleine d'anguilles frénétiques. Finalement, il s'écroula tête la première dans l'eau et coula à pic, un bras tendu vers les cieux. Sa main resta un instant hors de l'eau, comme si elle cherchait à saisir quelque chose, avant de lentement s'enfoncer sous la surface.

Les deux frères disparaissaient ensemble.

– Allez, viens, dit James calmement. Partons d'ici.

Il tourna les talons et fit quelques pas dans l'allée. Le soleil lui parut particulièrement brillant. Tout ce qui l'entourait lui semblait d'une couleur éclatante, bouillante de vie, intense. Et puis, soudain, la gamme chromatique devint liquide, les couleurs se fondirent les unes dans les autres, comme une aquarelle oubliée sous l'averse.

— T'as vu ça ? s'entendit-il balbutier d'une voix venue d'outre-tombe.

Ses jambes l'abandonnèrent. Il eut l'impression de s'enfoncer dans le sol. La lumière déclina. Des taches noires dansèrent devant ses yeux, son crâne se fit léger et il tomba. Il entendit un grand bruit, comme un coup de tonnerre, et une voix au loin qui criait :

— ATTENTION… ATTENTION… Attention…

L'écho de la voix s'estompa, s'enfonçant dans les ténèbres en une spirale sans fin, emportant James avec lui

Chemin de la Grande-Ourse

« Lu-rou rou, lu-rou, lu-rou rou, lu-rou… »

C'était quoi ça ?

Un son si familier, comme un instrument de musique. Une clarinette, une flûte ?

Mais non. Pas un instrument. Un animal. Un oiseau. Le roucoulement répétitif d'un pigeon ramier. Si familier.

« Lu-rou rou, lu-rou, lu-rou rou, lu-rou… »

James demeura allongé, les yeux fermés, se laissant bercer par ce doux ronronnement apaisant. L'oiseau se trouvait dans un arbre tout proche, tranquillement posé sur sa branche. Comme ce calme était réconfortant !

Il identifia d'autres bruits : le bruissement du vent dans les feuilles, le claquement des rideaux contre le dormant d'une fenêtre, le gazouillis d'autres volatiles, le doux ruissellement de la rivière, les aboiements d'un chien dans le lointain.

Il retrouvait aussi des odeurs : l'exhalaison légèrement

poussiéreuse de la chambre dans laquelle il se trouvait, mélangée au puissant parfum de la rivière et à la douce senteur de résine de pin qui embaumait l'air frais qui entrait par la fenêtre ouverte et rafraîchissait son visage. Et puis, toute proche, l'odeur des fleurs.

Il ouvrit les yeux. Un petit bouquet de fleurs des champs l'accueillit. Il était dans la petite chambre sous les combles, au cottage, dans cette chambre qu'il avait faite sienne depuis qu'il était en Écosse. Là, sur le mur face à lui, la petite peinture représentant un cerf ; ici, la commode avec son broc d'eau fraîche, à côté de la lampe à huile ; et puis l'étagère de livres et le chat en porcelaine avec son oreille ébréchée.

Tout était si intime. Les roses du papier peint, la porte bleue, la rangée de figurines gagnées au tir…

Il se redressa sur un coude, mais sa tête tournait et son bras était trop faible pour le porter. Il s'écroula sur le lit et prit une lente et profonde inspiration. Il éprouva une douleur aux poumons. Ils le « grattaient ». Sa gorge était sérieusement endolorie.

Il resta longtemps allongé sur le dos, les yeux levés sur deux mouches qui se pourchassaient en une folle bataille aérienne avant de se poser au plafond et de marcher la tête en bas. Au bout d'un moment – dont il n'aurait pu dire s'il avait duré quelques minutes ou une heure – il entendit quelqu'un monter l'escalier de bois. Sa tante entra dans la chambre.

Elle semblait très heureuse de le voir.

– James chéri. Tu es réveillé ? dit-elle avec un grand sourire.

– Si on peut dire, répondit-il, hésitant. Dis, je ne me souviens pas d'être revenu ici. Combien de temps ai-je passé au lit ? Comment suis-je rentré, est-ce… ?

– Chut, le coupa Charmian en posant l'index sur ses lèvres et en s'asseyant au bord du lit. Pas tant de questions.

– Mais… Je ne comprends pas…

Charmian lui caressa le front. Sa main était fraîche, douce et sèche.

– Tu as été très malade, James. Très malade. Le docteur Walker n'a guère quitté le cottage.

– Malade ?

– Une pneumonie, accompagnée de fortes fièvres, ce qui, conjugué à ton état de total épuisement, nous a fait craindre le pire. Mais tu as sûrement hérité de l'âme d'un vieux chêne car te revoilà parmi nous, et tu te portes comme un charme.

– Je ne dirais pas ça.

– Bon… Disons que c'est le charme d'une fée débutante.

– Ou qui n'avait pas tous les ingrédients, répondit James dans un sourire.

Charmian recoiffa la rebelle mèche brune qui tombait systématiquement sur l'œil de James.

– Crois-moi, comparé à l'état dans lequel je t'ai récupéré, tu es l'image même de la santé…

Un voile triste passa dans les yeux de Charmian.

– Je… Enfin, nous étions tellement inquiets, dit-elle, le visage assombri.

– Je ne comprends toujours pas. Combien de temps tout cela a-t-il duré ?

— Dix jours. J'ai bien peur que tu aies raté les agapes pascales.

— Dix jours !

James n'arrivait pas à y croire. Dix jours perdus.

— Et l'école ? demanda-t-il, anxieux.

— Ne t'inquiète pas pour ça, répondit Charmian avec un hochement de tête. Je les ai appelés et je leur ai envoyé une lettre. Il y a des choses plus terribles que de rater le début du trimestre. Tu y retourneras dès que tu iras mieux.

Elle retira le pansement sur sa joue et nettoya la plaie avec une gaze, mouillée d'un liquide marron qui piqua sa chair à vif.

— Que s'est-il passé ? demanda James en levant les yeux sur son doux visage.

— Kelly, le rouquin, est venu ici. Il nous a dit que tu avais des ennuis, mais il était incapable de nous en dire plus. Alors je suis montée au château avec la Bentley. Je n'ai pas traîné, crois-moi. Quand j'ai débarqué, c'était l'enfer. Le château était en flammes, il y avait des policiers partout, sans compter la brigade de pompiers qui faisait ce qu'elle pouvait pour maîtriser l'incendie. Personne n'a su me dire ce qui s'était réellement passé. Aucune trace de lord Hellebore, et on n'en sait pas plus depuis. Mais moi, c'est toi que je cherchais. Et j'ai fini par te trouver. Wilder Lawless et George Hellebore étaient auprès de toi. Tu avais perdu connaissance. Je n'ai même pas cherché à te trouver une ambulance, les médecins sur place étaient bien trop occupés à soigner les brûlés. Je t'ai fourré dans la voiture et je t'ai ramené

422

ici aussi vite que j'ai pu. Tu étais bouillant, une fièvre de cheval. Après ça, tu as passé dix jours à t'agiter dans ton lit, à délirer, dégoulinant de transpiration et hurlant des choses étranges. Parfois, à demi conscient, tu ouvrais des yeux terrorisés par je ne sais quelle vision traumatisante. On peut dire que tu m'as flanqué une sacrée trouille. Le docteur Walker a fait le maximum. Tu étais trop faible pour qu'on te transporte à l'hôpital de Kilcraymore. Toutes les nuits, je me suis assise là, près de toi, et je t'ai veillé, te parlant jusqu'au lever du jour, t'exhortant à tenir bon, à te battre. Je ne sais pas si tu m'as entendue, mais finalement, hier, la fièvre est tombée et tu as enfin passé une bonne nuit, la première en dix jours. Grâce à Dieu, tout va bien maintenant.

Charmian changea le pansement sur sa joue et lui versa un verre d'eau délicieusement fraîche.

— Tu as fait les quatre cents coups, n'est-ce pas ? La police est venue nous trouver une fois ou deux. Je les ai envoyés promener bien sûr. Ils n'ont toujours pas compris ce qui s'est passé au château, ni ce qui est arrivé au châtelain. George Hellebore collabore pleinement avec eux, même si le pauvre garçon ne sait absolument pas ce qui est arrivé à son père. Moi-même, je lui ai parlé. Il m'a raconté que tu étais allé le voir et que tu l'avais bien aidé quand l'incendie s'est déclaré, mais je ne sais toujours pas précisément ce qui est arrivé.

Elle fixa James dans les yeux. Celui-ci soutint son regard. Pendant qu'il l'observait, il prit conscience des tourments qu'elle avait endurés et décida qu'il n'était pas nécessaire d'en rajouter.

Il ferma les yeux.

– Malheureusement, je ne me souviens de rien, tante Charmian, dit-il d'un ton un peu gêné, convaincu qu'un mensonge par omission valait mieux que d'inutiles révélations. Je me rappelle être monté là-haut avec le Rouge, mais après ça… Plus rien. Le trou.

– Bah, c'est peut-être mieux comme ça.

Les jours suivants, James garda le lit et reprit peu à peu des forces. Il avait un appétit d'ogre, que Charmian se chargeait de constamment satisfaire, d'abord avec de la soupe, du bouillon et du porridge, puis avec des mets de plus en plus consistants. Kelly vint lui rendre visite, tout comme Wilder. Ils parlaient de choses banales, évitant soigneusement d'évoquer le château ou les Hellebore. Un matin, il se sentit suffisamment bien pour se lever. L'air était doux et, dehors, un soleil éclatant illuminait la campagne. Il enfila sa robe de chambre par-dessus son pyjama et glissa ses pieds dans une paire de tennis.

Il descendit prudemment l'escalier et sortit sur le perron, au grand jour. Dehors, il se sentit complètement désorienté. Les abords de la maison lui semblèrent particulièrement bruyants et agités. La rivière rugissait comme un torrent d'eau vive, les arbres ondoyaient et bruissaient dans la brise, un écureuil glapissait dans un coin, tel un engrenage grippé.

Il s'assit sur une grosse souche, au bord de la rivière, et se perdit dans la contemplation de l'eau qui dansait sur les rochers et sur les galets. Un poisson était immobile à côté d'une touffe d'herbe. Il se demanda s'il devait aller chercher sa canne.

C'est là qu'il réalisa l'absence de Max.

Durant tout ce temps, il n'était pas venu le voir et James était tellement préoccupé par son propre état de santé qu'il n'avait même pas pensé à demander comment il allait. Il avait honte de s'être montré aussi grossièrement égoïste. Il était sur le point de se lever et d'aller trouver tante Charmian lorsque celle-ci apparut, un panier de fleurs des champs sous le bras.

— Bonjour, lança James avec un sourire.

— Alors comme ça tu es debout ? rétorqua-t-elle en lui rendant son sourire.

— Oui. Je me sens beaucoup mieux… Mais je pensais…

— À Max ? le coupa Charmian.

— Oui.

Elle s'assit sur la souche à côté de James et lui prit la main.

— Il y a longtemps, James, je t'ai annoncé de mauvaises nouvelles concernant ton père. Mon autre frère…

Elle marqua une pause et soupira profondément.

— Il est mort, n'est-ce pas ? demanda James d'une voix blanche.

Charmian acquiesça d'un hochement de tête, les yeux mouillés. Elle essuya ses larmes d'un revers de main.

— C'est injuste, dit James, bouillant d'une colère froide.

— La vie est rarement juste, tu sais, répondit Charmian, le regard perdu dans la rivière qu'oncle Max aimait tant. Les gens bien ne meurent pas moins que les crapules. On pense toujours qu'on y est préparé, tout le monde sait que cela va arriver, pourtant quand le moment se présente, c'est toujours aussi insupportable. Heureusement que tu es là, James. Vous perdre tous les deux m'aurait anéantie.

Elle embrassa James et le prit contre son épaule. James l'enlaça lui aussi. Tous deux avaient partagé tant de moments, bons et mauvais, que, pour lui, Charmian était à la fois une mère et sa meilleure amie.

— J'aurais tant voulu lui dire convenablement au revoir, dit James, la voix cassée. On devait aller à la pêche. Il allait m'apprendre à pêcher le saumon et… et… et j'ai perdu la torche qu'il m'avait prêtée… Je ne savais pas comment le lui annoncer…

— D'une certaine manière, tu lui as dit au revoir. La nuit précédant ton départ pour les Highlands… Je crois qu'il le savait.

Elle étouffa un petit rire.

— Tu sais, il n'était pas du genre sentimental. Il n'aurait certainement pas voulu de scènes de larmes ou d'effusions grandiloquentes. En un sens, ta maladie m'a préservée. Elle a monopolisé toute mon attention. J'ai dû penser à autre chose… On doit faire en sorte que la vie continue, hein ? demanda-t-elle en passant une main dans les cheveux de son neveu.

Puis, prenant la tête de James entre ses mains et se plaçant juste devant lui, un large sourire aux lèvres, elle ajouta :

— À partir de maintenant, on prendra soin l'un de l'autre, toi et moi, d'accord ?

– Promis.

Ils se levèrent et retournèrent dans la maison où May, la femme de ménage, était en train de préparer le petit déjeuner.

– Monsieur James ? Vous êtes debout ! s'exclama-t-elle dès qu'elle s'aperçut de sa présence. Ça fait plaisir à voir, même quand, comme moi, on a la vue qui baisse. Je vous prépare un petit déjeuner ?

– Avec plaisir, répondit James en s'asseyant devant la table de bois brut.

– Je viens d'apprendre la nouvelle à James, dit Charmian. À propos de Max.

– Mmh mmh, ronchonna May sans se détourner de ses fourneaux.

James vit tomber ses épaules. Elle cachait sa peine.

– C'est arrivé quand ? demanda James en plantant sa cuiller dans le sucrier d'un air absent.

– La nuit suivant ton départ.

– Si vite ?

– On avait essayé de te cacher à quel point il était malade.

Charmian détourna les yeux et prit une profonde inspiration.

– Je l'ai entendu crier, en pleine nuit. Je suis montée le voir, il devait être environ quatre heures du matin, mais quand je suis entrée dans sa chambre, il était allongé, les yeux ouverts, comme s'il fixait quelque chose. Et puis il a crié à nouveau. Juste un mot… Ton nom, James. Juste ça : « James ! » D'une voix étonnamment forte. Puis son cœur a lâché. Et il est parti.

427

James demeura silencieux. Il se remémorait cette nuit funeste : quatre heures du matin, l'heure à laquelle il s'était échappé de sa cellule et avait plongé dans le goulet plein d'anguilles. Il se rappela son abattement, son désir d'en finir, et la petite voix qui avait résonné au fond de son crâne pour l'en dissuader. Une petite voix qui appelait son nom. Il n'était pas superstitieux. Il ne croyait ni aux fantômes, ni aux esprits, ni aux messages d'outre-tombe. Il fut toutefois parcouru d'un frisson glacé en y repensant.

Max avait été enterré dans la plus stricte intimité, deux jours après son décès. Dans son cercueil, sa chère canne à pêche et le petit soldat en plâtre que James avait gagné à la fête foraine.

Maintenant que James allait mieux, Charmian avait organisé une cérémonie du souvenir dans la petite église du village, qui, entre les gens du cru et les nombreux amis de Max venus des quatre coins du pays, avait le plus grand mal à contenir tous ceux qui voulaient rendre un dernier hommage au défunt. May était là, bien sûr, accompagnée de son mari, tout comme le docteur Walker, ainsi que les partenaires de pêche de Max, des hommes grisonnants, aux visages sanguins, qui semblaient un peu mal à l'aise dans leurs habits du dimanche.

Après la cérémonie, alors que le cortège funèbre s'étirait dans la rue, devant l'église, James remarqua Kelly le Rouge. Ils s'arrêtèrent un instant, se laissant distancer par la foule. Kelly avait une jambe dans le plâtre et marchait avec une canne.

— Je ne voulais pas entrer, dit-il en levant le menton vers l'église. C'est réservé à la famille, aux amis… Moi, je le connaissais très peu. J'ai pensé que… Tu sais… Je ne voulais pas…

— Ce n'est rien. Ça me fait plaisir de te voir.

— Je pars demain matin, dit Kelly avec sa moue habituelle. Je redescends sur Londres.

— Tu vas me manquer.

— Toi aussi, vieux… Marrant, non ? Que toi et moi soyons amis. Toi le rupin et moi le titi des rues. Mais la première fois que je t'ai vu, je me suis dit : « Tiens, en voilà un qui a l'air de sortir du lot. » Et qui aurait pu prédire, hein, qu'après notre furtive rencontre à King's Cross il se passerait tout ça ? Et maintenant ? Ben, on se reverra sûrement plus jamais.

— On pourrait garder le contact. Échangeons nos adresses. Et si je repasse par Londres, je pourrais venir te voir.

— Tu sais, je ne suis pas très porté sur les écritures, dit Kelly.

— En fait, moi non plus, rétorqua James, et ils éclatèrent de rire.

— Et puis, reprit Kelly, je ne suis pas sûr que tu aimerais l'endroit où je vis. Ça ne correspond sûrement pas à tes standards. En un mot, c'est pas vraiment un palace. Je partage une chambre avec trois de mes frères. Le plus marrant, c'est que ça me manque. Pas mon truc la campagne. Trop d'espace. Je ne peux pas dormir sans Dan, Freddie et Bill ronflant à côté de moi.

Ils remontèrent ainsi la ruelle, puis s'engagèrent sur

la route et enfin sur le chemin de terre menant au cottage.

— Ce qui s'est passé ? Tu le garderas pour toi, n'est-ce pas ? demanda James.

— Ben, jusqu'ici, ton pote Hellebore nous a plutôt évité le rififi, tu crois pas, mec ? Et, franchement, je ne vois aucune raison de l'en blâmer. Heureusement, ta tante t'a emmené avant que la police ne comprenne ce qui s'était passé. D'ailleurs ces couillons n'ont toujours pas le moindre indice.

— Tu sais, avant, je pensais que George était un lâche. Un lâche et un faux jeton. Mais ce qu'il a fait à la fin, en tenant tête à son père, c'est la chose la plus courageuse que j'ai jamais vue.

— Ouais. Il s'est comporté en homme.

— Même dans la barque qui nous menait au château, poursuivit James, je continuais à me demander s'il ne s'apprêtait pas à me piéger. Jusqu'à ce que je le voie fracasser sur le sol les tubes de sérum.

James marqua une pause et, se tournant vers Kelly :

— On a fait le bon choix, hein ?

— Je veux. Moi, si j'avais été là, j'aurais tué lord Hellebore à mains nues pour ce qu'il a fait à Alfie. OK, j'ai fait des trucs pas recommandables : cambrioler des maisons, alléger quelques poches, barboter des babioles dans les magasins, distribuer des gnons à des gonzes que je ne connaissais pas mais, à côté de Randolph, je suis un enfant de chœur. Ce qu'il a fait est une honte. C'était un vrai dégueulasse, James, et c'est toi qui l'as arrêté. Rien que pour ça je suis content de te connaître, mon pote.

– Je n'y serais pas parvenu sans toi, le Rouge. Toi, George et Wilder.

– Ah, Wilder, dit Kelly en levant les yeux au ciel. Je lui ai sorti le grand jeu… Mais on dirait qu'elle préfère son cheval. Tiens, quand on parle du loup…

Kelly avait tout juste fini sa phrase qu'ils entendirent le galop d'un cheval derrière eux. Wilder Lawless et son fidèle Martini apparurent sur le chemin, fonçant droit vers eux.

– Hé ! Mais c'est les deux terribles ! dit-elle en sautant de cheval.

– Deux terribles sur le départ, répondit James.

– Ça va être atrocement calme sans vous.

– Je reviendrai sûrement de temps en temps.

– Peut-être, mais qui dit que je serai encore là ? Le monde est vaste, monsieur James Bond, et j'ai bien l'intention d'en découvrir au moins une partie. Je ne vais tout de même pas restée cloîtrée ici toute ma vie.

Elle posa délicatement un doigt sur le pansement que James portait à la joue.

– Ça fait mal ?

– Un peu. Mais tante Charmian dit que ça cicatrise très bien et que je ne devrais pas avoir de marque.

– Tant mieux, ajouta Wilder avec un sourire. On ne voudrait pas qu'une aussi jolie petite gueule soit gâchée par une vilaine balafre, n'est-ce pas ?

À ces mots, elle donna à chacun un gros baiser, remonta sur sa selle, éclata de rire et partit au triple galop. De grosses mottes de terre volèrent sous les sabots de Martini.

431

James s'essuya la bouche et se tourna vers Kelly qui, le rouge aux joues et les yeux dans le vague, une fois n'est pas coutume, ne trouvait plus ses mots.

Quelques jours plus tard, après avoir fait expédier les affaires de Max dans le Sud, Charmian ferma le cottage. Le testament avait été ouvert et, comme promis, Max cédait sa voiture à James. Celui-ci n'avait pas la moindre idée de ce qu'il allait pouvoir en faire puisqu'il devait attendre plusieurs années avant d'avoir le droit de la conduire. Dans l'immédiat, il fut convenu que la voiture ferait partie du déménagement et qu'elle resterait dans le garage de tante Charmian, en attendant un sort meilleur.

Ils dirent au revoir à May et au docteur Walker, chargèrent leurs valises dans la Bentley et se mirent en route.

Pendant qu'ils descendaient le chemin en cahotant, James se retourna et lança un dernier regard au cottage qui disparaissait au milieu des arbres. Il laissait derrière lui son étonnante aventure, qui constituait sans aucun doute l'épisode le plus marquant de sa courte vie. Une page se tournait car, en dépit de ce qu'il avait déclaré à Wilder, il savait qu'il ne reviendrait probablement jamais à Keithly.

Les trois jours de route jusqu'au comté de Kent furent moroses, froids et ennuyeux. Le ciel était désespérément plombé et James se sentait vidé, totalement à plat, comme s'il revenait à la réalité après un rêve étrange et excitant. Comme l'Angleterre était terne !

Comme tout y respirait l'ennui ! Les villes se succédaient – Dishforth, Leeds, Doncaster, Stevenage, Hartfield… –, chacune semblant plus grise et plus morte que la précédente.

Heureusement, de retour à la maison, à Pett Bottom, James dut aussitôt se préparer à reprendre l'école et ce n'est pas sans une certaine excitation qu'il retourna à Eton, où il retrouva avec joie ses camarades de classe.

Ils l'accueillirent en enfant prodige, lui posant mille questions à propos de sa terrible maladie et de sa spectaculaire blessure à la joue. James répondait de manière évasive, en tentant de changer de sujet. La manœuvre s'avérait souvent payante, ses interlocuteurs étant rarement avares d'anecdotes les concernant eux, au premier chef. Ce qu'ils avaient mangé à Pâques, les pièces qu'ils avaient vues et tous les petits tracas qu'ils avaient rencontrés.

George Hellebore n'avait pas repris l'école. Toutes sortes de rumeurs coururent à son sujet. On évoquait aussi beaucoup son père. Aucun potin ne comportait la plus petite part de vérité. Plus tard, James entendit dire qu'il était retourné en Amérique, vivre aux côtés de sa mère.

Un matin, alors que James rentrait du cricket par le chemin de la Grande-Ourse, il tomba sur Sedgepole et Pruitt, les deux anciens acolytes de George. James s'apprêtait à les dépasser sans leur accorder la moindre attention, mais Sedgepole l'arrêta en posant une main sur son épaule.

— Où tu vas comme ça, Bond ? demanda-t-il d'un ton qui se voulait menaçant.

— Je rentre à Codrose, répondit calmement James. Mais je ne vois pas en quoi ça te concerne.

— Ça nous concerne, si on décide que ça nous concerne, répondit Sedgepole sous le ricanement approbateur de Pruitt. À part ça, j'ai l'impression que tu commences à plus te sentir, Bond. Il ne faudrait pas que tu t'imagines que, sous prétexte que Hellebore n'est plus là, les choses ont changé.

James croisa les regards des deux anciens. Il réalisa qu'ils ne lui faisaient absolument pas peur. Après tout ce qu'il avait traversé, ces deux minets qui se donnaient des airs de petites frappes ne l'impressionnaient pas le moins du monde. La terreur, la vraie, il l'avait vécue, et elle n'avait rien de commun avec ces deux minables. Deux gamins, certes un peu plus grands que lui, mais deux gamins tout de même, exactement comme lui, et il avait décidé qu'il n'aurait plus jamais peur d'un gamin.

James planta ses yeux dans ceux de Sedgepole. Celui-ci dut y percevoir quelque chose car il battit en retraite et retira sa main de l'épaule de James.

— Si jamais tu poses à nouveau la main sur moi, déclara James le plus sérieusement du monde, je te casse le bras. C'est compris ?

— Compris, répondit Sedgepole du bout des lèvres. Euh, pardon.

— Parfait, ajouta James avec un sourire poli. Je voulais juste que les choses soient claires.

434

Sur ce, il tourna les talons et partit d'un pas sûr vers le dortoir, laissant sur place les deux petites brutes qui restaient là, les bras ballants, effarées par ce qui venait de se passer, mouchés par un bizut, mais un bizut dont les yeux brillaient d'un éclat dur, froid et effrayant qui les avait convaincus de ne pas lui chercher d'histoires

Ni l'un ni l'autre n'évoquèrent jamais l'incident.

Tout comme le trophée Hellebore, il tomba lentement dans l'oubli. La coupe ? À l'heure où je vous parle, elle trône sur le rebord de la cheminée, chez Andrew Carlton, où elle sert de récipient à balles de golf.

Table des matières

Charlie Higson

L'auteur

Charlie Higson est né en 1958 en Grande-Bretagne. Après avoir fondé un groupe de musique dans les années 1980, il se tourne vers l'écriture. Auteur de scénarios, et interprète de séries pour la télévision, Charlie Higson écrit également des romans à suspense pour adultes.

Du même auteur chez Gallimard Jeunesse
GRAND FORMAT LITTÉRATURE
La jeunesse de James Bond
1. *Opération SilverFin*
2. *La mort est contagieuse*
3. *Poker fatal*
4. *Menace sur l'Eldorado*
5. *Sur ordre de Sa Majesté*

Découvre la suite des aventures
du jeune **James Bond** :

2. La mort est contagieuse

(Disponible en Grand format)

Extrait du prologue

[...] La réalité de la situation s'abattit sur Good-enough comme un coup de massue. Pendant que son équipage et lui s'étaient laissé distraire, un autre canot avait quitté le cargo et plusieurs autres marins étaient montés à bord. Et eux étaient armés jusqu'aux dents – couteaux, sabres d'abordage et pistolets, qu'ils s'empressèrent de donner à leurs complices. Le géant maori récupéra un harpon de baleinier qu'il tenait lestement de son immense main tatouée. De l'autre, il retira le cigare qu'il avait au bec et cracha. Un jus marron s'écrasa sur le pont.

– Qu'est-ce que c'est que cette histoire ? éructa Good-enough, scandalisé.

Mais il ne savait que trop bien de quoi il retournait. Ces hommes étaient des pirates. Et ils l'avaient piégé.

Deux fusils, ainsi qu'un vieux pistolet datant d'avant la guerre, étaient cachés dans sa cabine, mais jusqu'ici, ils n'avaient jamais quitté l'armoire dans laquelle ils étaient enfermés.

De toute façon, il était trop tard.

Le second, Louis, tenta un mouvement. Goodenough l'en dissuada d'un regard. La situation était assez épouvantable comme ça. Tenter de résister eût été une folie. Le mieux était encore de se résigner.

— Ceci est un navire privé, expliqua-t-il aussi calmement que possible. Nous ne transportons pas de marchandises. Nos cales ne recèlent aucun trésor. Nous avons bien un coffre contenant de l'argent. Mais c'est très peu…

Le Magyar à la forte carrure ne prêta aucune attention à ce que pouvait dire Goodenough. Il lança quelques ordres en hongrois et plusieurs de ses hommes disparurent dans les cabines.

— Vous avez le choix, déclara Zoltan en s'approchant de Goodenough. Soit vous nous donnez la combinaison, soit on arrache le coffre à coups de hache.

Une fois encore, Louis tenta de s'interposer. D'un geste vif et sûr, Zoltan sortit un petit pistolet de sa tunique et le pointa dans sa direction.

Goodenough reconnut l'arme, un Beretta 9 millimètres « spécial marine » qui équipait l'armée italienne. Visiblement, ces hommes n'étaient pas des trafiquants à la petite semaine, mais bien de vrais professionnels.

Il donna rapidement la combinaison du coffre et Zoltan cria un nouvel ordre à ses hommes.

Quelques instants plus tard, des cris retentirent et Grace Wainwright fut traînée sur le pont avec, dans son sillage, le marin à la peau pâle qui tenait entre ses mains le contenu du coffre. Les yeux de Zoltan allaient de Grace au butin, puis il secoua la tête d'un air maussade et se frotta la tempe.

Un profond grognement guttural résonna sur le pont. Le géant tatoué lança quelque chose à son chef. Zoltan saisit l'objet au vol et, immédiatement, son visage s'illumina.

Il s'agissait d'une petite statuette en bronze.

– Merci, Tree-Trunk.

En souriant, Tree-Trunk exhala un nuage de fumée. Zoltan porta la statuette à sa bouche et l'embrassa.

– Laissez ça ! hurla Goodenough en proie à une folle colère. Ceci ne présente aucun intérêt pour vous. C'est un objet d'art parfaitement identifiable. Il n'y a pas un endroit au monde où vous pourriez la vendre… Et je n'ose pas imaginer que vous puissiez la fondre.

Un sourire carnassier aux lèvres, Zoltan se tourna lentement vers Goodenough et le fixa de son regard d'acier.

– Je ne suis pas un cul-terreux ignorant ! dit-il. Et je sais parfaitement ce que je veux. Je veux ce bronze, sir Cattile.

– Cahill, monsieur, on dit Ca-hill ! s'emporta Goodenough.

– Calmez-vous, maudit Anglais.

– Vous ne connaissez pas la valeur de cette statuette, protesta Goodenough.

– Peut-être, pourtant je sais qu'elle est l'œuvre de Donato di Betto Bardi, plus connu sous le nom de Donatello. Elle date du XVe siècle, fut coulée à Florence en guise de modèle pour une fontaine qui n'a jamais été construite. – Zoltan fit tourner l'objet entre ses mains. – Elle représente un personnage de la mythologie grecque, une sirène, la sirène à qui ce bateau doit son nom. Selon la mythologie ancienne, les sirènes sont des chimères, mi-femme, mi-oiseau, qui charment les marins de passage de leur voix mélodieuse en les guidant vers des hauts-fonds où les bateaux font naufrage, après quoi elles dévorent leurs équipages.

Il planta son regard dans celui de Goodenough.

— Les femmes, sir Goodenough, il est préférable de s'en méfier. Elles peuvent s'avérer extrêmement dangereuses.

— Cette statuette appartenait à mon épouse, déclara Goodenough d'une voix plaintive.

— Sans doute, mais vous n'êtes pas sans savoir qu'avant cela, elle a également appartenu au duc de Florence auquel Napoléon l'a dérobée avant de, lui-même, se la faire voler par un des ancêtres de votre femme après la bataille de Waterloo. Maintenant c'est mon tour.

Goodenough avança la main vers le petit bronze. Le Magyar repoussa son bras d'un geste aussi nonchalant et condescendant que s'il avait chassé une mouche, ce qui, pourtant, suffit à faire choir Goodenough sur le pont, où il demeura un instant, stupéfait.

Louis jura et se précipita vers Zoltan. Il fut coupé net dans son élan avant de s'écrouler en arrière en gémissant. Tree-Trunk lui avait lancé son harpon de baleinier avec une telle force que la lance avait transpercé le torse du Français, se fichant dans sa chair jusqu'à mi-garde. Louis se débattit un instant sur le pont puis s'immobilisa.

— Je ne voulais pas d'effusion de sang, déclara Zoltan. C'est vous qui m'avez forcé la main.

Goodenough se releva péniblement et planta ses yeux dans ceux de Zoltan.

– Vous êtes un immonde barbare, monsieur. Un vulgaire délinquant.

Zoltan confia la statuette au géant tatoué et attrapa Goodenough par le col.

– Ne me mettez pas en colère, grinça-t-il.

Goodenough le regarda droit dans les yeux. Ses pâles iris semblaient s'être assombris.

– Prenez ce que vous voulez. Mais laissez-moi le Donatello, implora Goodenough. Il représente énormément à mes yeux.

Zoltan repoussa Goodenough sans ménagement et récupéra le petit bronze des mains de Tree-Trunk.

– Hors de question.

Dans un mouvement largement irréfléchi, Goodenough se rua sur la statuette.

– Vous n'emporterez pas ça sans me passer sur le corps. Vous l'arracherez de mes mains sans vie si vous voulez, mais je ne me rendrai pas sans combattre.

Il agrippa de toutes ses forces la statuette que Zoltan, adossé à la cloison de la cabine, tenait fermement contre sa poitrine. Ils luttèrent quelques instants. Une détonation étouffée résonna soudain. Une odeur de chair et de vêtement brûlés monta dans l'air. Goodenough recula en titubant, se tenant le ventre.

– Vous... Vous m'avez tiré dessus, dit-il avant de s'écrouler à genoux.

– Vous êtes très observateur, sir Goodenough. Malheureusement pas assez perspicace. Je vous avais prévenu. Il ne faut pas me mettre en colère.

– Vous pourrirez en enfer pour ça.

— Peut-être, mais vous y serez avant moi. Car, dans quelques minutes, vous serez mort. Bien le bonjour, sir...

À ces mots, Zoltan le Magyar quitta le pont d'un bond et sauta à bord de la chaloupe accostée au voilier, vite rejoint par ses rameurs. Le canot retourna rapidement au cargo. Il grimpa à bord et s'immobilisa sur le pont, étudiant la statuette sous toutes les coutures, se délectant de ses formes parfaites. Sa puissante respiration résonnait dans ses fosses nasales. En dépit de quelques désagréments mineurs, on pouvait parler d'une bonne matinée de travail. Il passa un doigt sur les courbes avantageuses de la sirène et sourit. Dans un sens, ça avait presque été trop facile.

Alors qu'il se préparait à descendre en cabine, il ressentit une violente douleur à l'épaule gauche, qui lui fit lâcher la statuette. Il fit volte-face et se retrouva nez à nez avec une jeune fille aux cheveux courts, âgée d'environ quatorze ans, vêtue en tout et pour tout d'un maillot de bain. Son corps élancé dégoulinait d'eau. Un mélange de colère et de peur se lisait sur son visage.

Zoltan jeta un œil derrière son épaule. Sa tunique était maculée d'une grosse tache cramoisie. Il saignait abondamment. Il porta sa main droite à l'endroit où une douleur froide et sourde lui tenaillait l'épaule. Un couteau était planté jusqu'à la garde dans son articulation. Il se sentit partagé entre l'envie de pleurer et l'envie de rire. Cette fille avait du cran. S'il n'avait pas bougé au dernier moment, la lame l'aurait probablement atteint à la colonne vertébrale.

Son bras gauche pendait pitoyablement, paralysé par la douleur. Il perdait beaucoup de sang.

— Tu vas regretter de ne pas m'avoir tué, dit-il calmement.

— Partie remise, grinça amèrement la jeune fille, serrant les dents.

Zoltan était maintenant entouré par son équipage. Tous criaient et hurlaient, pris de panique. Trois d'entre eux immobilisèrent l'adolescente.

— Laissez-moi respirer et apportez-moi du vin, gronda Zoltan. Du Sangre de Toro !

Quelqu'un lui tendit une bouteille. Il en but une large goulée, laissant échapper quelques gouttes de liquide vermillon sur son menton, après quoi il se ressaisit et, avec un hurlement furieux, retira le couteau de son épaule.

— Coulez le bateau, grogna-t-il en jetant le poignard à la mer. Prenez les femmes… Et tuez tous les hommes.

Le couteau coula silencieusement dans les profondeurs marines, tournant lentement sur lui-même. Le sang qui maculait la lame se dilua dans l'eau en longues volutes visqueuses. Il atterrit sur un fond sableux et s'immobilisa, faisant comme une croix sur une sépulture sous-marine.

Mise en pages : Maryline Gatepaille

Loi n° 49-956 du 16 juillet 1949
sur les publications destinées à la jeunesse
ISBN : 978-2-07-065102-3
Numéro d'édition : 248115
Numéro d'impression : 115978
Dépôt légal : janvier 2013

Imprimé en France par CPI Firmin-Didot